逝者的恩泽

鲁敏——著

中国书籍出版社
China Book Press

图书在版编目（CIP）数据

逝者的恩泽 / 鲁敏著 . —北京：中国书籍出版社，2018.1 （2023 . 3 重印）
ISBN 978-7-5068-6738-2

Ⅰ.①逝… Ⅱ.①鲁… Ⅲ.①中篇小说—小说集—中国—当代
②短篇小说—小说集—中国—当代 Ⅳ.① I247.7

中国版本图书馆 CIP 数据核字（2018）第 029958 号

逝者的恩泽

鲁敏　著

图书策划	牛　超　崔付建	
责任编辑	成晓春	
责任印制	孙马飞　马　芝	
出版发行	中国书籍出版社	
地　　址	北京市丰台区三路居路 97 号（邮编：100073）	
电　　话	（010）52257143（总编室）（010）52257140（发行部）	
电子邮箱	eo@chinabp.com.cn	
经　　销	全国新华书店	
印　　刷	三河市华东印刷有限公司	
开　　本	650 毫米 ×940 毫米　1/16	
字　　数	408 千字	
印　　张	23	
版　　次	2018 年 4 月第 1 版　　2023 年 3 月第 2 次印刷	
书　　号	ISBN 978-7-5068-6738-2	
定　　价	68.00 元	

目录

逝者的恩泽

1

　　在东坝这样小而旧的镇上，每增加或减少一个人，都会成为一个事件，其中的主角与配角总会在人们的嘴上辗转相传、反复咀嚼，像一种吞下去又可以吐出来、你尝完了他又可以再吃的神秘食物。这食物，让东坝的人们在漫长的日月天光里多了一点稀薄而发自内心的快乐。

　　因此，当古丽和她幼小的儿子达吾提带着陌生的异域气息出现在小镇上时，几乎所有的人都为之暗中一喜，这喜悦是如此真诚且强烈，以致人们不想虚伪地加以掩饰，他们中的一些急性子和无所事事者甚至尾随着古丽和那个男孩。在古丽的身后，很快出现了一支松散的小型队伍，人们的脚跟和脸颊上共同散发出一股善意的好奇之心，并一直弥漫到冷冰冰的空气中，钻进达吾提的鼻尖，让小男孩的鼻翼像蜂鸟一样地鼓起来。

达吾提拉拉古丽的衣角，他对着妈妈抽抽鼻子，脸颊飞速地皱起，然后又突然拉平。古丽像听到了什么，她回过头。这样，镇上的人们得以第一次看清古丽的脸。

此时正是冬季，这个苏北小镇，路边铺着枯黄的小草，树枝杂乱地伸向天空，街面的店铺覆盖着一整年的厚厚灰尘，呈现出暗淡的色调，触目所见，了无生趣。

而古丽回过头，忽然改变了这一切似的——她的面孔着实美丽。她没有微笑，但人们还是感到一种春天般的和煦，宛若草长莺飞，大家不由自主地回报以更加暖和的笑容。

这显然鼓励了她，她迟疑了一下，开口问道：请问陈寅冬家往哪里走？

她的口音如此奇怪，像是北方官话，又像是某种侉子方言，有些别别扭扭的，人们听得费劲极了，也兴奋极了，如同刚刚进行了一场智力测验。

不过，陈寅冬！她问的是陈寅冬？这是一个死去男人的名字呀！而且，他死在异乡，死于一场意外！人们几乎无法自持了，这是多么重大的事件！陈寅冬的名字立刻变成了一枚秘制的上等酸梅，他们每个人的嘴巴都因此变得更加湿漉漉了。惊愕与狂喜使得这一瞬间出现了冷场，人们再次仔细地打量她。她穿着一件长长的外套，色彩鲜艳，或许这是条裙子；她的头发被一条更加艳丽的头巾缠住，只在头巾的下方垂下一个沉甸甸的结，如果她把头发放下来，一定会长得超过镇上所有的姑娘。有人还注意到她耳朵上的银饰，同样是长长的，在空气中逶迤，跟这里妇女们常用的耳钉截然不同。

队伍中比较富有阅历和威信的一位站出来答了，因为小心翼翼，语速有些慢吞吞的，不那么自然了：您不晓得吗？陈寅冬已经过世了，过世都一年多了。您这是……

哦，我知道。我只是找他的家。古丽继续用那难懂的口音答道。

那么，您是……

是啊，她是谁呢？这镇上的每户人家，每户人家的家庭成员，每个成员的每个亲戚，大家都是了如指掌的。可是真的没人听说，陈寅冬竟有这么一位漂亮的……亲戚？

陈寅冬，父母早亡，且无同胞，很早就出门做工，后来在镇上娶了同样失怙的黄姑娘，生了女儿，然后仍是出去做力气活，跟着一个工程队到很远的西北修筑铁路——在镇上人的眼中，他几乎是个完全陌生的邻里，每年只有春节才会在镇上度过，有点孤僻神秘的样子，然后便继续远赴那不可知的西北，直到有一天，从那里传来他突兀的死讯。

他一共活了四十八年，可在镇上人看来，却似乎只活了一个春节，他的生命在人们的记忆中只有几十天——从腊月到正月，他活在镇上，然后，他消失了。在这个世上，他只留下母女两个，其余的便再无枝蔓。那么，这个女的是从哪里说起呢，并且还带着个七八岁的孩子？荒诞不经的想象力、五彩缤纷的推测，在人们的头脑中，像爆炸后的碎片般飞散开来，瞳孔慢慢放大，他们目不转睛地盯着古丽，像盯着一幕即将开场的好戏。

在一个孩子的殷勤带领下，古丽和达吾提被带到了已故的陈寅冬的家，带到了陈寅冬留下的那对母女前。

陈寅冬的太太，即前面说到的黄姑娘，名叫群红，她长得有些老相，从做姑娘时便老相，加之长陈寅冬两岁，镇上的人都称她为红嫂，这一叫，一直叫到五十岁。

女儿呢，已经十九岁了，应当是最娉婷的时候，却生得不太好看，头发稀而黄，又偏瘦，这在东坝镇上，是一种不可原谅的容貌。她上过几年学，名字是陈寅冬起的，叫陈青青，照镇上人们的审美，这青青，连名字也是有些小气了，不那么喜庆。

红嫂站在大门口，青青站在侧门口，她们一起看着古丽和小男孩，注意力很快被分散到古丽的脸及衣饰上，一时间竟忘了盘问她的来意，是啊，谁不会被古丽的模样给迷住呢。但站在不远处的人们有些不耐烦了，有人咳嗽起来，另外有人吐了一口浓痰——这有效提醒了红嫂，红嫂意识到她担负有开口询问并给人们一个说法的责任。

红嫂于是开口问道：您到我们家找谁呢？

古丽把男孩往身边拉了拉，答非所问：我们从新疆来，这是陈寅冬的儿子。

青青在侧门口那里闪了一下，把自己关到房里——这是她的一个习惯动作，也是在红嫂多年要求下的一种条件反射，作为一个十九岁的少女，对一切可能出现的丑闻都应当回避，或装着视而不见、无动于衷，最多，最多只可以躲在门缝里偷看。

青青能够躲进小屋，做母亲的却不能够。红嫂的身子晃了一晃，脸上虽还是笑着，却明显没了力气：真的？她轻声地嘀咕一句，像是用嘴巴在问自己的耳朵：刚才听到的是真的吗？陈寅冬真的在外面生了个儿子？

　　真的。古丽再次把小男孩往前拉拉，那动作让人们联想到她是在出示一个人证或物证。人们在不觉中被引导了，注意地看起那个男孩，这一看，事情好像更加严重了：这个男孩，里里外外哪里有一丁点儿像陈寅冬呢！他的眼睛明显地凹进去，头发是微黄带卷的，肤色白皙得过分，连血管都要透出来似的。这一看，所有的男人几乎都要笑出声来，哈。哈哈。这个男孩，他的父亲怎么可能是这镇上的任何一个男人呢，他的种子必定来自古丽所在的那片土地。

　　围观的人们流露出看出破绽的神情，他们明显地放松下来，互相捅捅胳膊，几个妇女甚至叽叽咕咕地笑起来。这些镇上的妇女们，一辈子都是贞洁的，乏味的贞洁，廉价的贞洁，但她们自认为永远有理由在那些身份不明的女人面前表现出大大咧咧的骄傲。比如，这个古丽，并且她竟然扯起这么不高明的谎。

　　红嫂抬起了眼皮，又耷下去眼皮。不知为何，邻里们的神情与笑声让她感到了不快，她不喜欢人们这样对待跟陈寅冬有关的人或事。这对她也是一种间接的冒犯，不是吗。

　　于是，红嫂重新抬起眼皮，轻轻拉过那男孩：既是这样，进家里说吧。古丽自然也抬起脚跟着进去了。大门在她们身后被缓慢地关上。

　　人们张开的嘴巴在半空停住，舌头几乎变得寒凉。这是怎么说的？这是怎么说的！红嫂竟然就信了那女人？她不仅信了，而且还容了那女人，拉着那孩子，让她们进了屋？哎呀，这话是怎么说的，他们感到自己都要变得结巴了，他们在惊愕中彼此对视，同时，感到一种接近高潮般的满足——今天的这个热闹，可真是看得足了，饱了，撑着了，都要打嗝了，都要半夜睡不着觉了。

古丽显然是累了，并且很饿。那个男孩也好不到哪里去。

红嫂一言不发地替她们准备了一些吃的，热气腾腾地端上来，窗户上很快弥漫起雾气，像是黄昏提前降临到这间屋子。

古丽神情自若，真像是回到了自己的家似的，左手抓着包子，右手捧着大碗，发出极为享受的吞咽声。那男孩则像只小狗似的，每吃一样东西，都会极为小心地先凑上去用鼻子闻闻，上下嗅嗅，像在对气味进行鉴别与记忆，然后才慢条斯理地吃起来。

青青倚在侧房的门框上，像在瞧一张画片片，或者像在舔一个棒棒糖，用了那种节俭的、流连的眼光，从细枝末节开始，然后才慢慢地集中到画面中间——对她而言，这是多么奢侈的风景。这么些年，她所能看到的他人，仅仅是母亲，或是一些邻居的侧面与背影。

她首先注意到古丽放在屋角的布包袱，她下意识地进行了猜测，她想象着，那里面一定是更多的衣服和首饰，会把整个镇子都惊呆……接着她把眼光移到桌子下面，古丽的脚与男孩的鞋，这是两双沾满灰尘的鞋，这是哪里的灰尘呢，一定超出青青所能想象到的最远地方吧，比邻镇远，比县城远，比省城远，比天边还远……青青欢喜地看了又看，她甚至愿意自己就是那两双鞋，是鞋袢儿，是鞋底儿。只要，她能够一直那样走啊走啊，走到最远的地方……

古丽吃东西的声音分散了青青的注意力。红嫂曾教过青青，女孩子吃东西一定要无声无息，走路要无声无息，笑起来也要无声无息，睡觉更要无声无息（特别是跟男人睡时，不过，这一点红嫂没有说得那么明确）——红嫂的这种家训在这个小镇上当然显得有些阳春白雪了，不合时宜了，但青青并不清楚这种差异所导致的滑稽和荒诞，事实上，她是个没见过任何世面的姑娘，对这个世界的肮脏与荒诞一无所知。红嫂的长年独居生活像是一个沉闷的巨大温室，青青在其中温顺地、不为人知地独自生长，她对母亲的一切教导奉为圭臬。

不过，此刻，她不能不感受到古丽吃东西的声音——一个年轻女人，她呲摸着嘴巴发出模糊的哼唧声——这在想象中，本是多么典型的粗俗之举！可是，不，听听古丽，看看古丽，她所传达和散发出的一切多美呀，如此舒服！自然！那是对简单食物的满足，对热汤热水的感恩，对健康肠胃的呼应……青青简直看得入迷了，呆住了，好像第一次从古丽这里知道：吃饭原来可以变成这么豪放的一件事。

怔忡之中，青青把眼珠流转过去，像是慢慢移动的光线。刚才，在观察古丽的同时，青青用余光注意到，达吾提对味道有着特殊的爱好。筷子，他会闻闻。菜叶，他会闻闻。红嫂拿来的抹布、红嫂放在桌边的围裙、古丽突然打出的一个饱嗝——他也会飞快而认真地嗅嗅鼻子。多么奇怪的爱好呀。青青正想好好研究一番，小男孩却刚巧吃完，也正抬起眼睛盯着她呢。这让青青有些猝不及防——男孩的眼睛大而亮，并且湿漉漉的，像是家中院子里那专门接天水的一口大缸似的，青青竟能照到自己的身量和影子。青青不由自主地走上前去，摸摸达吾提的脑袋，那黄而微卷的头发毛茸茸的，细腻而伤感。

——青青对古丽及达吾提的好感是没有实际意义的。太多的悬疑与敌意仍在屋子里四处窜动，伴随着红嫂走来走去的身子。红嫂在收拾碗筷，红嫂在抹桌子，红嫂在整理凳子，她的每一个动作都像是一个饱满得快要坠下来的水滴，或是正在发酵的谷物，酝酿着无声的诘问与指责：你跟陈寅冬到底是什么关系？凭什么说这男孩就是他的儿子？今天找到这里来又是什么意思？寻亲么？认门么？闹事么？

古丽仔细地盯着红嫂，像是聋人在读唇语，并且，真像是听懂了每一句潜台词似的，她轻轻地打了个嗝，神色平静地开始回答，口音别扭而吃力，因此显得极为慎重。

大嫂，这儿的地址是陈寅冬给我的。他说过：如果想离开新疆的话，就到这里来找你们。

我认识陈寅冬的时候就知道他是结过婚的，他跟我说起过你们。但我还是跟了他十一年，一直到他去世。

我们那儿有好多女人都这样，十几岁便早早地出来做活，跟着铁路线上的工程队过日子，给工程队的男人们烧饭、洗衣……铁路线从没有人烟的荒地间穿过，我们天天儿只能看到那些男人，男人们也只能看到我们……工程队沿着铁路线从东往西一里一里地变长，我们跟那些男人也开始一对一对地好上了，我们都知道这些男人们是结过婚出来的，可是，那有什么关系呢，在那大荒漠里头？

咱们的这种好，就真是跟夫妻一样好的，各门各户的，像过日子一样的，像外面的胡杨树一样的，像外面的风沙一样的，不知道怎么开始的，也不知道最后会怎么结束。或许，等铁路修完了，那结局也就自然到来了，要么是散了，要么仍然在一块，那谁能说得准呢……

可是我跟寅冬，我们俩的结局却提前到了。那铁路还没修完呢，那工程队还好好地在着呢，那工地上还热火朝天着呢，他却突然死了。您一定知道的，吊机上的一捆轨道枕木，像是瞄准了很久似的，一直等到他路过，才不偏不倚地掉下来……

你是说瞄准！他在瞄准枕木吗？红嫂冷不丁地插了一句，像是早就等着什么似的。

不是！不是！您听错了，怎么可能呢！当然是枕木瞄准他！你想，那条走道宽宽的，那枕木为什么不前不后偏偏就掉下来落到他头上呢！古丽急迫地反驳起来，并且紧紧地盯着红嫂，她怎么会这样想呢，有谁会去找死吗？

你刚才是说，陈寅冬在死之前就把这里的地址给了你，他难道早就知道自己要死？红嫂仍是紧紧地盯着古丽。

这世上，谁都知道自己最后是要死的呀！只是没想到他会那么早，其实，他死后不到一年，那铁路就修好了，现在都开始通车了，他若是没出事，就再也不会出事了……古丽仍是有些混沌的样子，丝毫没有听出红嫂的潜台词。她的简单与迟钝，像是未开刃的刀似的，有点可笑，却又带着巨大的善意。

红嫂沉默了一会儿，她想到了工程队寄给她的一笔钱。那可是个大数目，她至今不敢跟镇上的任何人说出真实的数目，就像她至今不愿跟人谈论陈寅冬的死亡，因为，那听上去多么不真实呀！她想象中的死亡应当有病床与药罐，有尸体与寿衣，有守灵夜与坟头草。可是丈夫呢，他这个死可真是别出心裁呀，只有一张薄薄的电报，来自人们从未到过的地方，一张电报把他的死全部概括进去了，随后跟着的是一大笔款子——陈寅冬被枕木砸扁的身体好像并没有被埋进那片荒凉的沙地，而是变成了一张汇款单，变成了汇款单之后的一张张票子，千里迢迢地慢慢地随着魂魄飞回故里。

红嫂想起来，在陈寅冬的最后一个春节里，在床上，他曾经跟红嫂说过一句莫名其妙的话：无论我做什么，你都要体谅我。一切都是为你们几个好，为了你们将来好。

这话听上去有些拗口，而且陈寅冬一贯沉默寡言、不善表达，夫妻之间也一向温和平静，这话就令红嫂很是惊异了，她有违妇人之道地主动搂起陈寅冬，钻进他孱弱的胸膛，却突然感到耳根处多了几滴眼水。是陈寅冬流泪了。

当时的情景在陈寅冬死后一再重现，像是陈寅冬以一种特别的方式在对红嫂耳语：一切都是为了你们好，为了你们将来好。红嫂心有所感，疑惑与哀痛之情如惊涛拍岸：他为什么要这样呀？没有那笔抚恤金不也能照样过日子吗？当然这话她从未向任何人提及，或许也是因为缺乏更多的佐证。

可是，现在，此刻，这个女人以及她所带来的讯息，无疑再一次印证了红嫂此前的猜想——不是枕木在瞄准陈寅冬，而是陈寅冬在瞄准枕木。这是一次蓄意的死亡。

一阵复杂的滋味向红嫂袭来——一来，她的某种猜测得到了印证，但与此同时，又有了新的发现，陈寅冬口中所指的"你们"并不仅仅指的是红嫂和青青，还有眼前的这个女人和那个男孩子，而正是这四个人，这矛盾而现实的存在，这无法兼得的两端，以及不可调和的将来，促使丈夫选择了与枕木的拥抱。

在红嫂的沉默之中，古丽又往下接着她的叙说：我没能看到陈寅冬的身体，说是脸被砸得太烂，他们匆匆忙忙地就把寅冬的后事给办了，我连最后一面都没见到……我哭了一个星期，后来就不哭了，日子还要过呀，达吾提还得养活呀……我还是跟在工程队后面替他们缝缝补补、烧烧洗洗，替我和儿子挣些生活费……不过，这样的日子也没过长，还不到一年吧，那条铁路就修好了，工程队就散了，他们一下子就全走了……我怎么办呢，我能到哪里去呢，这样子能再嫁人么，嫁了人达吾提还会有好日子过么？这样，我便找出他给我的地址了……我想我就来吧，就在他的家里跟你一块儿过日子吧……即使这辈子人们都会说我是小老婆，说达吾提是个私生子……可是，这是他说过的，叫我们到您这里来……

古丽一口气说完了，这似乎是她所能说出的全部解释，现在她嘴里空空荡荡，再没什么好说的了。天上为什么飘来一朵云，地上为什么少了一只羊，一切不都是清清楚楚的吗？她看看红嫂，等待后者的答复。

红嫂不看她，也不回答，她在看着达吾提。达吾提这孩子累坏了，这会儿正趴在桌上打瞌睡，他的脸被胳膊压得有些变形，薄薄的嘴唇边，一条清亮的口水在渐渐浓重起来的暮色中缓缓拉长，最终滴到地面上，形成一个铜钱大小的水迹。

古丽这次明白了红嫂的潜台词，她顺着红嫂的目光也看着达吾提：是的，这孩子不像陈寅冬，一丁点儿都不像，他甚至都不太像我，真奇怪，他像我二哥……我二哥就是这样，白皮子，卷头发，凹眼睛……

那么，我凭什么相信你呢？相信你是陈寅冬的女人，相信这孩子是陈寅冬的血肉？

古丽想了想，忽然不合时宜地微微一笑，像荒凉山坡中开出的一朵山茶。她走到红嫂身边，把嘴巴凑到红嫂耳边，她轻轻说了一句：他在床上，喜欢用脚……

站在门边的青青尽量地张开耳朵，可是真可惜，她连一个字都没有听到。但这句话显然极为重要，她看到，红嫂突然松弛下来，并轻轻地搂住古丽，两个女人为了一个共同的秘密而同时笑起来，笑得都有些暧昧了，到最后，又变得像哭一样。

凭着这句话，红嫂认定古丽的确是陈寅冬的人，而达吾提，是个长得不太像父亲的孩子。

红嫂真的留下了古丽和达吾提。

清晨稀薄的空气里，镇上的人们在简短的相互招呼过后，互相谈论起事件的这个结果，像是谈论起昨夜的一个共同的梦境，梦里，他们想象着古丽和男孩在这个小镇上今后的日子。古丽进入了小镇的梦，这也许是某种标志：她现在不再是外乡人了。

好奇心继续存在着，宽容却同样在生长，大多数人故意忽略掉男孩可疑的容貌和值得推敲的身世，同时，对红嫂的大度表现出由衷的满意。人心都是肉长的呀，哪能真的就让古丽和那男孩再回到新疆去呢，她们不投奔这小镇，还能投奔哪里呢。

当然，有人想到了经济的问题。原先，红嫂是靠陈寅冬的工资养活的，陈寅冬去世之后，红嫂就出来做起了小营生，主要是走街串巷地卖小吃物，冬天卖元宵汤团，春秋包饺子馄饨，夏天是酸梅汤果子露……这种小买卖，红嫂和青青两个是够吃了，这下，再添出两个人丁来，恐怕就拮据了吧……念及红嫂这么些年的贤德，人们不免又替她感到委屈，她这一辈子，哪里享过什么福呢，小时候没个父母疼爱，成家了基本就是长年守活寡，守到最后，倒成了真正的寡妇，这都五十多岁的人了，临了，却还要替陈寅冬的小老婆私生子操心……

但也有人提出了不同的看法，认为这事对红嫂来说未尝不是件好事。您想啊，那青青终归是要出嫁的，而这红嫂，眼看着也就是要衰老的，天上掉下个古丽和男孩，不是给她轻轻松松就旺了人丁、添了子嗣么！再说了，人，生来是吃饭的不错，同样，也是能挣钱的呀，那古丽，哪会真的就来白吃白喝呢，红嫂呀，也算是多年的苦债换来个善终……

这些贴心贴肺的话自然传到了红嫂的耳里——这是镇上人们的

美德，人们酷爱窃窃私语，同时也愿意把善意加以放大和传播。

红嫂对此不置一词，也未表现任何伤感、忧虑或沾沾自喜。担着吃食筐子，走在无人的小巷，她会对着虚空露出会心一笑。她是想到了那笔秘密的抚恤款子，到现在，她都还没动过一分一毫呢，她把它们放在那里，放在一个干燥妥帖的角落……只要有了那笔款子在垫底，她也就不怕了，就有退路了，她相信她能带着四个人过得好好的，不动用陈寅冬一分钱；而只要这笔款子没动，红嫂就感到心定神安，好像陈寅冬还在某个地方待着似的，他只是不再回来过春节而已……

红嫂的背影在巷子里被斜照过来的阳光拉长，一直拉到墙上，像是一张变形的面饼或是一片云彩的意象——这个妇人关于陈寅冬的想象也同样具有某些后现代的意味。是啊，谁知道呢，谁见过陈寅冬的尸首呢？连古丽都没见到，谁说他就是真的死了？也许他就是没有死，他只是用这种死的方式，活在某个地方，他希望由于他的消失，能够促成一个家庭的壮大，能够让红嫂与古丽、青青与达吾提在同一个屋顶下吃食与睡眠。他活着的时候，没有父母、兄弟、姐妹；但他死后，他有了一个兴旺的宅子，他有两位太太，有一对儿女，他异乡的坟上将会青草丛生、小鸟啾啾，如果能够这样，谁又能说他是真的死了呢？

2

进入腊月了，镇上的人们喜欢在这种季节吃汤圆，红嫂的生意好像更加好了一点似的。人们在买东西时会跟她搭讪几句，他们主要会询问关于古丽的事情，古丽彩色的头巾在这个镇上总不免令人浮想联翩。同时，对于她与陈寅冬的故事，其开始与结局，情节与细节，他们就像现今的记者一样，总会有着孜孜以求的兴趣。

红嫂秤着汤圆，找着零钱，一边笑起来：你们不都看到了嘛，就是那样的呗……

红嫂对这些一再重复的问题极有耐心，但她很少进行详细的解说，她发现，古丽的故事简直像是汤团里的馅儿，不确定、被包裹、回味弥久的……让人们在想象中垂涎欲滴，而这对一个吃食摊子来说，难道不是一笔挺可爱的财富吗？当然，红嫂其实并没有什么商业头脑，但她有直觉，她几乎是下意识地，富有技巧却又浑然天成地保护着古丽的神秘性。为了不让人们扫兴，她又会善解人意地指指汤团：喏，这可是古丽帮我揉的面，古丽帮我包的馅儿……

哦，真的呀！人们好像因此得到了些许安慰，于是心满意足地提了汤团回去，在晚餐的桌子上，男人会端详着汤匙里白胖的汤团，想象着古丽的手掌正在一遍一遍地搓动，从而感受到一种不可言传的快乐。

是啊，红嫂并没有骗他们。晚上，红嫂总会带着一家人和馅儿、搓团子。她踮起脚把油灯高高地放到灶顶上，这样整个屋子都能亮堂了。光来自高处，桌椅的阴影因此显得小了，但人脸上的阴影却变得大了，古丽的睫毛像刷子似的投在她的脸上，青青的刘海则像帘子，她的眼睛躲在帘子后面，悄悄地盯着古丽，并把古丽与母亲红嫂作着对比。女人与女人之间的巨大差异总让这少女心有所动，继而联想到另一个世界的父亲，在他的眼里，红嫂与古丽又各是怎样的角色与位置？

夜晚有些凉了，屋子里却充满着令人沉醉的香甜气，糯米、豆沙、芝麻，它们像比赛似的各自散发出淳厚的味道。每到这样的时候，达吾提就会像一只蜜蜂似的，在屋子里绕着圈子转来转去，拖着蝙蝠般扁扁的影子。他把头伸到红豆沙的盆子里，他把鼻子凑近芝麻的木臼里，贪婪地无休止地闻着。或者，他会闭着眼睛，拿起一个又一个包好的汤团，凑近鼻子闻一下，然后宣布是豆沙馅儿还是芝麻馅儿。他的鼻子花瓣一样紧紧皱起，完全沉迷在这不断重复的简单游戏中。

达吾提的鼻子属狗。古丽仰起头对红嫂说，这是一场聊天的开场白。这样刮着风的夜晚，总是古丽第一个打破沉默，像在夜里划亮第一根火柴。

古丽一开口，红嫂总是突然一怔，她看看对面的古丽，会在一瞬间感到迷茫和不解：这女人是谁呀，怎么坐在我家里呢？这世上，除了女儿青青，怎么还有别的人在这里？到底是五十岁的人了，在一天的走街串巷之后，她是有些困倦了，以致出现了短暂的失忆与幻觉。当然，她很快就清醒了。

达吾提的鼻子真是狗鼻子呢！古丽接着往下说。从小就是，别人是用眼睛认路，他好像是用鼻子，到哪儿都会在各处角落各样家什上嗅嗅，木头味儿，丝绸味儿，柴火味儿，轮胎味儿，生瓜与熟瓜的味儿，甜葡萄与生葡萄的味儿……那时在工程队，一大堆男人里面，他就是能闭着眼睛把寅冬给挑出来，他总说，每个人的味儿都不一样，闻一闻就知道了。男人和女人，老人和小孩，好人和坏人，都各有各的味道，他一闻就能闻出来……

红嫂笑起来，困倦都去了一半似的，她看看那孩子，手里握着两个汤团，头却已耷下来，睡着了。青青于是赶紧洗洗手，把达吾提弄到里屋的床上去了。

屋子里现在只剩下红嫂和古丽了。即使是晚上，后者还是穿着齐整的长裙，她从新疆带来的那个包袱，像是个无穷无尽的宝囊似的，腰带与头巾，披肩与下围，总会被她别出心裁地变出令人眼前一亮的装束，像个女魔术师似的……她偶尔会走上街头，左顾右盼地东张西望，婀娜的背影像冬季盛开的桃花。但是，在一个陌生的小镇，在她所投奔和寄居的人家家里，她难道不应该表现得沉郁一些吗？比如，她应当唯唯诺诺，她应当低头而行，她应当谨慎地只穿深色衣衫……当然，议论归议论，人们并不真的希望古丽那样，对于超出常理与常识的事，人们保持着矛盾的心态，一方面，他们指指点点，另一方面，他们有所期盼和鼓励，甚至在暗地里十分欣赏。

红嫂看看古丽，再看看自己。她像青青一样，不是用自己的眼睛，而是用陈寅冬的眼睛。难怪呀，年纪、容貌、衣饰、性情，她跟古丽怎堪一比？陈寅冬怎么可能不喜欢上古丽？甚至，红嫂现在都有些不确定了，有了这么一个古丽，陈寅冬后来是否还在喜欢她呢……

红嫂回忆起她跟陈寅冬的婚后生活，是否有过如胶似漆的时光？尽管聚少离多，但每次的团聚并不总是激动人心的，陈寅冬似乎并不特别热衷床帏之事，他身量不高，亦谈不上强壮，他似乎有一种与生俱来的抑郁与忧戚，他经常在半夜突然醒来，然后坐在黑暗中的床头一言不发。

红嫂对他甚为恭敬，即使是夫妻，他对她而言仍有着某种程度上的神秘——他长年在外，过着与镇上人完全不同的日子，对菜肴，他有一些特别的口味，谈话中，他有时会说出那个地方的口头语。有时，红嫂会觉得陈寅冬是个陌生的男人，他们在床上亲热，相互摸索着寻找方位与节奏，全无默契，更谈不上放松与放纵。那么，是否这其实就是一种迹象，是他对古丽心有所绊的迹象？

对这些事情，红嫂从前似乎都没有如此明白地想过，不知为何，在这样的晚上，看着面前这样的古丽，红嫂忽然体味到一种迟来的感悟——她这一辈子，或许真是前所未有的荒凉吧，唯一的男人，即使只是在那些短暂的春节假期里，他也没有真正的在疼爱她。包括他的死，他通过死所换来的抚恤金，或许更多的也只是为了古丽和那个男孩呢。

按理，明白并接受这样一个现实应当是悲痛和委屈的吧，可是真奇怪，红嫂也并没有感到特别的心酸，她只是微微叹口气而已——本来嘛，对她来说，陈寅冬死与不死，不都是一回事儿！他活着，也只活在古丽那里，对红嫂来说，相当于是死了；他死了，对她红嫂而言，仍跟从前一样，他活在那里，她活在这里，她并没有特别少了什么……

红嫂发现自己笑了，在高处灯火的影子下，她在心底笑了：陈寅冬的死，怎么就变成了一件若有若无的事呢？

每个晚上，都是青青把打着盹的达吾提抱上床。小男孩的身体热乎乎、沉甸甸的，血液在皮肤下穿行，眼皮微微半张，有着麻雀般的敏感与软弱。青青的身量和气力足够抱起男孩，却又总觉得使不上力气，反倒显得有些笨手笨脚。

她用脚推开古丽和达吾提的房间门，老式的床宽大而陈旧，发黄的蚊帐如眼帘低垂。她把达吾提一直送到床最里边贴墙的地方，为了防止达吾提着凉，青青又爬上去，细心地在靠墙处放上一块垫子。她的身体从达吾提身上越过去——而每每都是这样的时刻，达吾提突然睁开眼睛，他醒了。他的眼睛正对着青青的上半身。

怎么的？青青连忙缩回来，跪坐在大床的外沿。

我闻见你了。

什么？青青有些羞恼，但达吾提的眼睛那么清亮，干干净净的，让她都没法作恼，也不知要说些什么才好。

但她其实并不要说什么，达吾提像在做梦一样地一串串往外说着呢：我闻见你了。你身上有各种各样的味道：木桶、麻绳、竹竿、皂角、水草、豆子、灶火。

青青这下子笑起来，可不是呢，她这一天里，一大早用木桶到河里挑水，然后用皂角洗衣裳，晾到竹竿上。下午，跟红嫂一起搓了会儿麻绳，晚上，又把红豆沙给漂洗了几遍，然后在锅里煨上了……

小东西，瞎说！这哪里是你闻见的？这一天里，我到过什么地方，做了些什么，你不都像个小尾巴似的跟在后面……能说出这些来有什么稀奇！

这是第一层的味道，还有第二层呢……达吾提说着重新闭上眼，像走入了一个梦中的花园。你的头发是芝麻味，你的眼睛是露水味，你的嘴巴是……是……

达吾提皱起眉头，好像迷了路，他慢慢地抬起身，把他的鼻子靠近青青的嘴唇，在那里停了停，蹭了蹭，然后才接着说：你的嘴巴是番茄味儿。

青青被达吾提方才的动作弄呆住了，她噤在那里，甚至都没有听清达吾提所说的那些味道……达吾提的鼻子凉凉的，那冷而湿润的感觉仍停留在她的唇上，她几乎感觉到那就是一个吻，一个不成形的小男孩的亲吻，带着某种同情与体谅似的。

青青舔舔自己的嘴唇，不知为什么，泪突然流下来，青青的青春期就这样被达吾提的鼻子唤醒了，她的胸脯在瞬间鼓胀起来，那是陌生的呼唤与刺激，她感到说不清楚的寂寞与疼痛。

她仍旧跪在床上，而达吾提，似乎又重新睡过去了，均匀的呼吸轻轻拂过黑暗中的空气，有着小野兽般的天真劲儿和热乎劲儿，像是一种闻不见的芳香。

到了黄昏，小街小巷里的寒风就更甚了，刮在人脸上，像是小柳条在抽打似的，担着有些累赘的筐子走在风里，感觉就有些凄苦了，但红嫂并不在意，她认为吃苦是天生的，是必须的。酸胀的腰背、变质的剩饭剩菜、缝补得不像样子的内衣，以及冬天寒风的这种刺冷——生活中处处充满不适，这不适反倒让她感到某种安全和踏实。

有时，红嫂在寒风里都一直走到天快黑了，每条巷子都走过两遍了，仍会剩下一些汤圆，红嫂倒也不恼，便将计就计带回家去做晚饭吃。

每到这样的时候，古丽总是最高兴的，她会早早地把米桂花、绵白糖一起摆到桌上，又找出配套的瓷碗和瓷勺，然后才掀开热气腾腾的锅盖，给每只碗都盛上六个汤圆，摆成梅花的模样。接着，她会第一个捧起碗，舀出一个囫囵着放进嘴中，闭上眼睛慢慢地咬破皮子，用舌头把芝麻和糯米搅在一起，然后重新咀嚼，唇齿间发出轻微的咂摸声，再慢慢地咽下去，体味它们在喉咙中停滞和下滑的滋味……

就像来到镇上的第一天一样，古丽吃东西的模样总是如此沉醉、心无旁骛，让红嫂和青青甚为惊异。不仅仅是这些有馅儿的汤圆，就是用剩下的糯米屑子搓成的实心小元宵，面条锅里的面汤，用咸菜帮子和一些肉杂碎做成的浇头，她都会有滋有味、全心全意地投入享用……

对吃是如此,对睡眠、穿衣亦是有过之而无不及。每个早晨,她都会狠狠地一直睡到日上树梢,在被窝里伸长长的懒腰、把被子都伸得拱起来,然后大声叹息着对一夜无梦表示满足。然后,她精心地把那些裙子摊到床边,对着屋子里那缺了一角的镜子反复比划,一边伸出头去问青青外面的天气,如果太阳很好,她就穿橙色的,如果有些阴,她穿绿色的,如果有小鸟叫了,她就穿带大花儿的……她对生活的每一刻都特别精心,带着感恩与珍重,一定要别出心裁,让所有的人都高兴似的……

青青,这依然生涩、含苞未放的少女。红嫂,这饱受苦难、几乎不知何为生之乐趣的母亲。古丽的奔放与热烈带给她们的到底是什么呀!——无疑,青青从不掩饰她对古丽的崇拜,她总是悄没声息地盯着古丽,随时准备替她接接拿拿,随时准备应答她各种各样的感叹或提问,少女依然穿着从前的旧衣裳,梳着从前的独辫子,走起路来微微的有些含胸,可是,青青,真的有什么地方跟从前有些不一样了。就像一个孩子,读过书与没读过书的那种差别。古丽就是青青的启蒙老师,正是在古丽明媚的背影之后,青青的性别意识开始了苏醒,对风月有了一知半解的领会,对神情、体态有了自觉的把握与训练……

至于红嫂,一下子很难说得清楚。她本来以为自己是要生气的,特别是要生陈寅冬的气,他为什么会喜欢上这样的女人呢,简直是自己的反面,她吃没吃相、睡没睡相,缺乏起码的妇道礼数……可是细想想,又说不出古丽具体的什么不好来,后者总是那么欢天喜地的,带着股大大咧咧的孩子气似的……看着她像蜜桃一样的身体,连红嫂都有些愉悦起来,瞧瞧自己,这裂了口子的手指头，眼睛下深褐色的眼袋，在头顶上闪闪烁烁的白发……唉，有些人，就是要像古丽那样活的，享乐、精致、风流；而另一些人，则是像自己这样活的，克己、粗糙、本分。在古丽面前，她一方面有着道德和良心上的优越感，但同时，也有着对另一种风流生活进行张望和入侵的欲望。

这样，等达吾提和青青睡下之后，红嫂会主动跟古丽说起话儿来，寒夜漫漫，她们没有男人，只有时间，可她们又能靠什么来打发时间呢？

红嫂不动声色地聊起一些闲话，周密地一步步把话题往隐秘处推进。不过，红嫂大可不必如此花费心机，古丽哪里需要她引导呢，她几乎是径直地就往红嫂最想听的地方去了。

唉。红嫂，要说起来，陈寅冬更在乎的可能还是您呢！比方说吧，好好的正趴在我身上呢，他会突然就叹起气来，把眼睛往黑乎乎的窗外看，不知要看到哪里似的，整个人都萎下去了。

怎么可能呢！怎么可能呢！红嫂不必要地大声分辩起来。她认为古丽这是在安慰她。况且，就算古丽说的是真的，红嫂意外地发现，她对此也并不感到多少的高兴——奇怪吧，她并不真的在乎陈寅冬更喜欢谁。喜欢人家古丽，那是对的是正常的；喜欢她红嫂，那就叫她不踏实以至不舒服了……

其实吧，我有对不起陈寅冬的地方，谁叫他有两个老婆呢，他能有两个老婆，我就不能有两个男人吗是不是？

这么说，你还有另外一个……红嫂趣味盎然，她很高兴古丽转移了话题。古丽的这个理论显然是经不起推敲的，要在白天，红嫂都会吐唾沫的，可是怪了，现在，红嫂就觉得古丽说得有道理，她做得更有道理。

是啊，每年，我也会离开工程队一阵子，赶几十里路回家里看看父母，一方面是看父母，另一方面当然是看他……他呀，可比咱们陈寅冬厉害多了，每次都让我受不了了呢、撑死了呢，我都全身发抖了呢……不像咱们陈寅冬，他身量小，气又短，到后来就只能用脚了，他就爱把脚趾头当家伙使……古丽的用语粗俗而直接，神情却坦诚而大方，像是仅仅在谈论一顿美食或一段面料似的。所以说呀，红嫂，您看看，在这个世上，让人舒服的东西可真多呀，好饭好菜，好衣好裳，好觉好睡，哪一样我都喜欢极了，特别是睡觉的事呀，一个人睡有一个人睡的甜，两个人睡有两个人睡的美，我哪一样都爱死了，爱到骨子里去了……

昏暗的油灯有效地替红嫂遮住了她一再腾起的红晕，她多喜欢听古丽这么说话呀，她还从来没听人这样说过话呢，她还从来没想过这些事儿呢……好像就是从古丽这里，她才肯承认，对呀，原来，那也是件舒服的事儿呢……不过，她在陈寅冬那里感到过舒服了么？难道那过去的几十年，她竟一直是无知无觉的么？就连陈寅冬喜欢用脚的这一习惯，她也没有去多想……那些春节，外面有着呼呼的风，陈寅冬忽然从她身上软下来，然后，像是例行仪式似的，他举起脚来，从上到下地抚摸着她，最后，停在那里……这回忆如此清晰，宛若仍在床榻，最令红嫂沉湎不已的是，她想到，那陈寅冬，对古丽，竟也是这样的呢……一个喜欢用脚的男人，她们的男人……

3

红嫂原以为古丽可以像她一样，满足于每晚的回忆与叙述，并且，她们可以依靠这回忆共同过活，她进入老年，而古丽进入中年。事实上，春天来了之后，红嫂发现：她可能错了。古丽，在骨子里就是跟她不一样的女人，这不是谁更好谁更坏的问题，只是，彼此不同。

是啊，春天来了，东坝小镇的春天带有明目张胆的鼓动性，互相攀比着似的，这里绿了，那里红了，空气里都躁躁的，让人感到口渴和焦灼，非要干点什么事似的。这跟古丽的家乡是全然不同了，古丽一下子就被打昏了，她再也坐不住了。

她积极地几次三番地向红嫂要求，由她出去卖吃食，再不出门走走，她就要"霉掉了""烂掉了"。

红嫂看看古丽，后者已经换上春季的衣服了，一方面显得单薄了，另一方面又更加丰满了，红嫂几乎看得欢喜起来，有心要放她出去走走，但又总觉得哪里不大妥当，好像这话一答应下来，就是同时还应承了别的什么似的。

青青在一边看着，想替古丽说情，开了口却又是站在红嫂这边的样子：妈，你都五十多了，再出去跑来跑去，吃不消吧。正好，也让古丽熟悉熟悉，这镇上，她走得还没达吾提多呢！

红嫂扶扶自己的腰，好像突然间就疲惫了起来，这疲惫来得有些违心，又有些存心，总之，她想现在是应当累了，该回到屋子里了，那外面的天地，就给古丽去飘摇吧。

因是春季，这时候，红嫂做的小吃食不再是汤团了，改成炸麻团和咸花卷了，春天日头长，人们走着走着，很容易的就会饿了，如果正好迎面碰上个吃食担子，他们就会买上几个，一路慢慢地走着也就吃光了。

古丽对巷子着实不大熟，走起来有些犹犹疑疑、左顾右盼的，这就跟镇上妇女们大步流星的样子大不同了，人们在后面看了，在侧面看了，在前面看了，都感到一种与众不同的好，他们不免就停下来，喊住古丽，慢慢吞吞地挑上几个包子，慢慢吞吞地掏钱。他们喜欢听古丽说话，因为古丽的话听上去别扭、拗口，他们还注意到古丽鼻尖上的小汗珠，以及她头上随便别上的一朵蔷薇花。她在他们眼中，要比手中的吃食更要耐人寻味。

古丽的生意当然是出奇的好了，比红嫂从前卖出的要多出一倍，还没等红嫂来得及高兴，好好数数那些多出来的钱，古丽就自作主张地开始花钱了。

经过小百货店，她会进去看看，路过布店，停下来东摸西看，经过鞋铺，她又会倚在人家的门前，问这问那。然后，回家的时候，她会一五一十眉飞色舞地重现她所看到听到想到的一切，并且，她的担子里还会多了些别的东西，塑料拖鞋，发亮的发夹，彩色的虾片，能吹出泡泡的糖——不用说，这些新奇玩意儿本身是有着令人激动的魔力的，而且，古丽的行事方式又增加了这种魔力性。比如，她买东西完全没有规律，她并不是每天带，或是隔天带。当大家满心以为她今天是要买什么了，她却空着手回来了；而当大家没指望的时候，她却突然把篮子伸到大家面前。古丽还喜欢把那些新玩意儿们藏在篮子的布幔下，然后，让他们摸。让达吾提猜颜色，让青青猜是吃的、用的，还是玩儿的，最后让红嫂猜：这礼物是买给谁的？

——对于古丽突然爆发出来的购买欲，红嫂是拦都来不及拦了，也是拦不住了，脚在她身上，钱在她身上，这可真是糟透了！红嫂虚张声势地在心中感叹：她这辈子都没有这样大手大脚花过钱呀，这镇上也没人这样不要命了似的花钱吧！镇上的习惯和风气是这样的：如果能赚上五块钱，一定只能过五毛钱的日子，或者更低，一毛都不花才好，要低于能力，要低于环境，要低于需要，那才是正经过日子的道理，可看古丽这样子，分明是不想过了！

感叹归感叹，生气归生气，红嫂心里却明白得很，她不是真的生气，她不是还有陈寅冬的那笔钱在垫底嘛！就是古丽一分钱都赚不到又怎么样，她们四个人照样可以过得舒舒服服的不是嘛……这样想想，红嫂就真的定下心来，她只是假装舍不得、假装懊恼，可其实呢，在她心底里，却跟青青和达吾提一样每天都等着盼着古丽从外面回来……

再说，古丽其实也没有花很多的钱呀，但真的，每样东西都让大家叹为观止，生活好像因此多了无穷无尽的乐趣似的！您说，买回来总不能不用吧！那才是真的作孽呢！红嫂于是起了油锅，炸虾片，眼睁睁看着单薄的虾片突然弯卷着像笑脸一样膨胀开来。她穿上了平生第一件的确良褂子，她还试了试青青的红色塑料拖鞋，并偷偷地把达吾提的泡泡糖揪下一块放到嘴里……

黏黏的泡泡糖让红嫂惊讶得差点吞下肚里，她慌张而笨拙地从嘴里抠出来，笑话起自己这个乡下女人，她弯下腰尽量不出声地笑着，竟笑出了眼泪，她伸出粗得有些糙人的手抹去泪珠，接着，她真的流起泪来——这迟来的乐趣呀，如此细小、真实，可是，却又残酷地让她意识她前面那些年月的孤独与虚度。

当然，从前的日子跟陈寅冬无关，怪不得他，但眼下的日子，也许倒要谢谢陈寅冬，是他在那遥远的地方结识了古丽，是他通过死亡把古丽带到这个镇上，带到她的身边，陪伴她即将开始的老年。

达吾提吃得很多，睡得也很好，但他的个子却一直不长，好像就准备永远停在那个高度，也许是因为他走动得太多——从仲春直到初夏，他总像是丢了什么东西似的，逼着青青带着他到外面游游荡荡。他抽着他的鼻子，像一只肩负神秘使命的小狗，在清晨，在正午，在迟暮，一天中的不同时分。在阴沟边，在桃林里，在石灰厂，在屠户的案板边，在织布厂前，在邮筒边，在小镇的不同地点，他都会流连忘返，一边专注、努力地抽动鼻子，像人们深情地凝视某处即将永别的地方。

青青有时会走在他的身后，不过，她跟达吾提的趣味全然不同。这个春天，青青是完全地发育了，心理上的发育。她开始懂得轻轻垂下眼皮，开始晓得自己胸脯的美，开始知道微微提起臀部——大多数时候，她是在不自觉地模仿古丽，因此她需要走到巷子里，在没有人看见的地方好好练习，她满心期望着，不久以后，她会成为一个跟古丽一样漂亮的女人，有着一个跟达吾提一样的孩子……

达吾提，你看我好看吗？青青想起古丽头上的花来，她摘下一朵那种同样粉红的蔷薇，同样地别在头上同一个位置，她偏过头去问达吾提。

达吾提从某种专注中勉强地拉回自己，他眯着眼看青青，眼睛越眯越小，像有阳光钻进去了似的。最终，他还是走近过来，把鼻子凑到青青身上，他闻了闻，然后才说：好看，香。

那比你妈妈呢？青青这是有些贪心了。

达吾提严肃地看看青青，他虽睁大眼睛，却视若无物，然后不置可否地又转回身研究他的味道去了。

青青把花取下来在手里握住，她忽然想起方才达吾提的眼睛，他为什么要眯那么小呢，并且，她想起来，这段时间，他总是这样，当他无所事事时，他会睁大双眼，却有些空洞。但当他想看看什么时，却会越来越小地眯起，脑袋向一边歪过去，吃力而别扭……这里面，有什么问题吗？

在这家新开张的裁缝店前，古丽迷路了。因为迷路，她认识了张玉才。

事实上，这段时间，这镇上的巷子她来来回回已走了不知多少遍了，但古丽不记路，因为她每天走的路线都不太一样，她不是根据居民区的分布来决定路线，而是看哪里好玩了、没见过、没来过，她就停下了，看一看，张一张，然后歪打正着地摸索着找到回去的路。

让古丽迷路的这家裁缝店，大得超出镇上所有人的想象，缝纫机是一溜排开的，"咔嚓咔嚓"，声音此起彼伏，好听得很。厅堂上方的绳子上挂着女人的春秋衫、格子裙，男人的中山装、列宁装，甚至还有一套白色的西装，气派极了。就连两个小伙计，都穿着一式一样的对襟褂，脖子里搭根软尺，看人喜欢从下到上，打量一圈，像用眼睛在掐尺寸似的。古丽把担子放在门口，走进去摸摸那些料子，看看那些样式，简直喜欢死这家店铺了。

她磨磨蹭蹭地看了又看，终于想到放在门口的吃食担子，这才不得不提脚走了出去。这一出门，发现天色已经不早了，看看担子里还有不少花卷呢，有些急了，见路就走，东拐西拐，这样走了一大圈，发现自己竟又回到了裁缝店前。古丽倒也不慌，她想了想，换个方向继续走，可是事情真是怪了，好像注定她今天就得结识上张玉才似的。她走了第二圈，似乎走得很远，都要到镇子边上了，可一抬头，瞧，这不还是那家新开的裁缝店嘛！

天色真是一层层暗下来了，古丽看看担子里的花卷，虽说没剩几个，可这于她，可还是没有过的事哩，竟然会卖不完！而且还找不着路了，天天走的这个小镇，连问人都不好意思开口！古丽有些恼了，恼自己，恼这些花卷，还恼那家裁缝店，她四处看看，正不知怎么开口问人呢，张玉才却主动走上来了。

古丽，我都跟你走了两大圈了，你兜来兜去到底是要到哪里去？张玉才身量不算高，却挺干净，棉毛衫外面翻出白衬衫的领子。

这镇上的人，在称呼上一直让古丽很不习惯。如是很熟悉的人，他们会喊成亲戚似的：什么婶，什么叔，什么姑，什么爷。如果是不认识的呢，他们一律喊：嗳！对于古丽，他们把她划归到后者。

嗳，买四只豆沙麻团。嗳，你帮我换个零钱吧。嗳，你家那小男孩几岁了。

"古丽！"这个小青年竟这样喊自己。像一个男同学在喊一个女同学，像是认识了很长时间似的。再看看他的干净模样，想想他竟然不声不响地跟了自己两圈。古丽忽然觉得自己整个人都活泛起来，松动起来。

你管我想到哪里去呢，你跟着做什么？古丽有心想让他带个路，嘴上却是不饶人。要说跟男人耍嘴逗趣，她一向是擅长的，从前在工程队，那些姑娘们个个泼辣、能说会道，要不然也不敢到男人堆里讨生活，她在其中也算是个佼佼者。只是自从陈寅冬死了，自从来到这个小镇，因为背景与环境的变化，她竟有些疏于此道了，这会儿见了张玉才，那本领倒一下子复活了。

那么，是我搞错了，以为你迷了方向。再说我看天色晚了，也怕你一个人不太安全。张玉才话虽说得体己，神情却是不卑不亢。

这一来一往，就知道对方的深浅了。想不到这个年纪轻轻的小伙子，竟也有这样的胆识。到这个镇上以来，还从来没有人跟古丽这样说过话呢——有趣味，有分寸，有想头！两个人说着话，一边就往前走了，自然，是张玉才略略走在前面带路。

走了一程，张玉才忽地想起什么似的，侧过身掀开古丽筐子上的布，看到里面还有几个花卷，于是，伸手在身上摸摸，掏出一毛钱来：正好，我全买了吧。

古丽这下是真的触动了，这个张玉才，何止是有趣，心思还这样细巧！这样贴心！

送到红嫂家，青青跟达吾提早就站在屋檐下心神不宁地张望了，古丽一到，他们全都如获至宝地叫起来，连红嫂都从屋子里搓着手出来，毕竟，古丽还从没回来过这么晚。

古丽顾不上理会红嫂的询问，又把扑到怀里的达吾提拉开，她忙不迭地要招待她在这镇上的第一个客人。喝茶。请坐。请进来。噢，这是红嫂，你认识的吧？她的招待明显有些失了秩序。

张玉才却还是那么定定心心的，站在那里，他听着古丽把红嫂、青青和达吾提一一介绍完，笑吟吟地点点头，才不急不忙地招呼一声告辞走了，竟是连门都没有进的，他举举手中的花卷：我也要回去吃晚饭呢！

一家人就这样被丢在门口，有些眼睁睁的样子看着他走了。张玉才的背影在暮色中一会儿就看不清了，只有达吾提还在嗅鼻子，并显出若有所思的样子。

这以后，古丽跟张玉才就算是熟人算是朋友了。说也好玩，不认识的时候，大街上所有的脸都一样，古丽好像从没有在巷子里见过他。认识之后，他的脸总是老远就会从人群中浮出来，几乎天天都要碰面了。

古丽慢慢知道，张玉才可是正经的初中毕业生，因为读过书，家里人又有些脸面，正托人找了个老会计在学打算盘做账，看样子，以后是要做会计了。会计，这在小镇上，跟老师和医生一样，最是受人尊敬的行当。张玉才想来也是知道这一点的，他的神情之中因此比一般的人又多了几分自信，更添了他与众不同的一点气魄。

认识张玉才之后，古丽倒好像是天天都要迷路了，反正她心里有底，到了黄昏，总会碰上他——或者是他在找她呢！古丽只当不知道，她好像习以为常般地，一边说说闲话儿，一边跟着他走，从小巷走，从人家的屋子后面走，从河道边走，从小桃林里走，也不知是抄了近路还是绕得更远。

张玉才经常一边说话，一边回过头频频地看古丽，带着突如其来的激动凝视她微凹的眼睛。这样的时候——走在张玉才身后，走在这样僻静的小道上，感受张玉才的频频回头，古丽总是很快活的。她想，这便是日子里的好滋味呀，跟吃好东西、睡好觉是一样的……至于今后跟张玉才如何如何，她从来不想，一秒钟都不想，想了又有什么用？她结过婚，她有个儿子，她比张玉才大上十二岁，想这些干什么，不是白白让自己过不好日子么……

可是，有个姑娘，她却开始想了，她想得具体极了，美好极了，一直想到了结婚，想到了生孩子。是啊，这姑娘是青青。那天，她在门口第一次看到张玉才，她看到他笑吟吟地冲她点头。

在一秒钟前，什么处对象、谈恋爱呀这些事，离青青还有十万八千里呢，可是，等到这张玉才对她点了点头，一秒钟的样子，她突然就感到，一下子就来了，她的事情、她的命就这样定下来了，就逼到眼跟前了。她只愿意让这个小伙子娶她，她只愿意嫁给他。

青青的想法有些太过突飞猛进了，就像一个还不会走路的孩子，一下子却跑起来，还飞起来。因此，青青是完全把持不住了，她的内向、拘谨、生涩好像都给挤到一边去了，只要是跟张玉才有关的事情或细节，她都会像个不会吃东西的人一样囫囵吞枣地一口吞下去，不分青红皂白，不分酸甜苦辣。然后，等到夜深了，她才会一个人缩在被窝里，慢慢地一小块儿一小块儿地重新咀嚼回味。

自然，她所能得到的任何有关张玉才的信息，来源者只可能是古丽，青青一向对古丽是信服的、崇拜的，而古丽，想想吧，每当她说起张玉才来，用的又是什么样的语气和角度呢？这对青青来说，更加是顺风吹火、火上浇油了！可光是这样听听又怎能满足？可怜的姑娘，她的胆子真是大得都要发了狂了，她开始悄悄地跑到街上，寻找张玉才的身影……

好在她是在这镇子上从小泡大的，在张玉才还没有跟古丽碰面之前，她会先一步找到张玉才的踪迹。她看见他把手插在兜里走路。停在路边跟人说话。别人给他散烟，他客气地摆摆手。走过一家玩具摊，他孩子气地蹲下去，拿起一只会叫的塑料鸭挤出响亮的声音……青青着迷地盯着看，觉得他的每一个动作，每一个姿势，都再好不过了！

这少女的相思之情啊，太过猛烈，太过茂盛，她完全沉浸在自以为是的想象中，她以为这便是处对象了，她以为这样便是可以结婚了！青青闪在拐角口，按着像青蛙一样乱跳的心……一直要等到张玉才跟古丽正好"碰"上后，她才仓促地结束她的追寻之旅。因为，有古丽跟张玉才在一块儿，她就放心了，她知道古丽回家后会重述她跟张玉才之间的对话，她什么都不会漏过……

青青以为她正在浇灌着一个秘密，这秘密是她的，也是张玉才的，这世上切切不可有第三者知道。可是，这世上怎么可能有不泄露的秘密呢。秘密是什么？是空气，是风，是水，是沙子，只要有一点点可能的空间，它们就泄了，悄悄地弥漫开来，众所周知，满城风雨。到最后，只有制造与守护秘密的那个人，还像守着风中之烛般地，在小心翼翼地用两只手围着、罩着，死了命地护着。

最先识破青青秘密的是达吾提，这个小小的气味收集者。还是在睡觉之前的那一小段时间，当青青把熟睡的他抱到床上，他睁开眼睛，这次他没有看青青，只是看着前面的黑。

青青刮刮他的鼻子：又醒了？

达吾提短促地呼了口气：你的味道不对了。

嗯？青青笑起来，说实话，对于达吾提关于气味的各种说法，她从来都不当真，他不过是在玩游戏罢了。一个七八岁的孩子，不正是游戏的年纪吗，就像别的孩子喜欢木手枪喜欢弹弓，而他，则喜欢玩玩味道。这样想着，她便会装出认真的样子，陪着他玩。

怎么就不对了呢，你从前不是说过的？我的头发是芝麻味，眼睛是露水味，嘴巴是番茄味儿。

现在不对了。你身上满是大街的味儿。

大街的味儿又怎么了？

你的味儿乱乱的，糊里糊涂、傻里傻气的……嗳，我问你，你为什么整天到外面转悠？

小东西，你倒管起我来了……青青有一点慌乱，但想想达吾提毕竟是个孩子，应当是无妨的，他哪里就能看破她的心思？

我不管你，谁会管你呢？达吾提的声音里忽然流露出一种深深的忧戚与同情，好像只有他才能真正替青青着想似的。

青青被达吾提的情绪噎住了，这八岁的孩子，像是最柔弱的，却又像是最犀利的。他为什么会流露出那种发自内心的悲伤？

青青，你不要出去了，不要再跟着他了。他来的那天，我闻过了，我就知道，他不会喜欢你……这个人与那个人，他们的味道，就像这个人对那个人的脾气一样，有的是天生合得来的，有的是永远都凑不到一块儿的……

你瞎说什么呢。青青小声地回应道。隔了一会儿，她终于忍不住问道：那你说他喜欢什么样的味道呢，我能变成那种味道吗？

你难道真的没看出来？他喜欢的，是我妈妈的味道。达吾提把他温热的小手伸到青青的胳膊上，他轻轻地抚摸着青青，隔着皮肤，传递出单薄而纯粹的亲爱。

少女却在突然之间枯萎了下去，软软地跌到达吾提一侧，她的头落到古丽的枕上，古丽的味道像无知的蛇一样钻进她的鼻孔。

青青的萎靡与消瘦带着少女期的苍白，她因此变得好看了起来。晚饭桌上，古丽一边美美地吃着，一边飞快地看了她两眼，这对餐中的古丽而言，是难得的分心。

红嫂，看见没，青青长成大姑娘了，身量长长的，眼色水汪汪的。她兴高采烈，嘴里包得满满的，说得有些口齿不清。

哼。做母亲的有一点点得意，却还是压下去。红嫂知道，再平常的女人，在做姑娘时，总有那么三四年，看上去是相当迷人的。

青青低着头，她不敢抬头，也不敢开口，生怕会招出眼里的一泡泪。听到古丽夸她漂亮，她自然是高兴的。就是到现在，她依然还是那么崇拜古丽，后者说的每一句话，她都会毫无保留的喜欢。

　　这几天，她慢慢地有些想通了，不那么绝望了，不那么怨怪张玉才了……他喜欢古丽，这哪里就能怪他？更不能怪古丽，要怪，只能怪自己，长得不好，味道不对……

　　等下了饭桌，用茶水冲过了嘴，又呆坐着舒舒服服地消化了一会儿，古丽的注意力才算完全地清醒过来。她暗暗地瞧着正在洗碗的青青，后者的动作有气无力，动作慢吞吞的……即使只是个侧影，也能感觉到青青被克制着的某种情绪。

　　那是什么？她在忍受什么痛苦呢？

　　古丽想了想，转到房间里去，达吾提正瞪着两只眼待在黑地里。

　　古丽正想点灯，孩子却喃喃地说：不要点，看到灯，我眼睛就会疼……

　　古丽于是也待在了黑暗里，她仍在想方才的问题。一个十九岁的姑娘，会为什么伤心？自然，应当是年轻人的心事。那么，又会是谁呢？在这个镇上，青青会为了谁？她都认识些谁？这么稍稍推理了一两步，答案就水落石出了。古丽为自己的聪明高兴起来……可是，等一等，这么说，事情的结局要提前到了，在她与张玉才之间？

　　张玉才现在已经不再假装是偶然碰到古丽了。他与古丽之间，实际上已经有了默契。他们会在那家裁缝店前碰面，然后一起漫无目的地东走西走。

　　古丽喜欢向张玉才回忆她从前在铁路工程队的事情，她那时，比现在更年轻、泼辣，敢当着一大群男人的面就跳起舞来；头上的纱巾从来都跟别人不重样，走在荒地里，人们老远就会认出她……张玉才笑微微地听着，一半是折服于古丽的塞外风情，一半是沉醉在双方的爱慕中——他们没有拉过手，好像也不曾想过要拉手，更不要谈别的。他们好像真的只是简简单单的爱慕与喜欢，这爱慕，真实、轻松，而不必担心来路与去程，因为结果是明摆着的，他们都一清二楚：他以后会娶一个别的姑娘，而她，则会继续像阳光一样明媚地活着……

可是，古丽现在明白，结果要提前到来了——她必须让张玉才对青青有所反应。这事情虽不是她的乐趣和愿望，但她怎么能不帮青青一把呢？她和她可是一家人，都是陈寅冬的家里人呢。

张玉才对古丽的话表示了巨大的诧异，乃至愤怒。他看着古丽的唇，像是头一次注意到她有两片这样的唇似的，她的唇，竟然也能说出违心的话？这还是他天天陪着走的那个古丽吗，百无禁忌、由着自己性子的？

她的唇说：你该成个家了吧！先成家后立业么，成了家再好好把会计工作做好。

接着说：我替你说个姑娘，保证是最适合你的。因为我最了解你，也了解她。她一定会是世上对你最好的人。

又说：你可能见过她的。就在红嫂家，她女儿。也是……我女儿。你要相信我，我帮你看的，肯定没错。我不会害青青，更不会害你。还说：你不要不好意思。这种事情，男的总归要主动一点对不对。我帮你，你写张纸条，或者说个口信，我一定帮你好好带到，约她出来，你们见面。

张玉才把目光移开，他不能不感受到古丽的心肠，那种像天一样大的善，以及不假思索的傻，这其实还是率性了——所以，这还是他的古丽，那两片唇还是她的唇。他的心一开始还气得发红呢，这会却软下来了，疼起来了，都不能碰呢。

青青，自己应当是见过的，但模样记不清了，这说明她长得可能很普通，并且相当内向。不，也不是说他张玉才就一定要将来的新娘能像古丽这样，但是，他，怎么能平白无故的就去约一个几乎还是陌生的姑娘？

但是，这是古丽对他的要求，是古丽的决定，是古丽的性情所在，也是古丽对他的情谊所在，她把他都当成自己的人了，她能做到的，她想他一定也会做到——对某事的放弃。对某人的慈悲。这是她代表他们二人所做的决定。张玉才看着古丽的眼，他点点头：那我听你的。然后，他就哭起来，很失体面、很没出息了，往日的镇定与自信一下子没了。他把手紧紧地缩在口袋里，防止自己一下子失控了，会走上前搂住心爱的古丽。

4

现在，红嫂是完全闲下来了，从来没有过的闲。这一闲，日头似乎就显得无限的长了。家里面的那种空空荡荡，都能听见灰尘在往下落了。红嫂坐着，几乎要瞌睡了，却又不敢睡，生怕夜里睡不着。现在，她经常的就在夜里突然地醒了，特别是凌晨四五点的样子，醒了便只好想东想西，想从前的许多事情，想得心里空落落的，什么事情都不踏实似的。

是因为青青吗？要说起来，红嫂倒是家里最后一个注意到青青的消瘦的，像张薄薄的纸片，总待在屋里不出来。注意到之后，红嫂却又连忙装作毫不在意。

自然，红嫂并不知道这里面有张玉才的缘故，但她自有她的逻辑——毫无疑问，女大当嫁，女孩子家十六岁就可以说合婚事了，而青青，眼看着就二十出头了，可到现在，连个上门提亲的都还没有，这在东坝，已算有些迟疑和困难了……

这镇上，男女的姻缘还是要靠媒婆来牵线搭桥的，而那媒婆，也像生意人似的，自然也要找出色些的男男女女，一来路子轻巧，二来容易成交，说出来更加响当些。而从一个媒婆的专业角度看来，青青这样的条件可能是有些尴尬的吧：模样长得平常，父亲亡故，家中人丁又多，关系可疑，唯一的男丁只是个才八岁的孩子……不过，红嫂几乎是骄傲地微微笑起来，不过，她们知道她红嫂有一笔款子么？那要是拿出来，都能吓她们一大跳！吓完了之后，她们准会一个接一个地上门来，给青青说合这镇上最有出息的小伙子。

是啊，红嫂曾经跟自己说过，不到万不得已，她决不动那笔钱，只是，不知道，青青的这事，算不算是万不得已呢？再说，陈寅冬当初的意思又是如何，这笔钱，红嫂要是拿出来用作青青的嫁妆，对古丽和达吾提来说就太不过意了，看看，达吾提，才那么小，保不定以后会有什么吃紧的事急着要花钱呢。

红嫂想了一会，没个头绪，浑身却开始燥热起来，头皮痒，后背痒，胳肢窝痒，脚趾丫也痒，毕竟一个冬天都没有洗澡了。看看日头还早，红嫂决定洗把澡。她到灶间烧了满满四瓶开水，又把房间的厚帘子放下，她这里开始洗了，又叮嘱青青继续在厨房烧水。

氤氲的热气顺着木桶的边缘升上来，红嫂脱了衣服，坐了进去。这还是今春的第一把澡呢。红嫂往身上撩了些热水，她低下头看看自己的身子，有些陌生似的，这是从没人细看过的身体，就是陈寅冬，每年他回来，总是冬季，他只在被窝中默默地摸索……也许，这木桶，这热气，便已是红嫂最亲密的抚摸了，她这辈子，不会再有别的了……

而古丽，她倒是未必的，她的身体，或许还会遇上新的目光吧……

这段时间，红嫂注意到张玉才跟古丽的交往，自然，他们并没有什么。但红嫂能够看出古丽从中得到的愉悦，这也许是到目前为止，她在这个小镇上所能得到的最大乐趣吧，她的生活里，如果没有一个相当的异性，那也是太不公平了……

镇上有一些人也注意到了古丽与张玉才，他们看了一会儿热闹，对古丽的大胆感到瞠目结舌，不可思议。这样看了一阵，又有些不安了，觉得如果再看下去就对不起道德良心了。于是，他们做出串门的样子，来到红嫂这里，寒暄几句，接着直奔主题，有些不好意思般地，提起古丽跟张玉才的事：张玉才还是个小伙子，他不懂事也就罢了，可古丽……陈寅冬死了，您这里好心收留下她，她怎么能这样？她这个样子，别人不好说，你红嫂可是要出来讲一讲的，要按老理儿说，她算是小的，是偏房，您是大娘，该服你管的……

红嫂带着些笑，点着头听他们说完，再寒暄几句别的，最后客客气气地送了他们出门。然后，她便把他们的话给忘了。

在这件事上，红嫂打算好了，主意定了，她永远都不会讲古丽半句……没有人会相信，她其实是希望古丽这样的，她在暗中瞧着，高兴着，并朦胧地分享到一些新鲜的气息……古丽是红嫂不可能的生活，是她下辈子的理想，一个人为什么要阻止她下辈子的理想呢？

快要洗完了，红嫂才马马虎虎地洗起了她的胸部。一向以来，对胸部及私处，她总是有着很强的羞耻感，几乎不喜正视。这会儿，她偶然地低下头，吃惊起来——明显的，她的胸部比从前大了许多……而实际上，自从生下青青，她这里便基本是软塌塌的了……红嫂涨红着脸，骂起自己，这种岁数，这里怎么就能大了呢……一边勉强地隔着毛巾摸摸，哎呀，竟摸到些硬硬的肿块，像是没烧烂的肉坨坨似的，怪不得，这些日子总感到胸前有些坠坠的胀，总以为是冬天衣服穿得多。她又往胳肢窝方向移了移，真是蹊跷，连腋下都有块块肉了，而且还疼起来……红嫂感到一阵恶心，对反常肉体的恶心……当然，还有淡淡的疑惑，这难道也算是病么？要瞧医生么？要撩起衣服给别人瞧？嗨，哪能做那种事呢！红嫂飞快地想了一下，立即把这想法给拍死了。同时很快地开始擦干身子，她不想在这方面再作任何的纠缠，一个五十多岁的老寡妇了，竟还要为了胸脯里多了些块块肉而大惊小怪，那不要把全镇的人都要笑话死了，她以后还要不要出门了？反正，平常要是不碰到，也并不感觉怎样的疼痛，而一个正经女人，哪里会想到碰这种地方呢？

青青隔着门问还要不要烧水，红嫂也就一下子忘了她的胸部了，坚决而彻底地忘了。是啊，青青，她现在应该集中精力去想的是青青。她回到洗澡之前的思路上，为了青青的终身大事：是否，该把那笔钱跟古丽说出来？看她能不能同意，先让青青占个肥嫁妆的好听名声……

青青在厨房烧水。对着灶里熊熊的火焰，她发起了呆。从昨天晚上到现在，不论看见什么，她都会发呆。

就在昨天晚上，她刚刚把达吾提放到床上，替孩子整理好被角，正准备下床，古丽突然进来了。青青正准备张口，她"嘘"的一声，把食指放到了唇边，似乎不想让红嫂听到她将要说的什么。她手上的戒指在夜色中一闪，带着不可思议的迷人。

青青，有小伙子喜欢上你啦！你猜猜是谁？古丽压低嗓子，神秘地凑近青青，她的夸张像热气一样地朝着青青的脸颊扑来。她为什么这么激动？青青回头看看达吾提：他今天怎么真的睡着了？要不然，他也许可以嗅出，古丽的这股热气，是否意味着别的什么？

……

你猜不出？不敢猜？古丽咻咻地喘起气，显得有些焦急起来。

……

张、玉、才、他、喜、欢、你。古丽一字一顿地，并把青青的脸扳过来一点，使她正对着门缝里透过来的灯光。古丽想看到青青对"张玉才"名字的反应。

青青却垂下眼去，像一个人拉上了窗帘。在这短短的几个月里，青青的身子是单薄了，心却丰厚起来。就在听到"张玉才"名字的一瞬间，她就宛若天助地得出一个判断：古丽说的不是实话。

真的。这种事怎么可能骗你。就在今天下午，张玉才，他，托我捎口信给你，约你出去。古丽开始加重分量，她误读了青青拉下的眼帘，以为那仅仅是少女的害羞。

……

你不信？傻姑娘，你想想，要不是因为你，这么些天，他怎么会一直盯着我呢！我都跟过陈寅冬了，我都是达吾提的妈妈了，你说，他没事跟着我干什么呢？他呀，花着心思呢，就是想从我这儿打听打听你的情况，问问你都平常喜欢吃什么？什么时辰起来？晚上睡得好不好？喜欢什么样儿的人？

古丽沉浸在一种自我牺牲的情境中，以致出口成章地进行了突发奇想的虚构。她把张玉才问过她的那些话统统回忆起来，并一股脑儿换到青青身上。甚至，像生怕青青不乐意似的，她还煞有介事地夸起张玉才来。

要我说，青青，找对象也不要太挑。要说这个小伙子呢，还真是要长相有长相，要工作有工作，要人品有人品，绝对是这镇上数一数二的，你跟他呀，我看挺般配……

你们呀，先到裁缝店后面的固桥那里见个面，边走边说说话，你要觉得还行呢，人家张玉才可就要正儿八经地托了媒上门了……

这种牵线搭桥的话儿，一旦起了头，往下说起来就有些滔滔不绝了，夜色之中，古丽的眼睛闪烁起光芒，她几乎说服了她自己，她几乎相信她说的就是真的。

青青终于抬起眼睛，看着古丽，专注而冷静，后者因此不安地停下叙述。

你对我实在太好了……青青有些慢吞吞地说。

没什么，也是受人之托嘛，也是顺水人情嘛。青青神色中的黯然让古丽感觉到些什么，她突然感到一阵气短和懊恼，她想她刚才也许说得有些过了。有些时候，就是这样，用力不当，用力过猛，都会中途坏事。那头，好不容易才说服了张玉才，总不能在青青这头给断了吧。这一想，古丽更加急了，却不得不忍着性子欲扬先抑，把方才的热烈猛地削去一半。

当然了，青青，这终身大事，主要还是看你自己。所以你看，我特地先跟你悄悄儿地说，还瞒着红嫂呢，你这两天好好想想。想定了，把回话儿给我，我再给你捎给他，好不好？

然后古丽就急急忙忙地出去了。她不想让青青现在就把话给说死了。她相信青青只要睡一个晚上，只要做一个短短的梦，只要稍微想一下张玉才的背影和走路的样子，她就会克服害羞与不自信，她就鼓起勇气来，会吞吞吐吐地找到自己，答应那个在裁缝店后面固桥边上的约会。

当晚的青青没有梦到张玉才，因为她根本没有真正睡着。从夜里到白天，她一直都在紧张而低效地思考：那个固桥边的约会，去？还是不去？

古丽所说的一切，她知道，是不真实的，这一定是古丽，为了帮助（同情？）自己，而硬生生地把张玉才给拉过来的。可是，情感怎么就打不过理智呢？青青同时又在想：万一，万一！古丽说的就是真的！那人就是真的喜欢上自己呢……而且，就算真的假的都不管，为什么自己就不能跑去跟张玉才见上一面呢！只要跟他一起站上那么一小会儿，看看固河里的水草，看看他的鞋子和裤脚，哪怕一句话不说，那不就够了嘛，这辈子难道还指望别的什么吗？

青青默不作声地坐在厨房，一动不动，只看着灶膛里的火，左摇右摆，忽上忽下，她想，那火里烧的哪里是柴？分明就是自己的心了。

忽然，外面传来达吾提的脚步声，青青微笑起来，想到一个好办法，她的心终于可以不必再这样被焚烧下去了。

青青几乎是轻松地站起来，问东厢房里正在洗澡的红嫂：还要再加烧一锅水吗？

达吾提蹲在院子的墙角下。院子外各色各样的气味像一大群顽皮的伙伴似的，在竭力地呼唤他引诱他，可是没办法，他没法出门。他真的没法再忍受外面的阳光了。

不过才是暮春，阳光为什么就这样刺眼呢，像嗡嗡叫的蜜蜂似的，像浓得让人头晕的油菜花似的，达吾提蹲在墙角下，他小小的身子蜷成了一个拳头。他紧闭起眼睛，并用手掌遮住阳光，这样，他才稍微感到舒服一些。

达吾提一直在想着，他得跟谁说说他的眼睛。他的眼睛，让他很吃力。白天，远的东西他压根看不见，近的东西又总是模糊的。而过分强烈的光线，都会让他的眼睛不由自主地发痛，像有针在刺，他揉一揉，眼泪就成串地掉下来，但达吾提知道：他是个男子汉，这不是在哭。而到了晚上，情况就更为奇特了，所有发亮的东西，油灯、瓷碗的边缘，古丽的耳环，青青眼里的水，这些亮闪闪的东西就全都被放大成一团团的光晕，到处朦朦胧胧、影影绰绰……

好在，他有鼻子，他的鼻子就是他的眼睛，红嫂给他端热汤了，青青给他穿衣服了，路上有小狗来了，前面有条木桥了，旁边来了辆自行车了，他的鼻子都会提前告诉他……

但是，但是，达吾提真的很想找个人说说他的眼睛，他感到他快要失去它们了。可是跟谁说呢？红嫂，不。青青，不能。古丽，更不能——在达吾提看来，家里那三个女人，某些地方，总让他觉得可怜，是不能依靠的，他不能把他的问题再加给她们……

因此，当青青向达吾提提出一个请求——代替她到固桥边去跟张玉才见面——达吾提几乎要跳起来了，是啊，怎么没想到，其实可以跟一个外人说说，说说他的眼睛。

达吾提答应下来，同时，他嗅出青青嘴中的腥气，根据他的经验，这种气味往往源自那样一些人：情绪紧张或者身体不够舒服。

去见他……嗯，做什么呢？达吾提问，事实上他愿意帮青青做任何事，以报答她每天晚上抱他上床、帮他掖被子。

不做什么……我想，就是见一面，跟他站一会儿。反正，你只管去就行了，千万不要乱说话……青青沉吟着胡乱地答道。显然，她仅仅才想到了第一步，事情的下一步她胸中无数，也无能为力。再说，一个八岁的孩子，她能指望什么呢。

奇怪的是，达吾提发现，当妈妈古丽发现是自己代替青青去见张玉才时，她突然显得很失措，一会儿钻到青青的房间低声嘀咕，几乎在哀求着什么，一会儿又脸色不定地跑出来发愣。看到事情的无可挽回，终于有些怒气冲冲的样子：你这孩子，真不懂事，怎么就当真要去了呢？你这回是帮青青倒忙了！同时，达吾提闻到：妈妈的嘴巴同样带着焦灼的腥气。

她们都在因为什么而如此异常呢。

达吾提带着两个女人的不安赴约了。

固桥下面的河就叫做固河，河水看上去并不那么清澈，这是下游，穿过整个小镇之后，在这里，河面聚集着菜帮子、竹竿、木片以及一些泡沫。河水并不深，但仍然拍打着桥墩，有哗哗的声音，并散发出混浊的气味。

固桥上的两个人，都还没有说话。

达吾提脸俯向河面，像一个小酒鬼似的，深深地嗅着发酵的河水。而张玉才，则跟他相反，他把脸冲着街面，路上基本没人。固桥这里，其实是很适合男女第一次私下约会的——古丽所选的地点倒是很不错的。

想到古丽，又看看旁边的达吾提。张玉才感到了一丝惆怅，其中又夹杂着庆幸与疑惑。无疑，那个叫青青的女孩子是不来了。从表面上看，他是被拒绝了。不过，对这结果，他感到亲切，并隐约体味到那个姑娘的聪明与骄傲，她是个好姑娘，他钦佩她，不过，这跟其他情感没什么关系。

张玉才现在搞不懂的是：面前这个男孩子，古丽的儿子，他到底是谁的使者？

张玉才犹豫着，决定还是先等这个孩子开口。

其实，我看不清你长什么样儿。所以，我也不知道她们到底喜欢你什么？达吾提突然回过头说。

你说什么？张玉才往前走了一步，这孩子的口音跟古丽一样，带着异乡的底子。她们？

达吾提答非所问：不仅是你，我现在谁都看不清啦。我眼睛坏了。现在我只能看见一点点光了……达吾提说着又把头冲向河面儿了，好像他是在跟河里的那些脏东西说话似的。看样子他今天只想跟人谈谈他的眼睛。

张玉才听出孩子声音中的痛苦。这痛苦真实、细小，富有感染力。于是他把他的疑惑丢到一边。你……是说，你眼睛不舒服了？那，跟她们说了没有？

这是治不好的。我从小就不好，她们都没发现。我甚至可以继续这样睁大眼睛装下去，只要我有鼻子，她们可能永远都发现不了……

你还小呢！哪里就治不好了！我估计是近视吧，一种假性近视，可以治的……张玉才想起他仅有的一点关于眼睛的常识。

达吾提似乎根本就不听张玉才的话，他只是需要说。跟一个人说出来。

……从前，在工程队，那是我从小长大的地方，我们小孩玩瞎子游戏，把布条往脸上一蒙，不管是比赛摸人，还是摸东西，我总是最快、最准……从小到大，那是我最喜欢的游戏了……到了这镇上，一开始我还有些害怕呢，什么都看不清楚，但没关系，幸好我有个好鼻子，那就行了……我花了两个月的时间跟着青青，走遍这里的每个地方，我用鼻子记下每个路口的味道，这样，以后我就会认路了，你知道吗？我从不会迷路，这点，我妈妈不如我……

达吾提对着河水，在谈论他眼睛与鼻子的过程中，他提到了青青，又提到古丽。每说到一个，都会让张玉才有点分神，他想，也许接下来这孩子就会谈谈她们当中的一个，这样，他或许就能听出：古丽所操纵的这次约会，真正的背景到底是什么？当然，这并不重要，只是，作为一个年轻的男子，他在情感深处的一点点虚荣。

可是，达吾提不说，眼睛的伤痛使他淡忘了他的角色，他完全忘了他所肩负的重托，忘了在他出门之前，青青左一遍右一遍帮他梳头、整理衣服，而古丽，则在一边焦躁地转着，欲言又止……等他一切准备停当，准备走出院子，青青终于飞快地在他耳边轻轻地说了一句：记着帮我拉拉他的手。

可怜的小达吾提，他都忘了拉张玉才的手了，倒是张玉才，慢慢地蹲下来，捧起达吾提的小脸，看他脸上凹进去的眼睛，湿漉漉的，像清晨起了大雾的水面——多像古丽的眼睛呀，只是，他从来没有机会这么近地靠近古丽的眼睛……达吾提也在看着他，两个人对视着，固河的水在旁哗哗着。

达吾提突然笑起来，慢慢闭上眼睛，皱起鼻子：你瞧，这么近，我都没法看清你，不过，我现在知道她们为什么喜欢你了……你闻起来就像秋天的麦草垛，干干的，厚厚的，很暖和……

听着孩子突如其来、莫名其妙的比喻，张玉才不知为什么特别地难过起来，可能他还没有习惯达吾提的这种表达方式，也可能是他想到了别的什么，总之，他突然把达吾提搂到怀里，把他像麦草垛一样干燥火热的嘴唇贴到达吾提的眼睛上，这双跟古丽一模一样的眼睛。

半个小时之后，当达吾提回到家中，当青青悄悄拉起他的小手准备放到嘴上时，达吾提却抽出手来，把自己的眼睛送上去：对不起，我忘了拉他的手了，不过，他亲过我这里。

于是，青青冰凉的唇像张玉才一样再次贴到达吾提的眼睛上。这两个吻啊，这么相像，这么接近，却又如此遥远，相隔万里。他和她都没有吻到他们的心上人，永远吻不到。只有达吾提，他感觉到那极为陌生的颤抖，像火与冰在瞬间的拥抱，这是他无法记忆和保存的气味。

张玉才还想再见古丽一次，跟她说说达吾提的眼睛。可是，他发现要见上古丽一面现在有些难了。

她不再出现在裁缝店一带，不再出现在他们从前有过默契的任何地点，显然，她在有意地躲避他。有时，在一个巷子里，他走进去，恰好看见古丽挑着吃食担子的身影，他加快步子走上前，古丽却更加快速地往前走，因为挑着担子，她有些吃力，但仍不肯放弃，鞋子危险地拍打着石板路面。张玉才只得停下来，他害怕古丽跌倒。

张玉才不知道，古丽把上次那个约会的失败归罪于己。为了给自己一个惩罚，古丽决定：不再见张玉才，永远告别跟张玉才在一起的那种快乐与放松。这其中，有对青青心思的难以理解，也有对张玉才不够热络的失望，更有对自己的怨恨与自责。她想：如果没有她古丽，如果她从头到尾都没有跟张玉才说过话、走过路、谈过心，说不定，那张玉才，就会顺利地喜欢上青青，他们会按部就班地请媒、相亲、订婚……是她毁了青青可能的美满婚姻。

张玉才决定停止对古丽的追寻——真要追到她，哪里会难？这个小镇，她怎么也不会熟过他的。但是，张玉才停下了，他想，或许他该遂了古丽的愿，不再见面。

——在骨子里，张玉才其实还是悲观的，从迷上古丽的第一天起，他就在等这个结果，只不过，这结果来得早了些、突然了些。从热络到分手，这里面的必然性，不是情感浓度的问题，不是忠贞与否的问题，而是这小镇的道德，是这小镇的风尚。他，张玉才，二十三了，从现在开始，他得正经准备他的婚姻了。此前的一切，在人们的眼里，都算是花絮与练习，是不作数的，是可以原谅同时也是要被故意忽略的……张玉才本非纵情之人，他并不想去突破和违背这些，他只是希望，能够再跟古丽说几句，他想告诉她，这些天，他跟她一起走过的那些路，他会一直记得，记一辈子……当然，还有达吾提的眼睛。

张玉才只得去找红嫂去了。

这是他第二次到红嫂的家。上一次，是第一次结识古丽的那天，也是看到青青的那天。张玉才感到这次上门是有些尴尬的，这个时机也是非常不当的。但他还是逼着自己敲起了门。他一定得让大家一起来替达吾提的眼睛想办法。

红嫂正坐在厅堂里拣红豆，看见张玉才，她想站起来，不知为何，她僵在那里，整个人都不能动弹的样子。于是她大声喊起来：青青，来扶我一下。

青青出来了。她扶起红嫂。自然，她看见了张玉才，但她就有这个本事，脸都没红一下，眼皮都没抬一下，像是根本没有这个人似的，像是根本没看见一样，又进了里屋。倒是张玉才，脸皮明显地红了，像是心虚起来。

　　红嫂身子是有些不便，眼睛却还是灵的。青青，可从来没有这么无礼过呀！她在心里拍着大腿恍然大悟，原来青青还有这番心思。只是，唉，红嫂看看张玉才俊俏而坦荡的眉眼，想起了古丽，她在心里叹口气，风月之事，她虽不精，但这样一个青年，结识过古丽之后，要让他再跟青青好上，是有些难了，就是有那笔钱拿出来做嫁妆，都是不妥当、不厚道的，都是要委屈人的，既委屈青青，也委屈这小青年。

　　红嫂正在心里徘徊着，张玉才急急忙忙地开了口：红嫂，跟您说个事，达吾提，他眼睛得病了，怕是很严重呢，我昨天问过我一个城里的亲戚了，他这种情况，像是弱视，虽然现在有些迟了，但也不是没得治，不过要抓紧，要到城里去开刀矫正……我……因为见不到古丽，所以就来找您了……

　　我说呢……这孩子，不论什么东西，都不是用眼睛看，却是用鼻子在闻……红嫂喃喃自语。她现在觉得她胸脯那里是一点不痛了，或者说，这痛，跟达吾提的眼睛比，算什么呀，达吾提，才八岁呢，又是个男孩子，是陈寅冬脉里唯一留下的苗苗了……

　　你问过了，开了刀，还能有治？红嫂现在只担心那笔钱够不够用了，以前总觉得那钱是永远也花不完的，现在倒担心了，眼睛呢，那肯定是要花大价钱的。

　　有治，肯定有治。张玉才斩钉截铁地说。其实他也并没有那么大的把握，但他愿意给人以好的念想。再说，他看到，青青忽然从门里冲出来，眼睛里一下涨满沉甸甸的泪珠，那样急迫而信赖地看着他……

　　现在，红嫂甚至连转身都有些困难了。特别是左边半个，那种钝钝的疼，带着无限的重量似的，拉着她的胳膊，她的后背，她的腰。她从凳子上站起，她挂个篮子，她铺床被子，都是一次比一次更艰难的挣扎，她终于不得不呻吟起来。

达吾提站在红嫂的身后，红嫂走到哪儿，他就跟到哪儿。终于，他把古丽和青青都拖到红嫂跟前，他声音有些发尖：红嫂病了，很重。真的，我闻到她身上病的味儿了。

达吾提的样子还跟从前一样，他以为他还装得像一个健康的人，像那许多有着明亮双眼的孩子。他看不见青青在他的后面掉眼泪，看不见古丽像桃子一样肿起来的眼。当然，他曾经闻到过空气中泪水的味道，但他像大人一样不以为然地摇了摇，以为那是女人们又在为了张玉才烦恼……

家里人不跟达吾提谈论他的眼睛，好像那只是他的一个小秘密似的。而现在，在达吾提的秘密边上，又长出了红嫂的另一个秘密，像并蒂莲似的，雪白雪白，从黑亮的污泥中生长起来。

保密。你们谁也不准往外说。这是丑事，一说出去，就等于脱光我的衣服……古丽，你知道的，我们家青青还没办事呢，咱们达吾提还小呢，别让这种事在外面传来传去的……记住，不要找医生瞧，不要搭理别人的问长问短……你们就让我慢慢地这样病着好了，到最后，该怎么样就怎么样，我不会怕的……红嫂以一个别扭的姿势坐在床边，她逐个地把家里人一个个地看过去，寻找她们眼中的承诺。

古丽让青青带着达吾提离开。她关上门，拉上厚窗帘子，她含泪解开红嫂的衣衫，她要看看并且摸摸红嫂……一个老年妇人的身体，松弛而迟钝……但在胸部，那女人身上本该最柔软的地方，却古怪地坚实起来，一坨一坨的，像打结了，像结冰了……

古丽看看红嫂，脸色突然涨得通红，憋了很久才说出来：红嫂，您还是去看看吧，人都这样了，还留着那钱做什么……您就把那……把陈寅冬的那笔钱拿出来去瞧病！你放心，我跟达吾提保证不会要其中的一分钱，达吾提的眼睛，那是没有救了，他没有眼睛也照样能过活……等您身体瞧好了，我们一起多做些吃食卖，夏天，我还要批发冰棍儿卖，我好好儿地卖，不再跟任何人在外面瞎逛，我保证一天能卖两天卖三天的钱，咱们几个好好地赚，钱呼呼的不就来了……古丽滴下热泪，像要把红嫂胸前的硬块块儿给化了似的。

红嫂先是愣住了，愣了好一会儿，上上下下地看了古丽一会儿，然后，快活地张开嘴巴大笑，可是这一笑，她的肋骨又给拽得吃不消了，痛得她泪都涌出来：好个古丽，原来你知道有那笔钱，可你从来没提过，你真是个坏家伙……看你出的什么主意！那钱要用在我身上，就等于是拿钱去打水漂了，你看看我的脸，看看我这身子，再多花一分都是作践呢……不过，好妹妹，有你这句话，我就感到好受多了……哪天呀，你吃食卖得快了，得空了，你就早点回来，我们要好好合计合计，咱们朝着西北方向敬炷香，也远远地跟陈寅冬说说，他那笔钱呀，咱们要用在达吾提身上，带他到城里去开刀，让他的眼睛，比你的还要亮还要好……我们还要用在青青身上，给她置份好嫁妆，让她找个好婆家，要她将来的对象呀，最起码，跟张玉才差不多……

她们一起轻轻地笑起来，像不知名的花儿，散发出淡而哀伤的香气。

宽　恕

　　宏达通信经营部，请问你找谁？我像一个小白领那样周到却冷漠地抓起电话。

　　下面有人找。传达室的老头用一种懒洋洋的口气回答我。这是个昏昏欲睡的下午，谁会来找我？我同样懒洋洋地下楼了。接待室里坐着两个人，一个是女的，另一个衣冠楚楚的男人却是张力。

　　张力的出现让我感到惊喜。张力是我的大学同学，不过只同了两年，他后来由于乙肝而休学了，我们这个班的毕业照上没有他。张力是当时我们班最穷的男生，经常会为了馒头的大小而与食堂师傅大吵一架，也不知他后来有没有再返校把书读完。大学两年，张力的诗歌也在学校很是风行了一阵，在当时的校园，张力诗歌的魅力就像现在权力在社会上的魅力一样。由于对文学的共同爱好及同样贫困的家庭背景，张力也是我大学时代最要好的哥们儿。毕业后我曾设法与他联系多次却最终音信全无。快要十年了过去了，张力突然像从天上掉下来一样出现在面前，真叫我发自内心地喜出望外。

我细细地看看张力的西装及他旁边放着的那个大公文包，他现在好像混得不错，气质上有了很明显的变化，诗人味消失得一干二净，有很多叫人陌生和刺眼的东西浮现在他的举止和眼神中。但我一时又说不出他变在哪里了，是变得美一些了还是丑一些了，总之细看他会觉得很陌生。但是我看到他真的高兴极了，工作这么多年了，没有女朋友不说，连一个贴心贴肺的朋友也没交上。现在张力出现了，这下好了，失散多年的兄弟重逢了，我在这城里有伴儿了。我惊喜交加捶了张力一下：操，这些年你都跑哪儿去啦，怎么找你也联系不上！

张力笑起来，他的笑容里有某种年深久远的东西让我感到亲切极了：待会儿再说吧。

然后我们就去了饭店，同学重逢总是要到饭店的。等小姐离开包间之后，张力点起一支烟眯起眼睛看着我，这使他看上去像一只狐狸，狐狸兴致盎然地问我，你想做点生意吗？

除了诗名，我记得张力在学校时还是一个以小气出名的人，不过因为他的穷及他的诗名，就使得他的吝啬变得情有可原甚至饶有风致了，很多女生为此竟还喜欢上了他。因为穷，张力还经常激烈地抨击城市生活中的浪费、奢侈及豪华，他的脸上好像总是涂着一层愤世嫉俗的油漆。可爱的愤青现在也开口闭口谈生意了，时间真是最伟大的魔术师。不过久别重逢就谈生意好像不太漂亮，我笑了两声没有回答，还是回到我最关心的问题上：嗳，你现在在哪里工作？后来又回学校读了两年吧？还写不写诗了？

张力明显地皱了皱眉头，好像对我的关心和好奇感到厌烦。他喝了一口水，自顾自地往下说：我知道你们宏达通信下面有一个二手手机专柜，是你在管着那一块，我想跟你合作做点二手机。

哦，这个，如果真正要合作的话，我回去请示一下我们经理，只要有购机发票或相关证明及入网证，应该问题不大……

不是不是。张力摇晃着手里的香烟打断了我，烟雾在他脸上罩上了一层面纱似的。就是因为什么都没有，我才要跟你合作呀。所有的利润四六开，你六我四，保证你好的。

这下我反应过来了，这家伙是想在我的柜台转卖地下二手机了。真可笑，他不想想看怎么可能呢，他这样的人在柜台上每天都能碰到四五个，我要接下他的路子，不仅公司要把我炒掉，连公安都会盯上我的，换别的人我早冲他一嗓子了。

你的机子是水货呀？水货顾客会看出来的。我想还是婉转的回掉他好。

不是，都是正宗的陆路货。

那你认识好多腐败官员喽？要把收贿的实物洗成钞票。我开玩笑一样的问他。

好了，你别替我遮掩了，我想你应该猜出来了，是偷的，全是偷的。无本万利，你卖一分钱我们就净赚一分钱，卖一千块就净赚一千块。要不行，你七我三。

到这会儿，我才琢磨过来，张力身上让我觉得陌生和触目的地方就是他的那股子贼气，第一次见他的人肯定不会发现这种难以辨认的气息，但话说到这个份上，加上那两年同宿同学的印象，我终于肯定地发现，张力现在是个小偷，他的眼睛非常灵活机警，几乎是不停在向前后左右巡视观察，双手在搛菜、点烟、拿东西、接名片时都有着特别的速度和技巧。他的脸色不是太好，带着一种随时随地准备站起身来快速奔跑的预感。

小偷，多么令人痛恨和厌恶的人渣，我想到在街头经常看到的那些被小偷洗劫过的乡下人，他们好不容易东挪西借凑起来的看病钱却在城市的公交上转瞬即逝，乡下人抱着等待治病的孩子，绝望而麻木地坐在地上，不知如何开始下面的生活。我心中突然一阵绞痛，对张力的自甘堕落委地成泥有种说不出的难过和伤心。但张力那没有羞耻感的语言和表情又让我在震惊难过之余有点想吐，出于一种正常的礼貌和同学之情，我还是把吃到一半的菜咽下去并强颜欢笑地说：看你，开玩笑也没个分寸，跟在学校时不太一样呀。我们还要不要再来点儿主食？

我确实变了很多，但你千万别把我想那么坏，我甚至觉得我比原来要好一点儿呢。你再考虑考虑，真的不想做？你不要那样看着我，那事儿我现在做得不太多，另外，我也有我自己的原则……

对不起，我还有点事。我把小姐喊进包间：结账。

钱在这儿。张力从他口袋里拿出我的钱包和名片夹。我的脸气得通红，我接过我的东西，先走了。

两天后，我收到了张力的一封信，整整齐齐完好无缺的信封像一枚伪装得非常逼真的炸弹，不怀好意地等着我去拉动引线。

小三：现在还有人这样叫你吗？让我还是像大学时那样称呼你吧。大学时代的称谓，就像一只短命的蝴蝶，我知道它永远不会从我的双唇间飞出了，也永远不会用它多情的双翼震动你的耳膜停留到你的心间了。

小三，蝴蝶死了。正如我的青春死了一样。

　　小三，你是我在省城唯一的同学，你是我短暂的美好的大学生涯的见证人，你是我曾经清白过的唯一目击者，你是我心目中的朋友，而在朋友面前，我从来不羞于我的身份。我在你面前毫不隐瞒，这一定把你给吓坏了。我是个小偷，超级小偷。小三，你今天的态度还是在我的意料之中，以我的身份，人们再激烈的反应都在我的意料之中。我将会在人们的咒骂和拳脚中无耻地死去。也许我一直都在等着那一天。

　　后来我没有再上过大学了。贫困是唯一的原因，贫困是我世间最大的敌人，我与它的斗争充满分分秒秒。我的父亲我唯一的亲人在我休学的第二年被一头发了疯的水牛顶破肚皮后失血过多而死，奇怪，我竟不那么悲痛欲绝。我发现我感到了一种前所未有的轻松，我再也没有孝顺、忠诚、兢兢业业、努力向上等等诸如此类的义务了。我在世间了无牵挂。

　　肝炎完全好了之后，我很快来到了省城，我来到了我曾经深爱过的校园，你们全都走了，不过才两年，校园里的风尚好像发生了很大的变化，属于我的那种空气消失了，像社会上的任何一个角落一样，贫困已成为一种致命的弱点乃至错误。身无分文已不宜饱读诗书。我在曾经属于我的校园里走了两天，最后决定不再读下去了：文凭除了满足虚荣难道还有别的意义？

　　做上小偷是好几年以后的事，在这之前，我一直回避着这个无本万利的行当（是的，我认为偷窃也是个行当，或者还不是世上最低劣的行当），我像任何一个老实的孩子一样勤勉地出卖过我廉价的体力和脑力，我吃过的苦你难以想象。越是努力成功却越是遥远，甚至还落下了一笔不小的债务。如果不是因为一个女人，也许我一直会以一个正当打工者的身份在省城待下去的，会在极度节俭的穷年白首中还尽债务，或者还会在多年的挣扎之后有一个恰如其分的中年、一个体面温饱的老年。

女人，是女人改变了我，或者说挖掘了我的偷窃天才。因为那个女人，我像远离瘟疫一样远离了贫困和债务，但同时我也像远离天堂一样远离了安逸的睡眠。我至今不知道是该憎恨这个女人还是感谢她。关于她，我不想再多说了，我这辈子再也不会碰女人了。但我可以肯定两点：第一，爱情是世上最强大的力量，可以使男人做出意志之外的任何事情；第二，女人是地球上最虚荣也是最冷酷的动物。

小偷有很多种，就像官员有很多种一样（顺便说一句，我现在对官员接触较多）。我从来不在马路上、公交车上工作，我不喜欢那种环境和方式。另外，虽然我对女人印象很不好，但我从来不对孕妇、老人、孩子及乡下人下手。我同情世上的弱者，就像我憎恨那些所谓的强者一样。关于我的工作，有机会下次再谈。

写信其实主要是想告诉你，我不介意你对那桩生意的不合作，我会很容易找到伙伴的，因为钱是个太好的东西，它太具有感染力和说服力了，我周围有不少的同道之人，在金钱的烘烤下，人人几乎都失去了对常识的判断、对是非的选取。我跟他们在一起，骂天咒地，喝酒玩牌，玩得十分火热，可是不知为何，我的心中却非常孤独，没有爱情，没有亲人，也没有世俗的认可，我发现我的生活严重缺乏水分，巨大的孤独像无法拒绝的氧气一样陪伴着我的生活。我想我总有一天会像草一样干死在我的日子里。

我很奇怪我为什么这么急切地就想见见你，我想看看你是不是还像当年一样纯洁干净，我现在需要一个你这样思想清白、思维冷静的人，我需要像你这样的好人对我肯定和默认，就像对一个朋友的认可和欣赏，我想要一种简单而高尚的人际关系，比如同学之谊什么的，这想法听起来也许很可笑，从你今天的表现就可以看出：我是不容易被你接纳的。即使我们曾经是同眠同宿的兄弟。

我费了好大的劲才打听到你的单位和电话。但我很失败地、有违初衷地以一种玩世不恭的形式出现在你的面前。现在我想通过这封信来挽回或者收回我昨天在你面前的表现和话语。

小三，我是写着"小三"开始了我的这封信的，你可以由此推断我的渴望和回归。小三，如果覆水可以收回，请你告诉我，愿意听我说说话吗？愿意接受我现在的这种生存方式和是非观吗？我真的希望能跟你聊聊。我孤独极了，孤独现在代替了贫困，成了我最大的敌人。

我的电话：8705337

你的同学：张力

就像当年被张力的诗迷住的男生女生一样，我被张力的信深深打动了，带着青草芬芳的校园生活如海水一样扑面而来，勾起了我对往昔的无限温情。收到信的下午我就开始拨张力的电话，可是却一直没人接，直到快要下班才有人接电话，是张力本人，他没有表现出我想象中的感恩和激动，相反，他用一种疲惫的声音说他刚刚下班，不过还是欢迎我到他那儿坐坐。

我的房子是租的，张力一边开门一边说，这样方便我随时都可以从这个城市消失。

张力的房子是个单室套，看上去他是一个人独住。客厅里在放电视，张力一下子把我引到卧室里去，卧室很乱，堆着好几个庞大的纸盒子。张力用脚踢踢纸盒子，一边说：你猜里面是什么？告诉你，全是包和票夹，很有意思，来，我先跟你讲包的故事好不好？

正义和良心驱使之下的那种不适感又一次涌到我的胸口：我在跟一个小偷共处一室、谈天说地。我把脖子里的领带放松下来，尽量鼓励着自己的好奇心去看张力打开来的一个纸盒子，我拿起一个做工考究的"苹果"男用包问：你都是从哪儿找到的这些包？我注意到我下意识地回避了"偷"或者"拎"的字眼，我说的是"找"，好像张力是个眼力很好的采购员似的。

对了，还是跟你说说我的工作地点和工作方式吧。你很快会发现，我是一个多么好的小偷，简直是劫富济贫的 2000 版本。在面对面的谈话中，张力又恢复了他那种让我不太喜欢的表达方式。是的，我从来不在公共场所对陌生人随便下手，我认为那种盲目的作业方式不太公正，我极有可能会偷了一个比我还糟还穷的可怜虫，这样不好，而且收益率也太低了，我不喜欢，那也不符合我的气质。

我平常是以这样的身份出现在世人面前的。张力从抽屉里翻出几张名片，上面印着一些似是而非的单位及头衔：

　　宏光贸易有限公司江苏区销售经理李勇
　　华东商报南京记者站主任记者徐兵
　　雷迪影视传播广告公司业务员张华

　　你瞧，这些名片多么平常简直让人过目就忘，但它们使我看上去像一个能力不足但热情有余的记者、商人或者广告业务员之类的家伙，这类人是常常需要在各个单位奔走穿梭的，是的，每天清晨，根据当天的心情和天气，我确定好自己的身份，以恰当言行和举止名副其实地出现在各个单位的办公室、会议室、电梯间，我就像一个无孔不入的记者、一个锲而不舍的保险推销员、一个跟谁都能打成一片的广告人。根据每一张落到我手里的名片，我打电话给名片的主人，跟他谈广告或商贸合作的可能性，我冠冕堂皇、理直气壮地在各个办公室走动，出席各种会议，发表陈旧的观点，甚至参加酒香肉臭的宴会，在做着这一切的同时，我像嗅觉灵敏的猎狗一样寻找一切下手的机会，在他们离开办公室到洗手间去方便时，在他们走出会议室接手机时，在他们与邻座的女人眉目传情时，都是我刺激而丰收的瞬间。在得手之后我不会急着离开，我会耐心地继续这场完美的谈话或宴请，然后由于突然的原因我彬彬有礼地拎着我装满文件和资料的大公文包从容告辞，甚至约好下一次再见的时间，我的一举一动无可挑剔，这些愚蠢而自以为是的家伙绝对不会想到恰恰就在我的大公文包里装着他的票夹或一只小包……总而言之，我下手的先决条件是我大体了解到一个人的经济状况及工作作息规律，我的对象大都是一些所谓事业有成身居要职的中年男人，这些人，每年每月每天的收入其实都是在贪污在掠夺，他们利用手中一切的权力去敲诈去侵占平民的钱财，是的，拿他们一个包拿他们一点钱算什么，这些人，多两千少两千，对他们的生活是没有丝毫影响的，最多少买一件衣服或少吃一桌酒喽……

张力古怪的作业方式及荒谬的逻辑让我再一次觉得如坐针毡，我生硬地打断他：张力，不要说这些了好不好，我真的觉得……

张力的脸色明显地暗了一下，但他很快鼓起热情嬉皮笑脸地搬弄起大纸盒里的那些包：你看你，我可从来没跟别人讲过这些事情，再说我还没跟你讲完包的故事呢？你看看，这些包多好呀，没有一件不是真家伙，光是这包就值大几百了，不过，到了我这儿都一样，20块一只送到外省的县城去处理。当然，包的意义不仅仅是钱，还有故事！很奇怪我对细节和隐私仿佛天生有着浓厚的兴趣。你瞧，你打开这个"苹果"看看，看看都有些什么！张力起劲地把"苹果"男包往我手里塞。

我被张力说得有点心动，但我还是很激烈地反对着说：别，别，张力，我不习惯翻看别人的包……

没事儿，你看看吧，你不觉得打开一个陌生人的包是件很刺激的事吗？算了算了，看你脸红的，我来吧……哦，笔记本，香烟，名片盒，这个太平淡了，不过要有时间细看也是很好，笔记本里会发现很多谈资和线索，还有名片盒，也是个宝，对我工作很有帮助。除了常见的内件，有时还会有口香糖、私信、领带、照片等各种各样的玩意儿，一个包就装着一个人的习惯和细节，真是太有意思了！有时还会在男包里发现女用长筒袜、避孕套什么的呢，很好玩，一看就知道这个男人不规矩，利用上班时间在外面搞女人……每天工作一天下来，躺在这里看看那么多的包和票夹，看看里面层出不穷永远出乎意料的东西，真过瘾哪！……

张力狂轰滥炸一样的语句像他箱子里装着那些包一样令我无地自容坐立不安，这使得我处在一种难以承受的压力之下：去报警还是装着一无所知？张力是夸大了对我的信任还是缩小了他对自由的占有？我的头像一面鼓那样膨胀起来，同学之情和社会良知像两只棒槌一样在两边无休止地敲打。

够了！求求你不要再说了！我失去控制地打断了张力，同时站起身来向门口走去，由于动作猛烈而带倒了身下的椅子，张力追到我的前面，帮我开门，同时回过头来惊诧而天真地盯着我，仿佛奇怪我对那么好玩的事竟然会无动于衷。

紧张而别扭的犹豫伴随着我的回家之路，是到派出所还是回家？我对的士司机说：往前开，一直往前。张力惊诧而天真的表情一再的浮现到眼前，他仿佛一点都没有意识我对他的危险，张力的这个表情终于让我昧着良心下了一个决心，我再一次对司机说：到天目路17号。那是我们公司的单身宿舍。

我只能回那儿，要是我有一个女朋友多好。我被突然出现的张力及他匪夷所思的作为弄得十分压抑，我需要奋不顾身的释放。要是有个女朋友多好，我就可以赶到她的闺床边，在深夜里与睡梦未醒的她疲惫而欢畅地做爱。

女朋友这个问题，一直是我最近几年来最大的困扰，以我现在所在通信行业，加之貌端体健爱好广泛不嗜烟酒，用时尚杂志上的说法也可以勉强算得上一个"铜牌王老五"了，可是很奇怪我就一直找不到一个合适的相对固定的女朋友。我对女人的要求基本上不高，第一，要胸部丰满，我不能想象与一个平胸的女人上床；第二，工作要相对干净而稳定，如护士、老师、机关职员之类；第三，最好是小户人家出来的，没有讨厌的购物癖，没有随心所欲的生活习惯，那样比较适合一起过日子。除了这三点要求之外我还有个小小的再正常不过的习惯：我希望在了解了一个女人之后再开始与她的交往。——可是这个习惯在操作起来具有相当的难度。如何了解一个完全陌生的女人呢，那只有跟她在一起约会、吃饭、散步、谈天气及电影，并要紧张地处心积累地通过这些虚伪而零星的细节来了解和推断她整个的为人、性格等等要素并确定是否与之结婚，天哪，这是多么不可思议、多么可笑乃至荒诞的事情，我一辈子都不会这样去开始我的恋爱的。那么我只有试着与我已经了解了的女人约会了，可是情况更加糟糕，由于我相对内向的性格及狭小的社交圈，在我认识的那些未婚的女人里面，还没有一个合格的女人符合我的那些小小的条件。是啊，就是这么简单，结了婚的男人个个相似，有稳定却乏味的性生活、如影随形的家庭责任、没完没了的家务事等等。没有结婚的男人却各有不同，有的洁身自好；有的自寻其欢，与爱或者不爱的女人同居；有的偶尝春事，与中意的女人一夜风流。可我的情况就比较糟糕，我从来就没想守身如玉，可我就是无法与一个我不爱的女人上床，我试过，每次都阳痿。对于做爱这件事，我的道德感没有理由地强大和坚固，从而代替了我下面的勃起。

在入睡前的蒙蒙眬眬中，我想到了张力的那封信，想到了我们以前那种清贫而深厚的友谊，想到了他所表达的那种孤独。由于没有女朋友，以前我还以为我是世上最孤独的人呢。现在看来，张力比我更甚，这让我在原先的兄弟之谊之外又对他产生了一种感觉很好的怜悯，也许我应该对得起他的信任。我想我刚才表现得可能太粗暴了，我竟然还想到了告发他，——告发？多么缺乏幽默感和想象力的举动！

我在睡着之前，及时地做出了一个仁慈的发自内心的决定：什么时候再去看看张力。

几乎就在第二天，我就不由自主的拨通了张力的电话。张力像守株待兔的农夫一样毫不吃惊地接听了我的电话，然后早有准备一样地说：今晚请你吃饭。"狮子王"，六点半。

"狮子王"我从来没去过，听说老板是一个有海外背景的新锐暴发户，菜肴全部用美元及人民币同时标价。我习惯性地客套了一句：叫你这么破费……

张力短促地几乎有点腼腆地笑了一声：别说这个，你知道是怎么回事。

我没有再说什么。晚饭吃得精致而高雅，让我有一种高级糜烂的感觉。老实讲，这种感觉并不坏。我们两人把当年同学的陈年旧事拿出来做下酒菜，直喝得面红耳赤飘飘欲仙。两个漂亮的姑娘勤奋而谦恭地忙前忙后，为我们换碟、剥壳、分菜等等，张力最后付钱的时候，给了她们一人一百的小费，惊得两个姑娘忘了假意推辞和说声谢谢。

吃完晚饭，我们一起到他的小窝去醒酒。等我坐下后，张力到厨房去泡茶，我坐到他的写字台上，写字台上有一封信，抬头居然是我。

小三：

我还是要写信。

请不要介意我们昨天的谈话，由于工作的原因，我发现我现在面对他人的眼睛已习惯于连篇累牍地夸夸其谈。而我真正想要表达的东西却总是在交流中逃之夭夭。当然，跟你说那些事情也是有我的想法的，我希望你能理解并欣赏我做的一切，我想直接或间接地向你说明我的原则：我只动那些有钱而且来之不义的人。但我失望地发现，你像社会上的大多数主流一样，条件反射一样地对我持否定态度。你们只会喊打小偷，对真正的偷天大盗却视而不见。

看到这里，张力进来了，他一把把信纸收起来：不要看了，这是我昨晚写的，当时我的情绪可是糟透了。不过，我今晚发现你好像有所改变了，其实我对你的要求也不高，承认我、接受我、并且像朋友一样地常常见见我。

张力的眼睛盯着我，好像等我表态似的，这让我觉得有点紧张，我只得好像很感兴趣地说：还是看看你的包吧！

也好。给你看今天的最新成果吧！

张力把他的大公文包拎进来，从一堆徒有其表的文件及零碎小东西中捞出一个票夹，很少见的银灰色，皮子很好，在灯光底下散发出一种动人的光泽。你来，你打开看看！张力把钱包递给我。

张力的声音仿佛有种催眠般的力量，我身不由己地接过那灰色的票夹，并像它的主人一样用一种极其随意的姿势打开了票夹，厚厚的一叠人民币就像女人的乳房一样显目地跳出来，我像一个真正的醉汉那样醉眼蒙眬却又色胆包天地紧盯着那乳房般充满无声诱惑的人民币。天哪，我就这样拿着别人的一堆钱。

三千块！张力像一个老练的猎手一样仅凭眼力就估出了猎物的大小。我顺水推舟地数了一下，真的差不多，三千两百块。

要不你拿去用着？张力一边喝茶一边含糊不清地说了一句。

你说什么！我被烫着了似的把灰票夹丢下，同时很快皱了皱眉头。你把我看成什么人了！我想我的不快应该是真实的，张力这样子把钱给我，我怎么可能拿？那我跟他还有什么区别？

快乐的分享果实的气氛停顿了一下，又被张力拿起的另一个女包延续下去了。

这包，一看就知道是冒牌货！也许这个女人没什么钱。其实我今天真不想拿她的包，都怪那个单位的人太恶劣。女包很小，比三十二开的书略大一点，带子也很细，张力一边把带子在指上绕着，一边对我介绍这个包得手的背景，这样的介绍无疑会使最后的揭晓有趣许多。

今天我的身份是个保险代理员，那家单位是移动公司的一个什么分部，移动公司，你应该知道的，那简直是一个淌金流银的行业，我们每个人打一个移动电话，都是在往他们腰包里扔一个钢镚。暴利和垄断的行业是我经常光顾的地方。到这样的单位推销保险并顺便干点其他事是很顺理成章的事。尽管他们钱多得没法花，很多人还是冷冰冰地连门都不让我进，像对待一个乞丐那样拒绝地了我。我很生气，打定主意要狠狠地在下一个办公室做点文章。这个女包就是在下一个办公室拿的。也真是巧，那办公室全是女的，叽叽喳喳围着电脑不知在说些什么。

你会理财，财才理你。保险是当今社会一种最明智的家庭理财方式，医疗保险现在已开始实施……我的开场白不知为何让她们笑作一团，我于是也尴尬地笑笑，一边局促地往边上挪了挪，这样我与衣帽架的距离就近在咫尺了。这时一个女的手机响了，她很隐私的样子一直跑到走廊上去接，另外两个则很傲慢地不再理我，回过头去继续看电脑，我稍微动了一下，就得手了，我拉开我的大包，在拿资料的同时把这个小坤包放进去，我把保险宣传册拿出来并走上前几步递到那两个女的前面，一边恳切地说：看一看怎么样，一看你就知道，保险比储蓄都要划算……可是她们根本不理我，我的手僵硬而得意地悬在半空，直到她们回过头来明确地用语言把我赶走。

张力耸耸肩摊开手看着我，一副得了便宜还卖乖的样子，我不禁笑起来，并且像听到了一出精彩的小段子那样拍起手来。

喏，还是你来吧！

包真是太小了，一览无余的内容：一只装在绣花袋子里的摩托罗拉2688手机（这个我可是一眼就看得出，是市场上性价比最好的一种女款机），一只小皮夹，一个通讯录，一个病历及其他一些乱七八糟的东西。在这之前，我从来没有打开过一个女人的包，一种暧昧的窥私欲不合时宜地袭上心头，我忽然间好奇得难以自持，想要仔细看那些零碎的内容，张力却有点不耐烦了：快看看吧。我于是把鼓鼓的钱夹打开，钱不多，才三百五，其他的却是些零零碎碎的纸片。张力明显地有点失望，不过，他很快自我解嘲地笑了一下：你看，意气用事的盲目出击就是不行，这种事以后要少做。

张力把刚才的三千二百和这回的三百多块钱及一只手机搜出来，然后用一个漂亮的弧线把两只没有了价值的包丢到大纸盒里。

也许是酒的缘故，也许是张力的缘故，也许是莫名其妙的其他什么缘故，一个念头忽然像蛇一样钻进了我发热的脑袋，我的嘴唇不听使唤地说：呃，要不，要不，把这个女包留给我玩玩吧。

　　明知外人根本不可能看见我这宿舍里的任何举动及任何东西，可我还是小心地把窗帘拉上。然后慢条斯理地点上烟，像开始一个重要仪式那样严肃而郑重地盯着那只放在我床上的女包。

　　这真是我生活中出乎意外的一幕。这让我产生了一种创造感般的快意。

　　女包上有两个凹进去的字母：CD。张力说这是冒牌的名牌货，看来这个女人还比较聪明，没有花上几千块钱去买一个真正的 CD。包里还是那些东西：一本通讯录，一个病历及一些乱七八糟的东西，不过现在可以细细看清楚了，这些乱七八糟的东西是一支口红、两小包立顿红茶、一包卫生巾、一串钥匙及几张纸片。

　　先看病历，病人叫张光什么，第三个字看不清楚，男，56 岁，病情好像并不复杂，但医生的字根本无法辨认，也许是肠炎或胃炎之类。这个男的是她什么人呢，父亲？公公？亲戚、老乡或者是老师？这有点让人颇费思量，但这个病历让我对女包的主人产生了一个特别好的印象，最起码这是个有孝心或者耐心的女人，能够陪一个糟老头子去看一个并不严重的病，这多不容易。——我有个同学在医院，他经常看破红尘一样地向我感叹：我们医院，儿科是整天人满为患，一个小孩最起码有两个大人作陪，可是你看康复中心那里的老头老太，好多都是颤巍巍地一个人四处排队。想想人真是卑贱的怪物，为下一代恨不能肝脑涂地，到头来还是落得个形影相吊。——看来这个女人算个例外。同情心是女人珍贵的美德。张力真是偷错人了。

　　接着我打开通讯录，都是些陌生的名字陌生的电话，好像女孩比较多，我很快发现一个规律，这些人名是按姓名拼音的顺序来排列的，这个办法倒有点小聪明，查找起来很方便。字写得也不错，一笔一画收得比较紧，记得以前在夜市的地摊上看到一本色情星相书这样说，写这种字的女人下身很小，最适合上床呢。真是可笑，怎么会想到这个，没准这个女的很丑呢，刚才忘了问张力了，那三个女的长得怎么样，反正必定是那三个女的当中的一个。

接下来是钥匙圈，这没什么好看的，钥匙圈上除了钥匙还挂了一块小玉佩，可以看出是一只小老虎，是她的生肖吗，已经26了，——这可是最复杂最难判断的岁数，没准连男朋友都没有，也没准小孩都有了，真是真是，我莫名其妙地感叹起来。

再看看皮夹，基本上是空的，不过有一些零碎纸片，我像一个审核会计员那样极其细心地一张一张看起来，鄂尔多斯40号米色890元（金卡九折）。鞋350元（赠品已送，不参加商场其他活动）。A字裙120。欧迪芬胸罩（80-C号）220元。强生隐形眼镜买二送一180元。健美中心收据240元／半年。VCD九折优惠卡。好玩好玩，看来这个女人还蛮会买东西的，专会挑打折的有赠品的玩意儿；也挺讲究生活质量的，爱看VCD，还参加健美班呢，或者有点胖吧，80-C是个什么号，大还是小呢。我有点无聊并且昏昏欲睡起来。算了，明天再看吧，好玩的事情不要一次玩完。

我把皮夹放进包里，包里还有一些纸片，边上有个带拉链的侧袋，我拉开来，还是纸片，这个女人怎么这么喜欢纸片，我拿起来一看，有点吃惊，我原本是躺在椅子上的，不过我很快立直了身子看起这张片来，纸上整整齐齐地写着一些书名和作家名：

荷马史诗　《加缪文集》

诗经（《风》、《雅》）《海浪》（伍尔芙）

纪德 《狱中记》 王尔德

狄更斯 《第二十二条军规》

茨威格 苏轼

《兔子跑了》 福克纳

《挪威的森林》 福楼拜

《一个天才的日记》

不知为何，一看到这张纸片，我竟出起汗来，好像有一种很不可思议又很激动人心的事情马上就要发生似的。这里面的书我并不都喜欢，尤其是《第二十二条军规》，看了就要瞌睡，福克纳也不行，我只在实在找不到书的时候才看他，可是这些好看的难看的书竟然出现在这个女包里，而且放在最安全的小侧袋里，这说明什么，这说明这个女包的主人是个文学爱好者呀！真是好玩，太好玩了，我的睡意基本上消失了，有点精神一振的样子，现在还有文学爱好者？

张力肯定想不到，他竟然偷了一个文学女青年！要不是现在已过了十二点，真想打个电话告诉张力。

公司的对面有一家内衣专卖店，透明的玻璃门可以让我看见各种各样的女人像在挑选青菜一样在选购内衣，白的还是黑的，带花边的还是光面的，当然真正试穿时她们会到一间不透明的更衣室去，这让我在长久的观望之后感到索然无味。80-C 号是多大呢。我想我可能有点无聊，可是这念头就像水中葫芦一样在脑中反复浮现，80-C 号是多大呢，到底多大呢。内衣专卖店能够出现男人吗，我一个人去没有问题吧，我会显得很老练吧，就像一个热恋中的男人？……其实 80-C 又与我有什么关系呢，她的内衣与我有什么必然的联系吗？……然而，80-C 号到底是多大呢。

五分钟后，我走进了内衣专卖店，我腼腆而坚定地对店员说：我帮我女朋友买……

多大的？店员像幼儿园老师那样极其好脾气地带着鼓励性的神情问我：胸围多大？A 罩 B 罩还是 C 罩？要什么牌子的呢？

……好像是 80-C，你们这儿有……欧迪芬的吗？

我把胸罩和那张书单一起带到张力的小屋。张力今天没有什么收获，张力说今天主要是给明天打基础来着。

喏，看看这个。

张力用两根指头捏起胸罩，在自己身上比画了一下，很过瘾地笑了一声：这么大呀，是你女朋友的？

不是，是这个人的。我然后才把那张书单给他看。

张力皱着眉头看了一会儿。谁啊这是，还看这些。

那个女包里的。

然后整个晚上我就一直叫张力尽量回忆那三个女人的长相，跑出去接手机的那个肯定不是，剩下两个哪一个比较丰满一点呢？哪一个看上去像是喜欢文学的呢？张力有点不耐烦：那会儿功夫，就是章子怡在我面前我也想不起来呀。操，你想干什么呀。总不至于要去跟她谈福克纳吧……

我被张力说得有点不好意思。那个晚上，我停止了对那个女人的追究，但我对张力介绍了一下我对女人的一些看法，尤其是"了解"与"交往"的先后顺序等。张力好像不太感兴趣，他若有所思地闭着眼睛抽烟，最后文不对题地说：行了，我懂你的意思了。不过，你以为通过一个包，通过包里那些似是而非的纸片你就能了解一个女人吗？女人可比福克纳复杂得多。

包里还有一些剪报，全是报章杂志上的小豆腐块，真奇怪，这个女人有着这个类似老年人的习惯，这些剪纸被一个回形针别着，内容分别是《六类人宜喝酸奶》《比尔·盖茨谈成功秘诀》《风筝的别称》及杜拉斯晚年时期的一张照片。在《六类人宜喝酸奶》这篇文章里，"经常使用电脑的人"及"便秘的人也应多喝酸奶，这将有助于帮助肠胃蠕动"这两行字下面被画上了红线。我把那些剪纸分别看了又看，简直可以倒背如流了。真是有意思，如果有一天我与这个女人面对面双目对视的话，也许我会条件反射般地脱口而出背上中间的某一段的。

最后一张小纸片好像是一张备忘录之类的东西，上面简略地写着三行字：

24号，电报刊中心，《城市画报》到否。
周三，干洗店。
本月最后一个周五，医务室报销。

这个习惯有点像我，我也喜欢把一些容易忘掉的小事写在一张纸片上，然后挨个儿做，做完以后再挨个儿划掉，人显得很有成就感。我看看手表，今天刚好是24号，小可怜的，没有了纸片的提醒，今天你有没有打电话到报刊中心。干洗的衣服呢。报销的医药费呢。唉，张力真是个捣乱的家伙，原来这个女人生活得是多么有条不紊的呀。我喜欢有条不紊的女人，这样的女人从来不会咋咋呼呼大惊小怪，她们会使忙碌无奈的生活呈现出安详、沉着的美好气氛。

26岁（比我小4岁）的有条不紊的女人她叫什么呢。我把剪报、发票及其他零碎研究了几遍，却没有结果。我对女人的三条要求（胸部丰满、职业稳定、购物较为理智）她恰好全部满足，另外还加上善良（老人病历）、聪明（通讯录排序）、有条理有计划（备忘录），最重要的是她还热爱文学（我在大学里也曾很热烈地爱过文学，你瞧，连共同语言的问题都解决了），要是知道她叫什么就好了，这样我就可以像一个发情的狮子一样用别人听不懂的吼叫来表达我对她的爱慕了。

在询问了张力各种可能出现的情况及细节后，我接受了张力的建议，到街头印了一盒名片，这样我就以华东商报南京记者站的一名主任记者的身份出现在张力去过的那家移动公司。我在传达室打了两个手机，在手机里叫我不存在的部下分别去跑另外两个选题，然后我十分谦逊地给了传达室的老头一张名片并请了他一支烟：老师傅，我们报社最近做一个题目，准备采访一些被小偷偷过的人，你街坊邻居里有没有什么线索？

那可多了，就在我们单位也有哇，大白天的还有人拎包呢，害得后勤部的主任还训我，你说这小偷哪儿能看得住？谁还在脸上写字啊？这小偷真太可恶了！你们报社是该好好打击打击！

大白天还有人敢在单位里拎包，老师傅，你讲的这个线索太好了，这稿子做出来肯定好，真是得来全不费功夫呀，再请你老一根烟，你好事做到底，能不能请被偷的那位同志出来我采访采访？

李妍坐在我对面，表情带着处女特有的轻微不安及淡淡的傲慢。这姑娘长得很自然，绝对没有染过发，没有文过眉，没有漂过唇，她只是化了一点恰到好处的淡妆，穿着粉紫的衬衫，像女学生一样把扣子一直扣到脖子，这使得她胸部的线条更加迷人了。

我把随手拿着的一本《城市画报》放在桌上，张开嘴唇开始了我与李妍的第一场天衣无缝的对话：这是我最喜欢的一本杂志了，不过我周围没什么人喜欢，你喜欢吗？

李妍没说话，只是轻微地点了点头，动作的轻微只能说明她的矜持，却掩盖不了她眼里的认同。

呃，王尔德有这样一句话：昨晚她胭脂搽得太多而衣服又穿得太少，这在女人向来是绝望的表示。李妍，一看你的这身装扮，就知道你是很自信的一种人了。

李妍对我的扯七扯八显得有点莫名其妙，我对她笑了一下：我说话是不是太随便了，请别介意。放松一点，随便聊聊。其实采访也许不是最重要的，重要的是我们与陌生人度过的每一个瞬间。这个瞬间，可能你的包会被陌生人拎走，也可能你的心会被陌生人俘虏。

这又是谁说的？李妍果然微微笑起来。

记不得了，应该是我吧。你信不信一种说法，自信的、浪漫型的人比较容易被窃？

你认为我是哪种类型？

嗯。其实我们的采访没有这个对性格分析的内容，但不知为何，看到你我就得出了这个结论。做了这么长时间记者，看人一向还是蛮准的，岁数、性格、爱好什么的能猜个八九不离十。

算了吧。谁能看准谁呀？

不信我来猜猜你？呃，你没结婚对吧。

李妍看着我，不以为然的样子：这个三岁小孩都看得出。

那我来猜你多少岁行不行，把你说老了你可不要生气！嗯，大学毕业工作四五年样子吧，属蛇还是虎呢，我来乱猜一个，属虎吧，对不对？26！

这个，这个不告诉你！

你业余时间最喜欢看书是不是？

喊，这是好话，谁都觉得自己喜欢看书呢！

还有，你喜欢看VCD，喜欢运动，比如跳跳健身操什么的。我大着胆子往下说。

算你聪明吧，这些都是大众化的爱好，算什么呀。还是别猜了，你要采访什么？

等一会儿吧，你要来点什么，你看我饮料都忘了点了……我来猜，你喜欢喝立顿红茶对吗……

李妍这一次是因为惊讶而真的笑起来，她的笑容如同鲜花绽放。我真的结结实实地喜欢上了这个可爱的姑娘。我像一个八面玲珑却又不失真诚的记者一样与李妍开始了我们的第一次见面。在我的努力和影响下，事态的发展转入了庸俗的缺乏想象力的路子：记者与采访对象一见钟情了。

我与李妍的关系发展得非常好，在一个已经被我了解过了的姑娘面前，我的气质也因为投入、因为自信而显得非常迷人。同时我会投其所好地做一些让她吃惊不已的事，比如，我会出于关心而推荐她每天喝瓶酸奶，并傻里傻气地在约会时揣着一瓶卫岗酸奶；比如，我会时不时地谈到一些我最喜欢的作家（当然是那张书单上出现过的名单），比如，我会有感而发地谴责医院里那些顾小不顾老的人们等等，比如，我会像个迂夫子一样从口袋里掏出一张纸头，然后恍然大悟一样地暗自嘀咕：糟糕，今天忘记打一个电话了！李妍要抢我的备忘录去看，我就不让，但最后被她抢去，我会很不好意思地解释自己的这个习惯，并恳求她千万不要因此笑话我……像许多相信缘分相信心灵感应的女孩一样，李妍一下子被我的丘比特之箭射中了，可爱的姑娘很快爱上我了，她时常在我们散步时幸福地叹着气说：从第一次见面开始，我就吃惊地发现，我们有那么多想法和习惯完全不谋而合，真叫人不敢相信，真的，我以前还不相信世上真有这样的爱情呢！

不久，我告诉李妍，我另有一个机会到宏达通信。我在我的假设和推理中、在我对子虚乌有的新闻职业的厌倦中顺利跳槽了，在新的单位，我的月薪是 4500 元。在短暂的必要的伪装之后，一切都进入了真实的理想的状态。

我有一段时间没有去找张力了。有了女朋友之后，我才发现男人之间的友谊多么单调乏味。而且张力对我和李妍的发展一直有点想法。他当初建议我去与李妍见面是为了消灭我对李妍的渴望，没想到我竟然真的与李妍出双入对起来，这让张力感到意外和不安，

张力时常会在电话里这样说：看吧，等她哪一天知道包的秘密，我就结束了。

是吗，我会傻到让她发现包的秘密？你放心，这个秘密已经死了。我在电话里漫不经心地回答张力。

你以为一个秘密真的能够死去吗。

唉，你真的不要瞎担心了。我怎么可能让李妍知道那件事儿

呢，那不仅卖了你更卖了我呀。再说，你不知道，李妍真的是个很善良的人，而且她那么爱我，即使有什么事儿她会听我的话的。

算了吧，兄弟，你记不记得我在信中写过的话，你并不了解女人。你也不了解恋爱中的男人。爱情的力量是惊人的也是远离理性的，你会败在爱情手下的。

张力的紧张让我感到好笑。我想他可能一直都是很紧张的。也可能是我的爱情让他觉得危险。我想我应该体谅他。我应该与他一起考虑他真正的出路。

你这样子准备一直干多久呢？我问他。

不知道。原来准备还清债务就适可而止的。但现在发现不行。这事情好像挺上瘾的。

哪天被发现了怎么办？你这样的可能要从重处理呢。

谁知道。过一阵子我可能要换个地方了。比如到上海、杭州什么的。

那里有熟人吗？

我能有什么熟人。不过这样最好，一张白纸好写字，随便我怎么编。

是啊，一张白纸，你其实……也可以重新换一种活法。

张力沉默了一会儿，似乎是在考虑我的建议。过了一会儿，他慢吞吞地说，算了，人都懒下来了，就这样耍耍嘴皮不劳而获最轻松。反正这世上也没人在乎我怎么活。哪天……真给抓起来再说，我对生活一向是比较被动的。

我从来没有这样堕入情网过。我想我真的没有看错李妍，一切就像她在她包里所表现的那样，她是个最如我所愿的姑娘。我简直发疯般地爱上了她。甜蜜的爱情像鲜奶和黄油一样让我的身体前所未有的膨胀起来，三十年了，我第一次这样渴望与一个心爱的姑娘上床。李妍不是个特别保守的人，我们在街上散步时她会让我把手绕过去伸进衬衫放在她饱满的胸上。至于上床，也许她像我一样，都在等待一个合理的机会吧。好在这样的机会很快来了，在我们相识之后的第四个月，情人节就到了。情人节，多好的一个节日，这一天一定会让我们的关系有一个实质性的进展。

为了使情人节的气氛更加如胶似漆如虎添翼，我绞尽脑汁想要送给李妍一个特别的礼物，在购物中心转了许多圈之后，我决定送她香水、内衣这两样东西。从一般意义上来讲，这应该是最讨女人欢心的两样东西，当然，从另一层面上来讲，如果这两样东西出自男人之手，那也是潜台词最明显的两样东西，——管它那么多，那说不定就是李妍最想听到的潜台词呢。我简直为我的决定而自鸣得意了，香水很好买，往贵里面买就是了，内衣也好办，上次的那件80-C连同欧迪芬的小袋子还原封不动躺在我宿舍里呢。聪明人从来不会白买一样东西。

情人节的那天很顺利，一切都很好，李妍真是个好姑娘。她大大方方地收下了我的礼物，甚至都没怎么仔细看，只是红着脸说了声谢谢，接下来我们就去吃晚饭，还喝了点红酒，然后我们就到酒店去了。现在的酒店也好，什么都不问，付钱就行。一切都那么顺利，我顺利地如愿以偿地从处男变成了男人。关于我的第一次，关于李妍的第一次，也许我要另外作篇文章，现在我根本没有心情回忆那晚点点滴滴动人心魄的美妙瞬间。——后来的一切都太糟糕了。

由于睡眠的缺乏，第二天上班时我还有点昏昏欲睡，李妍来了个电话，李妍的声音像冬天的冰一样穿过电话突然刺到了我发热的耳郭：给你一个解释的机会，七点半，古林公园。

七点半，那是晚饭之后的时间了，我们从来没有空着肚子约会过。看来李妍连饭都不想跟我一起吃了，而昨天她还一边咬着我的肩膀一边甜蜜而痛苦地在呻吟中一连串地说我爱你我爱你我到死都爱你。是什么东西让通情达理的李妍这么生气呀！

李妍用两个指头捏着一张小票：这是怎么回事？

我凑上去看，李妍却厌恶地扔到我面前，我只得拿起来，是80－C 的购物小票。那个内衣袋子里竟然有张小票！那个和蔼的耐心的店员怎么会在袋子里还放了一张小票呢？小票会有什么不对劲呢？我想我的脸可能由于巨大的惊愕和绝望而有点变形了，但我仍然尽最大努力把自己的声音表现得相当稳定：不合适吗，要不我去换。

你怎么想起来买这个号？

我瞎猜的，要是不对你也别生那么大气呀。

不是不对，是太对了。看你还想骗我，你看看日期，你怎么在认识我之前就买了这个呀，你怎么就知道你四个月后会认识一个穿80－C 号内衣的女朋友的呢？你不觉得这太奇怪了吗？你看好，这可是电脑小票，你不要告诉我说电脑把日期搞错了。

对不起。对不起。……我真的一点都不想骗你，我……

这日期是什么日期，这是我丢包后第二天的日期。怎么就这么巧呢。你说说看，你今天一定要说清楚。这么长时间了，其实对我俩的事我一直就不太踏实，虽然我真的很喜欢跟你在一起，可我老觉着哪儿不对，但我就是想不过来。现在好了，我好像想出点什么来了，但我要让你自己说出来，一句都不要骗我。你都骗了我这么长时间了，一直……骗到昨天，一直骗到情人节。李妍忽然哭起来，眼泪像珍珠一样从脸上滚下来。

我心里很难受。李妍的眼泪忽然让我有了一种面临绝境透不过气的感觉，我情愿她没有爱过我，只要她不伤心。谁能告诉我我现在该怎么办，怎么办才能重新挽回李妍的爱。以前，我以为没有爱情就是人世最大的悲哀，现在我才知道，有了真爱却快要失去才是彻头彻尾的绝望和悲剧。张力的名字在我的牙齿间一万次的格格作响喷薄欲出，可是我一万次地又像咽下碎钢残铁一样地把张力的名字咽下去。

那个保险推销员和你是一伙的？……说呀你，如果你是无辜的，我会听你解释的。

你相信我是无辜的吗？

我……我一百万个但愿你是无辜的，我昨晚在黑夜中反复地假设推理自我化解，可是我就是没法自圆其说。你说呀，你要让我相信你呀。

如果我是无辜的，你还会像以前那样爱我吗？

也许吧，我一直那么……喜欢你。可是你为什么要骗我？你为什么要来找我？你这些日子对我说的那些话是真的还是假的？李妍的泪又像雨一样地下下来。她的泪像一种高浓的化学液体，我最后的一点防线被全盘溶解了。

我如李妍所要求的那样原原本本说起了大概地说了一下张力的家，张力的大学，张力的职业习惯，张力与我的同学关系。我的性格及我交女朋友的一种习惯，我通过那只包而产生的有些荒诞的爱情以及其后铤而走险的突发奇想。"张力是个好小偷。我是个好爱人。"我最后这样结尾，这句话听上去有点厚颜无耻。可是我还是脱口而出了。

因为无所隐瞒，我似乎在某种程度上又恢复了一种盲目的自信，我大胆地抬起头看看李妍，可是她掉开头去不看我，我于是也掉开头去看窗外的夜景。夜景很美，因为黑夜里出没的人们都看不清表情。可是没有表情的夜又有什么意义。

真的有张力这个人？而你跟他完全是两回事？可能过了好长时间吧，李妍空洞无物地这么问了一句。

我点了点头：是的，就那么简单，张力是个好小偷，我是个好爱人。我又重复了一遍那句话。我想不出别的话。

小偷就是小偷，没有好坏之分。爱人就是爱人，也没有好坏之分。你能带我去看看那个小偷吗？李妍的声音听不出什么意图。

为什么？为了张力，我想我还是应该问一句。

我想确认一下我是不是该相信你，确认一下……是不是还应该继续喜欢你。

我和李妍走进了张力住的那个黑乎乎的院子。喏，那个窗口。我指着亮着灯的那个窗口。张力还没睡，淡蓝色的窗帘像童话一样遥不可及。

李妍却不往前走了。我感觉她好像一下子轻松下来了。李妍紧紧地往我身边靠了靠，李妍伸出她柔软的手臂环住我的脖子，并在我耳边呼出我熟悉的热气：你吓死我了，你不知道我刚才多么痛苦绝望，你不知道我其实多么怕失去你！现在好了，我软弱的小可怜虫，这么长时间了，我想你一定给巨大的矛盾和良心的负疚给压扁了，都是张力那混账把你给害成这样……我现在不生气了，我同情你还来不及呢，只要你跟他没关系就简单了就好办了……可怜的，你不要怕我生气了，不要再费劲瞒着我了，我现在跟你站在一起了，我来帮你卸掉这个包袱吧……

在一个半是伤感半是温暖的蚀心透骨的长吻之后，李妍挣脱了我的拥抱，动作轻盈地从她的包中掏出了一个手机。还是摩托罗拉 2688，跟被张力偷走的那个一样。在李妍那只曾被我无数次亲吻过的手指的拨动下，发着绿光的屏幕上一个一个跳出了三个数字：1-1-0。修长白皙的指头最后准确无误十分优雅地按动了绿色的通话键：你自己来说吧，这样说出来一切就过去了，这样我们就可以轻轻松松重新开始了。

小小的薄薄的 2688 像一块刚出炉的烧饼一样向我伸过来。

我接过这块烧饼这个姑娘就会继续爱着我吧。我接过这个烧饼张力就大白天下了吧。我接过这个烧饼我就离纯洁和正义更近一步了吧。张力我孤独的兄弟，如果我敲门你会开吗？如果我带着我心爱的姑娘敲门你会开吗？如果我带着一帮陌生的人敲门你会开吗？

冷风拂面

1

"要不，我们两人一起去征婚吧。"晚饭之后的十分钟，我通常都有点昏昏欲睡，但姨妈的这句话让我一下子清醒过来。我半躺在沙发上没动，克制住没有抬起头去看她。此刻她脸上一定是一副得意洋洋、跃跃欲试的表情。

"你看怎么样？就当你陪我。"洗完碗之后，姨妈接着问了一句，存心看我的反应似的。我还是没动。这段时间，我对姨妈的厌倦远甚于对生活本身的厌倦。生活本身虽然处处叫人为难无所适从，却总还有偶尔的享受如清晨的懒觉冰激凌的美味性爱的高潮；姨妈却不一样，她全身从上到下、一言一行都像海绵一样处处充满膨胀的热情和层出不穷的新主意，她像患了大脑多动症一样，几秒钟就是一句叫人哑然失笑的高见，与这样的人朝夕相处真是不胜其烦。我与姨妈相依为命的关系源远流长，一直可以追溯到我的呱呱坠地，这得归功于她不幸早逝的丈夫以及膝下无后的悲凉，还得归功于我善于生产的乡下父母，他们像处理新出生的小狗小猫一样舔干净我身上的血水就把我送到远在省城的悲痛欲绝的姨妈身边。我的转送及时拯救了骤失丈夫的姨妈，同时也彻底毁灭了我对伦常之情的感知。父母的印象永远停留在襁褓中的短暂接触，我甚至没有吃到一口母亲的乳汁就被永远地抛到无根的异乡。哦对了，还有个乳名，小乖，这是我那缺乏灵感的父母带给我的第一声呼唤，从此，这难登大雅之堂的小名就像口香糖一样粘在姨妈嘴边。小乖！小乖！姨妈尖声而短促的叫喊使得小乖这两个字失去了它原来的真正含义。

我的全部的关于亲情的记忆就来自于喜怒无常、性格高傲、事业心强得过分的姨妈。姨妈对别人的要求像对自己一样高，从吃饭、穿衣、学习到家务，她像一个极端妒忌的女人那样跟我斤斤计较，好像从记事起我就被迫洗自己的碗自己的衣服，而姨妈洗她的碗她的衣服。姨妈总是说：小乖，你要记住，人是世上最独立的动物，别指望谁会帮你什么。在姨妈的耳提面命下，我的成长史也许就是一个好奇心和同情心日渐消失的历史。

不过，姨妈在退休的这一年发生了她人生中最大的变化。由于漫长职业生涯的突然中止，她的高傲和特立独行的个性基本上失去了相应的空间和观众，老年妇女的共性乘隙而入，姨妈一下子变得饶舌而多情起来，并像一个真正的母亲那样对我的生活起居开始了无微不至的照料，甚至抢着洗我的碗我的内裤。我的世界本不习惯夸张的温情和过分的亲密。姨妈的变化让我手足无措不胜其烦。更不可忍耐的是姨妈同时还对我至今未婚的状况表现出了如梦初醒般的大吃一惊和自我反省，她一厢情愿地认为我的至今单身全是由于她对我过分严格的家教及由来已久的漠不关心。她忽然成了我身边如影随形的媒婆。

为了说服我去征婚，媒婆现在竟然冒出了以身伺虎同去征婚的念头。

我从沙发上坐直身子，姨妈的眼正好近距离地、表情迫切地盯着我的脸。姨妈56了，这么近地看上去，脸上沟纹密布，老得有些不堪，并且由于过分的热切而显得有些紧张。我的心中不知为何一阵心悸，十多天的对于征婚的坚拒一下子垮了，我虚弱地说：那随便你吧。

2

乡下的父母并不避讳我的身世，前面十六年，他们会在每年深秋初冬的农闲时节千里迢迢地送来新打出的小米和其他农家小品，脸上带着浑然天成的乖巧和巴结。他们千恩万谢地收下我姨妈给的钱及一些旧衣服，然后当着我的面津津乐道于他们当年的英明决定。——多亏了到你姨妈这儿，要跟着我们，你现在肯定在地里摘棉花果子哩。他们总会这样说，他们觉得这是多么高明而委婉的对姨妈的一种称赞。姨妈这时就淡淡地说一句，让小乖看书去吧，我看时间不早了，你们回去的车子要赶不上了。姨妈的冷漠让我心中好一阵痛快。前面十六年都是这样，我带着莫名其妙的愤恨和痛快一心读书，这种情绪让我的书读得格外的好，小学、初中、高中，我一路都在上重点。姨妈对这一点真是满意极了，为了最后的高考冲刺，在姨妈轻描淡写却不容置疑的说辞下，从高二起，乡下的那两个人就没再来过，我对他们的突然消失并无所动，我想我对他们的感情并不会超过街头卖早点的那对男女，我甚至怀疑他们不是我的亲生父母，或者他们跟姨妈并没有亲戚关系，那我是谁生的呢，姨妈到底是谁呢，我为什么不能叫她姑姑舅妈婶娘或者任何别的玩意儿。

身世的不确定感几乎贯穿了我的整个少年时期，这在无形中助长了我对姨妈及父母的敌意：要是他们三个人当中有一个还算爱我的，从一开始就不应该让我知道这可疑的与众不同的身世或者干脆把我掐死在襁褓之中。如果非要做个比较的话，可能我恨姨妈还要更甚一点，尤其是她那自以为是的神态，她一心按照她认为的最科学最民主的方法像试验一棵树苗一样地勤勉地为我浇水施肥，她对我的所作所为似乎纯粹出于一种奇怪的爱好、一种心理的调节，她以一种敬业而宗教的态度待我，姨妈很少骂我，相反，她和气极了，简直彬彬有礼。这样的结果就是我也像她一样客套而隔阂，我们俩之间什么都有可能存在，比如依赖、信任、关心、陪伴等等，但就是没有爱。

高考失利在我的意料之中，高考是一场战争，而一个没有爱的人显然是无法得胜的。我被一所化工大学录取。姨妈大受打击，但并未退却，她再三为我分析形势、为我鼓足干劲、坚决要求我在大学二年级前通过英语六级，并在大三通过托福，大四通过GRE，"出国拿学位，镀了金回来，你就比谁都好了，保证到处抢着要你！"为什么我要比谁都好呢，到处抢着要干吗，安安静静读完大学不是很好吗。不过我不会去反对姨妈，我对她的服从并不是逻辑上的包含与被包含，而是一种息事宁人的态度。我宁可吃点苦头看书，也懒得跟她多费口舌。总体说来，我没有兴趣与她多费口舌。

客观地说来，我的一直单身原因比较简单，基本上与姨妈无关。就像一个婚姻专家说的那样：大龄男女，除了性别取向问题，一般不存在性格上的原因，最多是环境因素，或者时机还未成熟。我想我跟这个专家说的情况比较吻合。大学四年，同学们眉来眼去甚至颠鸾倒凤的时候我都是在读书，好一点的男生全被圈定，白白错失了恋爱机会。在托福复习班上倒是认识了一些有望亲吻拥抱乃至上床的男生，不过我当时有点犹豫，对可能发生的肉体关系有一种说不清楚的担忧，在潜意识里我甚至认为我没有寻欢作乐的资格：一个连父母是谁都搞不清楚的人，现在倒开始男男女女了，恶心。我这里一格楞，旁边的人早不知哪里去了，到最后，那些一起狂做英文选择题的兄弟姐妹们能干点的就双双飞出国门，不济点的就混到外企里做白领。谁都不像我，思静不思动，按部就班地分到一家化工厂。

化工厂里哪里会有适合结婚的对象？姨妈在最后的失望之余把宝押到了我的婚姻上，她提出了两点要求：小乖你要记住，第一不要在本单位找对象；第二，乱七八糟认识的人一概不考虑，要找一个门当户对的，男方的知识结构一定要好，好的知识结构将来才能化为金钱和权力。姨妈很可笑地用了一个词：门当户对。一个寡妇，一个养女，谁能跟我们门当户对？我觉得姨妈对我的学业及婚姻的态度一直带着一种不加掩饰的急功近利，好像她这么多年来对我的培育是一项长线风险投资。也许所有的父母对子女都有着或多或少的功利心吧。我尽量说服自己不要因此而对姨妈心存蔑视。

就听姨妈的好了，在我心情愉快的时候，我还是愿意迁就一下，让她生活满意的。反正一时也不急着结婚，不就是 29 岁嘛，吓不死人的，一辈子不结婚又有谁真的会在意，就这样跟姨妈住下去就是，前面 29 年过来了，最蠢蠢欲动最血气方刚最心潮澎湃的年龄都过去了，还怕什么。

3

姨妈把一张报纸轻轻地却又充满力度地放在茶几上，她的动作让我不由自主像受了暗示似的拿起了那张报纸。报纸上果然有姨妈用红笔勾出的两段内容。

> 女 A326，29 岁，未婚，名牌大学毕业，身高 1.61 米，公司白领，气质高雅，爱好音乐旅游。诚觅未婚有缘男士为终身伴侣。信寄《金城晚报》"心园"专栏，有照必复。
>
> 女 A327，55 岁，温柔贤淑，早年丧偶，大学文化，现已退休。有市内独住套房，愿与年龄相当、爱好广泛的男子漫步人生黄昏。信寄《金城晚报》"心园"专栏。

"全是我自己写的词，还不错吧。"姨妈凑过来跟我一起看，带着掩饰不住的满意和欣慰，就像 20 年前看我第一次在《小学生优秀作文》上发表作文一样。姨妈的这种情绪让我感到气恼："好什么，全是谎言，我是名牌大学的吗？我那单位就算是公司白领？写的全是套话虚话，这种词，看十遍人都没印象，还征什么征？你怎么不编全呢，我穿上高跟鞋还 1.64 呢，怎么才写 1.61 呢，而且对男方的条件怎么一点都不提，比如身高 1.75 以上，研究生……"

"叫你自己写你又不肯，这会儿倒嫌我写你矮了，你不知道，我是怕写得太高影响应征人数。再说，男方的条件一样不写其实最好，这样才叫高不可攀、神秘莫测，才能找到真正有能力的好男人，你说是不是……你还没说我的呢，我的那个写得怎么样？是不是一看就像知识女性……"

"求求你别再说了，你还当真哪？你知道能有空仔细看晚报征婚启事的都是些什么人，大概也就是些等长途车的旅客、看门的传达室老头、没拉到客的司机或者窝在工棚里的农民工了，真正好的男人要么就还没长大，要么就叫别人给结了，谁还会看这些千篇一律、谎话连篇的征婚启事。想要通过这条路帮我找到对象，歇歇吧。"我自顾自打开电视。

"唉，那个婚介所的人除了收钱什么都不管，连我写的东西他都没看一眼把个关。"姨妈被我说得有点丧气。但不到一分钟之后她又另起炉灶说起来，声音比电视还要高："还好，报纸没人看也没关系，你知道吗，除了广告费，还收了我们每人180元的活动经费呢，据说他们每个月都要举办交友聚会的，给大家当面接触的机会，那可是针对性很强的聚会，效率一定高。你说，要是我俩去参加聚会，暴不暴露我们的真实关系呢，还是各人单独活动呢？"

"我们的真实关系见不得人吗？会影响你的成功率吗？再说，你以为我会跟你去参加那种聚会？我还不如去同性恋酒吧消磨一个晚上呢。"

姨妈的兴趣却似乎被最大的调动起来，她的注意力从这个晚上起全部集中到了这荒唐的空穴来风的狗屁征婚上。这成了她的一个事业。她每天都会打电话到报社，询问是否有信。在得知"心园"的具体聚会日期后，她开始四处打理行头，一心想以最好的形象初次亮相于一帮适龄老头之中。她最初的担忧现在也不存在了，"心园"的聚会把不同年龄层次的人分开来处理，我和她是不会同时出现在那可笑的的交友聚会上的。

当姨妈把她终定下来的一套衣服及相配的丝巾、皮包、皮鞋展示给我看的时候，我忽然得出了一个奇怪的相当不好的印象：姨妈似乎比我更要急着找个男人，或者，她的对我个人生活的关心只是为她将来的幸福生活扫清路障。这个印象一下子败坏了我的心情。我对我的大龄未婚忽然有了前所未有的压力。

4

我把那张因为多次阅读而显得有点陈旧的报纸举到孙荣的鼻子前。孙荣其实已经快要睡着了，每次都是这样，上过床之后，我正想跟他说点什么的时候他却昏昏欲睡了，虽然每次我们都是在白天上床。孙荣是我们化工厂的技术员，我都忘了我们是怎么认识的了，反正一个单位，再不认识也是面熟。我对他的感觉就像我与他的关系一样是非常松散而随意的，我甚至不知道他确切的岁数，他的老家，他的生日，他有否谈过恋爱等等，我对他只有一件事是肯定的：他不会跟我结婚，正如我不会跟他结婚。这是个很好的前提。我们互相之间有着淡淡的好感，有一个单位及相近专业的共同背景，有天然的单身宿舍作为约会地点，再加上大家自然的身体欲望。一切好像很自然地就来了。没有一时兴起的诺言、没有相互的约束甚至没有爱与被爱的说辞，我们理智而轻松地开始了我们的性伴侣关系。这为我的单身生活制造了一种可进可退的虚假繁荣。

"什么报纸？"孙荣注意到我怏怏的表情，尽力打起精神。这种关系多么好，孙荣就不会像个丈夫一样对我漫不经心。

"给你看我的征婚启事。"

"真的呀，你还信这个？怎么啦，又受到什么刺激了？真好笑，你看这词写得多可笑，这哪儿能跟你对上号……"孙荣不顾一切地大笑起来，这会儿他是真的不瞌睡了。

我被他笑得有点不快，但我像他一样笑嘻嘻地问他，"看到这个，你就没有别的感觉？比如说，感到失落、紧张，有妒忌感什么的？"

"你希望我有吗，要是我有了你会感动得去撤下这可笑的征婚启事吗？还是别害你了，就让我把悲痛埋藏在心底吧。"

总是这样，孙荣和我一样，精明而理智，连口头上的好话不愿意让一步，只是一味地说笑话，用好听的笑话来润滑和继续我们的简单关系。也许就因为我们对对方都了解得过头了，所以我们不可能恋爱。

"得了吧，我主要是为了你。你想想，我反正也就这样了，29，30，31，大家一年比一年地习惯我是个嫁不出去的老姑娘了，到最后就没人说我了。你不一样，你今年多少来着？23，24还是25？你倒真可以找个女朋友了。"

"谁跟你一比都黯然失色。你先结吧，这样我才会死心，然后才能再找个姑娘把婚给结掉，你要不结，我哪舍得另起炉灶重新开始呢。……嗳你说，这要真是有人应婚了，你去不去见呢？"

孙荣的语气听起来很怪，我想他也许真的想到了他的未来，而且他说的也是实话，我要不结，他还真的不大好谈朋友呢。有时候，玩笑也是潜意识的真实流露。也许我的这次征婚正是他期盼已久的呢。是我太敏感了还是真的就是那样？我心里面忽然别扭起来，我啪地把报纸拍在孙荣脸上，翻下床就穿衣服。

“怎么啦？不说得好好的吗？别生气，其实这应征广告写得还是挺好的……”

走出孙荣的宿舍，外面的阳光刺目得令人眼痛。相比而言，孙荣的那间宿舍因为长时间的门窗紧闭、窗帘重垂而显得更加的光线幽暗、气味复杂，充满了难以言说的暧昧和混乱。这种感觉其实我每次从孙荣宿舍出来都会觉察得到，每次也会因为心虚和后悔而心情不良。但今天这种感觉甚至加倍的糟糕，我暗暗发誓以后再也不要出现在孙荣的宿舍，可是也许一切只能停留在发誓，我会在一周或半个月之后再次接到孙荣的电话，然后像两年来的任何一次约会一样，我比约定的时间稍稍晚上十分钟推开他早已打开的门。

就像肚子饿了要吃东西一样，肉体的欲望我应该正视并及时满足，大概说来，就我与孙荣的关系上，我并没有做错什么，再说，除了父母及男友，这世上难道真的会有别的人去在意一个女人的贞洁吗。巧得很，那三者我都等于没有，是的，那就这样吧，很多没有父母的人最后都犯罪了呢，我只不过是饿了吃点东西而已，有什么不好。至于孙荣的态度，哈，去他的，更不要多想了，吃面包的人还要在意面包对人的感情吗。我一边走一边劝自己，这样步履匆匆心神不宁地走出很远了，我才想起那张要命的令孙荣大笑的报纸还忘在他宿舍了。丢就丢了吧，才不会再去孙荣那里，反正报纸不会有用的，我都记不得我是女 A 多少号了，就像孙荣所说的，难道有人应征了我就真的去见面？

5

姨妈参加完她的交友联谊会回来一连几天都显得心事重重坐立

还安。她还是每天打电话到报社去问信，但不似以往那般张扬了，似乎只是一种作息习惯而已。她也许希望我问问她，不过真遗憾，我没有那个兴趣。我对他人的生活总是缺乏相应的兴趣。在单位，我对面的那个化验员，她总是喜欢喋喋不休地向我描述她的生活，她儿子的小提琴她婆婆的奇啬她丈夫的长期便秘等等，她的两只嘴唇就像两片肉片一样在起了油的锅里上下翻腾，让人眼花缭乱，我常常一边象征性地点头微笑表示我在倾听她的生活一边想着如果哪一天我想辞职，没有别的原因，只是因为对面的这个女人太唠叨了。我的冷漠同样换来了不良的人际关系，姨妈经常会旁敲侧击地很艺术地向我反馈别人对我的评价，我则会言简意赅地附和姨妈：是的，我知道，我就是那样。他们都不喜欢我。不过我更不喜欢他们。

其实相对而言，我对姨妈要比对其他的人要关注得多。尤其是最近这十年，我常常想到关于姨妈的一个问题：她这么多年的寡居生活，情感和肉体的需要是如何满足的呢。姨妈那么早就没有了丈夫，又没有小孩，长得也还算有风韵，应该有不少男人打过她的主意吧，或者她也动过相应的念头呢。有了这个疑问之后我就开始了对童年及少年生活的回忆，试图找到姨妈生活上的点滴破绽；大学我是不住校的，除了军训的那两个礼拜，我与姨妈几乎一夜不少的厮守过了无数个漫漫长夜。我可以打赌，在我与姨妈居住着的这二室一厅的 63 个平方米的老式住宅里，从未上演过激动人心的两性之欢。

那么这次征婚对姨妈又意味着什么呢，荒芜了三十年的土地重新开始寻找农夫的开垦？也许就真的像姨妈那天所说的：是我陪她征婚，在这次滑稽的双人征婚中，她才是真正的主角。这个想法让我不怀好意地兴奋起来，我决定打破习惯关心姨妈一下：“怎么，这次交谊会让你失望了？”

“小乖，我……”，姨妈欲言又止的样子，这不像她一贯自信的作风。

“不方便说就算了。”

“小乖，你不要这样，你为什么总是把自己搞得很不讨喜，说点关心的话都不会？我其实真的很想跟你说说的，看你整天心不在焉的，叫人真寒心哩。”

“碰到旧日恋人了？”

“你怎么知道？”姨妈吓得从椅子上站起来。

“随便猜的呗，难道还会跟踪你。那不很好吗，都不用费劲去相互了解了，直接进入情况重叙旧情。”

“也不是那么简单的。小乖，其实我这次征婚一开始纯粹是为了说服你，可是我发现事实上我的劲头怎么比你还大，我的这种激动和投入连我都觉得不可思议，包括这次交友会，我以为我只是好奇想去玩玩，没想到我那么快就进入情况，当然最主要的原因是碰到了邢良平，我以前实习时谈过的一个校友。这么多年过来，那种感觉居然还在，我们俩一下子就谈得特别好……可是，小乖，我老觉得心虚得很，你这里还八字没一撇呢，我倒先热乎起来，在你面前交代不过去似的。可是，小乖你不知道，我这心里呀，真是太有感觉了，前面这三十年都不知怎么过来的，人这一辈子要尝不到两情相悦的滋味就等于白过了……所以，小乖，你一定要相信缘分，你的那个人啊一定在哪里等了你很久的。你别灰心，往前走就成。”

姨妈的感喟太没有新意了，跟她的年龄也不太相称。唉，太久没有吃过东西的人一定会把第一口入嘴的东西视为天下至味，可怜的姨妈，脸色红润得那么过分，好像尝到真正的爱情似的。

"那你应该高兴才对啊，怎么整天还心神不宁的？"

"呃，是有一点小小的问题，不大不小的问题，老邢有一个建议，我也不知道怎么跟你说才好，过一段时间再跟你说吧。老邢说了，什么时候要到我们家来看看呢，唉，真是想不到，我跟老邢竟然有今天这样的发展……"

对这个话题我已开始感到乏味，姨妈吞吞吐吐的样子让我更加失去耐心。我有点困了。姨妈开始叙述他们当年在医院实习时的初恋，姨妈讲得很慢，带着让我不习惯的甜蜜。这让我更加瞌睡，不知什么时候我睡着了。

在梦中，我发现我一下子老到了姨妈这样大的岁数，丑得不能照镜子，更可怕的是我还是一个人独身，像姨妈一样长年没有爱没有性，我的皮肤像树皮一样纵横交错，我留在人间苟延残喘，像沙漠里的最后一棵树那样专心地在等待死亡的来临。我在噩梦中用发不出的声音声嘶力竭地呼喊着我从未谋面的爱人。

6

姨妈今天特别看上去开心，我下班回来连包都没有放好，她就一团欢喜地扑上来，像展示战利品一样递给我三封信："小乖，你看，有反应了。一下子三封信哪！快看看，有些什么内容？"

姨妈的开心好像有点过头了，我不想如她的意：放那儿吧，先吃饭。吃完了再说。

姨妈认为我一定是不想让她知道信里的内容。她识趣地笑着摇摇头开始到厨房搞饭。整个晚上，三封信一直放在饭桌上，像是一道包装奇特的菜。吃好饭，各人洗完碗。姨妈装腔作势地说：我下楼散步去喽。

我坐在沙发上开始看电视，三封信现在被姨妈挪到了沙发上，直到姨妈回来，那三封信还像三个男人一样沉默地坐在沙发一边。姨妈看了看信，忍住没有说话，她开始洗澡，在进卧室之前，她慢吞吞地对我说：小乖，你的仪式拖得也太长了吧，如果你是为了跟我作对，现在你的目的也基本达到了，不过我要提醒你，你要是以同样的态度对待男人，他们恐怕没耐心跟你玩。

我不理她，继续看电视，我像在进行一场考试一样坚持着把一个难看的译制片看完。好了，现在我无所事事了，我是因为无所事事才想起来看这些信的。

我有点透不过气，可笑地紧张和起来，胸口间像揣了个气球似的越胀越大。

我把三封信一一仔细地看了一遍，好像很长时间没这么认真地看东西，也许我在下意识里还是非常重视这次征婚活动的。看完了之后一看表，已过了12点了。我看了看我的窗帘，还好，我的厚窗帘拉得严严实实。姨妈的那间卧室连着阳台，这样她即使站在阳台上也看不见我这里的灯光了。我记得整个高三一年，姨妈都能清楚地报出我前一天晚上关灯的时间，从而由此推断我用功的程度并在第二天的餐桌上用相应的饭菜来弥补我的营养，她的这种监视让我在无法提防的同时感到说不出的压抑，我尽量地想她那是在关心我吧，但我无法排遣我因此而生的反感和憎恨：我为什么要让另外一个人知道我每天睡觉的时间！？在沉默了半个学期之后，我开始了积极的反抗，我或者整晚不看一个字，或者整夜开着灯睡觉，并且强烈要求装上一副加厚的窗帘。我至今记得当我向姨妈说出这个要求时她的眼神，她的那种悲哀和痛苦让我略微地感到一丝不安，但我继续盯着她的眼睛坚持我的要求。我记得姨妈说过：为什么我们俩就是没法像一对真的母女？是的，为什么呢，我至今也想不通。不过，现在我是多么侥幸我当初的坚持：要是让姨妈发现我竟然如此投入地看信直到凌晨，那是多么不堪的一个画面。

三封信其实都不长。谁愿意对着一个陌生的女人抒情呢。但我还是打算认真对待这来之不易的三封信，噩梦的心悸犹在眼前，我想我应该尊重并重视我的这次征婚活动。

第一个男人寄来了照片，照片拍得太远，简直看不清楚，这个人的字很好看，好看得让我忘了他都在信里写了些什么。我曾经迷恋过字写得很好的男人，就像迷恋声音很好听的男人一样，不过那是大学时代，现在，这些东西都不能吸引我了，我坚持认为，如果一个男人有一个什么特别华丽的外在的优点的话，与之相对，他一定就存在着一个不为人知的、令人无法忍受的缺点。算了，这个人不考虑。我连信都不想回了，找个空信封把照片寄回去就算了。

另外一封信则是个人简历的扩写版，从年龄身高体重到家庭情况教育程度工作单位联系电话等等一应俱全，我想这个征婚人一定是个弱智，难道这些外在的东西能够决定一桩婚姻么，他还不如告诉我他最喜欢的一部电影，最厌恶的一道菜什么的。我想我也许比较意气用事，但我真的不喜欢这个人的这种方式。如果他是去应聘工作他一定会成功的。

最后一封，稍微长了一点，也有了很多主观的东西，这个男人详细地向我描述了他的第一个婚姻，并且巧妙地提到了他的 112 平方米的大房子和 5000 元的月薪。可惜的是，这个人一再地向我暗示他的一个良好愿望：他想找一个纯洁的女孩重新恋爱一场。是的，我读懂了，所谓"纯洁的女孩"其实就是真正的处女。别做大头梦了，为什么男人都想要混沌未开的处女，而处女们却想要成熟的技巧高超的男人呢。真是活见鬼的逻辑。

其实在打开信封的那个瞬间我就真心实意地开始后悔了，我早知道不会有什么好结果的，我应该把这三封信完好无缺地送给姨妈做第二天的早餐。而现在我却这样下作地打开并阅读了它们。失落和后悔像两条小小的虫子在心里一遍又一遍地爬来爬去。我把三封信收好。像收拢了一堆废纸。真无聊。为什么生活走到了这种无聊的地步，要靠字迹陌生的应征信来打发漫漫长夜。我拿起一杯水，像喝酒一样的仰起脖子慢慢喝下。

我想起姨妈在我十岁左右带我去看过一个心理医生，那个中年女医生像煞有介事地问了我几个问题，然后意味深长地把姨妈带到另一个房间，姨妈出来后脸色很不好，但却有一种奇怪的轻松。我听见姨妈向医生道别时发自内心的道谢：这下我明白了，原来不是我的问题。我会注意的。其实我一直就很注意的。那个女医生最后极有成就感地摸摸我的头：别担心，小姑娘，没什么。长大了就好了。

这么多年了，我都快忘了这么一回事儿了，在这个极其无聊令人失望的夜晚，我竟然清晰地想起了那天的每一个细节，姨妈恍然大悟如释重负的表情，那个女医生职业性的冷冰冰的抚摸，对了，还有女医生的那些问题：你为什么喜欢对着墙壁说话呢？你在班上有几个好朋友呀……为什么一个都没有呢？你为什么在衣服床单桌子上到处写小乖这两个字，你很喜欢你的乳名是吗？……

7

孙荣果然又打电话来了。我拿着话筒，像面对一项复杂的性命攸关的选择题：去还是不去？

孙荣开始不着边际的说好听话，没有由来的道歉。他说的这些话也许可以轻易地打动任何一个女人，可是把这些泛泛而谈的话放在我们两人之间听上去显得多么不真实啊。我想起了我与孙荣平常聊天的主要内容，我们会就一张 VCD、一个流行的品牌之类的话题孜孜不倦地讨论上大半天，但对对方的家庭、悲欢、喜好、前途什么的却出于本性和习惯而从不涉及。我想我们的谈话在某种程度上更像两个国家的外交官在热闹地寒暄，国家主权及内务互不干涉，越是界限分明越是友好之邦。现在的实际情况就是：孙荣最多以为我只是像老姑娘一样在发点小脾气，而对我心中真实的绝望和孤独天真无邪地一无所知。这样一想，我心里忽然就明白起来，骄傲和抗拒开始衰败下去：有什么好拿腔作态的呢，本来两人之间就很简单。我模棱两可地说：好了，我没有生气的，等会儿再说吧。孙荣高兴地挂了电话。按照以往的规律，这就是我答应要去的方式。不过，我现在倒是真的想等会儿再说：就在昨天，我接到"心园"的电话，今天下午有一场交友活动。

我慢慢地拿上包，带上门，走到大街上。往左走，五十米，就能到孙荣的宿舍，去延续一个随时都可能中止的关系。往右走，过一个马路，剩 20 路车，到达北极会堂，一个小时后，在一大堆陌生的男女中，凭概率和心情，我会结识一些单身男人。左还是右？

我站在马路中间，像个迷路的孩子一样不知所措。

正午的阳光像雨水一样洒在我的身上。人们全都匆匆忙忙，为什么他们都知道应该往哪里走？到底哪里出了问题，我难道真的缺少什么生存的元素？突如其来的自抛自弃使我想到了一个孩子气的举动，我想起了扔硬币。然而更可气的是我翻遍钱包及其他可能的角落，都没有发现一枚硬币。歇斯底里的情绪使我不顾一切地沿着马路寻找一个可以兑换硬币的杂货铺。

卖报纸的小贩十分不高兴地换给我一把零钱，他一定想不到，这其中的一枚硬币将决定一个女人的一次约会。我站到树荫下开始了原始的抛掷。

结果很明了，我发现我对硬币的决定很有好感。只是孙荣要白等一个中午了，但我相信这个意外对他来说，解脱将远远超过失望。

8

一个男人跟在姨妈后面进了家门。巨大的惊愕使我忘掉礼节。这间房子好像从来没有接待过男性的客人。我呆坐在沙发上听姨妈有点不自然地为我们互相介绍。

呃，小乖，这是老邢。

老邢，这是小乖，我姨侄女。

一看而知，这就是姨妈的旧日恋人。老邢一点也不老，最起码看上去比姨妈要年轻，同时也比姨妈精干，这精干看了让人有点紧张。老邢一点没有这种场合下应有的尴尬，他轻松地对我点点头，他的轻松同时也带动了我和姨妈，我站起身来，帮姨妈拿下她一直挂在胳膊上的包，再为他们两个人倒了一杯水，然后就进我自己房间了，或者我应该出去逛逛街的。我坐在房中一时拿不定主意该往哪里去。

姨妈无声无息地伸进头来：小乖，出来我们说点儿事情。

老邢以一种很舒服的姿势主人一样的坐在三人沙发上，他正在满意地打量我们的房子。看到我出来，他微笑地对我点点头，迅速地与姨妈交换了一下眼光。老邢说：小乖，我这样叫你不介意吧，其实很快我们就会是一家人了。我想小娴一定跟你说过……

姨妈在一边忽然敲了一下老邢的胳膊：叫你以后喊我老李的……

哦，小娴，对不起，习惯了，改不过来，那时候一直这样叫你的嘛……

姨妈的偷偷地看我一眼，脸皮下面一层红。老女人恋爱起来好，脸皮倒像比少女还要嫩了。可怜的姨妈。

我有点坐不住，好像自己是客人似的。

小乖，我们接着往下说，我想小娴一定跟你说过，我们年轻时就谈过的，真没想到这么巧，这回在"心园"又碰上了，我的儿子女儿都到加拿大去了，老伴是前年去世的。我在南京也有一套房子，不过是顶楼，夏天有一点儿蒸，面积呢也稍微小一点儿，呃，两个人住是不太够的……我呢，跟小娴也商量过了，这次的缘分不容易，好事好办，我们打算这个月就正式去登记一下。我想你应该没什么意见。不过，……不过，有一件事想跟你商量一下……虽然你不是小娴亲生的，但小娴一直把你当亲女儿看，所以我们也就不跟你见外，我们呢，想两个人住到这里，因为这里靠老年大学和中医院都很近，这样我跟小娴就方便得多了……

我出去租房子好了。

看你想到哪儿去了，我们只是想麻烦你挪一下，住到我的那个小套里去，你看行不行？在你结婚以前，随便你住……那房子，其实还是不错的，一个人住是足足够的，地点还可以，要是地铁建成了就更好，到新街口只要四十分钟。要不，我们再花钱帮你把那边装修一下，保证让你满意的……

老邢的口气和表情像极了一个敬业的二手房经销商。我看见姨妈在不停地点头，附和老邢的每一个建议，她的脸因为紧张而变得发白，她的手甚至毫不顾忌地伸过沙发去握住老邢，似乎想寻求镇定和勇气。

原来姨妈那天所说的一个小问题就是房子的事，真是好笑，姨妈带了我这么多年，她对我的信任还不如这个才接上头没几天的糟老头儿。她为什么不直接跟我说，而要让这个老邢感觉良好地像一家之主一样地，木已成舟、别无选择地来以这种方式来通知我？

我竟然一下子笑起来，心里的疼痛变成了唇边慌不择路的子弹：谢谢二位的好意，我哪儿值得你们这样费心。两边房子你俩爱住哪儿住哪儿。我今晚就搬走。

姨妈悲怆地哭出来：小乖，你不要误会我，有时我实在无法面对你，你为什么不能把人往好里想呢？这么多年了，你对我就从来没有宽容过！我想我已经尽了最大努力了，就是一个母亲也不会为女儿付出这么多……

我已经开始收拾东西了，我把姨妈絮絮叨叨的哭诉和老邢忽高忽低、间接直接对我的指责全部用力关在客厅。这是我住了29年的房子，我关于人生的记忆全部在这个房子里发生。胖胖的婴儿期，我曾经长时间趴在这里的地板上，试图寻找母乳的芬芳；孤僻的少年期，这房子无所不知的墙壁曾经听我说了多少无从排遣的心事；在它的阳台上，我用力扔掉过我第一颗掉落的乳牙；在客厅的北墙，有我从两岁到十六岁的身高刻度，直到现在，在每晚睡觉之前，我都要闭起眼睛去抚摸这一串长长短短的刻痕，这刻痕会让我有老人般的安详。现在好了，这一切都与我无关了。从乡下被抛弃到这个房子，现在又被这个房子所抛弃。多么完美的具有戏剧效果的轨迹。

9

我拎起两只包直奔孙荣的宿舍。我与孙荣这两年多的交往这时才体现出了它的最大价值。我从来没有在晚上去过孙荣的房间，孙荣一定会吃惊得连玩笑都开不来。是啊，如果他态度足够真诚，我会慷慨地试着把我的这堆乱七八糟的事儿说点给他听听，没准他还会因为我的这种状况而怜爱起我来的。也许爱情就会在山穷水尽之时突然降临。

孙荣的宿舍没人。我从来没有过他房间的钥匙，每次我来都是他约好我的。这个意外一时让我有点一筹莫展。隔壁的宿舍灯火辉煌，这让我没法站在门口傻等。我只得重新拎起两只包下了楼，在宿舍斜对面的马路牙子上坐下来。夜色温柔，我竟然忘记掉我今晚枯坐街头的真正原因，我开始充满温情地回忆我与孙荣的一些交往，我甚至想到孙荣许多可爱的方面。反正我现在跟姨妈是没什么关系了，如果我愿意，我就要找个本单位的人结婚。如果孙荣不在意我的岁数的话，也许我与孙荣都可以试着认真一点。

孙荣回来了，我几乎快要大声喊起他的名字，但我及时捂住双唇，让声音消失在冷冷的空气中。我看见孙荣的胳膊环着一个女孩，两个人像连体婴儿一样手脚相连地慢慢地上了楼，女孩的额头在路灯下闪烁着迷人的光洁，年轻的气息像香水一样刺痛了我的嗅觉。我试图最后一次看清孙荣的表情，视线却在瞬间变得模糊不清。

10

我再次坐上的士。我让司机往前开，同时开始找 Q451 的手机号码。

Q451 是一个星期前北极会堂"心园"交友会上的收获。我与这家伙认识在一支冗长的慢四曲子中。一对对的男女在我们周围旋转，……你是哪一年工作的……为什么要找年纪比你大这么多的人呢……我有一个孩子，不过跟着奶奶过……我们单位下半年就要分房子了……以后我们可以常联系么……零零星星的谈话不时飘进我们耳中，整个舞池里的灯光饮料桌椅好像都急着在找伴儿成家，这种气氛着实可笑，却又有着说不出的凄惶和悲哀，可怜的人们，好像爱情就会在这样的谈话中像种子一样破土而出似的。

整支曲子中我与他都没有说话，俩人好像在比赛谁更无动于衷更无所事事。长得像噩梦一样的曲子终于结束了。他没有把我送到原来的地方，相反，他的一只手继续保持着双人舞中的动作把我带到一个吧台前。这好像是个废弃的吧台，里面没有人更没有任何饮料，由于离舞池稍远，显得也比较静。

"我是男 Q451 号。"他点起一根烟，作了毫无意义的自我介绍。这人看上去比我至少要大半圈。

"我不喜欢吸烟的男人。"

"谁说要你喜欢我了。"

"那还有说话的必要么。"我转身就走。

"哎——"Q451一把拉住我。"除了可以结婚的对象，别的男人你就连话都不想说了？"

我很不友好地看看他揪住我一只胳膊的手。他不理会，反倒故意拉着我的手晃了两晃："你不会跟我说什么男女授受不亲、然后冲出去就割了这只胳膊吧。"

我忍不住笑起来。这个人有点什么东西还算顺眼。"你准备拉着我的手到什么时候？"

"直到上床脱衣服。"Q451好像很得意自己的这句话，他饶有兴致地等着看我发火。

我忽然厌倦起这样的嘴皮游戏，这让我想到了我与孙荣温吞水一样的局面。我冷淡下来，客气地对他摇摇头："好了，我想过去跳舞了，或许我能有机会认识到一些适合我的人。"

"你不觉得你已经认识了一个吗？"Q451的口气还是那种莫名其妙的戏谑，但他识趣地及时松开了手，脸上的笑淡下去一点，"别浪费时间了。你明知道不可能在这样的场合制造出一个恰如其分的婚姻。还不如跟我在这里说说话看看风景呢！"

"你来这儿就为了看风景？有比这更糟糕的风景吗，你的眼力也太差了。"

"说了你别吃惊，我来这儿其实主要是想找合适的同居对象。婚我是不想结的，那太烦琐太正式，但我需要性，如果可能的话，我还想要一点爱。你瞧，我跟你一直是在说实话，因为我觉得我们是一类人，我甚至猜想你来这儿的目的跟我一样，是不是？你也说实话吧，这样公平一点。"

"你才没跟我说实话，你的名字就叫 Q451 ？"他突如其来的坦诚让我有点不安，但我不想这么快就对一个陌生的男人说出我的真实想法。我岔开话题挑他的刺。

"好了，我的姑娘。你不想说也没关系。我只是想告诉你，在今天所有的这些女人当中，你是我最想认识的一个，原因很简单，因为我看出你跟我一样不想结婚，还因为你这样子让我特别想跟你同居。给，这是我的手机号码，如果有同感了打电话给我。再见。"这个厚颜无耻的家伙说完了这些话竟然彬彬有礼地告辞而去。

嗳——，Q451 吗，我是……，我是"心园"A326……，我想我们还是再谈谈吧。请问你的房子在哪儿，我现在过去方便吗？我控制住声音里的颤抖，不理会司机的注视，尽量让自己显得随意。

我看看表，差一刻钟就十二点了。我想我在 Q451 心目中的形象一定已经一落千丈了。

出什么事儿了？ Q451 递了一杯水给我，一边用脚踢踢我那两只包。Q451 态度比较平静，看不出他的真实想法。

我没有马上回答，我不知道这个人是否真的值得我细说从前。我拿起茶几上的一个镜框，里面有一个小男孩的照片。

你儿子？

五岁时生病死了。婚姻随之就结束了。不过我至今想念我的儿子。这世上不会有别的人再让我如此惦记。我几乎每晚都要看着他的照片入睡，回想他短短五年生命里的精彩细节。由于他我不想再开始一个新的婚姻。我怕周而复始的家庭生活会影响我对他的记忆。他妈妈早就结婚了，又有了孩子。我不能那样，那样谁还会记着他呢，他总是要有个人记着他的是不是？他不过才五岁，真的，五岁零三个月。

我发现我忽然泪流满面。我想我 29 年的岁月好像还不如这个孩子，这世上曾经有谁这样惦记着我吗？我咬着手指伏到沙发上，我真想像个孩子那样的大声哭泣，可是我已经不会那样哭了。小乖。小乖。我一遍又一遍无声地喊着自己，并在想象中抱紧自己的双臂，就像一个温暖的拥抱。

Q451 没有过来劝我。也不知过了多久，我怀疑天都要亮了。我坐起来，Q451 坐在地上，在喝水，他看起来比刚才要好了一点。他甚至对我笑了一下，就像那天在旧吧台一样。

现在轮到你了。

我想一辈子可能都没有说过那么多的话。从 29 年前的乡下父母的那次赠送开始，我把我能想起来的事情全都讲了一遍，我事无巨细不加选择地用语言再现我与姨妈共同生活过的所有细节。我好像进入了一种兴奋的诉说状态，我甚至把我包里的日记翻出来给他看，用以证明我诉说的真实。我原封不动地引用我与孙荣的幽默，惟妙惟肖地模仿老邢的表情和语气，毫不隐瞒地大声说出我对生活本身的失望和憎恨。我从沙发上站起来又坐下去，我喝了很多的水，并且因为激动而不停地咳嗽，我的嗓子最后变得低沉而嘶哑，我不顾 Q451 的劝阻，我好像一口气要说尽我全部生活，直到最后露出筋疲力尽心满意足的笑容。我记得我的最后一句话是：这样好了，我就是马上死掉也死而无憾了。除了墙壁，现在还有一个活人知道我的故事。虽然我连你的名字都不知道。

我让 Q451 把房子里的灯全都熄掉。我们俩坐在地上，像两个错过了班车不知所往的旅客。我知道我与 Q451 将到此为止，他一开始就看错我了，这 29 年来，我其实一直就是想要婚姻的，我与他不同，我对情感稀薄、聚散随意的同居生活有着发自内心的厌恶，相反，我积极地认可并追逐婚姻这种形式，我想只有婚姻才会给我家的形式和内容。如果顺利，我还想要生个自己的孩子，我要把人世间全部的爱给我的孩子。没有离弃，没有隔阂，我要把我的生命与另外一个生命紧紧相连，细细体味人世的亲密无间、冷暖与共。——与前面 29 年相比，这是我理想中最好的下半辈子，我想不出还有其他更安全可靠的活法。

无边的黑暗让我忘记了我真实的所在，我像是流落于荒凉的孤岛，又像置身于稠密的人群。我坐在漆黑的地球上，只有我的手机在孜孜不倦地眨着小绿眼睛。这让我找到一点似曾相识的亲切，无数个过往的夜晚，每当失眠如期而至，就是这只手机的信号灯在无声无息地伴我左右。我常常目不转睛地盯着它，以等待奇迹的虔诚等待一个陌生的呼叫。

我是飞鸟我是箭

事到如今，我还认为那个下午发生在小珂身上的事仅仅是个事故。我想一定只是由于酒而不是别的才铸成了那个事故：是酒精的燃烧让我没有在场；正由于我的缺席，在暗处伺机已久的事故才阴差阳错地如期发生了。那真的就是个事故吗，也许只是我固执的一厢情愿吧，再说，人间无数的经验早就证明：事故从来就不是偶然，生活中的每一个细节与事件其实都是必然的轨迹。——这个似是而非的带着陈腐之气的空洞之说能够让我在那个下午所发生的一切之后仍然能够心平气和地在大地上自由行走吗。

那个下午并没有明显的特征。在高中同学张勇的一再邀请下，我在他毫无品味的新盖楼房里吃了一顿酒香肉臭的午饭。张勇的祝酒词很简单：二生，你看你大学都快毕业了，天之骄子啊，你要还瞧得起我这个现代农民，就把这杯酒给我下喽。因为倒卖汽配而大发横财的张勇看上去表情复杂，落榜之恨显然还未消除，发财之欢又欲盖弥彰，但无论如何，这酒我一定得喝下去了。就那样，张勇推杯把盏地最终把我灌得不省人事。

等我醒来，天都快黑了，吃下张勇切好的半个西瓜，虽然头疼欲裂，但总算能骑着自行车回家了。一路上眼睛一直突突跳个不停，好像上帝真的在给我什么暗示一样。老远就发现家中乌灯瞎火的没有一点人气。进了家，哥哥嫂子都不在。一直找到卧室，才看见小珂一个人躺在黑里头一动不动。我吓了一跳，点上油灯，想摸摸小珂的额，小珂却一下挡开我的手，用力之猛好像我要非礼她似的。小珂身上胡乱裹着一条大毛巾被，露出两条交织在一起的长腿。她脸朝着我，双颊绯红，两只眼睛出乎意料地闪闪发亮。

我忍住头痛坐下来：怎么啦？生病了？

小珂还是一声不吭，但她的沉默里有着一种类似幸灾乐祸的成分，这让我难以理解。

我哥我嫂子他们到哪儿去了？

小珂的嘴角翘起来，露出半个略带讥讽的笑，但一瞬间她又严肃起来，沉思着盯着我，好像在确认我是否真的一无所知。

但愿小姑奶奶不要生病，不要跟我闹脾气，也许她怪我中午没带她到同学家去吃饭？是啊，我怎么不带她到同学家去的呢，让她一个人跟哥嫂待在一起，可能太闷了吧，女人其实真是麻烦，一点照顾不到就后患无穷。我揉着太阳穴反应迟钝地坐下来，我多么想立刻洗把热水澡好好再睡一觉啊。带小珂回我老家过暑假绝对是个愚蠢的决定。我再一次真心实意地后悔起来。

准确地说，这应该是我大学生活里的最后一个暑假了，明年一毕业，那个夏天还能叫暑假吗。对于暑假，我总是有许多奇妙的想法。如果词语本身也有性别之分的话，我觉得暑假就是一个非常母性的词，在暑假的子宫里，会诞生出诸如偶遇、激情、金钱、疯狂等等此类在平常的大学生活中不易发生的事情。第一份收入丰厚的英文家教（学生竟然是一名准备出国探亲的老太）、与一名外校女生的初尝禁果、第一次与同学合伙注册创意公司并在两个月跌跌爬爬的运作后关门大吉……漫长寂寞、秩序混乱却又像葡萄架一样挂满诱惑的暑假让我在这前三年的大学生活中得到了速度空前的成长，我想我现在已经成为一个不折不扣的男人了，走在大街上或者走在校园里，对待金钱、职业、女人、友情，我的眼光已经成熟得近乎狡猾。——这不奇怪，不管男女，从生理到心理，整个人类的成熟期都在提前，除了少数一些自甘天真的稀有品种。小珂是后者中的一个吗，也算不上，她的天真态好像是阵发性的，并带有浓厚的性别意味，她会在她心情比较好的时候拿一些鸡毛蒜皮的事来征求我的意见，并对我的随口说出的只言片语做出如获至宝的样子言听计从，但我看得出她这是在做一种姿态，在玩一种游戏。她的游戏根据来源于那些恶俗不堪的时尚杂志，杂志上说：男人喜欢六神无主、娇弱无助的恋人。不过，在大多数时候，小珂怪异多变的天性使得她对这些理论嗤之以鼻，她会随心所欲地与我谈一些恋人范围之外的话题，并用她小鹿一般毛茸茸的眼睛冷淡地扫过我的脸。小珂可能不知道，她唯一吸引我的地方就是她的高傲冷漠、自由散漫以及在喜怒无常中散发出的某种天真无邪。我预感到这辈子我不会再结识到小珂这样的女人。尽管我对小珂的感情还达不到爱恋的程度，但我还是保持了一种超出常理的珍惜并对她的种种非分之求一一迁就。在交往过程中，我和小珂奇怪地形成了一种默契：此冷彼热或者此消彼长，总之大致能维持亲密的交往但又绝对不至于发展为疯狂投入的所谓爱情。在很多时候，我们更像是一对性格不合的恋人，若即若离沉默不语地穿过校园，在众人误读的目光中留下郎才女貌的背影：从一开始，我就从未把小珂当成我妻子的候选人。这一点，在我与小珂之间似乎是不言自明的几何公理。因而，出于最起码的男女交往规律，无论如何，我是不合适把小珂带回老家与我一起过暑假的。

后来我怎么又答应了她的呢。我坐在小珂的床边竭力回忆，塞满木屑一样的脑袋却最终让我一无所获。小珂拉开毛巾被，我吃惊地发现她竟然赤身裸体，随意摊放着的四肢散发出一种我所熟悉的疲惫和懒散。小珂对我的吃惊似乎相当满意，她挑衅地翻了个身，背转过脸去，侧身躺着的曲线像一座神秘的小型山丘，高低起伏，引人入胜。

啊是的，那天也是这样，小珂一丝不挂地绕在我身上，半闭着眼像呼气一样地反反复复地说：让我去嘛。我也要跟你回去嘛。女人就是这样，总以为做爱之后的枕边之语会让男人从善如流，事实其实恰恰相反，我最讨厌的就是性与语言、请求、应允等任何其他的杂质连在一切。见我无动于衷，小珂很快换了一种咄咄逼人的口气，似乎对我的顽固感到匪夷所思：干什么干什么，路费伙食费包括在你家的住宿费我全掏，就算是我到赣南的一趟自助游吧，地点恰好就定在你家，怎么就不行了？

小珂的爸妈在南方做珠宝生意，钱赚得不错，每月几千地寄回南京供小珂花销。小珂比较识趣，在我面前几乎很少谈钱，有时也让我用打工所得请她吃饭看演出什么的。但她对金钱的满不在乎以及认为金钱全能的优越感还是像狐狸尾巴一样一不小心就会露出猩红的尖子。这是小珂身上让我敏感的东西之一。我克制住自己的性子，耐心地朝向她，再一次竭尽所能地把我老家的封闭、落后、贫穷向小珂做了言过其实的描述，小珂的眼睛反而更加闪闪发亮起来：那正好呀，我就在你们那边做一个乡土系列的采风怎么样，说不定还会画出几幅原汁原味的人物呢，正好参加大学的秋季画展！小珂的理由更加充分了，她现在把自己定位成一个敬业的不怕吃苦的美术系学生，小珂翻过身趴到我的胸前：说定了，我只是去画画。我知道你顾虑什么，我们先说定，我只是你的普通同学，在你家我们绝对不睡一张床！怎么样？只要你能忍住就行。同意吧同意吧，我保证会在你们家人面前贞洁得像个乡下处女，一看见男人脸就发红！

好了，现在看看吧，小珂的表现确切地说应该是：男人一看见她脸就发红。从艳丽的衣饰到随便的谈吐，以及因为一点小事而前仰后合放声大笑的习惯，小珂的本色几乎从到我家第一天开始如冰山浮出水面。

第一个晚上，小珂竟然穿着吊带睡裙就出来乘凉了。睡裙是少见的湖蓝色，衬得肩膀和胳膊白得像月光，刚刚洗过的头发还在滴水，把前胸及后背的一块睡衣都染湿了，即便是在夜色中，仍可以感觉到她胸前两团饱满结实的山峰。我偷偷地看哥哥，我看见哥哥像被灼伤了似的迅速扭开头。我忽然有些替哥哥难过起来，这么多年，在女人这方面，哥哥可能永远都是深感缺憾的吧。哥哥其实只比我大七岁，父母早逝、提前辍学加之长期的劳作使他看上去简直像三十好几的人了。哥结婚也早，由于我们的家境，娶回家的嫂子人虽老实，却着实谈不上好看，也不喜欢打扮，生了小米之后更是体形全无，人又黑又瘦，没有胸没有肚子也没有屁股。加上现在有小珂这么一比，简直就像一片提前到夏天凋落的叶子。

小珂拿出梳子开始顺头发，梳起的水珠溅在我的腿上，哥哥也有幸一得芳泽，他很迅速地把腿往后缩了缩。上风送过来小珂发上的迷人香气，这在校园，几乎每个擦身而过的女生都会有着类似的人造香味，但在此时，这味道却让我感到分外不合时宜。我咳嗽了一声把烟蒂扔掉，想起小珂关于"乡下处女"的信誓旦旦，一时心中发急，却又想不出该怎么暗示小珂要信守她的那些狗屁诺言。

接下来的几天，小珂更加无所顾忌地原形毕露了。除了没跟我睡一张床。其他的她什么都忘了。每天她要一直在床上挨到九点才会睡眼惺忪地穿着略略有些起皱的睡衣出来刷牙洗脸，小珂因陋就简地蹲在院子里，大声地漱口，用手捧起水洗脸，然后带着一脸的水珠到房里换衣服。重新出来的时候总是叫人眼前一亮，头发梳得油光水亮，还涂上一点口红什么的，身上要么是小吊带衫，要么是紧身的T恤，有一天，小珂甚至穿出来一件绣花的肚兜来，身后几乎是光背，在我眼神的强烈要求下，小珂才极不情愿地加了件半透明的短袖开衫。小珂总是振振有词地说：这儿没空调，穿少点儿图个凉快嘛，不都是你自己家里人，有什么好避讳的。

小珂的一切简直令我的乡邻们大开眼界。乡邻们并不掩饰他们的好奇心，我们回家后的第一个礼拜，家里总是来来往往地充斥着找到各种理由前来串门的乡邻。小珂似乎对此有如沐春风之感，她的魅力因为环境的不谐而显得更加令人过目难忘，很多时候，她只是故作安静地坐一边，手里拿着纸笔乱画。但即使她一言不发，她过分白嫩的皮肤、乡下少见的衣饰及脸上的妆容还是令周围的人感到突兀和无所适从，谈话就有些断断续续心不在焉。哥哥坐在乡邻们中间，看上去比别的人更加坐立不安神思恍惚。

小珂在纸上乱画的结果是给每一个来我家的人留下一张速写，然后等人走了之后，再得意扬扬地叫哥嫂辨认。小珂的素描是童子功，在系里都是排得上的。每一张素描都会惹得嫂子露出吃惊得近乎敬畏的笑容，说话都结巴起来：哎呀怎地这么像呐！哥哥虽不说什么，但他会捧着纸片看好长时间，像在琢磨小珂的技巧一样，并在后来与小珂的谈话中断断续续地问到她的身世、家人、绘画什么的。看上去哥哥对小珂还是比较接受的，这让我安心不少。

总的说来，小珂只是性格比较任性而已，回家这段时间，除了偶尔会无缘无故地落落寡合外，并没有惹出什么特别的麻烦，也许她今天又是心情不好吧。再说她以前也经常喜欢不穿衣服睡觉的。

我帮她把毛巾被拉到身上：要不你继续睡好了。我去找我哥。

我把灯吹灭，房里又像开始那样一团模糊了。快要走出房门，小珂突然说话了：你曾经爱过我吗？声音里浓浓的鼻音带着说不出的伤感和迟疑。

我有点不安，这么严肃的话题还从未在我们的交往中出现过呢。我想小珂可能真是想家了。女人在情感上永远比男人慢一个节拍，伤感起来总要追究一个空洞无物的"爱"字，爱和不爱难道真的有什么区别吗，我和小珂在个性及家庭背景上相差太大，不可能有什么的。

好了，小珂，你这么聪明，应该感觉得到的，这个还要说出来吗。我从门口返到床前，就着朦胧的月光吻了吻小珂的唇，这大概是我们回家后的第一次亲吻吧。整个假期，我与小珂一直保持着相当圣洁的距离。唇很热，但我看到小珂的眼神相当冷淡。随它去吧，喜怒无常的女人。我轻轻带上房门出来了。

空无一人的院子看上去比较凄凉，我想了想，哥嫂他们不会有别的去处，我在月光下慢慢向我家的田里走过去。

好久没有到田里过了。月光下的土地，看上去像老人般混沌无知，庄稼们半闭着眼在月亮下打盹，听不见的呼吸在耳边回绕。我看见哥哥一个人站在田角，他可能有好半天没动了，两只脚像长了根一样地与土地连在一起。我一直走到他边上，哥还是像树那样一动不动。难道每个人都像我一样因为太多的酒精而变得迟钝不堪行为反常？

哥，干吗站这儿？嫂子呢？

下午带小米到她姐家了，她姐家小孩生病。

你咋没一起过去？

不是，不是你那同学……要我给她当模特儿嘛。

哥的声音听上去干巴巴的像被太阳晒过了头的苞谷粒，不过他这一说我的脑子像开了一扇门似的又亮了一点，我想起来我为什么不带小珂到我同学家吃饭的了，这得怪小珂自己。

大概几天前，中午吃饭，实在热得不行，嫂子去井边打来一桶水，那井水可真是透心凉，我们每人用井水洗了把脸，舒服了许多，尤其是小珂，饭也不想吃了，孩子一样地与小米两个人在院里泼开水来。哥哥大概也是热得不行，便把汗衫脱了光个膀子。在这之前，由于顾忌着小珂，除了晚上在黑地里乘凉，哥哥一直都忍着没打赤膊。小珂过会儿回来喝汤，猛然看见哥哥，眼睛一亮，激动得大叫起来：二生，你看你看，你看你哥多好的身材，看肌肉，还有肤色，多自然多和谐！简直是天生的 model！比我们学校的那两个半老头儿棒多了！哥哥脸腾地红起来，浑身不自在地到处找汗衫准备裹上衣服，小珂的那股邪劲儿又上来了，一步冲到哥哥旁边，伸手拦住，嘴中一边还啧啧称奇地念叨个不停。我倒是见怪不怪了，美术系的女生们有时都会发点癫，白脸蛋的小排骨看多了，哪见过我哥这样的好身体。我哥可受不了，眼睛一个劲儿向我求援，嫂子也懵了，有点紧张地也睁大眼睛盯着哥的上身看，她大概觉得奇怪，这身体她都看了快五六年了，怎么没发现哪里好呢。我忍不住笑起来，同时把小珂拉开一点，小珂也觉察到哥哥的局促了，就势让开，让哥哥套上衣服。小珂这下是彻底不吃饭了，整个人一下子兴奋起来，赌咒发誓地说她一定要以哥哥为模特搞一个人物油画，一定要凭这幅油画在秋季画展上拿个大奖等等。小珂明着是对我说，眼睛倒是一个劲儿地往哥哥脸上扫。哥哥把碗扣在脸上尽管吃饭喝汤，就是不开口说个好字，倒是嫂子看不过，面带惶恐地说：只要大妹子你看行，你就画呗。其实我心里有数，只要没说不，哥哥就是已经答应了。

接下来的几天小珂就开始替哥哥想造型，表情怎么办，虚掉好不好？又矛盾着是画半身呢还是全身，不过，每天中午一吃过饭，从十二点半到两点半，哥哥是必须待在小珂兼作画室的卧室做模特儿的。之所以选这个时段，一来邻居们都在家睡觉，没有人会看到这种在他们看来极其滑稽、不易理解的所谓"创作"，二来，这时从窗户照到小珂房间的光线最为充足，哥哥侧身坐着，肤色的明暗度最符合小珂的构想。这正是一天中最热的时候，小珂往往只穿一件薄薄的吊带衫，还是热得满脸通红、汗流浃背。不过几天下来，进展不快，几次推倒再重来，小珂的画布上还只见到一点线条和轮廓，小珂为此脾气有点暴躁起来，画画时容不得任何人打扰，每天都要画满两个小时才让哥哥出来。今天中午更是说什么也不肯跟我到同学家去，说那样会打断她的灵感。好了，既然是自己找的苦，刚才还那样怪模怪样的横在床上生什么闲气，会不会是跟我哥吵架了。

哥，这两天让小珂给闹得挺累的吧，她脾气又不好。你要不乐意，明天我跟她说说，先不画，停两天得了……

二生，我……我今天做了一件事……头脑昏乎乎的，我都不知道是怎么回事，但真的不是我要那样的，是小珂先……

没事呀哥，小珂那人我知道，城里人的臭脾气，一发作起来没完没了的……

不是。……二生，我跟……小珂……我跟小珂那个了……二生，你别怪我……我当时一点办法没有，她突然丢下笔，把她的小背心一脱，上来就抱住我，还……亲我，其实我当时都快要睡着了，每天画画我都不敢看她，就当我是快要睡了，她这样一来，我觉得我整个人突然胀起来，脑壳嗡嗡的响成一团……她堵着我的嘴，脸上全是泪，她好像是哭了，两只手死死地扣着我，她靠我那么近，带着我就往床上倒了……二生，你别跑，你等我说完，我真的没办法，你哥是没办法，一点办法也没有，我活了二十八岁第一次这样……

我决定带着小珂提前回学校。小珂不说什么，自顾收拾行李，那块仅仅画了个轮廓的油画布也被小珂仔细地卷起来塞进包里。嫂子第二天带着小米回来，我们三个人不约而同地像同谋一样地各自守口如瓶，言吐正常合理。对于我们的提前返校，我随口告诉嫂子说，想回学校打工赚点钱。

虽然回乡才不到一个月的时间，重新踏上颠簸不宁的长途车，却真叫我有点物是人非的感觉。小珂在一边坐着，也不说话，这与她来时路上的表现真是判若两人，那时，只要车子一停，但凡稍入眼些的枯树、草房、干柴甚至光着屁股的小孩都会让小珂少见多怪却又感觉良好地举起相机，咔嚓嚓一阵乱拍。小珂没心没肺的欢乐就这样从这个世界上彻底消失了，我与小珂亲密无间嬉笑怒骂的好日子也一去不返了。巨大的自责如泰山压顶，我想小珂其实真的只是个初次下乡的小女孩，至于我哥，更不要说，我想他一定是被动和无辜的，最可怜的是嫂子，她不知道在她驮着小米在炙热的太阳下赶路的那个时辰，哥哥已与她千里迢迢。——整个事件的罪魁祸首应该是我，从一开始就不应该带小珂回来，更不应该丢下小珂去吃什么酒饭，或者我少喝一点儿，一吃完饭就赶回家，在小珂犯迷糊之前及时打上一桶井水给她冲冲头就好了……

我坐直身子，尽量不碰到小珂裸露着的手背，我嫌恶的不是她，而是我自己。我感到我与小珂之间突然多出了一种介乎血缘与仇恨之间的混乱关系，我永远都不能再碰到她了。我开始像个老人那样徒劳地回忆这一个月来小珂在我家的点点滴滴，试图从那些一掠而过的蛛丝马迹中寻找上苍曾经带给我的暗示和征兆。我想起来小珂曾经对哥哥烧出的一手好菜赞叹不已，而哥哥也会在不经意之中让小珂最爱吃的菜反复出现在餐桌上；我想起小珂曾经悄悄问过我哥哥的年龄，不相信他只比我大七岁，我记得我当时说了我哥为了我而被迫辍学、参加劳动、提前结婚等等之类使他看上去老相的事，小珂一直听得很认真，并不时追问一些细节，但在我饱含深情的长篇大论之后，她却高深莫测地未加任何评论；我想起哥哥为了让小珂的那小屋更通风更凉快，曾用一个下午专门在后墙挖出一个窗户，小珂那天为了表示谢意特地把自己爱不释手的瑞士军刀送给哥哥……还有，前两天，哥哥在乘凉时趁小珂不在，态度郑重地专门问了我一句：你跟小珂到底是怎么回事？我见哥哥的神色好像带有一种家长式的威严，就半虚半实的答复说：我跟她目前的关系是比同学再近那么一点儿，但将来肯定要比一般的人还要远。你们不可能结婚？哥哥紧盯着我又问。不可能，没有一点可能性。我看到哥哥的表情在一瞬间显得如释重负，当时我一直以为那是他认为小珂不适合我的缘故……乱七八糟似是而非地回忆了很多，那些在当时看起来如小河淌水般自然、不起眼的细节和语言，现在重新一想，好像都有了意味深长的含义。这些含义令我痛苦和难过，是的，我宁可相信所有的一切都是我在凭空臆想，那个下午纯粹就是偶然，就像蒲公英，是一次无根的降落；而不是像麦子或玉米，是酝酿已久的播种。

到省城我们转火车，买好票，得在火车站等一个半小时。我和小珂一路无话地找到一个有冷气的候车厅，守着一大堆行李坐下。行李里有半大包土豆，小珂最喜欢吃土豆烧肉，我说过到了南京我跟小珂没人会烧土豆的，可哥哥还是固执地顶着太阳到地里挖出一堆并帮我们塞进行李。那个晚上之后我跟哥哥没再有过交谈，连眼神的交流也没有。只是等到我和小珂上了车，我们才有了离别前的短暂对视，我发现哥哥已经没有当天晚上的那种痛苦和自责了，他看上去比我要镇定得多，他甚至还当着我的面对小珂小声说了句什么，当时我难堪地扭过头去，没听清他的话。

看到行李堆中鼓鼓囊囊的土豆，我不禁脱口而出地问小珂：我哥走时对你说什么来着？这是我与小珂出发以来的第一句话。

悄悄话。

小珂，别跟我这样，我又没说你什么……这事儿到底谁最有理由生气？

生气要什么理由？就像爱一样，要什么理由？

没有理由你就可以随便去破坏他们的生活？

他们的那还能叫生活？你没看你哥都压抑得快要死掉了吗？

小珂看起来比我还要激动。那么多年，他就困在田里，从来没有离开过乡村，从来没有真正爱过一个女人，从来没有过真正意义上的性爱……你们哥俩长得虽然比较像，可你们真太不一样了，他整个人好像就很绝望，很宿命，注定一辈子忍耐、牺牲，你呢，你过得多自信多顺溜呀，事事以自我为中心，漠视别人的生活，对自己的掠夺和寄生毫无知觉习以为常……包括对我，也是一样，过多的表白，可笑的征服感，纯粹的实用主义……你哥不同，我发现他很少说多余的话，也决不无故多看人一眼，即便是对一个人好，他也只是悄没声息地做了就算……他怕我夜里一个人孤单，就特地捉了几只金铃子来放在小盒子里养着，他教我如何把南瓜切碎分给金铃子，如何把盒子开一个小缝让它透气，看他对待金铃子的那份细心和爱惜，我好像这才发现我喜欢什么样类型的男人了……

　　火车站人不多，偶尔有神情茫然的过客拖着行李从我们面前匆匆走过。这不知为何让我想起了我与小珂刚刚好上的那些日子，没想到这么快，我们就会这样来谈到另外一个男人。

　　……说了你可能不信，我从第一眼见你哥就觉得他很吸引我，你记得那天他到村口接我们的情景吧，我当时就注意到他的眼神，那种克制住的高兴与难过相混杂着的眼神，两只手犹豫着是否要接过我手上的东西……我敢说你哥以前就从来没有爱过，所以事实他不仅压抑，还很孤单，我一看到他就想，这个素不相识的男人跟我多么相像啊，从来没有爱没有贴心贴肺的关切没有令人向往的前景……我对他的感觉很奇怪：既好奇又怜惜、有进一步亲近的渴望，好像我有义务去让他从压抑和孤单中得到释放一样……

　　行了可以了，你不会是要告诉我你爱上我哥了？即便小珂说着的这个男人是我哥，但一想到我与小珂曾经有过的甜言蜜语肌肤相亲，我的表情还是不由自主的僵硬和复杂起来。我打断她的话，同时别过脸去。这会儿，我甚至不想看到小珂脸上的表情，也许她的表情可以帮助我判断她上述那断话的真假程度，可是那又怎么样呢——不管事情是真的像小珂所说的那样有爱情在人间降临，或者只是小珂为了荷尔蒙在不适当的地点、不适当的人物之间的爆发而寻求一件勉强遮体的外衣，我在这两种可能性之间，都没有体面的立足之地。

小珂却疯了一样地别过我的脸，是的，有爱，反正我与他之间最起码有一个人在爱，不像我们俩，全是逢场作戏，全是夸大其词，跟你一样，我对我们的关系早就烦透了！还有什么，你再问吧，至少我还可以对你说实话！

我被小珂激怒了，她何至于为了掩蔽自己的轻狂无知来如此践踏与我的过去。我捏起她的下巴，动作尽可能的不屑一顾：是的，还有最后一个问题，能告诉我你们那天是怎么做爱的吗？跟一对兄弟分别做爱的感觉很不一样吧，或者说跟你的人体模特儿做爱的感觉很毕加索吧？

八月的校园并没有想象中的空旷宁静。待在学校里过暑假的人越来越多了，许多精明能干的哥们儿会充分利用这个假期为下一个学期攒下足够的花销，图书馆前面间或闪过一些与父母并肩而行、面带得色的面孔，那是刚刚被录取的新生来学校体验生活，一批批利用暑假来南京旅游的外校大学生像串联一样地在校区四处游荡，他们挤在宿舍里打地铺，在学校边上的小摊上买四元一份的盒饭，在澡堂里用冷水冲澡并舒服得哇哇乱叫……

没有了小珂的校园让我失去了战斗力。回到学校的第二天，小珂就搭上南下的列车到父母那儿去了，除了一个手机号码，她没有给我留下只言片语。在心烦意乱、难以入眠的夜晚，我曾无数次拨通小珂的手机，听到的却总是冷冰冰的关机提示。小珂是唯一了解我创伤并有义务倾听我诉说的知情人，她怎么能关手机？百无聊赖之中，我出门找了一份在影楼帮忙的活儿，为一个剃着光头的摄影师拉背景布、打灯并更换一些假模假样的小道具，每天上午九点半开工，直到送走最后一对给折腾得筋疲力尽的男女。这活儿还不错，有空调，早上可以睡觉，中午还管饭，琐碎的忙碌甚至给我带来了一种生理上的充实感。我基本上忘了那些不愉快的令我倍感屈辱与受伤的往事。我不再像一开始那样拼命设想小珂与哥哥做爱的细节和情景，他们时间的长短，姿势的变化，小珂及哥哥当时那一瞬间的感觉等等，也不再想着如何奚落和报复小珂了。在某些时候，我甚至说服自己原谅小珂，说到底，我与她并不是真正意义上的恋人。

但当哥哥突然站在我面前的时候，陈旧的伤疤还是如阴天的关节一样隐隐作痛起来。哥哥的满面尘灰及他神色中的那种凄惶很快让亲情重返心田，我想起来，这还是哥哥第一次到南京，第一次到我的大学呢。以前，我曾多次叫他过来，从未出过远门的哥哥总是以各种理由最终推辞。

哥，你怎么找得过来的？

哥哥第一次笑起来，他这一笑，我马上感到什么东西在我与哥哥之间融化了一样，我轻松起来，去他的女人。

哥哥笑着举起他手中的一封信，我一看，这还是我刚考上大学时写回家的一封信，在信封上，我中规中矩地写着我大学的地址名称及什么系什么信箱等等。

我就拿着你这封旧信，前后一共问了……嗯，一共问了八个人，你瞧，还真的就找到你了。哥哥再一次为自己的好主意笑起来，这使得他看上去年轻了很多。

哥哥走进我的宿舍，放下随身的包，在我宿舍里前后左右转了一圈，然后他问：小珂呢。语气极为平常熟稔，就像在乡下老家，每次烧好饭菜，哥哥都会对我说：小珂呢，喊她来吃饭。

到她父母那边去了。我只得也极为平常地回答。……干什么，你找她有事？过了一会儿，我还是忍不住加了一句。

……想让她把那幅画画完呢。

我开始找烟，回到学校，我有好长时间没有抽烟了，看到哥哥，我感到烟瘾又犯了。

二生，你觉着哥这样不好是吧，可能吧，一个女学生，我倒这样了。一开始我就知道我不对，好在她不是你女朋友，这样我心里还好一点儿……你不知道，她……那么白，那么活跃，那么会笑，对我又一直很好，很亲切，我从来没见过她这样的女人……你们一走，我觉得家都空了，没办法再待下去了。除了到南京找你们我没别的主意。想来想去，除了画画，我想不到其他事情来找她。反正我一定要再见到她。

她不在你怎么办呢。

等等吧，她总归要上学的吧。二生，你别笑我。……虽然跟她就那么一次，但我真的忘不了她……我以前从来没这样惦记过一个人……

……家里还好吧？我嘴里涩起来，想起我乳房干瘪的嫂子。

我说我出来打工挣钱呢，反正能赚到的钱，我一准全都寄回去。

好在能吃苦，哥哥第二天就在学校附近的洗车行找到一份差事，洗车行大都是凌晨以后生意才好，哥哥白天睡我这儿，晚上就出去干活儿。我是晚上睡觉白天到影楼，我们碰面的机会不多。但哥哥的进进出出让我很不安生，还有二十天就开学了，开了学怎么办，小珂真回来了，他们会怎么样，哥哥怎么回得去呢。在哥哥来的第二天我曾偷偷打过小珂一次电话，没想到这回倒通了，我刚说了一句"我哥来南京找你了"，那边电话就挂了，我都搞不清楚小珂挂电话是因为听到我的声音还是因为听到我告诉她的这个消息。但我想小珂是不会理会哥哥的。她还不至于疯狂到要与哥哥打持久战的地步吧。

浑浑噩噩的一天天过下去，哥哥的情绪却一直不错，整天把自己收拾得齐齐整整的，早上偶尔碰到下班回来的他，他好像欲言又止地想对我说点什么，也许是想让我设法与小珂联系吧。我只好急着要出门似的逃之夭夭。有几次影楼里生意不好，我白天回学校休息，哥哥却不在宿舍，也许他正为了他那突然爆发的情欲而在南京的大街小巷里乱转着祈祷吧，第二天问起他白天的去处，哥哥只摇摇头，似乎不想解释，我也就作罢。

开学前三天，我终于在食堂的饭卡充值窗口见到小珂。小珂看上去消瘦、苍白、目光飘忽，有点神经质，活像被不知名的大病煎熬过一场。

什么时候回来的？即使她还是不想跟我说话，为了我哥，我想我还是应该打个招呼。

小珂仔细看看我：你真的想知道？然后她转身就走了。

我急急忙忙跑回宿舍，我心里很矛盾，却又尽可能若无其事地对哥哥说：小珂回来啦，要不，我带你去找她？

哥哥低下头，闪开我的眼睛。我……早就见到她了，她回来有一阵子了。我想我应该满足了。……我想好了，明天就走，就这样结束吧，已经最好了。

她早就回来了？我十分吃惊，以为哥哥在说胡话。哥哥的脸色带着与小珂相似的病态的苍白。哥哥让我觉得陌生。

你别生气，是小珂不让说。她一知道我来这儿了就回来了……我跟她在一起好一段时间了，我们在一起……画画或者睡觉。我这生别无所求了……我好回去了。

戛然而止的结局尽管出乎意料而且难以想象，尽管被隐瞒被欺骗被拒之于千里之外，我还是发自内心地像白痴一样地觉得轻松和高兴。细节和过程全都忽略不计吧，忘了我所听到看到的一切吧，就像个真正粗枝大叶自以为是的旁观者。祝愿哥哥回到乡下与嫂子接着过他们平淡无奇的日子。祝愿我与小珂成为校园里在暑假平静分手的恋人中的一对。祝愿生活像白纸一样重新翻开一页。

第一片树叶从树上掉下来的时候，女生们穿起了长而轻的风衣的时候，秋季画展如期在美术系的东大楼开展了。我抑制住欲望，一直等到闭展的倒数第二天才去东大楼，我一直不喜欢在嘈杂人声中不绝于耳的品论中看画，我记得小珂也有这个习惯，我与小珂的第一次相识就是在大一那年的秋季画展，稀稀落落的几个观众中，一个喜欢看画的理科男生与一个美术系女生的恋爱就那样拉开序幕。

跟往年一样，美术系在展厅正中间摆了一个评分箱，要求每名观众选出自己最喜欢的三幅画。我拿了一张评分表，每年我都会认真评分，我选出的三幅画每次都与最后的统计结果完全一致，小珂曾经因为这一点而对我的眼光大加赞赏，她赞赏的方式是一口气亲了我五分钟。想想那是多么遥远的往事啊。

在左厅的拐角，我看见了我哥，整个展厅中唯一的全裸男体。取的是一个3/4侧面，画中的哥哥四肢强健匀称，肌肉闪出迷人的光泽，一只脚迈出小半步，另一只脚在原地踮起，双臂微微弯曲，紧张而有力地前伸，嘴唇半启，向画外看不见的人表现出类似于拥抱的姿势，但与姿势的热切相反，哥哥暗处的脸稍稍低垂，神情中表现出一种令人难忘的犹豫和克制，这可能是我的错觉，我相信更多人的眼光会被哥哥下体的那条小小的大红色肚兜所吸引，红肚兜的位置和颜色都很跳，似乎在诉说一种难以超越的狂热和情欲。画的背景是一张凌乱的白色小床，一只枕头被抛在床角，枕头上有几个小小的我一向熟悉的褐色字体：小珂·爱人。

我忘了投票，但结果一定不出我所料，小珂的画将脱颖而出。画面中长相与我酷似的男模将成为这个秋季与小珂有关的热门话题之一，我与小珂的秘密将在流言中产生若干个令人浮想联翩的版本。

虚　线

　　那时我都快要睡觉了，按照以往的作息习惯，我想时间一定超过凌晨一点了。那声沉重的难以描述的闷响显然是从窗外传来的，由于深夜的寂静而听得特别真切，这让我突然有了一种蛇一般光滑恐怖的预感：我想我干了一件蠢事……

　　我犹豫了一下还是鼓起勇气冲出去，在院子里唯一那片草地上，我看见他面朝下卧在那里，双臂安静地收拢在腰部，像一只在草丛中熟睡的野鸭……院子里的窗口一个个地亮起了灯，人们陆陆续续地从屋里冲到院子，我呆立在一边，像个忘了逃跑的杀人凶手那样僵立不动……

　　人群慢慢分开一条缝，我看见她披散着头发跌跌撞撞地跪到草地上，用一种我难以描述的姿势捧起他的脸。我转过身，走到灯光照不到的暗处。

　　我是在高中同学徐前的院子里无意中碰到她的。那时我还不知道她的名字，但她超乎寻常的漂亮及一种难以掩饰的抑郁吸引了我的注意。更重要的是我一下子觉得她很面熟，当然不是宝哥哥与林妹妹的那种"似曾相识"，我是真的觉得我在哪里见过这个女人。我下意识地多看了她几眼，她的发夹很漂亮，脚趾上涂着玫红的指甲油，在透明丝袜下显得十分迷人。

　　我对人对事的观察向来十分仔细，并且擅于合理的联想。这可能与我的职业习惯有关。我是《早安南京》的"线人"。"线人"也叫"特约通讯员""特约记者"什么的，后者的称呼听上去比较体面同时也比较土气，其实就是有偿提供新闻线索，在圈子里，我们一般自称为"线人"，这个称呼有点像香港警匪片里的那些给警察局干事的街头小混混，事实上，在做事的性质和目的上，确实差不了多少，同样的，我也对周围的大多数人隐瞒了我的这个"线人"身份，我在报上用的都是假名"郑义"，没人知道我凭着"郑义"这个名字从报社及电台拿到多少稿费，以及重大新闻线索的奖金。

　　在日常的生活中，我总是表现出一副游手好闲、好吃懒做的样子，经常老猫似的在各个大街小巷四处转悠，同时像中年妇女那样有点"什搭子"。"什搭子"是南京土话，大致的意思是碎嘴、好管闲事、自来熟什么的。我发现，只有把自己定位到最底层最无能的状态，我才有可能获得更多来钱的有效线索，只要我的独家线索能评上每周好新闻，最低 100 元最高 500 元的稿酬奖励就能稳落口袋。这些额外的报酬为我寡油少水的生活带来了不少春意。说来可怜，我原先的正经职业是无线电厂的流水操作工，工作内容就是在流水线上焊烙铁、扭螺丝、装后盖什么的，基本上不用脑筋，不过工资也低得可怕，更可怕的是从前年开始没活儿了，下岗了一批老弱病残之后，剩下的青壮年只要上半天班就能把活儿全部干完，工资于是顺理成章也低了一半。我一气之下申请了下岗，专心干起"线人"的事来。

在我的短短两年的"线人"生涯中，我曾经有过许多令同道之人啧啧称奇的惊人之举，我发掘新闻的角度不仅非常专业，而且视角独特，富有社会意义，一刊出来总能赢得一片叫好，进而引起有关部门的高度重视，最终促使问题的圆满解决。一些运气不那么好的"线人"曾经屡次施以好酒好饭想要打听我的秘诀，他们太天真——就算我足够大方，可是一个人的敏感和天才难道能够像衣服一样脱下来送给他们穿吗。我一直觉得，不管是外貌还是气质、知识结构及脑内"海马回"的分布，我天生就是做"线人"的料儿，同样的新闻事实摆到面前，他们只会傻张着嘴让好事像泥鳅一样溜走，只有我，才会准确地一把捏住泥鳅的三角形脑袋，把污泥中的小黑子变成鲜嫩异常人人垂涎的盘中美食。

那天到徐前家就跟我前两天获得的一条"线"有关，由于"线"中牵涉到一些陈年旧事，正好徐前在档案馆工作，我想请他帮我查一个资料。从徐前家出来，我很愉快，不紧不慢地走到车棚前推自行车，真巧，我看见那个女的也从楼上下来了，我再次看了她两眼，这一看，我训练有素的眼睛倒真看出点异样来：她的脸有点微微发红，头发本来是盘着的，现在却放下来，用那只好看的夹子松松地带着。眼角向下一扫，我更吃惊了，女人脚上的袜子也不见了，白脚上的红蔻显得分外夺目，她走的速度比较慢，试图掩饰她双腿的某种疲惫和乏力。再迟钝的人也猜得出来，这女人刚才上过床了。

这工夫，她也走到车棚里，取出一辆带有儿童椅的车子开起锁来，这让我有点失望，都生过小孩啦，看来人家是跟自己丈夫睡觉的，这也正常，这么漂亮的老婆。我也跨上我的自行车飞身而去，同时还在模模糊糊地回忆，我是在哪里见过这个女人的呢……

晚上回家，洗漱完毕我就开始看报纸了。每晚我都要看十种以上的报纸，一版一版地像看小说那样只字不漏，哪怕是党报的社论，我也会以最敬业的态度去认真学习一遍。从这些报纸上，我可以发现国家最近的舆论导向，主旋律的报道热点等等，当然我更多的是在推敲新闻后面的真相。我有一个深为同道折服的绝活，同一个当日新闻，在各个报纸大同小异的描述中，我会敏感地嗅到一些不和谐的甚至有悖常情的气氛，第二天以平民的好奇去一打听，保证能从另一个角度扑回一条绝对独家。

才看完《新华日报》《南京日报》，就听到父亲在门外喊起来：今天你去不去呀——这是父亲每天晚上例行公事般的一句话。母亲去世以后，父亲就参加了居委会的"摇铃小组"，每天晚上九点，小区的几个老头就自发的排成一条短短的队伍，打着手电，一边摇铃铛一边在各个住宅楼里转悠，以此惊吓坏人，保护小区居民安全。老头们一边走路，一边说话，有的老头耳背，喜欢大着嗓门自顾自地说话，听的老头不耐烦，另外开个头自己也说起来，那情形着实可笑。我曾经跟父亲出去摇过一次铃，看着老头们老眼昏花步履蹒跚的样子，我都替坏人们感到放松，谁怕谁呢。不过，即便如此，我还是用我化腐朽为神奇的妙笔搞出一篇小通讯《湖畔新寓有支老年摇铃队》，里面捏造了他们吓走两个自行车小偷、帮一个迷路小孩找到妈妈等细节，并把摇铃队的意义提高到老年人发挥余热、市民自我防卫意识加强等等高度，惹得市电视台"夕阳红"专栏也来给父亲他们做了个三分钟小专题。父亲为此对我很是刮目相看，而且从那以后，每晚出发之前，都要问我一句——今天你去不去呀。好像我每去一次都会带给他们什么特别的好处似的。

不过，今天父亲的这一喊让我迅速想起了什么。是的，我想起来了，我是上次跟父亲出去摇铃时碰到那个女人的。对的，她家就坐在我们前面那一幢，她的丈夫我也见过，我想起来了，他们夫妻俩还是蛮有特色的。

那次是跟摇铃队出去是腊月，天冷得很，我和老头们都穿得厚厚团团的，尽量顺着墙根走动，连摇铃的叮当声也冻住了似的不那么清脆悦耳了。从居委会老头家的四幢出发，五幢就是我们家，再转，到了六幢，一对手拿网球拍身着运动装的男女进入了我的视线，大冷的天儿，只穿了一身运动服，也不戴帽子，远远地看过去，男女都昂首挺胸青春勃发的。走近了，那对男女礼貌地停下来，等我们经过。这两人长得还真般配，女的特漂亮，皮肤特别嫩，男的也很帅，看上去非常讲究，手指甲修得干干净净，就是皮肤太白了些。但这对在冬夜还坚持出门打网球的男女的神色并不像远处看上去那样神采奕奕，尤其是男的，苍白的脸上带着一种不加掩饰的厌倦，不自觉地皱着眉头，仿佛在完成一项仪式似的看着我们臃肿缓慢地走过。倒是那女的，强打精神似的勉强对我们点点头。

走出好远，那个男人的神情还让我心中好一阵不爽。问父亲，他说：一直都这样啦，这对小夫妻每周三、周五都去打网球，每次都能碰到的……

不过，这对神色古怪的小夫妻倒给我带来一点灵感，三天之后，经过对各个区体育场所的大量采访统计，我写出了一篇《今天，你打什么球？》，对市民的业余健身情况作了一次综合分析，小赚了三百块钱……

你今天去不去呀。我听见我爸又问了我一遍。

去。我在腿上涂了一层驱蚊剂后走出门。父亲眼里露出喜从天降的神色。

不过这次没有碰到那对夫妻。我倒也不失望，只是一边摇铃一边琢磨，那次她到徐前家的院子里，是跟谁上床呢，总不会夫妻约好了到别人家睡觉吧。也许这里面有隐情，比如背叛与偷情什么的。我的情绪逐渐高昂起来，从最近民众的兴趣来看，对个人隐私的欢迎是越来越占上风了，《早安南京》甚至还辟出一个整版来专门登一些有鼻子有眼的男女恩怨，并配上经过处理的主人公照片以加强真实性，稿费着实可观，只要事出真实，稿费可以达到2000元以上。这种稿子我一直没有尝试过。如果这条"线"路子好，而且那女的真的愿意出来一吐心中块垒的话，我一定会把它写得一波三折催人泪下的。当然，我不会写她偷情，我会另外换一个角度，描写具有普遍性的少妇闺怨，点破貌似和谐的表象下现代人共同的婚姻危机，从而呼唤真爱的回归等等。不过，这条线暂时还是虚线，这女的是否有什么隐情包括她是否答应跟我拿她做文章还是个未知数呢，如何把这条虚线慢慢养起来，直到最后给做实了，才是我下面最大的功课……

天这么热，那对夫妻现在还打不打球了？我问我爸。

打呀，风雨无阻，今天是星期四，明天你来的话就能碰到他们。两人还那样儿，整整齐齐的……明天你再来？父亲张开嘴看着我。

又一个星期四，我再一次在中午的时间赶到徐前院子里。

我蹲在车棚里装模作样地捣弄自行车。一会儿，她来了，还是收拾得油光水亮的样子。我站到院门抽烟，然后又到街上买了份报纸，一边看一边等。大约四十分钟之后，她下来了。头发显然重新梳过了，上了不少发胶，腰间的裙带换了一种系法，两只脚懒懒地拖着高跟鞋。我大胆的正眼看了她一眼，出乎意外，女人脸上并没有想象中满足的春色，相反，她的神色有着一种说不出的怨恨和嫌厌。她飞快地回避了我的视线，推起带小孩椅的自行车骑走了。

在徐前的配合下，如此这般的观察持续了四周，每个星期一和星期四都会看到相似的一幕，有一次我还请徐前跟女人上了楼，连具体的门牌号码都掌握了。好了，现在情况是很清晰的：尽管有一个十分般配恩爱的丈夫，这个女人还是在外面有一个关系固定的情人。多么典型的个例呀，这说明什么呢？对婚姻的讽刺，婚外情对女性的吸引，现代人情感的空虚等等。我用大众的视角品味了一通，觉得文章还是可以做下去的。

那四楼上住的是什么人？我问徐前。

不太清楚，反正是个男的喽，谁认识谁呀。

经过足够漫长的观察之后，我认为我已经有充分的准备挖掘"事实"的真相了。

第五个周，星期四的中午，那女的出来了，看上去还是那样在疲惫中带着阴郁。我不紧不慢地走上前，递上"《早安南京》特邀记者郑义"的名片，我彬彬有礼的说：我们能谈谈吗？

她显然是吃了一惊，像是从某种深邃的想法中被我惊醒了似的，她下意识地轻声问了一句：谈什么呀？

我知道你每个星期四中午的秘密。我亲切的放低声音对她说，我试图微笑，表明我并没有普通意义上的恶义。

她点点头，脸上淡淡地带着一丝嘲讽。但一点都不慌，我甚至觉得她早有所感。她同样礼貌地对我点点头：好吧。

她这么轻易地答应让我很吃惊，并对即将开始的谈话感到担忧。她为什么不像常人那样质疑一下我的身份或我的意图什么的。也许我低估了她的不幸及这不幸之后的力量。

在初秋的阳光里，按照她的建议，我们在市民广场坐了下来。我看看表，下午两点半，广场人很少，太阳晒得人有点懒。

你要谈什么？她抬起眼睛看看我，她这时的表情跟我在摇铃队的那天晚上看到的一样：因为缺乏真正的兴趣而勉强打起精神。

你真的会全都对我谈吗？我真诚地、和气地充满民主地问。我的很多采访对象都说过，是我的眼神最终让他们说出了事情的真相。你的眼神就像一只跟了主人三十年的狗，一个家伙甚至这样形容过我。谢谢。我衷心喜欢他对我眼神的比拟。

也许是我的眼神真的令她心有所动。她移开脸，摸出一支香烟。我掏出打火机替她点上。她抽的是男人的烟，味道很呛人，我转过脸，避开烟味，慢慢对这次采访恢复了信心。她沉默的时间越长，我接近事实核心的距离就越短。

足足抽完一根烟，她才开始了她一泻千里的叙述。她叙述的内容及表达的大胆出乎我的意料，有的地方甚至令我没有勇气与她正视。

没有关系，听我说完吧。她像个老烟枪那样把一支新烟接在烟屁股上接着往下抽。她的叙述就像绵绵不绝的轻烟一样在我的眼前飘动。

我跟四楼的那个男人学会了抽烟。他叫花毅，每次我们做爱之后，他就开始抽烟，并给我也点上一支，他说，烟才是做爱的最终高潮。这是他讲过的关于性的诸多理论中的一条。人有好多种，有的人喜欢做复杂的数学题，有的人喜欢大扫除，把一切都搞得干干净净，有的人喜欢教训别人，教训每一个人都使他感到生活的乐趣。花毅就喜欢做爱，对所有跟做爱有关的细节和知识他都兴趣盎然。花毅开了一家性用品专用店，除了常见的用品用具药物，他还专门请人从美国香港进货，卖一些市面上很少见的东西。如果碰到趣味相投的人，他还会拿出一些宫廷春画及民间壮阳偏方来个别招待……总之花毅把自己定位成一个身体力行的性学专家，他宣称要穷其一身探索性爱的奥秘和高峰，他甚至还写了几篇像模像样的性学论文投到一所大学里的内部刊物上……这是我认识他之后才知道的，我真没想到我的生活里会认识这样……的人。我认识他简直是像命中注定似的。花毅总是说是我送上门的。

我家住在湖畔新寓，我当然不敢在附近买那东西，而且我一直等到冬天才去买，因为那样我可以很自然地戴上口罩。那天，我走了很远的路才找到一家不起眼的保健用品商店，我口齿不清地指指女用自慰器："买这个。"

他走上来，店很小，就他一个人在，带着与众不同的眼神。"要美国的还是日本的？要不要带水的？"

我很别扭，觉得耳朵都要红了，简直想扭头就走。"随便随便。"

他似乎是帮我考虑了一下，替我包起了一个。在包装纸外，他另外替我找了个不透明的纸袋子。这让我好受了些。"知道怎么用吧——"一看我的脸色，他改了口，"里面有说明书——"。

等到快要用时，我才发现说明书完全是日文，我根本看不懂，又不可能找人去问，好不容易下定决心偷偷摸摸买了一个回来没想到还是没法用，只得懊恼地重新装起来，这时我才发现了一张名片，放在包装袋的下面："长青藤专卖店花毅"，上面留了一个家里的电话号码。名片拿在手上忽然觉得很紧迫，好像又看到了那个男人不加掩饰富有意味的眼神。我把它塞进纸袋去做别的事情，可是不行，那张薄薄的名片就像一只关在笼中的小鸟一样啾啾地在暗处跳个不停，令人心神不安。我几次走到橱边，把名片拿出来看看，再坚决地放进去。那个瞬间像青春期那样漫长而且令人不知所措。我知道我没有办法与命运较真到最后，我出了一场大汗，妥协着走向电话机。凭着直觉，我知道，只要拨通那个电话，生活的颜色就会发生令人目眩神迷的变化。

是的，我知道你会问我，怎么会要去买那玩意儿呢，婚都结过了。下面我就要跟你说说我的丈夫，一个不跟我做爱的男人。……不，我们很相爱，没有第三者，他生理上也没毛病，在关于性交的专业知识上，他知道得应该不比花毅少。他是个妇科医生，明白吗，他的工作就是成天倾听女人关于下身不适的种种细节及引起这些不适的前因后果，各种各样的女人哪，丰腴的、修长的、干瘪得像笋干似的老妇女、职业可疑的妙龄女郎等等，无一例外，在简单的对话之后，她们都要在他面前躺到床上，叉开双腿，让他观察她们的阴部，从里面刮出分泌物，并从分泌物的颜色、浓度、频次等等方面推断疾病与否的结论……结婚以前，他还好好的，我们在一起都很正常，他还跟我开过玩笑，说他每天都看着女人叉开双腿躺在床上，整天都处在勃起状态呢……做门诊做到第三个年头，情况就不对劲了，先是对清洁达到了神经质的高要求，他买来大量的高锰酸钾，要求我在事前事后反复清洗，对自己也是，只要碰了我，几乎要花半个钟头去清洗下身。他甚至搞了一个专业的观察镜带回家，定期为我做检查化验……这还好，我也都习惯了，到去年，他调到住院部的妇科，工作内容有所变化，我很高兴，想他应该从职业性的心理暗示中摆脱出来，没想到，情况更糟了，他变本加厉地每晚都要求我摆出病人的姿势，然后他戴上一次性的透明手套，伸进去检查一番，有时还提取一点分泌物，像个敬业的门诊医生那样不厌其烦耐心细致，好像他就此已经获得了某种满足……总之他压根就不来真的，宁可偶尔躲到卫生间自慰……当然，夫妻是可以交流的，我试着把我的需求婉转地传达给他，但我发现他是内心真正厌恶性交，他认为那是世上最肮脏最丑陋的事，是疾病、离弃、背叛乃至罪恶等等的万恶之源，他甚至像个最虔诚的传教士那样循序渐进地向我灌输节欲的美德，无数个夜晚，在带有职业气氛的例行检查之后，他会正襟危坐地向我介绍历史上诸多洁身自好者的动人事例。为了最大限度地分散我的注意力，他会专心地陪我逛街，买下任何一样我看中的东西，每天早晨，他会陪着我到公园跑步，每周打两次网球，他会用一个下午的时间来做我最爱吃的红烧猪手，会因为我对某一部碟片的喜爱而陪我看上四遍……在许多人眼里，他是多么完美的一个丈夫呀。这可能也是他最引以为豪的地方，他常常把邻居及同事对我们小夫妻的艳羡只字不漏地与我分享，好像那是他人生最大的成就似的，我知道他，他最大的特点就是要面子，他对我的好我理解为是一种无言的约定：就这样相安无事，永远不要说出真相……也许他也有他的道理，事实上我可能比他还要面子，你想，难道我就因为那件事我去跟他离婚，那就等于向全世界宣布，我需要男人搞我，男人不搞我我就连日子都过不下去……

是啊，实在是没有办法，我才想到到小店去买那个东西，而上帝对我的补偿是让我与花毅认识了，我所缺少的一切他都变着花样给我了……但是你相信吗，我并没有因此得到真正的愉悦，在我丈夫的影响下，我现在对肉体的感觉非常复杂，在我的想法中，我与花毅的肉体盛宴就像是某种毒品，清醒时恨之入骨，瘾犯了又可以为之赴汤蹈火，我真的很厌恶我这具身体，厌恶它所表现出的令花毅引以为豪的各种反应，有时我清醒时一想起我的所作所为我都能恶心得吐出来！我其实特别想像我丈夫那样，冰清玉洁的什么都不去想，我一百个愿意去做一个符合他标准的女人……谁会帮我戒掉这个毒瘾呢，世上有这么一所戒毒所吗，要是有，我情愿付出任何代价……

天快要黑了，地上积了一堆烟头。出来散步的人渐渐多起来，由于她引人注目的美及手中的烟，几乎每个人经过我们面前的人都会不加掩饰地多看我们几眼。这让我有点不自在，当然最让我不自在的是她讲的那些内容，这大大超过了我的期望，我甚至感觉到一种作为听众的压力：轻易就得到这种没有保留的信任，我是否要付出什么代价？

呃，你为什么告诉我这么多？

你不就想听这些吗，我知道你这段时间在跟踪我。一开始我有点看不起你，不过想想也没什么，没关系，好奇心是可以理解和原谅的。再说我也没有必要对一个陌生人撒谎。也许我一直都需要对一个陌生人原原本本说出我的真实生活。

你放心，我没别的意思，你看到名片了，我只是一个特约记者，记者，你应该知道的，有社会良知有法律常识有正义的是否标准。

是吗，那更可怕，然后记者就以为自己可以随便跟踪、挖掘一个人的私生活。

不，我保证我没有恶意。我本来是想拿你的事情做个案例来描写当下的一种普遍存在的社会现象，公允地探讨一下婚姻之外的情感、性等等，当然，那也是在征得你同意的情况之下。不过，现在我承认你的情况比我想象的要复杂一点，我感谢你对我的信任，我可以收回我全部的初衷，我们可以像两个陌路人一样就此分开，我向你发誓我永远不会向第三者泄露我们的谈话内容……

她甜美地笑起来，像一朵突然在黄昏中绽放的玫瑰。笑在瞬间又灰飞烟灭。不，郑义，这不是我意图。你认为一个人，比如我，仅仅因为倾诉的需要就会把全部的秘密告诉一个陌生人吗？做记者的不会这么单纯到这个地步吧。

我再次摸出烟抽起来。……那你说吧，我听听看，你的意图是什么？

其实也没什么，我刚才都说了，我现在最大的苦恼就是想找个能帮我戒毒的人，随便谁、随便用什么方法，只要能够让我停止这种带有不洁感背叛感的生活……你今天找我其实我很高兴，我想我等这一天都等了太长时间了，我就想等一个人发现了我的事情，然后这个人就在某种意义上成了我的同谋，这个人必须跟我一起把我的这个问题给解决掉……

这个女人的逻辑真荒唐，好像倒是我有把柄在她手上似的。她要是碰上个无赖她也会样自说自话吗？不过她还是对的，她好像吃准了我这类人的心理：因为深入了对方的内心世界而有所不安，从而心有负疚地愿意站在她的一边为之出谋划策。

我沉吟起来，想了好大一会儿之后，发现头脑中还是空空如也，她满目期待地盯着我，我只得随口说起来，这个，你有没有试过精神分散法，把心思全部放到孩子身上，你小孩几岁了，你可以安排中午的时间带她去学点东西，这样你没有时间到花毅那儿去了……

谁说我有小孩了？

你自行车上不是有童骑吗？

是啊，我家里还有好多小孩玩具小孩衣服呢，你不知道我多喜欢小孩。这些年我一直陆陆续续给小孩买小东西，要是一切正常的话，结婚四年，我的孩子应该有三岁了吧，该上幼儿园了，一想到这个我就难受，后来干脆去买了个童骑装在后面，一边骑一边想象后面驮着自己的小孩……是的，你别那样看着我，这只个童话故事，我自己讲给自己听，我一直有个想象中的儿子，他叫奇奇，快要有一米高了吧，最喜欢吃薯条了，我给他上的是第二幼儿园，报的钢琴班，赞助费就要九千呢，我每天早上都要送他去上幼儿园……

我被她说得毛骨悚然起来。也许我面对的是一个臆想症病人，她所说的一切全是荒诞的虚构。或者她和她丈夫都是病人，一对病人。我心里开始混乱和不安起来。这对夫妻沉浸在多么深厚的不可思议的迷雾里呀。我失去了与她继续纠缠下去的信心。我想这一个下午我其实都是在浪费时间。这条"线"缺少某种共性，是做不了任何文章了。

我主动地站起身，随便扯了几句看看心理医生什么的，然后简短地与她道别。她对我的戛然而止显然觉得很突兀，有点意犹未尽的样子，我再次对她做了关于严格保密的承诺之后不顾一切地扬长而去。

接下来的无数个中午，长期对那女人的观察被大量的空闲取而代之，但我还是有效地克制了自己重新到徐前院子里去窥视的欲望，我说服自己，对那个女人我不再有任何兴趣了。算了吧，就当那是我线人生涯中的一次败笔。

快到国庆节了，街上的大小店铺开始支起杆子挂起国旗，我到书店买了一本《国旗法》研究起来，果不出我所料，许多店家悬挂国旗的方式方法包括国旗本身的尺寸标准都与《国旗法》有较大的出入，多好的线索呀，这条稿子要是做出来，说不定能评上当月好新闻呢。我兴致勃勃地投入了新一轮的明察暗访。要不是那天父亲重新对我说起那对夫妻，我想我都快忘了那个女人了。

父亲那天摇铃回来都九点半了，衣服都没换就特地转到我房间里来了。父亲斟酌了一下说：你还记得你以前问起过的那对小夫妻吗？真奇怪，我们有两个多月没看到他们出来打球了，这可是从来没有的事，真是不习惯呐。明天又是星期五了，他们以前打球的日子，要不你明晚跟我们瞧瞧去？父亲盯着我，我看出他的主要用意还是想让我再次参加他那无聊的摇铃队。

两个多月？我意识到这正是我与那女人上一次见面至今的时间。行啊，明天跟你们看看去。我想我只是为了满足父亲才愿意花费我宝贵的晚间时光的，因为按照父亲的说法，那对夫妻看来是不可能出现的了。

初秋的夜色看上去十分宜人，漫步其中令人有诗意的期待。院子里有一些人在散步，身影绰绰不清。铃声叮当，像童话中的仙乐那样若隐若现。

郑义——窗口突然传出一声惊喜的疾呼，郑义，你等等。

我吃惊地停下来，谁会喊出我的笔名？整个摇铃队也随着我的脚步而驻足不前。当然我很快醒悟到：是那个女人在喊我。

女人从六幢的第二个单元口飞快地跑出来，连身上穿着的白色长睡裙都没来得及换。这使得她在夜色中看起来分外迷人。她带着轻微的气喘停到我的面前：可找到你了，我怎么也找不到你那天给我的名片了，刚才我无意中从窗口伸出头来，没想到竟然看到你了，你怎么会在这里的，不过这样才让我终于又碰到了你……

她的出现及她对我说的一长串话显然让老头们尤其是我的父亲感到难以理解，他们很快打断她的话，问起他们最关心的事：你们最近怎么不打球了？

哦，这个……我可能要做妈妈了。她稍稍有点忸怩地说。

这下子我更吃惊了。她回避了我的眼神，对老头们点点头，要请郑义帮我一个忙，请他到我们家，可以吧。

她家在 12 楼，她一言不发地带我从楼梯走到三楼，三楼有个较大的露天平台，她停下来，哀愁和不安像藤一样地爬满了她的额头，与刚才的欢愉和兴奋相比判若两人。

……谁的孩子？你爱人知道吗？

花毅的。一次失误，也许……是我故意为之。我实在太想要一个孩子了，否则我可能也要变态了。你的建议给了我一个灵感，是的，只要真的有了一个孩子，我就再也没有精力和时间去找花毅了，生完孩子我就把子宫切掉，听说那样可以削弱情欲是吗……这次我终于如愿了，我想我一定会成为世上最投入的母亲，这孩子将是我新生的起点，事实上这段时间我就已经不到花毅那边去了，我真的应该谢谢你，你的主意实在妙极了……不过，不过他还不知道，最近，我好不容易才说服他我不想打球不想跑步了，但我没有勇气告诉他真相……我请你，就是帮我这个忙，跟他说出全部的事情，包括我跟花毅的交往，并最终取得他的某种默许，在世人眼里承担起父亲的角色。

怎么可能，没有一个丈夫肯这样戴绿帽子的！

他不一样！女人高声地反驳我，他不愿带给我孩子，他又不想让别人知道他的秘密，那他就应该接受这种命运，他只能做别人孩子的爸爸！也许这个方案将为我们的夫妻关系建立起新的秩序和平衡，是的，只要他接受，我就不再会对他、对我们的夫妻关系有丝毫怨言，而且我可以保证永远不再跟花毅见面，只要有了孩子，我从此会对他忠实到底的！真的，你就把我的原话这么告诉他，他一定会同意的。

你为什么不自己去说呢。我这么一个外人去说这些，他怎么能接受。

我有点害怕，哦不，我是很害怕……事实上，我也不太有把握，他其实特别要面子，这事儿他一点预感也没有，再说他脾气很爆，我怕会伤了我的小孩。求求你，我知道你一定会帮这个忙的，你一定很会说话的对吧，再说，你记者的身份听上去是不是比较让人好信任一点？

女人抚摸着她尚未隆起的小腹，脸上露出叫人难以拒绝的神情。月光作证，我比任何人都清楚这事情的荒谬可笑，但出于一种类似于职业道德的责任以及一丝难以抗拒的好奇，我跟她走进了电梯。

12楼，在电梯的上升中，我想我可能很崇高，我甚至做好了挨揍的准备。

她的家很漂亮，丈夫正在举哑铃，看上去他对体育锻炼有着超出常人的爱好。她很突兀地对丈夫介绍说：你看，这就是《早安南京》的特约记者郑义，我在一个朋友家认识的。刚才我一眼就认出来，跑下去看，果然就是。

我尽可能大方地坐下来，她到厨房冲了两杯咖啡，然后一头钻进卧室，在里面打开了电视，她把音量开得很高，一会儿，像是怕打扰我们聊天似的把卧室的门严严关上。在即将合上的门缝里，我看见她的眼睛充满期望地对我眨了两下。

对我没有由来的来访，良好的修养使他没有表现出任何疑义，我们像两个等车的男人一样就最近的球赛泛泛地寒暄了一会儿。终于，在一番紧张的观察和考虑之后，我就门后面挂着的一本挂历重新起了一个话头。

挂历上是一群不同肤色的光屁股婴儿在阳光下晒太阳。我咳嗽着称赞了一下挂历的创意，然后说：你们打算什么时候要个小孩？

他没有说话，他的神情表明他在揣测我的潜台词。

哦，也没什么，随便问问，好像田小力一直很想要呢。刚才在电梯里，女人主动告诉了我她的名字。

他喝了一口咖啡，过了一会儿，说：每个女人都那样，只知道小孩好玩，不知道带小孩多辛苦，反正我是不想要小孩的。

呃，不过，刚才一同上楼，田小力说她好像已经有身孕了呢？她希望我可以说服你要了这个孩子。我硬着头皮直点主题，但我没有进一步对孩子的父亲做任何阐述。我认为那根本用不着说出口，他会在瞬间全部领悟的。

他看上去迷惑不解，像一个人听了他不懂的笑话。

　　仅仅五秒钟的停顿，他又慢慢活泼起来，在沙发后摇着头来回走动，走了那么几圈，他终于停下来，推心置腹地看着我。我知道你肯定被我爱人给蒙住了，她都对你说了那么多了，我也就不瞒你了。我老实告诉你，她脑子有点小毛病，三四年了，很重，什么事能说得跟真的似的，她想要小孩也是真的，你看，这壁橱里面，全是她买的小孩衣服。不过，她这种情况是不能要小孩的，我带她找过很多医生，都建议我们不要小孩，可是她偏就是一条筋地想小孩，死活不肯避孕，我承认我因为这个特别苦恼，长年累月不敢碰她，有时我真的难以忍受，但我很爱她，而且别的方面她也都好好的，我是真的不忍心离开她……好几年了，按照医生的建议，我一直跟她一起做各种各样的锻炼，我总想等着她哪天恢复了之后再要个小孩……她以前从来没有跟别人乱说过什么，真奇怪，怎么会跟你说这么多的呢，你一定把她的话当成真的啦，说说看，她还跟你说了什么？他神情急切地走近一步，盯着我。

　　他对田小力的全新定义让我感到云山雾罩。但我忽然发现这是我跟他实话实说的最好方式。我假装毫不知情地大吃一惊，哎呀，有这种事，我看她好得很嘛。她还跟我说了不少东西，她讲得很逼真的，有许多细节，她说你由于职业的原因不太喜欢跟她……那个，所以她在外面有个情人，那个人叫花毅，就住在团结路那里，他们每个星期四的中午都约会……这回这孩子就是那个人的，她希望你能够同意做这个孩子的父亲……

　　他笑起来，笑得都有点喘不过气来。像终于明白了某个笑话的幽默所在。郑记者，你说你相信这种荒唐的事情吗，我们妇科的男医生多得很，工作上的例行检查怎么可能影响人的欲望呢，你随便去问一个好了，唉，她现在是越来越严重了，什么花毅，什么星期四的约会，她怎么会编得这么有鼻子有眼的呢，我为她做了那么多努力，难道全是白费！他的表情克制不住地绝望起来，一个人陷在沙发中不再跟我说话。

我从侧面审慎地看着他，一切都那么恰如其分：一个痴心的丈夫，一个荒诞的妻子。我的判断力在瞬间失去了嗅觉，我甚至觉得这夫妻二人都在我面前演戏，他们以舞台剧的形式联手出了一道不太常见的智力题来嘲弄我由于职业原因而造就的多管闲事。

沙发上的表已经指向 11 点，好了，笨拙的线人，管他夫妻二人孰真孰假，你可以退场了。我走过去敲敲卧室的门：田小力，不早了，我就告辞了吧。

等一下。丈夫在后面喊了一声，声音非常高。小力，你出来，我们不是一直有约定的吗，家里的事不要到外面乱说的是不是？现在你要对这位郑记者收回你对他说过的所有的话，你的玩笑也太过分了。丈夫的语调控制得很好，严厉中带着亲切，真的像面对一位撒下弥天大谎的病人。

我没有一句话是玩笑。田小力缩在房里并不出来，她的声音也很低，好像她确实欺骗了别人似的。

你们谈，你们谈，我先走了。

嗳，你千万别走！田小力，我们要让郑记者把事情搞清楚，要传出去多难听，咱们结婚都四年了，一直是模范夫妻，你怎么能这样编排你的丈夫，要传出去什么丑事你叫我还怎么见人？你快出来，这事非得在今天了结了不可。现在你说，你到底有没有小孩。你要说实话！最后一个词的语气终于加重起来。

田小力看看我，在寻求支持，我觉得我很尴尬，田小力的丈夫有一种让人害怕的镇定和威严，我想田小力如果足够明智的话应该

147

说出她丈夫想听的实话。

田小力没有说话，但她从包里翻出一张人民医院的尿检化验单：田小力，妊娠测试，阳性。

丈夫的脸猛烈地抽动起来，像一名快要中风的老人，我及时地拉开门准备逃之夭夭。但这个丈夫又用我难以想象的意志克服了面部肌肉的剧烈跳动，他礼貌地站到门边与我道别，他甚至给了我一个不太像样的微笑：你瞧，她连化验单都搞了一张来。

几个小时之后，随着那一声我将永生难忘的闷闷的巨响，我才知道，那应该是他留在人间最后的微笑。他的微笑从此像口香糖一样牢牢地粘在我的记忆里。他的微笑镇定得像一个面具，或者像一只手，捂住了事实的全部真相。

……人群越聚越多，110和120陆续呼叫着赶到现场。人们被吆喝着让出一条通道，纷杂的脚步像听不懂的节奏在敲击耳膜。这忽然让我找到了一种职业性的镇定，仿佛出于难以克服的条件反射，我拿出了袋中的手机，看了一下上面的时间，打出了我赖以为生的那个号码：本报最新消息，今日凌晨1点零五，一男子自湖畔新寓27楼坠下，警方初步推断死者系自杀身亡，据了解，死者生前为某医院的妇产科医生……

不远处，田小力舞动着双手一边哭着一边对一名警察飞快地说着什么，同时指了指我的位置，另外两名警察慢慢地向我走过来。田小力的哭声更响了，如裂帛穿空，带着只有我能了解的自由和喜悦。我蹲下身，揪起一把带有血迹的青草，并像猎犬那样凑到鼻尖细细嗅起来。

左　手

　　陈克把罗医生的左手割下来寄给了肖然。一贯关注时效的陈克选择了邮政局刚刚推出的"同城快递"，当肖然怀着一丝茫然和期待亲手拆开淡蓝盒子的包裹时，她闭着眼睛把手伸向盒内——一个出走多时的新婚丈夫，将会寄来什么礼物？生性浪漫的肖然显然想就此给自己长期的压抑创造一个想象以及惊喜的机会。当然，她碰到的是一只柔软的带着体温的左手，那只手在密封的保鲜袋里甚至保持着握手的姿势。肖然的惊叫几乎吵醒了全城所有熟睡的婴儿。

　　……我说你好你好，一边像个顽固的左撇子那样伸出左手，罗医生的眼里果然闪过一丝遇到同道中人般的惊喜，他同样礼貌地把左手伸向了我，我握住它，它真是宽厚温暖呀，然后我把它弄下来，然后我就直奔邮局。柜台里工号为0429的营业员小姐真好，她热情极了，您要快是吗，那您就寄"同城快递"吧，我们才推出的

149

新业务，专人专车，保证两小时内送到收件人手中。真的那小姐热情极了，还是她帮我选的包裹盒呢。我真应该给她写一封表扬信，要不然，我还想不到这么富有创意的方式呢，你们说，那是不是肖然这辈子收到的最难忘的一个包裹？肖然真是的，干吗要把那手送到派出所呢，一点想象力都没有，这是丈夫给妻子的新婚礼物，她至少应该保存一段时间才对……

我和万泉千里迢迢地到东城去看陈克，他就一直面带得色地跟我们唠叨那左手的来龙去脉，事情都过去两年多了，他竟然还对当年的那些细节倒背如流，好像他这两年多的时间里就一直用来进行反复的追忆和回想。他的那种表情和语气像是在故意惹我们生气，他至少应该过问一下肖然现在的状况，以及罗医生的伤势什么的。不，完全没有。他一直就在谈那只左手，那只我们好不容易从记忆中淡忘出去的左手。

我难过得说不出话。这次探视成了纯粹的一次物质问候。眼前的这个陈克好像是个完全陌生的犯人，头皮在额头上泛着青青的光，过分的瘦削使得他的脸看上去有点变形，他说话的时候眼睛不具体地看某一个地方，他的眼神在我们脸上飘来飘去，像一只被风吹起的脏塑料袋。

出了东城监狱，搭上摇摇晃晃的郊区车，一车人的脸色都带着相似的黯然神伤。万泉握起我的手贴到他的脸上，我发现我的手上忽然沾满了湿漉漉的液体。万泉哭了。我转过头去，不去看他的脸。

后面十四年，陈克将会一直这样与我们高墙相隔，就像阴阳相隔，等他出来，都42岁了，他会变成什么样？这冷漠势利的人群将会怎样接纳这个犯过错的羔羊？

我开始后悔刚才对陈克的冷淡，想到陈克以往的性格，我终于醒悟到他令人反感的表现其实是他故意疏远我们的一种方式，他也许根本不想让我们知道他像毒蛇钻心般的疼痛以及绝望。他就像一个自甘溺水的人，他不想要我们的呼救和安慰，他知道这世上根本没有人能够把他从这场罪恶与忏悔中救赎出来。

车窗外是灰色的土地，偶尔闪过同样灰色的行人。这让我想起那首《灰色》，陈克曾经在晚会上朗诵过的。事实上，那时的晚会已经不流行读诗了，不过陈克读诗并不让人见怪，他做什么都不会让人见怪。陈克在我们班一直就是个特例。我们班的男生分为保守派和潮流派两个阵地，前者大多来自乡村，是县中或者镇中学的产品，后者则是城市土著，哪怕是城市贫民，也带着仿佛与生俱来的优越和风度。陈克家是部队的，农村城里都待过几年，在他的身上，混杂了两派的优点缺点：他比一般的农村孩子还要性格内向，很少参加集体活动，饮食上注意节俭。与此同时，他又长得那么白净、举止有度，穿着上异常讲究，衣服总是有模有样，内裤和袜子只穿白色的，还常常在寒暑假里带上帐篷水壶什么的做一些很城市化的远足、野营什么的。陈克复杂的个性使得他在两个阵营里都没合适的位置，整个大学期间他一直显得有点落落寡合，除了万泉，好像他都没有交上过别的朋友。这使得毕业后他放弃省城而选择北洼也显得不那么突兀了。

北洼，这是个中小型的地级市，空气固然清新，然而这空气却是经济落后的最好注脚，没有一个踌躇满志的大学生愿意把自己的一生交付与它。万泉是因为他心脏不好的母亲加之他母亲说一不二的性格，他只得像 80 年代定向分配的大学生那样重新回到了北洼，我是因为对万泉朦胧却又坚贞的爱情而义无反顾地跟着他到了北洼，只有陈克的选择有点让人难以想象，陈克的家在无锡，而且他爸爸在当地还是不大不小的一个政府官员，但他死活就是不愿回无锡，他总是说：我的哥哥弟弟太多，少我一个没人发现。同时他也不肯留在省城，他说他嫌那里太吵太花，然后他好像纯粹是灵机一动、顺水推舟般地跟着万泉来到了北洼。

"陈克去了北洼。"毕业典礼上，说到陈克，大家神情迷惑的脸上都显出一种真正的漠不关心。是啊，一个城市与一个人，就像一杯水与一条鱼，没有人真正了解其中的奥妙与灵感。

在北洼，陈克是标准的异乡人，他略带江南味道的发音与他身上分外整齐的衣服一起，成了陈克外乡人的最好标签。也许陈克这一辈子，都走不出异乡人的那种神秘的带有流浪气息的阴影。

我与陈克不同，随着在北洼工作生活的稳定，我和万泉的爱情也到了最美妙醇厚的阶段，我很快学会了北洼方言，并想方设法最大限度地避开陈克而去与万泉单独泡在一起，新鲜饱满的爱情令我们幸福得发抖。我甚至觉得是北洼这块对我来说完全陌生的小城使我的爱情更加接近纯真和理想，与此同时，万泉也因为能够在故乡的大街小巷里搂着他心爱的姑娘而对命运充满感恩。是的，像任何一对这一阶段的恋人一样，我们相信，世上最幸运的人大概就数我们两个了。

不过，满满溢出的幸福之水很快令我们意识到陈克在情感生活上的一贫如洗，加之万泉对陈克的选择北洼一直心存愧疚，陈克的形单影只很快成了万泉的一块心病，当然也是我的一块心病：陈克不快乐，事实上我与万泉就无法得到圆满的快乐。意识到这一点的时候我才工作两年，与万泉也还没有开始谈婚论嫁，但我已经像个最老练最热心的中年妇女一样开始在尚不熟悉的小城为陈克四处寻觅可以与他谈情说爱的女孩。

事到如今，我已经记不清在肖然之前我已经为陈克介绍过多少女孩了，但有一个细节可以说明问题，只要我走出办公室，走到大街上，我总会隔三岔五地在人群中看到一些似曾相识的面孔，当然，在双方碰面之前，她们会像我一样及时地扭过头去，以避免一次尴尬的相认。因为在当年，无一例外，都是陈克主动拒绝了与她们的继续交往。是的，得承认陈克在女孩子们眼中的吸引力，他的外表比较出色，但人又很沉稳，话虽不多，做事却极有风度，工作单位在北洼也算相当体面富足，加之他的孤身一人，很容易在女孩心中勾起蓄势待发的母性和怜爱。

屡败屡战的做媒持续了好几年，万泉的鼓励和催促支持着我一直坚持下去，万泉常常说：你想，要是你再不帮他一把，他在北洼怎么可能找到爱人？他是跟着我们到北洼的，我们得负起责任，可不能丢下他不管！是的，万泉有万泉的道理，做媒似乎已成了我的一项长期的注定失败的工作，为此我还得罪了不少人，甚至有不少人干脆拒绝再帮我介绍女孩。每一次失败我都会对着万泉发一大通火，我承认这多少影响了我们之间的甜蜜与欢愉，但又能怎么办呢？这桩事情只有我自己才能了结，已经坚持了这么多年了，说不定下一个姑娘就是我的福音。

不过，事情最大的障碍不是无数次希望与失望的交替出现，而是陈克拒绝继续交往的理由，不管是什么样的姑娘，有钱的没钱、漂亮的难看的、老实的机智的，陈克拒绝的理由都一样：我看着那女的不像处女。是的，好几年了，就这么一条理由，而且说什么再也不肯跟人家见第二次面了。

陈克你是不是有病，有心理障碍，有生理毛病啊，你凭什么说人家那个……那个什么了！在初期，我记得我就他的这种胡说八道跟他吵过一架。

没有，我没病，你信不信，我就是有这个特异功能，我就是能看出来她们不是个处女了。你别瞪着我，我讲的是真话！是的，我承认，她们有的可能很规矩，可是，我就是觉着不对劲。就像一个美人，你们看她都美，可是我感觉她丑，这是同一个道理……

你怎么知道你的感觉是对的还是错的？你可别耽误了你自己……

要不要我举个例子，我就知道你是哪一天第一次跟万泉在一起的，是不是我们毕业工作后的第二天……

闭嘴！……陈克你怎么这样，你搞清楚，我这是在帮你呢！

别气，我这不是举个例子嘛，我想让你相信我，其实我对每次见面都特别认真，我是真心实意想要去爱和被爱的。可能是我们运气不太好，她们看我是个外乡人就想糊弄我，事实上我的要求一点不高，我就希望她像我一样，是个纯洁和正派的人，是个忠诚的、从一而终的人，可是你看看那些女孩，个个儿的把自己收拾得像一只发情期的母鸡，真可怕！你知道我的性格的，任何一件事情，只要有那么一点点勉强，我是压根没有办法投入的。我的恋爱就是要完美无缺，真正的完美无缺。

陈克的绝对主观的"处女感"让我感到不可理喻，不过由于他对我那个判断的一语中的，我对他的所谓特异功能也有点将信将疑，我开始冻结自己的审美观和判断力，麻木而努力地继续托人为陈克介绍对象。不堪回首的像战争一样混乱且冗长的往事终于在半年后的春季出现了柳暗花明的转机。肖然出现了。

肖然的这次成功事先毫无先兆，在见到她之前我甚至像以往一样做好了失望的准备。因为我拜托的这个介绍人是我在公共浴室洗澡是遇到的，在充斥耳膜的激越流水声中，隔着一片泛着白光的女体，我大着嗓子向她简单介绍了陈克的基本情况。可以可以，这男孩条件不错，没问题，没问题！那女人正在含着满嘴的泡沫刷牙，她口齿不清地点头称好，从里间出来，匆匆穿好衣服，我们互相留下了联系方式，直到看到她的工作单位，我才想起来这个热情的女人是我在一次旅游中结识的同伴。瞧吧，就是这么偶然认识的一个熟人，居然终于帮陈克找到了他的宿命，这宿命就像某个荒诞剧的伏笔，在上帝还没有提笔之前，肖然的出场就在瞬间奠定了整个舞台的色调和气氛，即使这种色调和气氛就令我们所有的旁观者感到迷惑不解。

是的，终于写到了肖然，我是多么急切地想好好写写以前的那个肖然呀，至少通过这种方式我还可以回忆起她不同寻常的魅力，而不是像现在这样，由于镇静剂的过量注射而变得臃肿迟钝，即便如此，她还会为了任何一只进入她视线的"手"而放声惊叫，其尖锐和惊骇的程度与那天她从蓝色包裹箱里握住罗医生的手时发出的叫声如出一辙。

那年的春天，肖然穿的是一套紫色的无领羊毛套裙，在那之前，我还不知道，原来紫色竟是那么令人过目难忘的颜色，不过也只有女人才会注意到肖然那天的具体穿着，在男人眼里，肖然是一个叫人忘了衣服的女人，我的意思是指她的脸和身体，那种在安静祥和中散发出来的完美无缺实在令人无暇注意到她身上别的附属物。还有她的眼睛，那眼睛里的黑像北极的极夜，那种晶莹剔透令人目眩神迷、思之落泪。就像陈克后来用他特有的莫名其妙的理论跟我所说的那样：她眼中的那种黑和冷是只有处女才有的黑和冷。不过就我的理解，这种黑和冷是一种源自性格深处的超然物外、我行我素。后来的事实证明，在某种程度上，陈克和我都是对的。

肖然和介绍人一起走过来，肖然像一朵云那样地飘过来。她走着的那条小径忽然像长镜头里的背景一样虚飘起来。

我注意到万泉在我身边放慢脚步，万泉低声地问我：你从哪儿发现了这么一个……万泉的最后一个词我没有听清楚，但我很快明白了他的意思，对于肖然的美，我相信我的吃惊并不低于他。我连忙转过头去寻找陈克的脸，陈克落在我们后面，他停在那儿，一动不动，像个长期与家人失散的幼儿在人群中突然看到了自己朝思暮想的母亲。

接下来的事情就开始落入俗套了。我和陈克同时得到了上帝的救赎：陈克千挑万选的处女肖然竟然也同样对陈克一见钟情。大功告成的我和心安理得的万泉开始了谈婚论嫁的烦琐过程，我们像两个没见过世面的乡下人，挤在北洼的百货商店里东挑西拣地购买各种生活用品，另一种忙碌使得我们再次与陈克的生活若即若离。

当然陈克也已迅速滑入了爱情的漩涡，那真是没顶而过的爱情，那真是如野草疯长的爱情。与他们的那种刻骨铭心相比，我与万泉的爱情简直如美人迟暮。这过分火热的爱情令我在欣慰和解脱的同时感觉到了轻微的不安，我想这里面的问题就在于肖然太美了。我一直那么认为，任何一个男人，如果他爱上一个太美的女人，他就爱上了不幸。我总觉得在这场天赐良缘的爱情后面会有什么令我们难以招架的未知的障碍。

万泉对我的杞人忧天不以为然，在我第一次对他谈到我的担忧时我们已经结婚了，他用婚后的男人那种懒洋洋的口气说：会有什么障碍呀，女人就是多心。你看陈克和肖然现在好得那样，你还操什么心，就等着吃喜糖好了。

是啊，我操什么闲心，现在不管是谁，哪怕是一个感觉迟钝的路人，看到意气风发、神采飞扬的陈克都会由衷地感觉到这个小伙子浑身散发出来的爱情芬芳，我就等着吃喜糖吧，按照北洼的风俗，陈克和肖然还应该送给媒人一双鞋子呢。除了鞋子的样式，我别的还能想什么？

可是阴影像春季的阴云一样，说来也就来了。这阴影像个反应迟钝的老人，它移动的脚步令人难以觉察，等到觉察之时，四周的光线已经一片暗淡了。

陈克跑来找我，我做出功不可没的样子，举起脚：我穿36码，什么时候买鞋呀。

他不理我，他坐在客厅的沙发上，像一枚很重的铅球陷在那里。

怎么了？我只得询问。

我觉得不对劲。

陈克讲这话的口气和神态让我别扭极了，因为它让我想起了一年前我为陈克做媒的那段时间。

你哪里不对劲？我傻子一样地看着他。

是她不对劲。她可能……跟过别人了。他好脾气地慢吞吞

157

地说。

陈旧的不祥预感记忆犹新地破土而出。我烦躁起来。好了，陈克，别闹了，你还想像从前那样孤零零的是吧？记住我的话：谈恋爱，不要指望一切都尽善尽美。你看万泉，现在对我哪像以前那样？爱情么，科学家早就说了，新鲜度只有三个月的……

陈克站起来，像是突然发现找错了谈话对象：万泉呢？

出差了，他不是打电话跟你说过的嘛！

那我走了。

过了很久，当事情已经无法挽回的时候，我回想起来，要是那天我的表现足够真诚温和，或许能让陈克说出他的想法，也许我们会共同把事情的发展推到另外一条幸福大道上去。

两个月后，万泉出差回来了。上班后不久，我接到万泉气急败坏的电话：你这个媒人怎么当的，你不知道，陈克和肖然闹得可凶呢！

有什么呢，恋人之间都会这样的。你不记得我们当时了？有一次我都被你气到火车站了，差点我就坐车离开北洼了……

哎呀！不一样的。你知道他们在闹什么？陈克说肖然不是处女了！

一听这话，我忽然就觉得四周很安静了。现在问题很简单：旧病复发的病人往往最难挽救。

我想我应该找肖然谈谈了。事实上我一直就没有认真与肖然单独交谈过，像大多数媒人一样，我对肖然并不真的感兴趣，我原先一直想，只要陈克感兴趣就足够了。没想到事情好像又重新复杂起来。

肖然似乎等我的约会很久了。我的电话是她接的，她的声音像秋风那样吹过来：好吧，明天，就在那个公园，在那条路上。

肖然所说的是她与陈克第一次见面的那条路。秋天把草地变成了黄色。肖然系了一条丝巾，老远地我就看见她站在那儿了，丝巾是玫瑰红的，我好像从来就没有喜欢过这种颜色。走得近了，我甚至发现肖然也不太适合这种颜色，她的肤色太过苍白，神色中有着闪烁不定的犹疑。她还是很美，并且比以前增加了一种神秘。

肖然带着我往前走，一边走，她一边开始慢慢说话，她说话比较精炼，不急不缓，一些关键的细节和背景全都删繁就简，这让我感觉不到她真正的喜怒哀乐。

"我现在跟陈克已经没法交谈了，他拒绝跟我说任何话。可悲的是我们从来都没有吵过，因为我们从一开始都爱得特别忘我。你信不信，直到现在，我相信他还像以前那样爱着我，我也像以前那样爱着他。我们因为爱而无法继续交谈。

"我到现在还记得陈克对我说的最后一句话，他那天一见到我，甚至我们还没有亲吻和拥抱，在两米之外的距离，陈克就说：肖然，你变了。你不是你了。他的语调悲愤之极，好像是我死在他面前一样，我诧怪地走上前，他立刻像躲避艾滋病人一样地闪开去，然后头也不回地拔腿就跑……并且从此拒绝再见我，电话里一听到我的声音就挂机。

"陈克的性格你应该知道，好歹你们同了四年学的。我知道，他不会再见我了。我们结束了。我今天就想请你转告他，不管我变没是没变，我还爱他，跟一开始一样。

"……他说得没错。我是变了，在形式上变了一点点，只是我没想到他那么在意那种表象化的东西。……我们见面的前一天，我以前的一位老师，我整个高中最喜欢的一位男老师来找我，我们曾经，怎么说呢，最俗气的那种：师生恋。我们好几年没联系了，没想到他突然来找我，他说我一毕业他就离婚了，孩子跟着母亲，五年了，他就一直一个人在中学里待着，看着一拨子一拨子的学生来了又走了。他好像是不经意地走进我的宿舍，可是我知道，他一定找了很长时间，他失魂落魄地坐在那里，他说，他就想再来看看我，看看我长大了的样子，顺便跟自己的生活告个别。他申请到农村高中去支教，下周就走。我看着他，忽然就那么冲动，我觉得这才是我与初恋作别的最好形式。是的，事情就那么简单，一个离婚五年的男人，一个曾经最崇拜过他的女孩。我把我自己作为一件迟到的礼物给了他。

"也许很多年以前，我就一种朦朦胧胧的想法，我不想让自己的血流在所谓的新婚之夜。我好像一直就想在结婚之前有一点出格的经历，是的，这想法太不漂亮了。再说得具体一点，我是希望我的第一次是跟一个经验丰富的男人。这个你应该可以理解吧……我的老师，他很好，我的第一次在他那里也变得好极了……他说他有五年没有碰过女人了，这个我相信，从前，他最吸引我的就是他的那种男性气质的毅力……

"这一切跟我与陈克的爱没有关系，在我这里，性与爱并没有对等的联系。女人跟男人不同，她可以爱上一个永远不可能与之做爱的男人，同样，也可与一个她压根不喜欢的男人每天睡在一张床上。这是众所周知的真理，我只是想不到陈克会对这种事情这么敏感，他对完美的理解太过狭隘了，这只能说明我们在这个方面的巨大差异。你想想，肉体的自由和随意算什么呢，只要精神上彼此忠实就足够了，可惜很多人都搞反了。

"如果说我对整个事情有什么惦念的话，那就是，陈克他怎么会知道我的变化的呢？他怎么就不想想我多么爱他呢？"

肖然的泪像源源不断的泉水，秋色在泪水的浸泡下像水粉画那样显得斑驳而可疑起来。

事隔半年之久，在我和万泉已经最终接受了他们分手的事实之后，有一天深夜，我估计都快12点了，我和万泉像一对缺乏热情的夫妻一样正坐在沙发上看一部节奏缓慢的译制片，有人在轻轻地敲门。是陈克，他敲门总是小心翼翼，我和万泉高兴起来，他终于又走近我们的生活了，可怜的陈克终于缓过气来了。

陈克瘦了很多，可是人还蛮精神，像一个从大病中死里逃生的幸存者，带着劫后余生的宽容和平淡，他不好意思地看看我们，然后轻声轻气地说起话来，像怕吓着我和万泉似的：我和肖然又好上了。

呃……那是好事啊，只要……只要你们俩觉着好就行了。我和万泉局促地同时笑起来，就像一对跟不上形势的老年人。

"我……你们不知道我前面几个月都是怎么过来的，人要是死了一场也最多这个样子吧。肖然大概也跟我差不多，后来她的母亲，白发苍苍的，都快七十岁了，过来找我，说肖然都瘦掉十几斤了……老母亲告诉了我那个老师的故事。不知怎的，我被她母亲头上的那丛白发折服了。肖然很像母亲，我无法想象肖然有一天也这样风烛残年的样子，想到这个事实，我就觉得我来不及爱她了，时间太少了，我怎么能这样浪费时间呢……"

为了表示庆贺，万泉下楼买了一瓶"红星"，他们套着瓶嘴空口喝起来，随着酒气的四溢，陈克很快醉了。万泉在迷迷糊糊中很吃惊，陈克的酒量远不至于这样啊。

我们送陈克回去，他在路灯下对我们含含糊糊地笑着道别，那样子显得特别无依无靠。

我看陈克是在勉强自己。我对满嘴酒气的万泉说。

万泉挥挥手：自作聪明的长舌妇。

好消息好像有点接二连三，有一天我忽然接到肖然的一个电话：我们要结婚了。她听起来情绪特别高昂，好像已彻底忘了她以前抽抽咽咽对我说过的那些伤感而绝望的话。爱情真是瓶奇怪的药。她在电话里神神秘秘地叮嘱我说：另外还有件事儿，我只告诉你一个，你发誓，你发誓不告诉别人。你如果不发誓我就不说了。

肖然的语气带着无法躲避的强迫和诱惑，我不太情愿地重复了一遍她的话：我发誓，我发誓不告诉别人。

半小时后，肖然容光焕发地出现在我面前。

我和陈克已经定下日子了。结婚我们谁也不想请，太麻烦了，我们准备出去玩儿去，你和万泉不会生气吧。

你就是要告诉我这个？

当然不是，给你看这个！肖然从包里掏出一张纸条，两手托着递给我。你看这个。

陈英丽，处女膜修复，手术费，1250元。一张长河医院的收费单。长河医院在北洼很有名，因为它长年累月地在当地晚报上做不加掩饰的广告：切割包皮、阴茎延长、注射式丰胸、处女膜修复、阴道缩紧术……先进进口设备，主任医师主刀，节假日不休息。

陈英丽就是我的化名，那儿一般都用假名。好像怕我不懂，肖然在一边解释。

我惊惶地迅速把纸条递给她，你都干了什么呀！

没什么，我想这样才符合陈克的完美观呀，为了他，我真的什么都想到了。你想，那样他在新婚之夜会不会迎来他人生最大的惊喜！你想这样会不会帮助他彻底忘掉以前的那件事？

肖然，你绝对干了一件蠢事！我无法抑制地大吼起来。你还是不了解陈克！

肖然的笑停在那里，她陌生地看着我。过了好一会儿，她的表情才慢慢自然起来，我的判断显然影响了她，她咳嗽了一声，试图掩饰她沮丧下来的情绪。试试看吧，说不定这样陈克会喜欢，他不是一直很在意的吗，我只是想创造这样一个事实：他让我流血了。这样更符合一个新郎的审美，不是吗？

后来的事情就有点混乱了。甚至我至今都没搞清楚具体的来龙去脉。我记得最清楚的一件事，就是我帮肖然和陈克订了两张飞昆明的飞机票。他们计划着在一个温暖的鲜花盛开的地方度过人生的蜜月。

然后，就是深夜一点的昆明长途，是肖然打来的，她冷静地对我们说了三句话：陈克出走了。请你们给我寄点儿钱，我想一个人把蜜月过完。如果见到陈克，请帮我留住他。

肖然的冷静令我难以理解，就像她眼睛里令陈克倾心的色泽，常人不能及。

这之后我和万泉就开始了盲目焦躁地寻找，从理论上讲，寻找陈克是一件不太复杂的事，按他的性格，他不可能回无锡老家，更不可能回省城。他在北洼无亲无故，他没有可去的地方。是啊，他没有可去的地方，可这让我们到哪儿找他呢。想到陈克这么多年来的孤苦伶仃，我常常在筋疲力尽、心灰意冷的夜晚难过得抱着万泉痛哭，陈克是我们命中的弟弟，可是我们像傻子一样让他一再跌入人生的迷谷。陈克，你在哪儿呢。

不久，可能是十天，可能是一个月，那一阵子我对时间的概念开始淡化，因为我不想具体计算陈克出走的时间。我和万泉分别收到陈克一张明信片。明信片没有日戳，看起来就像是陈克亲手投到我们的信箱里似的。

我的那张上面写着：姐姐，你跟世界一起瞒住了我。

给万泉的上面写着：当我终于开始喜欢残缺的时候，残缺却突然圆满了，可那圆满是多么面目狰狞呀。好兄弟，你叫我如何去爱？

这时，肖然已经从昆明回来了。对那夜在昆明的情况，她死活不肯说一个字。不过肖然还在坚持着四处寻找陈克，我们把明信片拿给她看，试图发现一点可以追寻的线索。肖然捧着明信片，没命地亲吻陈克模糊随意的签名。肖然说：你说的没错，我还不了解他。

三天后，从肖然的包裹里就传来了左撇子罗医生的消息。罗医生的左手成了当地报纸的一条爆炸新闻，街头巷尾都在兴致勃勃地分析罗医生遭遇毒手的真正原因，报纸虽不像市井小民那样格调低下，但还是在第二天的连续报道中含含糊糊地介绍了罗医生那只祸起萧墙的左手，那只因为妇科手术而闻名遐迩同时臭名昭著的左手。

第二天的报纸还刊出了陈克的照片，他主动去自首了。照片是在审讯室拍的，光线半明半暗，人头被拍得很小，但我们可以轻易地分辨出他的表情：他在微笑，我们甚至可以肯定，他这个微笑是给我和万泉的。

青　丝

1

　　我决定利用学校五一节的假期邀请陈斯到我东坝镇上的公婆家去作客，果然，话一说出口，他就表现出一种慌张和惭愧的样子，这种慌张和惭愧非常符合他的气质，似乎他一生下来就是这副表情，我相信就是到死，直到变成照片挂在墙上，他也会这样惶恐地面对前来送别的宾客。我曾经把这个印象说给陈斯听，他听后随即揽镜自照，连声称对，接着还就势夸奖了一下我的观察力。我看得出，陈斯当时其实是不高兴了，但他就是这样，在我面前永远不会生气，我进一步，他会非常自然和谐地退两步。我们都明白，正是这种进退间的平衡和伸缩维系着我们旷日持久的情人关系。

　　不行不行，小青你怎么想出这样的点子，万一被你家惠北看出来怎么办，还有你那校长公公，听说他很不一般的……

好了，我决定了。我就是要给他们看，最好他们能看个明白……

那怎么行那怎么行？陈斯的额上冒出汗来。搞体育的人，一动脑子就会出汗。

……好了，看你紧张得，要不，把你老婆带上好了，她叫什么，我总是记不得，叫春红还是红春……

陈斯镜片后的眼睛里露出真正的迷惑：你不是一直说要瞒着他们犯个错误么，怎么现在……

她到底叫春红还是红春……

……哦，她叫红春……

陈斯跟不上我的思路。他迟钝而懦弱的样子更加坚定了我的信心。是的，大概是一年前，在他还没有勇气跟我上床的时候，我是对他说过类似的话：要瞒着所有的人犯个错误，而且是桃色错误。一个人，要是一辈子都循规蹈矩那岂不太笨拙也太可惜了！不犯错误能保证你进天堂么？天堂里的人都没有犯过错么？——我的逻辑向来不合常情却又声势夺人，正好可以糊弄陈斯这样的家伙。陈斯原本以为他将会守着红春（还是春红？）度过一眼望得到头的下半生，我的挑逗和煽动很快像火柴一样点着了他残存的那点激情。陈斯大胆而又隐蔽地在县城边租了一套房子用来与我在晚上约会，而在白天，我们又恢复为礼貌、冷淡的同事，在县中为人师表。他教体育，我教语文。

带着刺激和冒险意味的偷情生活给陈斯带来了人生的第二个春天，他几乎忘了他那有着浓重体味的乡下老婆。你爱上了我的什么？陈斯曾无数次怀着感恩和迷惑的心情问我。

我爱你的为人……你的身体……你的害羞……你的谨慎……

我总是这样心不在焉地回答他。陈斯不可能知道，我从来都没有真的在意过他，更谈不上欣赏或者爱慕。我选择他是因为他符合一些起码的条件：长得不太难看（让我看着顺眼），胆子很小（不会想到离婚再婚之类），老婆在农村（没有东躲西藏的尴尬），等等。我的偷情与具体的对象无关，因为我的乐趣根本不在人的身上。我要的只是一个事实，一个错误，要知道，我的乐趣正在这样的气氛和背景中萌芽并慢慢成长，等到一个成熟的时机，我才会像个富有经验、镇定自若的农民那样一茬一茬地收获我的乐趣。

也许，这次与陈斯夫妇的共同回乡将是我的第一茬收成。

2

踏上东坝的土地，尽管只是从县城的这个镇到那个镇，陈斯夫妇却像两个真正的外地人那样矜持起来。陈斯套着一身明显太肥的西服，这使得他比平常穿着运动服看上去要土气得多；红春背着很大的行李，那是为本次出访准备的见面礼：108个刚出笼的农家包子。这次的出访对红春而言，显然超出她的常识范围。她像个典型的乡下女人那样无知而又多礼。陈斯背着红春对我做出无奈和嘲笑的表情，然后故作体贴地接过红春的花布包袱。红春对男人突如其来的关怀显得受宠若惊，她打架似的重新夺回包袱，急急地走到我们前面。

我从他们身上移开视线。五月初，正是乡下最美的时候，莺飞草长，暖风拂面，田里新翻的泥地散发出粗糙而又亲切的芳香。这忽然让我想起母亲来。反正也不远，不如先到我家转一圈吧。

我在前面不急不慢地带路。路上碰到的每个农人几乎都会对我惊讶而客气地寒暄。这让陈斯觉得奇怪：怎么谁都认识你呀。我不屑一顾地笑了一下，一种类似刀疤在阴天发作的那种不适却隐隐地在身体内流窜起来。

我的故事，在附近的这几个镇里大概人人皆知吧。在乡下，不仅捕风捉影的谣言会插翅而飞、四处散播，同样，一些带有巧合和宿命色彩的真人真事也会在阡陌之间辗转相传、津津乐道。在他们充满叹词和彩色唾沫的表达中，我的故事一定是个令人羡慕的喜剧，喜剧的关键点在于我嫁到了胡家，成了他家的第三个儿媳妇，并且浑然天成地沿袭了胡家父子男比女大10岁的婚姻模式。

胡家在东坝镇是引人注目的，由于特殊年代的特殊原因，胡家与省城的某个高官结成了某种患难与共的交情，这种交情不见得很浓，走动得也不很频繁，但在关键的时候，这层特殊的关系总是能为胡家带来峰回路转或锦上添花的效果。这使得胡家在东坝当地成了一户表面上不动声色实际上举足轻重的人家，提到胡家，人们总是含含糊糊却又心照不宣地说：他家，在上面有路子的……有那么一两次，县城的一些部门也请胡家出面帮忙与省城做过疏通。当然，交情的蒙荫随着辈分的递进而有所衰减，到我的公公胡诗礼的身上，那层关系的照应仅仅使他得以进入省城的师范学院读了三年书。几年的省城求学生涯并没有使胡诗礼出落成一个新派的激进分子，相反，他几乎比上一辈人还要执着地保持着浓厚的家族意识，并且还自行创造了一条令人惊愕同时却又心生艳羡的家规，这家规很简单：在胡家，男子要娶比自己年少10岁的女子。当然，既是首创，这家规的起源与实践者便是胡诗礼本人。

四十多年前，读过省城师范学院的胡诗礼算是镇上首屈一指的高才生，几年必要的过渡和准备之后，胡诗礼众望所归地成了镇中学的胡校长。25 岁的胡校长家底殷实、谈吐不俗，几乎是所有中老年妇女心目中的乘龙快婿，而我的婆婆王桂花，一个几乎只会打针的乡卫生所护士之所以能够在众多的对手中脱颖而出登堂入室，成为校长夫人，唯一的原因据说就是她的年龄优势及带有孩子气的青涩美。15 岁，即使对一个早熟的姑娘来说，要谈婚论嫁也是太早了。但胡诗礼的个人魅力以及他带有一点神秘气息的家庭背景足够可以超越一切的清规戒律。当年腊月，真正豆蔻年华的王桂花成了胡诗礼的小妻子。两年之后，大儿子胡惠东出世了，然后是惠西，最后是惠北，我的丈夫。

也许是胡诗礼尝到了小女人的种种妙处，也许是他的儿子们在耳濡目染中得到了无形的暗示，或者是其他莫名其妙的原因：比如一个玩笑、一个自行设定的命题。在儿子们一个个长大成人并开始在床单上留下可疑污迹的时候，胡校长与三个儿子定下了一个协议：胡家的男人只娶比自己小 10 岁的女人。这个协议在冷静的倡议者与三个蠢蠢欲动的执行者之间得到一拍即合的呼应。胡诗礼在欣慰得意之余又不无幽默地加了一句：我要让我们胡家永远充满年轻女人的味道。你们谁如果有问题，我来帮忙，要知道，我是中学校长……

当然，胡家的儿子不会那么无能，惠东、惠西都先后自己解决了问题，前者在任职镇政府文书的时候找到了会计陈小红，后者在研究生毕业四年后结识了母校里的一名小校友，随后两人共赴巴尔的摩求学。不过胡诗礼的笑话绝没有白说，第三个儿子惠北，所有儿子里最令人失望的一个，还真的让他的校长地位发挥了想象不到的杠杆作用。在这第三个婚事中，胡校长像个不需要支点的杠杆，巧妙地通过一种简单而深刻的力的互作用与平衡原理把我与惠北拉到了同一条婚姻线上。

　　不用敲门，一个人回自己的家是不用敲门的。但母亲看到我，还是大大地吃了一惊，她像迎来了不速的贵客一样拉着我的手寒暄起来：哎呀，青儿，今天是哪阵风把你给吹来啦……

　　母亲的生分和客套忽然让我适才的一点温情在瞬间烟消云散，我不耐烦地对母亲介绍起陈斯两个。母亲毫不掩饰她的惊讶和不满，她皱气眉头对我低声嘟囔起来：你怎么回事，难得回公婆家过节还……别让胡家觉得你太随便了……

　　又来了，母亲总是对胡家保持着敬畏和小心，好像生怕胡家随时会与我解除婚约似的。我的母亲跟所有人一样，觉得她的女儿简直是幸运得一脚掉到幸福谷里了，这太过巨大的幸运使得她一直保持着倍于常人的小心翼翼。当然，有时候，她也会用一种劳苦功高却又自得其乐的口气对我说：小青，你看，世上还有比这更美满的亲事吗，唉，功夫不负有心人哪……听母亲的口气，好像这一切都是她多年处心积虑的一个长期蓄谋似的。也许吧，也许一切都在她的意料之中。

　　我记得，母亲很早就非常注意对我的梳妆打扮，早上，她会起得很早，但早饭总是马马虎虎，她把节省下来的时间全都花在了我的头上，母亲手很巧，会把我的头发编成各种花样，再配上不同样的发绳。在乡下，大多数女孩子一两个月才洗一次头，头上几乎长年带着干草屑和细线头，匀称地散发出干燥的烟熏气。在那样的环境里，哪怕仅仅是凭着一头洁净的头发，我也足够引人注目了。到了中学，母亲对我的投入更加物质化同时也更加目标化了，除了带帽滑雪衫、拉链背心、小喇叭裤等等那些当年在镇上最流行的衣饰的装点，母亲还根据自己的审美理想对我的言行举止进行了严格持久的训练。吃饭不要露出牙齿，走路绝不左顾右盼，不要笑太长的时间，坐下时并紧双腿等等，母亲像个不近人情的芭蕾舞蹈教练那样不分场合地时刻关注着我的一举一动。——一个貌合神离的小镇淑女就是这样成长起来了吧。我清秀细致的长相、恰到好处的衣饰以及矜持得当的举止，总会使孤陋寡闻的乡人为之啧啧称赞。这理所当然地造就了我性格中无与伦比的骄傲，我很少与别的人交谈，不管是四周的邻居还是族中的长辈，更不要说那些远远观望的男生了。这使得有关我的评价中多了一些不和谐的声音。母亲为此耿耿于怀，认为她忽略了对我性格的着意培养，并担忧这会使她的全部心血白白浪费。真是可笑的想法呀，难道一个人的天性也会像别的东西一样由父母教出来么，再说，母亲很快就看到，她是多虑了：也许正是我的目中无人的性格才最终使我的走向完全符合母亲的大胆设计。

实际上，我后来慢慢知道，一个人的命运从她一出生起就埋下了一个深思熟虑的伏笔，她随后的幼年期、少年期及青春期都是在这个伏笔看不见的控制下步步为营，直到最终显露命运的真相。

陈斯对我家房子的狭小及其内部陈设的过分简洁表示出天真的怀疑：这真的是你的家？相比之下，红春却像一头闻到了熟悉味道的母牛那样开始举止自若起来，她手脚麻利地帮母亲从厨房端出茶水和小点心，同时像半个主人那样示意我和陈斯坐下。多么迟钝的女人，还是善良使她变得迟钝？这让我心中似乎有所触动，我拉起她好好参观了一下我的家，其实也就三间屋，其中比较值得细看的是我原先的屋子，里面还像十年前那样摆着我的床我的柜子我的镜子，向一个几乎完全陌生却又与我共享一个男人的农妇展示我少女时期的闺房，这种感觉真是异样，异样到让我的表情与心情无法同步。我漫不经心地拉开衣橱，拿出一两件色彩别致却明显陈旧的衣服往身上比画。衣服太小了，简直像从来不曾属于过我，我对着镜子打量，眼神中仿佛带着厌倦和挑剔——有谁知道，当我把一条绣着莲花的裙子挂回衣柜时，在那么一个瞬间，我心中的疼痛和疯狂简直如惊涛拍岸！永别了，我曾经纯洁过的岁月。

小白呢？很快地把我家的三间房子前前后后看了一遍之后，滋味复杂但绝对谈不上浓烈的乡愁得到了与之相称的慰藉，我的心情似乎好了一点，不过就在同时，我发现我没有看到弟弟。弟弟叫小白。母亲却喊作白哥儿。

哦，白哥儿呀，被张奶奶带去见一个人家了……你不知道，现在到我们家来提亲的人真是踏破门槛哟……我家白哥儿现在越来越能干了，他在税务所一个月要拿到三千块呢……母亲的脸上浮现出人间最纯粹的满足感和幸福感……当然了，这要谢谢胡校长，你这次回去帮我捎声谢……

尽管听到的是好消息，我却又一次感到阴天伤疤般的灼痛。这一切，寡母的苦尽甘来，弟弟的高薪美差……是多么不堪深究的细节呀，小白我的弟弟，那么游手好闲、不学无术……整个少年时期，甚至直到我结婚，小白一直对我恶语相加，一开始，可能是出于对母亲偏心的不满——一个供销社营业员的菲薄工资，如果帮女儿买了红漆皮鞋，儿子就注定失去了他的的确良白衬衫。但到后来，小白的愤怒像他的人一样成熟了，他好像在一夜之间识破了母亲一直讳莫如深的用心，小白常常静静地倚在我的卧室门前看着母亲帮我试衣服，当我们对着镜子感觉效果时，他会突然哈哈大笑起来，并且尖声评价起来：好极了，既丰满又苗条，既纯洁又老练，好呀，又可以提价了，妈，你的摇钱树到底什么时候能出手呀……母亲涨红着脸回过头去训斥弟弟，小白笑了一下，同时把一根草茎塞进嘴中，像以往一样，这个动作表明他不想就此与母亲发生争论，他的双唇含着草茎没有规则地蠕动起来，像从牙缝间挤出谁也听不懂的咒骂。

尽管缺乏必要的滋润和养料，小白却像一棵生命力旺盛同时又故意处处与人作对的刺槐树那样在我们母女身边悄悄长大了。无数个晚上，当我们一起趴在饭桌上做作业的时候，我总会一边心不在焉地计算着算术题，一边偷偷地观察小白健康黝黑的脸，后者往往正在专心地摆弄一杆双色圆珠笔或者两个回形针，这时候的小白，没有怨恨冷漠，好像只有这时候，他才是我一直疼爱着的弟弟。

母亲陪着我们坐了一会儿，却又不断地站起身来到门外张望，一边自言自语地念叨：快回了吧？不知道这次怎么样了？这孩子，现在也是挑花眼了……看得出，母亲现在的生活重点已完全转移到小白的身上。我在她的母亲视野中，已成了一个功德圆满的过去时。

走吧。当母亲和红春给大家添第二遍水时。我站起了身，陈斯立刻放下手中吃了一半的圆饼，好像他一直都等着这句话似的。

对对，早点去吧，别让胡家等长了，讲过多少次了，你就是不注意，早点走，早点走……这是母亲的对我们的道别辞。

3

到胡家新盖的三层小楼时已是下午四点了，惠东两口子比我们到得要早。惠东现在已经有了副乡长的派头，他摊在沙发上朝我们点点头，他的会计妻子、我的妯娌陈小红则远远的迎出来，一边接过红春的包袱一边拍着我的肩说：哎呀贵人来迟贵人来迟，我们都等好长时间了。陈小红真是太像胡家人了，总是那么热情、讲究细节、对每个人都面面俱到。

婆婆王桂花在厨房烧菜，胡校长在堂屋里跟惠东聊天。我带着陈斯夫妇对他们一一做了介绍。对于这次的回家，事先我并没有提到陈斯二人，胡家的每个人应该都是吃惊的，但他们一个个都笑容可掬极了，连我都看不出半点异样。陈小红嘘寒问暖地把陈斯两个安顿下来，又折回厨房忙碌去了。

陈斯半张着嘴对胡家气派的宅子及精致的装饰惊叹不已，红春则明显局促起来，捧着陈小红倒给她的那杯烫茶放也不是喝也不是。我故意地与陈斯交换意味深长的眼神，后者却胆怯地转开头去叫红春把带来的包子送到厨房。

惠北呢？婆婆张着两只手走过来，他不是接你去的吗？

没看见。我几乎是冷冷的回答。这可以表明我生气了。其实我知道，惠北只是去了，但他根本就不想接到我。结婚两年了，我太清楚惠北与我之间的规则了。

胡诗礼抬眼看了我一下，他的眼神表明：他跟我一样清楚事情的真相。几个月没见，胡诗礼的头发好像全白了，尽管他把这头白发梳理得整整齐齐一丝不苟，白发下的眼神也还是那么机智犀利，但与坐在身边的惠东相比，他明显是一个迟暮老人了。

哦对了胡校长，我刚才先到娘家去了一趟。我妈让我谢你呢，小白的工作很好。我流畅自然地一口气转述了母亲的谢意，这在我是很罕见的表达。一直以来，对别人尤其是胡家感恩称谢是我最大的心理障碍。

我的话令惠东的滔滔不绝像突然打了结似的停了下来，婆婆也高兴地边笑边搓手，好像一下子忘了惠北在车站与我的失之交臂。胡诗礼则镇定得多，他非常符合身份的微微摇了摇头：哪里哪里，小白也还是很能干的。

天黑了之后，惠西的越洋电话来了，惠西一向乖巧，尽管话费不菲，在他的坚持下，电话像接力棒似的在每个人的手中传来传去，他有针对性地对每个人表达了不同的祝福，这使每个与之通话的人都非常激动。在对我的祝福中，惠西清晰地说：小青，早点离吧。

最清醒最贴心的建议来自遥远陌生的国度，该死的陈斯，竟然还比不过仅见过我两次面的惠西。我在把电话传给下一个人的时候果断地决定，回去就与陈斯分手。

因为惠北的迟迟未归，晚饭一直没有开始。终于，快到六点的时候，惠东的手机收到一条信息，惠北说他碰到熟人就不回来吃了。这是多么不合逻辑的举动，几月未见的妻子从县城回来，做丈夫的竟然堂而皇之地避而不见。最可气的是，胡家的人态度非常平静，他们不仅对我阴沉下来的脸色视而不见，反而像听到一声开饭号似的纷纷开始行动，胡校长和惠东忙着抬桌子、搬板凳，婆婆与陈小红开始往上端菜。真是可恶，为什么他们每个人的脸都像面团那样没有真正的喜怒哀乐！倒是陈斯和红春，作为不明就里的局外人，他们屁股底下的凳子发出了不安的吱吱声，陈斯甚至有失体面地说了句：要不再等等吧，反正我们不饿，在小青家吃了不少饼子呢……陈斯一边说一边劝慰地盯着我的脸，红春也是，在一边拼命点头。可怜的无知的情人，可怜的他的妻子。

红春、陈斯，你们先吃，我上去休息一会儿……为了不让他们两个太过难堪，我像是真的很累了似的扶着桌子站起来，马马虎虎地跟其余的人点点头，离开了一桌色香俱全的菜。胡家的菜在东坝也很有名，不是因为好吃，而是因为其对荤素色彩、干鲜搭配以及盛菜的器皿、上菜的顺序等等烦琐的讲究。我相信，陈斯和红春一定会度过一个愉快的夜晚。

二楼的卧室是专门留给我与惠北回来住的，房间被收拾过，新翻的被子散发出的香味令人思睡。这过分干净的屋子像胡家的人一样缺乏温情，但是我可能真的是累了，躺下来竟然很快睡着了。

一觉醒来，惠北已经睡在旁边打呼噜了。看看表，已是晚上11点多钟了，整幢小楼里静悄悄的，那些吃完晚饭的人全都睡了吧。我看看惠北，他的睡相很蠢，张着嘴巴，鼻孔像两个黑洞，脖子里的肥肉堆成一团。

惠北长相平庸、性格木讷，胸无大志，惠北是胡家的一个不谐音符，因为他的气质从里到外都与胡家的传统几乎完全相反。当然，这也导致了一个说法的四处流传：胡家的三子不是胡校长的儿子。三子的父亲其实是王桂花的同事——镇医院的一个牙科医生，这个医生爱慕王桂花已久，尽管王桂花15岁就已为人妇，但牙科医生痴心不改一直未婚，王桂花出于感动和怜悯最终与牙科医生发生私情并怀上了野种……出于对名声的爱惜，或者出于某种人道主义，新生的婴儿尽管长相突兀、令人生疑，但胡校长还是像一个真正的父亲那样承担了对孩子的全部义务。校长心无芥蒂地给孩子取了一脉相承的名字，并且还像以前那样和气地对待他的小妻子，这一切使得那无地自容的牙医选择了远走他乡……

这个有关惠北身世的流言传到我的耳朵里的时候，我已与惠北订过婚了。一订完婚，我就像胡校长许诺给我的那样，要到省师范学院去带薪进修了。这个谣言一下子抵消了我即将去省城念书的兴奋，在出发的前一天，我又设法私下与惠北见了一面。

在订婚之前，我与惠北的交往仅限于两场电影、三次有胡家人在场的午餐，我曾经因为他的平淡和少言萌生过悔意，但胡校长一针见血的点拨及母亲推心置腹的说辞最终阻止了我。最主要的是，我相信，只要我愿意，没有一个男人最后不会因为我而发生改变。

那次的见面被我安排在离两家较远的一条小河边。对我来说，那几乎是一条陌生的河，但这样可以保证不会被熟人撞见。由于是初次与异性（而且是订过婚的！）单独见面，虽然这次约会的目的是为了谈论那个暧昧、屈辱的传言，我还是非常用心地打扮了一下，从里到外都穿上了新衣服，这身衣服也是我第二天远赴省城的全部行头。这套衣服是胡家为我送行的礼物之一，王桂花甚至悄悄告诉我说：这是三子挑的！尽管未来婆婆的说法有点可疑，但这套新衣服的确合体，让我看上去越发光彩照人，同时也第一次让我的心中产生了一种陌生的朦朦胧胧的离情别意。

我到的时候，惠北正站在河边的柳树下，我停下自行车走过去，他犹豫了一下，向我迎过来。在相距两三米的地方，我们不约而同地停住脚。——如果从远处看，那情景还真有点恋爱的意味。事实上，我停住脚的原因是因为我发现惠北皱着眉头，好像很不高兴的样子，等我走近，他像忍了很久似的一下子开口说道：怎么能瞒住我们家人见面呢？你准备干什么？

我一直是多么骄傲呀，我一心以为惠北会因为我的这次主动约见而对我感激万分，说不定还会把它作为我们爱情的起点而铭记终身。他的表情及他的这句话一下子把我刚刚萌发出的一点柔情给浇灭了，几年以后，直到结婚，直与陈斯开始交往，无论我如何努力，我发现我根本就无法对一个男人产生真正的温柔体贴，好像我的这种功能还未使用就已经彻底丧失了似的。

有过那么一瞬，我瞪着惠北，简直不知道说什么才好，我狠命地捏着我的衣角，恨不得立刻有一把剪刀能够能把这套衣服剪碎。不过很快，我就找着了我的风格，这也是我后来与惠北交谈的主要风格。

我冷笑了一下，用高高在上的语气问他：我准备干什么？这问题你应该想得到，我准备帮你找亲生父亲呢！听说胡校长与你的父子关系只是个虚构，我想我有权知道真相。说吧，你父亲是谁？真的是那个牙医？或者另有其人？

惠北的脸立刻白了，他结结巴巴地挣扎着说不出一个完整的句子。他的手因为激动（或者愤怒）而捏成一团，那样子看上去简直像是要动手打人。

我斜着眼看看他，然后扬长而去。

我蹬上自行车，飞快地往家中骑，速度和耳边的风带给我一种奇异的快乐。我知道，我和惠北之间不可能有什么了，除了婚姻。——以他的懦弱和笨拙，他绝没有勇气让家里退掉这门亲事。而我，我明天就要去省城了，难道那车票可以退？行李可以拆掉？最关键的是，难道那全县教育系统中唯一的一个到省师范学院带薪进修名额我可以不要？那还不如让我去死，只要能让我离开这让人厌倦的小镇，订婚算什么！

胡惠北！胡惠北！我喊着他的全名摇晃着他发胖的身子。结婚以后，惠北就开始胖了，这使他看上去比从前更加没有个性了。我把台灯拧到最亮，然后对着惠北的脸。

惠北从梦中醒过来，他用手遮着灯光，眯着眼睛看着我，认出是我后，他的表情一下子变得难看起来，好像重新开始了另一个噩梦似的。

第一次单独约会的失败不仅彻底破坏了我与惠北相互间本来就稀薄的好感，同时也在我与惠北之间形成了一个粗粝坚硬的屏障。我们从来就没有恋爱过。后来我知道，其实那天他的那句话及其生硬的表达正是他平常待人接物的一种方式——他不喜欢背着大人与我见面，于是就直接地说出来了——就那么简单。但当他得到我气焰嚣张的回应之后，尤其是那些关于他隐痛身世的尖刻之辞，他性格中暴戾冷漠的一面很快被我激发出来，可以说，直到结婚，我们都没有正眼看过对方一眼，尽管在双方家长面前我们都非常默契地相敬如宾。

省城三年的进修结束后，我进了县中当老师，县中远离乡土，远离那些飞短流长——走到哪儿都有人在后面悄声细语：瞧，她就是胡家的三媳妇……三媳妇？听说，那第三个，不是胡校长生的……这一分配结果大致符合我在工作地点上的想法，我知道，这又是胡家帮了我的大忙。当年秋天，对于胡家提议的婚礼，我毫不犹豫地就答应了——迟早是有这一天的，有什么推的呢。

结婚之初，可能是由于我们共同的在性上的好奇，或者是由于我在胡家这个新环境中一时的软弱，加上我与惠北每周才见一次，那时，我们还算基本相安无事。几个月之后，我天性中坚硬、唯我的一面很快完全伸展开来，胡家人觉察到了我的棱角，但他们不动声色地熟视无睹。不过惠北没有胡家人的涵养，我们开始吵起架来，一开始是关起门来在楼上吵，他会咬着牙骂道：你以为我想娶你呀？我是为了我爸，为了胡家！惠北不是很会吵架，翻来覆去的就是这几句话。我说：那就离吧。惠北一听就不说话了，接着又是那句话：你以为我想跟你在一起呀，我是为了我爸，为了胡家……听得人厌烦。后来，一到吵架，我就打开门，高声地在楼上骂他，这下倒好，惠北干脆什么也不说了。再后来，我也懒得吵了，连家也很少回了。到这次五一节，算算前后我有三个多月没见着惠北了。

把灯开那么亮干吗？惠北保持着噩梦般的表情质问我，嘴中散发出睡眠的味道。

你回来看到我的客人了吗？我把台灯转了转，这样可以继续照到惠北扭开的脸。看到他难受的表情，我感到愉快。

就问这个？

你觉得我的客人怎么样？我饶有兴趣地盯着惠北的脸，灯光下，惠北看上去像个陌生人。

没看到……我可以继续睡了吧。他不顾一切地推开我，像奔向死亡那样地重新闭上了眼睛。

多么迟钝愚蠢的可怜虫！为什么我的身边总是充满了各种各样的可怜虫！

我若有所思地关了灯，然后迅速再次扭亮。我用劲儿揪住惠北的耳朵，轻声细语、脸带微笑地对他说：告诉你，别忘喽，我的客人里有一个是我的情人，现在，我下楼去同他睡觉。

当然了，最后一句话是想激怒他，不过如果红春不在，我可能真的会付诸实现。想想吧，那一定会把胆小如鼠的陈斯吓出阳痿的……

我下了楼，因为我发现我的肚子很饿了。婆婆一定会替我留下点什么了，这方面，她一贯细致入微，令人无话可说。婆婆像是个没有性子的人，这让我跟她没法吵架。我常常不怀好意地想，一定是那次被暴露了的偷情带走了她的火气吧，在胡家，她后半辈子都将矮人一头。

果然，在餐厅的桌子上，整整齐齐地放着两只带盖的小碗，我揭开来，一碗是芝麻甜糕，一碗是银耳莲子羹。黑白分明，各有姿色，真是诱人的美味。

我关了大灯，窗外有微弱的月光，坐在昏暗的桌子边上，我津津有味地吃起我一个人的消夜。

身后忽然有一声低低的咳嗽，不会是陈斯吧，我带着讥讽的笑转过脸去。

胡校长！我吞下一口芝麻糕含糊不清地惊呼了一声。

我睡不着，听到下面有动静，就起来了。胡校长不紧不慢地解释了一句。他上下穿得整整齐齐的，我怀疑他根本就没有上床。

婆婆睡了吧。我随便寒暄了一句。

我们分居30多年了。胡校长完全答非所问，声音里带着梦游般的恍惚。他在餐桌的另一面坐下来，背着窗户，我看不清他的表情。他的头发在月光下显得分外耀眼，这头白发不仅在一定程度上削弱了他的威严，甚至还赋予了他某种悲剧色彩。

因为那个牙医？

　　胡校长没有立即回答。大概过了好久，我都快喝完那碗莲子汤了，胡校长才抚了抚头发说：我们老了，不值得说了……说说你吧。

　　我？跟你差不多，我的心也早就老了。

　　不可能，你看你，那头头发，黑得都发绿了……小青，听我说，你这回看走眼了，你带来的那人配不上你，我看比惠北也好不到哪儿……

　　……你看出来了？这说明你还没老……

　　正是因为我老了，我才看得见他们看不见的东西。最关键的是，小青，这么多年了，我了解你表达情绪的方式……胡校长的语速加快起来，他的手习惯性的在餐桌上弹起来，木头在他苍老的指头下发出默契的呻吟。

　　这让我在一瞬间忽然产生了一种逼真的幻觉，好像又回到了十年前的那个下午，是的，那个下午似乎也是这样的光线暗淡。我记得，那是我临近初中毕业的一个下午，空气中带着初夏的闷热，天上布满了厚重的来自远方的阴云，像是快要下起一场暴雨似的。胡校长把我喊到他小而暗淡的办公室。当时，他也是像现在这样，用修长的手指在桌上不紧不慢地叩着，一边问：小青，你决定考什么了吗？高中还是中专？

　　还没想好呢，要回去问问家里。那时候，我还基本保持着母亲规定着的表达方式：说话轻声轻气，有条有理，有回旋余地。其实就这件事而言，我与母亲之间一直有着相当的分歧，我想读高中以便有机会上大学，永远地离开这片贫瘠的土地；母亲却坚持让我考中专，比如说护士学校、无线电学校什么的。考中专是乡下孩子的一条康庄大道——可以一下子获得"城市户口"，永远不会碰上该诅咒的高考压力，并且很早就出来工作赚钱。这些优点完全符合母亲浅短的目光。

我也知道你是想上大学的，不过，呃，小青，我有个建议，你回去转告你母亲……我建议你考师专，我有个学生在镇第一中心小学，将来可以帮助你分到一小……而且，这也符合你家的经济状况，你可以先工作后读书嘛……

多么贫乏的说辞啊。一个中学校长，与家庭妇女一样的经济决定论。我在心里暗暗不屑着，虽然脸上按照母亲关照的那样，勉强显出感激的表情。15岁的我在当时还没有意识到，胡家的网已经像窗外的云一样，在我身上投下了巨大的阴影了。这是一片富有操纵性的云，几乎在不动声色之中，我的前途就像一场完美的暴风雨似的被设计得天衣无缝。

母亲一听到镇一小，在激动之中像吃了定心丸似的下定决心让我报考师专。在乡下，农民们都希望自己的孩子能读报，会算账，这样，也就足够盘弄那五六亩地了，至于初中的那些方程式、勾股定理、阿基米德定律，可笑，那难道会让一亩地多产出几斤小麦吗？因而，在东坝镇，尽管中学只有一所，小学却很多，几乎遍及各乡。如果报考师专，毕业后能否分到一个效益好的小学，这是一直困扰母亲的问题。啊，太好了，现在，胡校长都说得这样明白了，小青我们还有什么犹豫的！？考师专！母亲像孩子那样喜不自禁地拍起双手。

三年之后，我真的被分到了镇一小，尽管受人尊敬、收入丰厚，但这离我上大学的理想还是太过遥远，主要的原因是我不喜欢小镇上的那种小农风气，人们整日无所事事、不思进取、凭天气的阴晴及地里庄稼的长势决定心情的好坏。想起初中毕业前的那一幕，我忽然感受到一种命运被随意篡改的愚弄感，或许，我本来可以在高中继续发愤读书，然后到很远的大城市读书……

我的郁闷和怨尤大概是富有传播性的，有一天，胡校长又找到我。还是在他那间光线略显不足的办公室里。我敲门进去，胡校长抬起头看到我，他好像明显吃了一惊似的有失身份地站起身来，但他巧妙地用一个拉椅子的动作掩饰了自己的失态。对这短暂的一幕我并不在意，现在经常是这样，有几年没看到我的人乍一看到我都会有点不敢相认，他们想不到，在初中里还那样单薄怯弱的小青现在突然变得这样饱满高挑，最令他们惊异的是我的神态和举止，一种咄咄逼人、胸怀高远的气势完全取代了原先刻意为之的淑女风范。

我落落大方地坐到校长为我拉出的凳子上，盯着胡校长等着他先说话。

小青你长大了。胡校长的眼神里显出饶有兴趣的意思。

胡校长，找我来，有好消息吧？我的预感突然如梦境降临，长期抑郁失意的心情像开了个小小天窗似的洒进了一丝幻想中的阳光。

小青，你就是太聪明……那你再猜一猜，凭什么我会带好消息给你呢！

我给问住了，但我不想示弱，我像走出了另一步棋似的很快说：那你先说说看，是什么好消息？

哈哈哈。胡校长仰头大笑起来，露出满口的牙齿。在他的笑声中，我看到桌上摆着一张"J省教育学院脱产进修学员推荐表"，一种 20 年来从未体验过的狂喜像鼓槌一样疯狂地敲打起我的胸口，全身的血液如大江奔流般急速涌向心脏，我想我的脸色一定变得比那张表格还要苍白。

胡校长骤然停住笑站起身来，倒了一杯水摆到面前。

小青，现在轮到你了，你说，这是为什么？

我喝下水，脸色和心跳一下子正常了。我像个稳操胜券的棋手那样对他莞尔一笑：我明白，我同意。

就在刚才，当我抬起脖子喝水，透过水杯里微微晃动着的清水，就像通过一个颓废摄像师的摇晃镜头，我一下子看到了挂在墙上的一幅照片：胡校长的全家福。那张照片上，有四男三女：胡校长夫妇，大儿子夫妇，二儿子夫妇，以及，三儿子。

若干年前相似的场景给了我一个强烈的心理暗示：每一次与胡校长的单独谈话，都会决定（改写）我命运中的关键步骤。即使他现在已经垂垂老矣，我想我还是应该全力以赴。瞧他刚才在说什么："这么多年了，我了解你表达情绪的方式……"

那么，就你的了解，您认为我带他们两个到胡家来是想表达什么情绪呢？

说实话，一开始我有点迷惑不解，因为我看出你根本不在乎那个人，甚至你还带来了他的妻子，这真是混乱的场景……不过，我很快猜到了你的潜台词：你是在向胡家示威，故意地公开污辱惠北……小青，你为什么那么急着甩开惠北？他一直那么安静，他妨碍了你什么？我们谁都没妨碍过你什么吧？看看我们今天是如何接待你的情人夫妇的！好吧，就算在你的导演下，从胡家传出去一个红杏出墙的丑闻吧，可是你知道你是什么角色？人们只会同情和偏袒受骗者，你会因为对胡家的无情无义而身败名裂的，没有姑娘再会嫁给小白，嫁到这个背恩弃义、过河拆桥的家庭；还有你的寡母，余生将会被耻辱和羞愧压得抬不起头来……你知道人们会怎么说你吗，我好像都能听见他们的声音和腔调：哦，小青啊，那个小姑娘不寻常……

好了校长，难道你到现在还以为我是一个在乎闲言碎语的人吗？也许你才会更在乎一点吧，你知道他们一直是怎么在说你吗？一个冷酷精明的买卖人而已，凭着那层陈旧关系的最后余威，以最巧妙最经济的投入收买了我青春和前途，为胡家办成了一桩众口交赞的亲事……

胡校长突然做了个模糊的手势打断了我针锋相对的挖苦。他安静而短促地笑了一声，像是做出了一个不为人知的重大决定，他的眼睛像瞎子似的停往一动不动。……这样吧，小青，听我说点实话吧。

其实我早就知道你跟惠北之间是不可能和谐的……你可能不知道，惠北曾经跟我提出要退亲，就在你到省城上学的那一天……惠北是个老实却又没有出息的孩子，他不适合你，你也看不上他，这不奇怪，也不重要，跟这门亲事一点关系没有……小青，说了你可能不信，从你12岁那年一进入我的东坝中学，我就开始注意你了……这可能跟我个人对女性的审美历程有关，不过人在一生中可以挑选女人的时机实在太少，幸而我有三个儿子，这在一定程度上可以间接的发挥我对女人的取舍观……在我很年轻的时候，我喜欢年少而无知的女孩子，比如王桂花，她的确年轻，不过，她无知得接近愚昧，无知因而无畏，她犯下的错误超过了我能接受的界限，刚才我说过，我们分居很多年了，实际上，是从惠北一生下后就开始了，那时，我才32岁……王桂花的背叛让我对性事产生了一种恶心感，我开始禁欲，我后来的整个青壮年都在禁欲，当然那并不容易，但我发誓我做到了，我一直坚持着，直到我从生理上彻底失去了那种能力，最终能够坐在这里，坦然而严肃的跟你这么年轻聪明的女人谈这样的话题……但是那么多年中，我在心理上却一直没有停止过对女性的探索和爱慕，我甚至一直在思考一个问题，到底什么样的女性才适合我呢？由于长期的没有尽头的禁欲，我的这种超出肉体的疑问反而一天天迫切起来了，当然，我从未想过任何形式的出轨，哪怕是柏拉图式的。那么如何去探究那个问题呢，还好，慈仁的命运为我准备了挑选媳妇的权力，我可以悄悄地把我的个人喜好融入家族的挑选过程、尝试一种带有乱伦般错觉的游戏……当我第一次有机会做公公的时候，我就对惠东说，挑个明礼贤淑些的吧，惠东很懂我的意思，陈小红还真是个好媳妇，但很快，在我的眼中，她又陈旧了，一点不值得回味，我明白，这样的女人绝对不对我的口味，一定还是文化太低的缘故；到了惠西，我几乎都不用暗示了，二儿子为我带回来一个准研究生，可是，这次更不对劲了，二媳妇太虚伪了，明明瞧不起我，却总是故意那么彬彬有礼的，那样的女人，也只能出国了……到了惠北，我只有最后一次机会了，想想惠北的木讷和内向，与其让他去选，还真不如让我完全越俎代庖，让我最后一次探究一下我对女人的审美与取舍……

我惊讶得忘了叫喊，多么荒诞不经、唯我独尊的哲学，可怜的惠北，原来他曾经试着离开过我，看来他比我想象中的要稍微坚强一点。啊，看看这个突然变得陌生起来的白发老人，还在那里对我推心置腹呢……我克制住不叫也不动，以尽力听清这离奇的来自人性最深处的奥秘……

小青，实际上，几乎从你一进入我的中学起，我就开始注意你了。当然，一开始，吸引我的只是你的年纪和外貌，你正好比惠北小 10 岁，这当然是个最必要的条件；同时，你长得非常有特点，尤其是五官，那么饱满，那么清晰，就像我印象中母亲年轻时候的照片，可笑吧，小青，第一次看到你，我就想到了我的母亲，想到了我一直保存着一张她年轻时的照片……很快，我就发现，在众人交口称赞、引以为奇的所谓淑女风度之外，你的性格中有一种奇特的超出我经验的倾向，那是什么？我一直弄不清，但这点奇特大大调动了我的好奇心，我决心孤注一掷，首先把你控制在我的视野之内。我知道，如果那时让你上了高中，以你的智力，你会永远离开东坝镇的。幸而你的母亲是很固执的，你终于走进了师专，然后我让你进了镇一小……后来，有一阵子我几乎忘记你了，你就像一枚闲棋，我都想不起来把你放在镇一小是干吗的了……但你母亲及时地找到了我，把你对现状的不满和失落告诉我。巧得很，我从上面得到消息，全县下半年有一个上去进修的名额……我决定再次见你一面。小青，那真是对我、对你来说都是最关键的一面……你一推门进来，我就发现，你真正长大了，你性格中原来模糊和隐晦着的那一块现在已经成熟了，你终于变成了我一直在寻找的那个人，我相信这世上没有人比我更了解你，了解你对生活的野心，压抑中的渴望，骄傲中脆弱，包括你声音中的那种优雅，你眼神中那种轻蔑，你坐下来的姿势，你喝完水后用舌头舔舔嘴唇的动作……别生气孩子，就当在听一个父亲的遗言，请你听我说完……当我听到你说"我明白，我愿意"时，不知道是想哭还是想笑。我觉得我好像在那一个下午就老下去了，我听到我的头发在顶上无声地悄悄变白，骨头像过分干燥的木头那样在皮肤下发出断裂的噼啪声……可是我心里高兴极了，因为我终于找到你这样的一个人了，并且你同意走进我的生活了。我这辈子甚至都可以结束了，因为我到达我的理想的彼岸了……

胡校长！我几乎是呜咽着打断他的话，我想伸出手去，狠狠地打他一个耳光，可是同时，我又想把我颤抖着的唇贴近他苍老无力的手。

小青，你的每一次回家，都是我的节日，千万别离开胡家，别离开我的视线……

第二天天没亮，我就回去了。我写了张简短的纸条给陈斯和红春，让他们自己决定去留。

我在镇上唯一的车站前等待前往县城的车子。假期刚刚开始，等车的人很少。但我还是没有把墨镜摘下，我若有所思地盯着车站对面的一家网吧，十几年前，那里是镇上最热闹的供销社，其中有一节柜台属于母亲，星期天我到母亲那里玩，她的同事们，那些肥胖而饶舌的老妇女，总会围着我研究我的天庭、耳垂、手掌中的纹路，并以此猜测我将来的幸福与否，多么可笑而令人垂泪的往事啊，她们当中有谁真的猜对了我的命运吗。来不及与母亲告别了，告别也没有意义，还不如让她以为我在胡家一直待到假期结束。

一辆摩托车在我身后按了声喇叭，我没有动，也没有回头，我在测试我的判断力：应该是小白。

果然。小白停好摩托车向我走了过来。

胡家人说你在这儿。喏，妈叫我把这个带给你。小白车后驮着一箱醉泥螺，这是乡下的特产，我一直最爱吃的。

母亲还是知道了。我一时说不出话，让小白知道我在流泪那不是太可笑了。

小白也没说话，他转开脸去看着马路上一阵阵的灰尘。

刚才我看到……姐夫了。他好像又醉了。你知道吗，他现在是这镇上有名的"早醉鬼"，每天起来都拿酒漱口……

小白，相中什么女朋友了告诉姐一声，让我高兴高兴。

……我现在在税务局脚跟站得很稳了，我掌握了他们的秘密：谁偷税谁漏税谁一分钱税都不要交，都是他们的关系……现在，胡家算不上什么了，没他们我照样能转……

别告诉我这些……

难道这跟你没关系？你想想你自己，你现在没胡家不还是照样能转？那你还在等什么？莫非你要替他家生个儿子，让儿子也沾上胡家的光……小白的表情又变得尖刻起来，他向口中丢进一枚口香糖，飞快地咀嚼起来，就像他从前咀嚼那些枯草茎一样。童年的某些习惯就像一个人的笔迹、口音，一辈子如影随形。

小白！

我走了。小白卸下醉螺，转过车头开始发动车子，一边长长地按了三声喇叭，街尽头的拐角处应声出现了一个穿黄色衣服的长发姑娘。小白丢下一个玩世不恭的笑，绝尘而去。

4

重新回到县中，像是结束了一场长途跋涉。这次返乡的完全出乎我的意料，并在一定程度上扰乱了我的思路。陈斯的出现几乎没有起到任何作用：他的表现实在太差，差到胡家根本不把他看着对手。退一步说，即使胡家因为陈斯与我的暧昧关系而真的同意离婚，那还是太便宜他们了，或许我真的可以一辈子不回东坝，可母亲和小白将会如何在人们的嘲笑中过活？

　　我懒懒地在宿舍中足足躺了两天，整日着睡衣，三餐皆以稀饭就醉螺。我一直在集中精力考虑一个问题：离，还是不离。

　　小白的暗示并没有触动我。我并不像他想象的那样具有牺牲精神：如果我想离，即使小白明天就要被税务局开除，我也会照离不误。那么我在犹豫什么呢？这的确是个亟待弄清的细节。惠北的自暴自弃、胡诗礼的奇谈怪论，这难道会像藤萝一样地绊住我的脚步吗？或许，最大的障碍在离婚之后，会有什么激动人心的东西在婚外等着我吗？费尽心机得来的自由真的会有什么特别的意义吗？啊不，最大的担忧也许应该是胡诗礼，那个老得像坚果一样的家伙，他对我洞察若明的眼光、他无所顾忌的手腕以及他那偏执的跟肉体无关的占有欲……就像他最后说过的那样，会让我离开他的视线吗……

　　五一假期结束的前一天，我到陈斯租下的那套房子去了一趟，取走了我的几件衣服和几张碟子。最后我给陈斯留下了一封信。不，应该算是一张潦草的便条。这种分手还讲究什么形式呢，陈斯对此应该早有准备：我与他，这是一种随时都会终止的关系。当然，我们还会在县中的食堂和全校员工大会上碰面，在三三两两的人群中相互点头致意；偶然地，在操场一角的那棵紫荆树下，我们也会单独碰上，身边有一群群走过去的学生，我们也许会若无其事地停下，说上一两句闲话，同时在擦肩而过后的空白中，回想起对方的体温和气味。

5

　　快到七月了，高三的学生们像疯了一样的在准备高考。那些可怜的孩子，愈发黑瘦且单薄了，几乎连走路、吃饭都念念有词。幸好我教的是高一，要不然，我肯定在他们前面先疯。校园里飘荡着一种绝望的空气，好像过了这个七月，每个人都准备远走他乡。即使天气很热，县中的女生却很少穿裙子，她们总是固执地认为，如果疏于打扮，成绩会慢慢变好。相比之下，几乎一进入春天，我就开始不停地换裙子，我想这样可以让我看上去更加精神一点。事实上，渐渐燥热起来的天气给我带来了一种倦怠感，由于远离东坝，我像一个在晴天里忘了关节痛的病人，五月份的激愤和冲动像水分一样地被时间和天气蒸发了。我几乎想不起来我曾经想做些什么了。

不过，正如我前面说过的那样，命运其实是早就安排好的；上天只是想让我休息和调整一下，从而积蓄更多的勇气应对下一步的变故。

六月底的那天，我清楚地记得，在校工送来的一大堆报纸中，我看到了我的那封信。信封上的字体歪七扭八，一看就是左手生硬的笔迹。匿名信！这让我沉睡已久的神经一下子兴奋起来，但我一点不着急，我慢慢地把当天的报纸全都读了一遍，包括中缝的寻人启事和电影广告，当然，一边读，我一边在想，那信里面会是什么内容，是谁写来的。——从小就是这样，对未知的事情，我有一个测试自己判断力和想象力的习惯。这样，生活往往会变得有趣许多。

"7月3日晚上十点，惠北将从胡家出发，去找景联村的养鸡专业户吴寡妇睡觉。特告。"

信纸上的字体同样歪歪扭扭，充满童趣，跟我在镇一小批改学生作业时最常见的字体一样，像孩子的眼睛那样天真无邪，同时处处蕴藏天机。

到底是谁写了这封信？为什么要写这封信？也许这信仅仅是个玩笑，或者干脆就是个骗局？啊，不要那么多疑吧，无论如何，我会赴汤蹈火，最起码，不应该让那个写信的人落空。

三天后的晚上，我像赶赴一个神秘的约会那样提前回到了东坝。相比于两个月前，现在我的身份是一个不动声色的知情者，也许，此行之后，我的婚姻将会出现一次全新的转机：乡村道德的天平将会给我这边增加一个关键的砝码。我的离婚将会变得顺理成章。

夜色中的东坝镇上流淌着异样的温情，身边走过零零星星的人们，他们的脸像戴了面具似的难以辨认。这对我来说真是最好的掩护。我像一个迷路的旅客那样在街上慢慢走路：一边消磨时光，一边琢磨最科学安全的路径。

九点钟，我在一家新开张的小门面店里要了一碗扬州炒饭。俗气的女店主羡慕地盯着我的长裙，今天我故意穿得特别讲究，以面对那肮脏龌龊的一幕。其实我根本吃不下什么，捉奸，有比这更激动人心的吗？再说，我都有大半年没见过光着身子的惠北了……店主想同我说话，但我及时站起身，推开那碗只动了几口的炒饭。

出了店门，夜色更加重了，乡下人一般都睡得很早，路边的人家大都熄了灯，那些房子都像睡着了似的一声不吭。

我是从侧面慢慢向胡家的小楼靠近的，这样，即使胡家有人心血来潮地站在后窗向外眺望也不可能看到我的身影。在一丛浓密的油菜花前，我蹲了下来，像一只准备生蛋的母鸡似的一动不动。油菜花的籽已经很饱满了，一股青涩而又浓郁的香味令人心神不宁。

我的一只手伸进背包里握住手电筒，同时注意地盯着胡家的院门，那是离开小楼的必经之道。

记不得我那天到底等了多长时间，也许不长，也许很长，一些重要的事情就是那样，在回忆时往往突然会在一些细节上出现难以解释的遗忘。我只记得，终于出现的惠北行动显得非常迟疑，甚至都走出院门好几步了，他又再次停下来站了几秒钟。不知为什么，我当时忽然有一种冲动，要是他再犹豫下去，我会突然冲上去，紧紧地抱住他。不过他没有，几秒钟之后，他正式上路了。我远远地跟在后面，同时自嘲地想，也许，刚才惠北是在提醒自己别忘了带避孕套吧。

景联村离胡家很近，我们可能只走了一刻钟就到了。惠北走近之后，吴寡妇家的院门无声地打开了，惠北径直走了进去。

吴家周围有一股怪味，我想起来，匿名信上说过，她是个养鸡专业户，这真是有趣的背景，惠北会不会在一堆鸡毛中跟她做爱呢？或者，打碎几个鸡蛋来助兴？胡思乱想了一会儿之后，我决定站出来打门。我的裙子被露水弄湿了，脚踝边一阵清凉，这种时刻，我为什么还会注意到身体上的细微感觉？

我沉默不语地拍了一会儿门，里面终于传来微弱的回音：来啦。像小羊乖乖准备来给老狼开门。东坝人总是这样，听到敲门声从来不问"谁呀"，而是讲"来啦"。

女人脸色微微发红，衣服却大致整齐，这也不奇怪，我清楚，乡下人做爱基本上不脱上衣。她看着我愣了一会儿，然后和气地说：找错门了？吴寡妇并不好看，而且身材很差，几乎没有胸脯。

我不再看她第二眼，拧亮我的手电，顾自走进去。

吴家很乱，院子里高低不平，脚下黏糊糊的，似乎每一步都能踩到鸡屎。进了房间，惠北敞着衣服镇定地坐在床上。但他请求地朝我竖起一根食指，顺着他的眼神，我看见，在房间里的另一张小床上，一个两三岁左右的孩子正张着嘴睡得烂熟，脸上带着无邪的笑。

我掏出照相机，对着正在扣扣子的惠北先拍了一张。吴寡妇从身后走近了，短暂的愣了一会儿之后，飞快地转回身，几乎是跑到另一间房里去了。惠北一跃而起，从我身边追过去，也到另一间房里去了。

另一间房里，无声的禁令失效了。但我还不想说话。惠北与那女人正在表演一出闹剧：后者挣扎着死死跪在地上，前者笨拙地努力着想把她拉起来。我拍了几张他们拉扯的镜头。然后收起了相机。好了，这些照片就足够了。冲好了把它们摆到胡家的餐桌上，那将是一道多么引人注目的美味！胡校长会取下老花眼镜拿到眼睛跟前看吧，而我的婆婆王桂花，一定会心怀鬼胎地有所触动吧……

女人终于挣脱了惠北，跪着一直走到我的脚前。这情形忽然让我感到憋闷，这事儿关这个女人什么事？我根本就不想把她怎么样。她不过是事情发展中的一个要素而已，就像陈斯。我拿眼睛去找惠北，奇怪他竟然对着那女人跪了下来，同时，伸出一只手去搭在女人背上，他的脸向女人倾过去，嘴里含糊不清地说着：对不起，对不起……

我的心情忽然坏透了。他们这到底是什么意思？我掉转过头，地上的两个人以为我要走，更加激动了，女人凄声哭起来：妹子，是我的错，都怪我，您别怪他……惠北则白着脸走到我前面，我厌恶地往后让了让。惠北的脸上也有了泪，但他并不显得难过：要不，我跟你一起走，我们跟爸说去，离了吧。

不，千万不能……地上的女人哭得更惨了。惠北飞快地重新跪下去，扶着几乎瘫到地上的女人。

我悄悄地往先前的那间屋子走过去。才走了两步，后面的人紧张地跟上来，我回过头，像惠北那样伸出食指放在唇边。

我坐到小床上，看看熟睡中的孩子，同时，把相机中的胶卷取出来放到他的枕边：小天使，这是我给你的见面礼。

6

秋收过后，传来了胡校长病重的消息。消息的来源当然可靠，但我总有点疑心，怀疑这是某种阴谋的序曲——像胡诗礼那样旺盛的生命力，即使是病重也得拖上很久吧。胡家叫人捎了几次信，但惠北一直没有到县城来接我。关于离婚，我与惠北后来曾经通过一次简洁的电话，我说，那事尽快吧。他说，爸爸最近身体不太好。我说，这是两回事。他说，我只会一件事一件事的办。

东坝现在对我还有什么意义呢？形同虚设却又暂时离不了婚的丈夫，从精神到肉体都沉沉负病的公公，虽有亲情却同样隔膜的母亲，对了，还有一个在暗中关注（帮助）着我的无名氏，那是我的又一个爱慕者吗？也许唯有这个无名氏，才是东坝留给我的一个悬念，一个微弱的吸引力：到底是谁写了那封信？也许，那个没有看到预期效果的人会再次站出来对我陷入僵局的婚姻作一点别的暗示。——那就回去吧，在母亲又一次差人捎信的时候，我顺水推舟地答应了这次千呼万唤的返乡。我抽空上街替母亲买了一套内衣，这起码会使我的此次东坝之行看上去跟胡家完全无关，而更像是一个不孝女儿突然的良心发现。

母亲的家中毫无变化，一切还跟五月份一样。母亲愁眉不展地对我说起胡校长几次病危却又死里逃生的险情，同时，一再地责怪我的冷漠无礼。我没有心思解释。我在紧张地思考着一个问题，这次回来说不说那个养鸡专业户的事？虽然我没有照片作证，但我的目击足够给胡家一个雪上加霜的耳光：我将要离一个理直气壮的婚。

看到我心不在焉的表情，母亲生硬地换上了另一个话题。

……我说小青，你最近身体还好吧。

挺好。我懒洋洋地回答。母亲把我送的内衣包好放到了最上面的橱顶上，就像我以前买的那些东西一样，她是永远舍不得穿的。

嗯，我一直在想，你过了年也28了，惠北呢，都快40的人了……惠东，你知道的，生了个女孩子，惠西两口子呢，又那么远……你看，胡校长身体又这个样子……你可以考虑……

好了，妈你不要说了，不可能的……小白呢，他到底什么时候回来……

有什么不可能的，早点生对身体好啊……

妈！要没别的事儿我今天就走算了，这会儿还赶得上下午的那班车。

你什么时候到胡家去？

妈，这次我是回来看你的！

那，不如等等白哥儿……我去做点油煎糯米饼给你吃好不好？

母亲语气里的婉转打动了我。我其实还是惦记母亲的，尽管我一向把她视为胡家人的同谋。母亲的头发也有点白了，其实母亲是最怕老的，以前，她总是用滴了醋的水洗头，说那样能够让头发又亮又黑。但她像任何一个老年妇女那样，从头发到皮肤、从牙齿到眼睛，所有衰老的特征全都同时降临了。

陪母亲吃过简单的晚饭之后，我躺到从前的小床上准备休息。小床上有轻微的霉味，我在霉味中拼命地抽动鼻子，徒劳地试图寻找我少女时期的芬芳。

母亲继续唠唠叨叨地坐在床边，说些生孩子的废话。这让我很快昏昏欲睡。在我快要进入梦乡的时候。小白回来了。

小白，是跟那个黄衣姑娘在一起吧，怎么玩这么迟……我揉着眼睛问他。

你怎么跟妈一样，老问这种无聊的事，是不是没恋爱过的女人都是这样？

小白，我等你到现在，说话好听点好不好？

你承不承认，你根本就没有恋爱过？

不说了，你回房间让我睡觉吧。

妈！妈！小白突然喊了母亲两声，母亲在厨房忙着给小白热饭，远远地答应了一声。

小白转过脸来放低声音。姐，7月3日你回来了没有？

原来是你写的信！你怎么知道的呢？

你真回来看了？是不是真有其事呀？

算是吧。

那就更怪了，我还以为那个人是捉弄你呢？真的太奇怪了，你压根猜不到是谁告诉我的，真的，打死你也猜不到的……

别说了，让我猜，我最爱猜了……

算了，谁陪你玩这个，让我告诉你，是胡校长！看样子老头子那天是专门在路口等我，那时候，已经确诊他得了癌了。他让我把摩托车熄了火，表情严肃地说：小白，我想跟你谈谈。你爱你姐姐吗？可笑，老家伙用了一个"爱"字。老头子有点瘦了，撑着拐棍站在路边有点弱不禁风的样子，我只得说：爱。……小白，你知道吗，爱一个人就是给她全部的自由。你希望你姐姐得到自由吧？我来告诉你一件事，你写一封信提醒她好吧，记住，要用左手写，千万别让她看出是谁的笔迹，要不然，小青就不相信了……

他那时已经知道自己得了癌了？这个细节应该比较重要，我出于本能地又再次追问了一遍。

是啊，他总算是做了一件好事吧，这下子你不是有把柄在手了吗……

小白，晚饭好了，我端到你姐房里你吃好吧……母亲的脚步近了。小白朝我眨眨眼：他说过的，永远保密，包括对你。

那一夜，我睡得很不踏实，怀疑、嘲笑、留恋、激动、恶心，各种各样的情绪混乱地在心中搅拌：胡诗礼是因为突然发现儿子的私情因而气愤难耐、不顾后果地为我通风报信呢？还是因为自知生命将逝而欲念消退，觉得再强留我在胡家已无必要，从而把早已发生的奸情提供给我作为离婚理由？迷迷糊糊睡去，却很快进入一片险恶的梦境，梦见我死去多年的父亲，父亲头发花白，面目模糊，鹦鹉学舌一样地在我耳边轻声地说：爱，就是给予自由……

快到半夜了吧，我被一阵凌乱的脚步声惊醒，还夹杂着摩托车的发动声，外面像是有好几个人。

母亲进来打开灯，说话带着喘气：小青快起来，胡校长他……

我穿好衣服出来。惠北一看到我就从凳子上站起来，我们在视线相接的瞬间又同时飞快地扭过头去。我想，他和我一样，肯定又想起了7月3日晚上的那一幕。惠北头发蓬乱，眼泡浮肿，极度的悲痛使得他看上去像个愚蠢而又无助的孩子。

坐上惠北的车子，母亲还在后面低声说：我和小白马上就到……小青，记住，你就对校长说，你怀孕了好不好？可怜着呢，就盼着抱个孙子。母亲真可笑，总以她的思维去度量别人，算了吧，胡校长会盼着个孙子？

乡间的路在夜间是完全漆黑的。惠北亮着灯的摩托车像是一条在黑水中游泳的鱼。由于速度太快，我不得不勉强环住他的腰，这个温情的动作在我们之间显得多么不谐，这应该是我与他之间最后一个略微亲热些的动作了。我想惠北也觉察到了异样，他僵硬地挺着背一动不动。我们真的像鱼那样一言不发地赶到了胡家。那晚惠北带着我赶夜路的场景在我后来的记忆中始终像梦境般优雅而无声无息，我们不像是赶赴一个死亡的约会，更像是一对犯下大错、无路可逃的情侣在练习夜奔的方式。

胡家灯火通明，人人脸色凝重，妇女们脚步匆匆。在胡家的客厅里，我碰到了不少镇中学的校友，那些自以为在外面混得有头有脸的学生都一身黑衣地赶到了胡家，好像要借即将到来的葬礼之机相互炫耀似的。惠西打来电话，他们两口子将在明天晚上赶到东坝，几个远房亲戚忧心忡忡地掰着指头算时辰，怀疑胡校长可能见不到正在越洋飞机上的二儿子了。

我和惠北被人们带到胡校长的房间，与外面相比，房间里的光线陡然暗下许多，让人想到行将燃尽的蜡烛。胡校长的床前站着两个陌生人，嘴上说着虚泛的宽慰之辞。陈小红在一边轻声告诉我：这就是胡家在省城里的那个世交。

透过那几人的肩膀，我看见胡校长紧闭着眼，神色中带着一丝轻微的厌倦。他的头发长了，散在枕头上，像狮子的鬃毛。

世交派来的代表从我们侧身而过，动作里带着如释重负的轻捷。

我被陈小红推到床前。胡校长还是闭着眼，床前的来来往往似乎已对他失去了任何意义。

胡校长，我……我……我快要给您添孙子了。当我俯向老人的时候，我终于像一个传统的媳妇那样撒了一个谎。看到婆婆及旁边几个老年妇女频频点头的欣慰之色，我明白，这个谎言不完全是母亲的心血来潮，也许，在乡村，对弥留之际的老人来说，类似的谎言是最完美的送行辞。

胡校长却突然睁开眼来，这让所有的人都不由地向前挪了一步。胡校长睁开眼，但并没有看到任何人，他的嘴唇努力地向上翘了一下，从表情上看，那是一个讥讽的笑容。与此同时，胡校长的手向我伸过来，在他的指间，赫然缠着一根来历不明的黑得发青的长发。

四重奏

　　座位的选择分别决定了我和周峰的婚姻。回忆起来简直觉得荒唐：为什么是他坐在了里面，靠着小典；而我，在外面，靠着苹果。

　　那天的情景到现在还历历在目，特别是每次与苹果吵过架之后，当我躲到阳台上一边吸烟一边逃避她那极富爆发力的指责时，噩梦般没有尽头的生活总是让我重新想起那次与周峰共同相亲的全部过程，多次的回忆为四年前的那一场景蒙上了一层动人的羞涩，像是在透过面纱看一个陌生的美人。哦，不，更确切地说，多次的回忆使我产生了一种错觉：似乎事情的发展方向和过程原本可以改写，甚至可以倒退过去，我与周峰重新回到天真无邪的光棍汉阶段，回到无忧无虑的性饥渴阶段……

　　四年前的那天，没有任何征兆说明它将决定四个男女的婚姻。

它是那么平淡无奇，我都想不起它的阴晴凉热，甚至我都忘了我们那个介绍人的模样，不过与此相反，我却记得另外一些无关紧要的细节：那天上午，我与周峰睡眼蒙眬地在我们集体宿舍对面的小摊子一人要了一碗面条，他的面很辣，整个碗里都是红彤彤的，我最怕吃辣，看着周峰那碗面，我几乎都失去了食欲。周峰热火朝天地吃着，同时上下打量着我：你干吗穿这件 T 恤，这显得你更瘦也更黑了。

我没理他，我在想我的这一天，从一碗廉价的面条开始，接下来的所谓相亲，一定以浪费时间而告终，我纯粹就是周峰的陪客、伴男……

吃完饭，周峰又兴致很高地到小理发店花五块钱吹了头，这使得他看上去更加隆重了，似乎对即将开始的相亲充满了必胜信念似的。我有点啼笑皆非，打击了他几句。周峰说：别这样，兄弟，最起码这也是对人家的一种尊重嘛！我发誓，我跟你一样，其实真的无所谓，重在参与而已。我保证，两个女的里面，好看的我让给你！

多么可笑的年纪多么幼稚的审美呀，那个时候，我们对女朋友的第一要求似乎就是"好看"，而把"好看"的让给朋友，那真是天大的情义了。不过周峰的话我信，我跟周峰的交情不是一天两天。在认识周峰之前，我不太相信男人间的友谊，认为那最多只是酒肉之交而已，认识了周峰，才真的明白什么叫两肋插刀、情同手足。尽管我木讷、小气、胸无大志，而我所缺少的气质周峰全都有。但这并不妨碍周峰成为我最铁的哥们儿——如果我是一条有感情的鱼，那周峰就是我的水，只有他了解并关注我的每一点冷暖悲欣。还有一点，我们在所谓的仕途上是同病相怜，在这家人浮于事、惨淡经营的电子厂，我是厂报的编辑，他是研究室的科员，从世俗的角度来看，真可谓前程暗淡——越是单调无望的生活，越是能够加深我们对友谊的投入和依赖，我们分享每一分钱，每一天的失落和空虚，青春期对女性的渴望和绝望……

相亲地点在介绍人家里，离我们的宿舍并不远，虽然时间有点紧，但两个人慢慢走过去显然是最经济也是最有风度的。对我的提议，周峰亲热而不屑地啐了我一口，然后伸手拦了一辆车，开了后门先坐进去，动作里带着踌躇满志的小心翼翼。没办法，我只得皱着眉头也跟进去。从一开始就注定好了：我将在这场集体相亲中始终扮演被动、保守的角色。

即使打了车，我们还是迟到了约十分钟，没办法，我们睡过头了。介绍人远远地迎在门口，脸色有点不好，进了门，可以看见两个花花绿绿的女孩端坐在客厅的长沙发上喝水。周峰马上开始花言巧语地编排我们在途中遇到大堵车的谎言，我则在一边极其老实、手足无措地加以附和和解释，我们的表演发自肺腑、逼真自然，介绍人的脸像花一样地开放了，我看得出，她其实压根不相信我们的话，但她对我们的态度非常满意。态度决定一切。

请进请进！介绍人把手臂伸向客厅向我们做邀请状。客厅里共有三张沙发，其中一张三人的，两张单人的，三人的那张已经被两个女孩占据了，看来我和周峰只有分坐左右了。走在我前面的周峰脚步忽然慢下来。

请坐请坐，随便坐随便坐。介绍人再次热情地做出邀请。周峰一边犹豫着一边往前走，最终，他走到了靠里的那张单人沙发——这很符合逻辑：走在前面的人总是坐在最里面，就像我们刚才打车时一样。

　　介绍人捧出一大堆瓜子零食，同时煞有其事、故作幽默地说：两位小伙子来迟了，罚你们自我介绍！

　　我的脸不自觉地红起来，连忙端起茶，却烫得没法下口。我看看周峰，他明白了我的意思，他简单地向长沙发上的人介绍了我俩的名字、工作等基本情况，语言简洁却富有诚意。

　　好吧，我也来向你们介绍，这位是朱小典，是白衣天使，在中医院药房……这位是苹果，我好朋友的女儿，在市二幼当老师……

　　介绍人的口气非常富有感染力，像一名敬业的营销员在推出两个令人瞩目的最新产品，随着她的语气所指，相应的新产品就表现出纯洁、害羞、高傲的表情。我偷偷看了一眼周峰，他正热情却又略带拘谨地对两位女孩一一点头致敬。——看来，所有的人都进入了角色。我不由得脑门一热，像一个被剧情感化了的观众那样以身效仿，我对离我最近的姑娘行了一个恰如其分的注目礼，幼儿老师的脸好看地微微红了，一双眼睛像受惊的小鹿般飞快地移开去。多么自然动人的神态呀。一种陌生而新鲜的感触突然像蜜水似的让我狠狠地呛了一口。

　　相亲的返程，我和周峰不约而同地选择了走路。路边上人来人往，没有人注意到我们千言万语、欲言又止的可笑相。就在刚才，在相亲的尾声，介绍人变戏法似的拿出了一张白纸，冲着周峰使眼色，周峰心领神会地询问两位姑娘可方便留下联系方式。现在好了，那张写有两种字迹的白纸就放在周峰的裤兜里。周峰的手一动不动地插在裤兜里，像在感应某种残留的韵味。

　　事情从一开始就是模糊的，现在还是模糊的：四个人，哪一个对哪一个？难道下一次还是集体约会？那个介绍人真是白痴！完全不遵守游戏规则。

我咳嗽了一声先开了口，怎么样？玩不玩下去？一辆汽车按着喇叭从身边开过，我不得不提高了声调。

回去再谈，回去再谈。周峰挥挥手像在阻挡马路上的灰尘。

沉默不语地走了一会儿，周峰却又先开口说道：怎么样，我没有食言吧，我让你坐在那个漂亮的幼儿老师旁吧……

你的意思是……你跟白衣天使……

嗳，嗳，我可没什么意思，我是看你们俩眼色挺对味才这么说的，两个当中，你先选，我把电话全给你，你选剩下来的我去征服！周峰脖子里的青筋都快露出来了。我心里忽然有点不对味，这样晦涩的谈话不是我们以往的风格。

兄弟！我停下脚步看着周峰。我的眼神唤起了周峰的坦诚。

好吧，我承认，一开始我是随便往里边沙发坐的，但巧的是我发现我对白衣天使感觉挺好，你发现没，她那么娴静，连笑都是没有声音的；那个幼儿老师么，穿得太花了，我怀疑她的性格不像她表现出那么羞涩……好吧，现在轮到你，大家都要说实话！要是你也喜欢朱小典，咱们就分别约，由她来定……

周峰的这话让我感到踏实。我满意地笑起来：哥们儿，看来那个介绍人还真是神机妙算呢，早看准了我们的口味，我觉得那幼师更适合我，你想啊，我性格这么闷，再找朱小典那样寡言少语的，将来生出来的小孩说不定会是个哑巴呢……

周峰更加高兴了，当即掏出纸条，小心翼翼地一撕为二，郑重地把其中的一半交给我。想想那情景吧，简直像两个人在瓜分什么价值不菲的入场券。不过的确也差不多，掌握了联系方式最起码就获得了与女性交往的便捷通道。

接下来的路程就走得很轻松了。周峰甚至慷慨地请我吃了一大碗酒酿元宵，不过，这次的元宵吃来并不像以往那么美味，这可能与我的心不在焉有关：刚才我下意识地对周峰撒了谎。

真正的事实是：我对今天的两位女主角都没有什么特别的感受，走出介绍人家的大门，我的第一个念头就是"不玩了"。但当周峰宣布他对朱小典动了心之后，我忽然也对那位从头到尾几乎没与我说过一句话的白衣天使也有了些微的怜惜欣赏之意，我明白这纯粹是心理因素在作怪，即使真的像周峰所建议的那样：我们分别约朱小典，让她来决定取舍，那以我的形象和风度绝对是要处于下风的，何必自取其辱呢。幸而同时，我对那位苹果姑娘也没有反感之意，而且，从外表上看，苹果要比朱小典抢眼得多……那我为什么不跟大家一起玩下去呢，很多事情，有了开始，并不一定就有结束的。没准一两个月之后，这两桩空穴来风的亲事会同时告吹、我和周峰会重新成为一对自由的难兄难弟呢。

好事成双，没想到两位姑娘都对我们的约会欣然接受，我与周峰只得再接再厉。

值得一提的是，苹果在第一次跟我单独约会时仿佛是不经意地问了一句：你的同事呢，跟那个也接上头了吗？

是啊，周峰对那个女孩一见钟情，他就喜欢文静点的女孩。你瞧，一切都那么巧……我心情愉快地回答，

苹果却对我的回答非常不满意，她好看地皱起眉头：不能光看外表，我听张阿姨说，她的脾气可怪着呢……

苹果的表达方式非常孩子气，我一时不知道说什么才好，不过无论如何，我想，苹果是个幼稚的女人，这让我多了一点成熟感，同时不由自主地讨好地加了一句：各人口味吧，我就比较欣赏性格

简单一点儿的……

当时我没有意识到，其实从第一天起，苹果就把朱小典看成了假想敌，类似的对朱小典的中伤将充满我们今后的对话。

事情下一步的发展出乎我最初消极的预料。在充分了解了我们的为人及基本情况之后，朱小典和苹果谁都没有嫌弃我们——事物发展的定理在于：如果女方不表示异议，约会往往会按部就班地一直走向婚姻。

周峰无疑是如鱼得水的，在我们每晚睡前的谈话中，除了单位里的破事、体育赛事上的冷门之外，与朱小典的交往成了他的另一个谈话重点。从约会地点到约会过程中的重要突破等等，朱小典成了周峰的兴奋剂，只要一提到小典，周峰就开始滔滔不绝，恋人间的每一点小小的失意、得意、牵挂与体恤都被周峰无限放大地拿来与我分享，我不得不成了他恋爱生活的见证人与分享者。到最后，我对朱小典的习惯动作、个人爱好、饮食口味都像周峰那样了如指掌，甚至，在周峰心直口快、毫无顾忌地渲染中，我都可以感觉到朱小典在拥抱接吻时的体温与心跳……不过在自我倾诉的最后，周峰总会习惯性地问上一句：怎么样？你跟那个苹果怎么样？

周峰的问话让我感觉到一种交换果实般的压力。我说过，我在性格和行事方式上几乎与周峰迥异：我不习惯与别人分享我的感情生活，再说，与周峰相比，我的爱情生活真是平淡无奇不值一提。在形式和内容上，我与苹果之间也没有什么创新，大多时候，我都是在参照周峰的方式步其后尘，他们看电影了，我就去买电影票，周峰在电影院里握住小典的手了，我就在黑暗中犹疑地伸出手去；他们到游乐场玩过山车了，我在下一个周末也就直奔主题，并且像周峰那样，在苹果心惊肉跳之时揽过她圆乎乎的身体……我缺乏创意，永远像个差学生那样心满意足地亦步亦趋。但这在苹果身上却起到了意想不到的效果，苹果总是说：看不出你木讷讷的还挺会占女孩子便宜的嘛，尽玩这种地方，看看你，还总是那么胸有成竹熟门熟路的，你是不是带过别的女孩子来玩过呀，你们男的真是最坏了……苹果一边说着，一边嗔怪地盯着我。无疑，苹果是富有风情的，最起码对我是具有杀伤力的，跟她在一起，哪怕我一句话不说，她也会通过她的审美和想象力把我的表现解释为一种成熟男人的深沉、暗里坏之类。我知道苹果看错我了，我尝试过反驳，但她更加来劲了，一个劲儿地拿拳头捶我，于是我也就将错就错了，索性享受着她因为误解而带给我的种种新鲜感觉，一种类似呆人呆福般的庆幸和迟早露馅的不安总是像潮水一般此起彼伏地掠过我的大脑……

我怎么开口向沉醉在爱情中的周峰准确地描绘这一切呢，我相信，他肯定不会笑话我的亦步亦趋，但最起码会觉得不可思议，出于对我的负责，他或许还会认真地剖析一翻我与苹果间的感情质量……省省吧，难道那会改变什么吗……

于是情况就是这样，每当轮到我来谈谈我与苹果的情况时，就是对我想象力和表述能力的一次极大考验，好在每次轮到我说话时，时间都已经很迟了，我结结巴巴的叙述几乎成了周峰的催眠曲，而周峰在第二天清晨总会伸着懒腰质怪我的虚与委蛇：你这闷葫芦，总是瞒着哥们儿，不过我警告你，哪天睡了人家，可一定要如实招来！那可是绝对隐私，你不与我分享就浪费了就失去价值了……

周峰所指的"睡了人家"是他一直在酝酿和努力着的大事，有次半夜里醒过来，他还特地推醒我建议在我们中间来一次比赛，谁先办了这事谁请谁一个月的饭票。事实上，在对待这件事情的态度上我与周峰是有分歧的，第一次与女人睡觉，我觉得这是件大事，而做大事是要有规矩和程序的，不是说我有多么保守，更准确地说，我是有点胆怯：这种事的发生绝对要天时、地利、人和，三者缺一不可，尤其是最后一条，来不得半点勉强和逼迫的，万一人家不答应，岂不丑大了吗？搞不好还来个鸡飞蛋打呢。即使是在半夜，我还是一扫睡意老老实实地跟周峰表达了我的异议。周峰不顾一切地拍着床板大笑起来：可怜呀，真是标准的童男子。前面两条，你不要怕，大气候在这里，早就是同居时代了，那就是天时；再说我们还有一间宿舍，相互配合着使用，这不就地利？最后一条，你更不要担心，你真的不知道，女的跟咱男的一样，大部分也都想着这种事儿呢？你只要稍稍一挑逗一暗示一动作，她们就湿了……都认识这么长时间了，不睡简直就是傻子，你再不睡，人家还以为你是同性恋呢……周峰说着好像不能自持了，连忙缩进被窝。

　　周峰的话让我又一次感到落伍的惶恐，我拼命地回忆最近我与苹果交往的细节，试图从中发现她对这类事情的看法，如果真像周峰所言，我对她的敬重和分寸岂不反而会成为一个最大的败笔？我忧心忡忡地无法入睡，而周峰，却在人工的自我排遣之后开始坠入沉沉梦乡。

　　谁也没想到，理论丰富的周峰在实践中碰了壁。那天晚上，按照事先的约定，我回去很迟，我带上我最喜欢的书跑到一家通宵营业的豆浆店，要了一碗豆浆，等到服务员开始对我有所不满时再要一碗，如此这般地一直待到凌晨两点以后，才磨磨蹭蹭地带着胀鼓鼓的膀胱回到宿舍。

周峰的床上没有想象中的凌乱和皱折，却可疑地整整齐齐一马平川。想不到你家小典那么勤快，还把床又整理好了……我几乎有点妒忌地说。

周峰坐在床边，表情复杂地看着我：不对哥们儿，我碰到高手了，她像碰到强奸犯似的又咬又踢，你瞧，我胳膊上都被她抓破了。

哦……那挺好的呀，现在这样的女孩很少呀……

我怀疑只有两个可能，要么是她不够爱我，要么她早就不是处女。周峰很困难地补充一句。

操，你这是什么逻辑呀！说这种混账话！我突然气愤起来，心中真替朱小典直叫屈，简直想与周峰打一架。

得了，嚷嚷什么？反正我也认了，忍一忍算了，谁叫我喜欢她呢，迟早我要睡得她哼哼直叫……嗳你别转移目标，我们事先讲好的，下周轮到你了，我把战场让给你，不准打退堂鼓不准找借口，你希望很大，因为失败乃成功之母……

周峰猜中了我想要退缩的心理，他过分严肃的眼神盯得我浑身不自在，想到我将要向他描述我与苹果的第一次睡觉，一种前所未有的窘迫和紧张简直令我透不过气来。

事情总是出乎意料，我与苹果的超级接触顺利得令人无法置信。引诱者似乎反而是苹果，当我小心翼翼地建议到我们宿舍约会时，她就进入了一种我难以理解的状态，她在途中几次含情脉脉却又意味深长地看看我，并且突然紧紧地把她的手贴到我的掌心，用劲之大，简直令我站立不稳。傻瓜！你真是个傻瓜，她拉住我歪斜着的身体，既是鼓励又是嗔怪地骂起我。

事情结束之后，我还没来得及从梦幻般的感觉中清醒过来，苹果就迫不及待地趴在我的胸前问了一句：你知道他们两个的发展吧？有没有像我们这样？苹果的语气很奇怪，带着莫名其妙的炫耀和些微的轻蔑。

不知道，应该不……我踌躇着，不知该不该说出实话。

算了，像你这么迟钝，肯定感觉不到的。周峰会跟你说实话？我看他的肚肠子最起码比你要弯几百倍，你最老实了，除了我谁会真心待你？苹果的语气极其亲昵，简直像老婆的口气。看来她骨子也是老派的：身子给了我，人就是我的了。但她对周峰的判断令我很不舒服，她为什么会这样说周峰？事实上，到目前为止，在我的心目中，周峰还是最值得我信赖的兄弟，他永远都不可能欺负我。苹果毕竟是女人，心眼里只放得下一个人，除了爱人，别的都是敌人。

苹果走了之后，周峰很快就回来了。周峰说：其实我没走远，我就在宿舍对面的茶馆喝茶。我刚才看着苹果走出来，小姑娘脸红红的，春色无限吧……

周峰的玩笑我不喜欢。如果告诉周峰，我现在最真实的感觉是失落、空虚、欲哭无泪，周峰肯定会嗤之以鼻地大骂我得了便宜还卖乖。

怎么不说点儿什么？累了？明天我请你吃爆炒腰子，下一个月你的伙食全是我掏，我说话算数的……

我看着故作轻松的周峰，情绪越发低落下来。谁说过的，世上的痛苦有两种，一种是得不到你想要的；另一种得到了你不想要的。而且我觉得我比周峰的处境要绝望得多，他现在还有幻想的空间和变异的可能吧，我呢，什么都没有了。除了结婚，生活中的一切都失去了任何别的可能性。

1999年9月9日，经过两年的恋爱，我和苹果、周峰和小典，我们四人选了个好日子共同举办了一场俗气却热闹的婚礼。为了说服苹果同意我们与周峰两个一起结婚，我足足与她交涉了两个多月，每次回到宿舍，我都忍不住大吐苦水，想要打退堂鼓，周峰总是好脾气地听我发泄，并且为我鼓气、出点子。

朱小典那边怎么样？我反过来问周峰。周峰含糊其辞地甩甩头：你想啊，我们认识的人几乎差不多，花两份钱办两次酒有什么意思呢，人家也要出两次份子，完全没有必要嘛……你放心，小典她最终得听我的……再说，这可是咱兄弟俩的一个夙愿啊，可不能为了她们的小脾气而废了，除非我们还有机会再结婚，你说对不对？

周峰似乎也是在为自己打气。但他最后的那句气话讲得很不吉利，看来他在小典那边遇到的阻力也不小。

好不容易两边都同意了，关于婚礼中的许多细节又让我和周峰焦头烂额，比如内外迎宾牌上新人名字的排列，主婚人祝词的主次轻重，敬酒发糖的顺序、双方亲友台席的位置等等，在新娘的服装上面，更复杂了，样式和颜色不能重，谁新换衣服谁后换衣服各人换几套衣服等等无一不锱铢必究……我后来想到，苹果与小典间的宿怨也许就是这个时候产生的吧，结婚是女人一生中最惹是生非、敏感多疑的阶段，尤其是苹果，她并不是宽容大度的人，一点小事都会说上一个月，何况现在她觉得桩桩都是大事呢？

周峰铁一般坚强的意志这时发挥了它的作用，如果不是他在后面撑着，我肯定会像我再三威胁苹果时所说的那样：我不结婚了。

如果真是那样，我还会堕入这没有尽头的深渊吗？现在我对苹果，不要说什么肉麻的爱情吧，好像连起码的怜惜和关爱都没有了，她对我只有更坏，尤其是她跟我吵架时说出的那些恶毒咒骂，似乎她面对的是一个彻头彻尾的骗子、一个撕毁了她青春的仇人。幸而一天中的大多数时候，我们都可以逃到单位，我们在单位度过彬彬有礼、心平气和的白天，到了夜晚，对生活的怨气又使我们原形毕露，更加气急败坏地口不择言。

争吵的主题几乎万变不离其宗却又日日有所不同。但归根结底，我心里最清楚，苹果是嫌我对现状不思进取，对金钱无动于衷，竟然还能心安理得地窝在这该死的电子厂做一文不值的企业报编辑……

曾经因为我看了她一眼就脸皮微微发红、眼神如小鹿般闪烁的苹果是为什么会变得这么尖刻势利呢？有一天半夜，在一次完美的做爱之后，我克服着沉沉睡意轻声问苹果，苹果别过脸去沉默了一瞬，似乎忆起了四年前的那次青涩相亲，她的背影看上去线条柔软、非常单薄，但几乎就在同时，她又爆发起来：还不是你！是你把我搞成这样！女人是一把琴，全靠男人怎么去弹，你现在嫌我凶了是吧，你怎么不想想，我怎么会凶的呢？你想想你自己，再看看别人，这几年你都做了什么？你拿什么跟自己、跟我来交代？

苹果的潜台词已经很明显了。她总是这样，自以为点到即止，实际上已经把我的自尊心给剥得一丝不挂了。好几年了，几乎从结婚的那天开始，她就开始对我抱有飞黄腾达的幻想，并且自寻烦恼地为我制定了所谓的奋斗目标，她列举了身边许多从平民到权贵的例子，整天对我耳提面命。一开始，我觉得她的这种想法俗气得令人发笑，我总是极有耐心地听着她长篇大论，我甚至在想：一个多么实际、可爱的小女人呀，像守财奴那样迷恋金钱。但很快，我发现苹果是很较真的，似乎将以我的发达与否来衡量我们婚姻的价值了。

第一次的大规模争吵发生在我们结婚两周年的纪念日之夜，那天，她拒绝了我的缠绵之欲，反而衣冠楚楚地端坐在客厅，要我向她回顾这两年来我在仕途上的进展情况，我傻笑着摇摇头，为她的小题大做感到不可思议。这么浪漫的纪念日，却谈那种败人胃口的话题。

这么说，你根本就是无动于衷？苹果冷冷地看着我，眼光里像含了箭。

也不是……苹果，我都跟你说过多少次了，世界上的人有两种，一种是喜欢名利的，一种是不喜欢名利的，你这样想，名利就像辣椒，有的人爱吃，没了辣就魂不守舍，吃什么都难以下咽，有的人不爱吃，沾上一点儿了就涕泪皆下，甚至浑身过敏……

你少跟我来这一套！苹果像一头哺乳期的狮子那样暴怒地打断了我。别人能做到的你为什么不能？同样是五脏六腑，别人能吃辣你怎么就不能吃辣？你是弱智是白痴？还是哪里少了一根筋？

苹果不着边际的漫骂并没有激怒我，相反，我简直有点想笑，如果这会儿有人在外面偷听，没准儿以为我们小夫妻是在为一碗辣酱面而吵得不可开交呢。

我的表情泄露了我的心不在焉，苹果气得浑身发抖，抓起茶几上的烟灰缸就向我扔过来。

没有砸中我，只是掉在地上碎了。苹果却突然大声抽泣起来，像受了天大的委屈。

哦，好了好了，都是我不好……我走上去抚她的背，觉得这一幕简直像在排演室内电视剧，心中涌上一阵失望和空虚。

苹果的背这会儿显得分外僵硬，她抽抽咽咽地说：你为什么老是这么安于现状，守着这个破单位有什么好，你信不信，你只要出去了，什么都会变好的……你没听说吗？周峰最近买了一辆奥迪，朱小典每天上下班都是车接车送，一到星期五两人就到大饭店包房洗桑拿度周末……你说，凭什么我就跟着你这个狗屁编辑后面天天稀饭面条，连结婚纪念日都过得这么寒碜，我哪里不如那朱小典了，你这样子怎么对得起我，你叫我怎么甘心，大家都是同一天认识的嘛……

总是这样，这两年来，周峰的每一点变化都会成为我与苹果之间吵架的间接起因。周峰辞职了，周峰办公司了，周峰买大房子了，周峰出国考察了，现在，周峰又买车了；而与此同时，夫贵妻荣，在小典身上，苹果也会从一个女人的角度发现许多令她黯然神伤的细节，比如小典脖子里钻坠的克拉，小典家的钟点工，小典做美容换肤了等等。事实就是这样庸俗、缺乏想象力：周峰的进步就暗示着我的退步，小典的精致生活就衬托着苹果的粗糙可怜。真是贫贱夫妻百事哀，任何一点琐屑小事都成为苹果发泄不满的理由……

我机械地继续抚摸着苹果的背，一种难以描述的阴影忽然罩上心头。我忽然有点害怕和悲哀起来，苹果有根有据的抱怨似乎为我将来的日子奠定了某种基调：面对周峰和苹果，面对这两个在我生活中最亲密的人，我将要永远生活在参照的压力之下。不，还有一点，苹果刚才说什么——你叫我怎么甘心，大家都是同一天认识的——这是什么意思，难道苹果觉得她选错了吗，难道她认为她本来可以有另外一种可能……啊，停止，停止，该死的猜疑，自作聪明的逻辑，我怎么会这么无聊呢……

　　九点都过二十分了，周峰还没来。熟识的侍者又帮我换了一壶热茶。周峰开了公司之后，跟我约会时迟到是常事。

　　结婚以后，我和周峰单独相处的时间不可能像以前那么多了，尤其第一年，新婚夫妇似乎到哪儿都得形影不离。于是我与周峰想出了个两全齐美的好办法：两家聚会。这样一来，打牌、吃饭、出去玩都很方便。但事情到了女人那里就总是别别扭扭，或者这跟苹果和小典相互关系上的先天不足也有关系。每一次聚会，苹果都会费尽心思地把有限的几套衣服搭配得像在参加服饰大赛，在聚会过程中，在她的怂恿和谦让下，我又会像打架似的跟周峰争先恐后地去买门票、付餐费，而真正当聚会结束，各人回家之后，苹果又会牢骚满腹地大挑毛病，要么是我表现不够殷勤，要么是周峰与小典当众亲热太肉麻，要么是我输的牌钱比周峰出的饭钱还多、白白买他一个人情等等，真叫人不胜其烦。类似的聚会不仅没有给两家带来融洽和谐的气氛，反而对我和周峰间的交情产生了反面的作用。在我的反对下，两家的聚会仅仅坚持了几个月就不了了之了。我和周峰一身轻松地再次玩起了二人转。

　　过了九点半，周峰终于挺着他的大肚子气喘吁吁地出现在我的视野里。办公司不久，周峰就像马路上一抓一大堆的那些老板、经理们一样，尽管生意做得辛苦，但由于无穷无尽的应酬，还是慢慢开始发胖了，走起路来挺胸凸肚的，简直像换了一个人，这也没什么奇怪，最多是老朋友见面时多了点寒暄的题材罢了。但滑稽的是，周峰的发胖竟然让苹果产生了莫名其妙的灵感，有一段时间，苹果在厨房待得更加长了，并且做出了不少浓墨重彩的大荤。当我明白苹果也是想把我喂胖时简直有点啼笑皆非了，我拿出我从老家带来那张发黄的全家福，把我精瘦的祖父、父亲一一指给她看：我们家就是祖传的，瘦！吃死了还是个瘦。苹果瞪着眼睛看着我，非常沮丧的样子：你看你，怎么一点福相都养不来的……

不过，苹果永远只能看到周峰表象上的变化，撇开朱小典不谈，这世上，对周峰了解最深的人只可能是我。以我对周峰这么多年来的交情来看，他能把公司带到今天这步，我是一点都不吃惊的。还是那个辣椒的比喻，周峰生下来就嗜辣，对名利有天生的灵感，他喜欢投入大量的精力和脑力去创造财富，那是他存在的重要方式和主要乐趣。事情发生的顺序不是像苹果认为的那样，周峰是结婚之后为了朱小典才去经商的，绝对不是，哪怕至今还是个光棍汉，周峰也一定会以最快的速度离开电子厂、投身到汹涌的商海中去的。不过，事已至此，这种先后的逻辑已失去了意义，反正在苹果眼里，周峰就是识时务者、实干家、最理想最能干的丈夫；而我，恰恰一切都与之相反……

周峰打着酒嗝坐下来，脸色被酒精泡得有点发白，看来今天晚上的饭局又很重要，最起码为下一个订单打好了埋伏。我看着他，简直心疼起来，连忙招手请小姐拿杯水果汁来给他解酒。

周峰慢慢喝光一杯果汁，又静静地坐了一会儿，才缓过神来。有那么一会儿，我们几乎什么话都没说。我们经常这样，有时大半个晚上都在有一搭没一搭的闲聊中度过，谈不谈或者谈什么都无所谓，重要就是要那么静静地坐着，像两个无所事事的光棍汉……这情形跟苹果无法解释，比如她自己，明明不太喜欢小典，一见面，还是老远地就叫着打起招呼，然后热火朝天地相互谈起衣服、工作、天气、美容等等，热烈投机得像几百年没见面的老姐妹……当然，我与周峰有时也会小声地聊上一些正儿八经的东西，他向我倾诉公司内外的压力、市场的多变、对手的狡猾等等，我呢，没他那么多事儿，最多就谈谈最近看的些书和碟片什么的。这种谈话的最大价值就在于：我们对对方所说的东西都觉得很有趣——每个人的话语中心其实就是这个人的生活重点，恰巧，我和周峰的生活方式是完全不同的，周峰的生意和他的忙碌，我的文字和我的闲适，这是多么好的相互弥补呀，我们两兄弟，恐怕还真是离了谁谁都会觉得孤独和残缺呢。

偶尔，我们也会谈到各自的老婆，共同的恋爱背景使我们在这方面的共同语言也特别多，但在这类问题上，结婚后我们俩倒了个个儿，现在反倒是我有点滔滔不绝了，特别是苹果婚前婚后在性格、气质上的许多变化，我觉得很奇怪，不说出来简直如鲠在喉。相比之下，周峰每次都是大概地说几句就点到即止了，既没有过分的抱怨也没有幸福的感叹，好像他已结婚多年、失去了对婚姻生活说长道短的兴趣似的。这让婚后的小典在我的印象中变得越来越混沌，我甚至怀疑，如果我在马路上单独与她见面，我可能会认不出她。

最近还好吧？周峰的嗓子有点哑，他说是刚才干呕时拉伤声带了。他说话的声音低而含糊，我觉得他好像心事重重，有点欲言又止的样子。

还是那样，苹果整天跟我闹，怂恿我辞职，向你学习，也去挣大钱买房买车……

周峰一边听一边摇头，随后嘴中吐出一大口烟，脸都看不清楚了。

她永远不可能理解我这种生活方式的……我现在就耐着性子跟

她耗，总有一天她会死了心接受现实的，她嫁的是我，又不是你周峰……

我说……你现在还爱苹果吗？周峰掐灭了烟，打断我。

周峰的神情和语调不知为何让我心中狠狠地疼了一下。好像是一个迷路了很多年的小孩第一次碰到个知情人似的。周峰我的兄弟，四年前的那次相亲之后，你为什么没有问到我类似的问题呢？

现在说这个有什么意思？我打起精神勉强笑了一下。

你告诉我，还爱不爱？

……我也不十分清楚……你知道的，我一向感觉就迟钝。再说，在一起都好几年了……

我发现我没有勇气说出一个否定的答案。不是怕吓着周峰，而是怕吓着自己。有的问题，不如永远不知道答案为好。

你跟以前一样，一到关键问题，就不跟我说实话……但我还是要跟你说实话……周峰重新点起一棵烟，我发现他的手指在抖动……我与小典之间已经一点爱情都没有了。

多长时间了？我发现我并不太吃惊。只是感到一阵轻微的悲哀。爱情曾经像花儿那么芬芳，而世上没有永不凋谢的花儿。

很久了吧。可能从结婚前她拒绝我跟她做爱时就开始了，我们心中就分别有了疙瘩，她觉得我没有原则，我觉得她缺乏热情……这种小小的间隙，有点像船上的小洞，到最后只会越来越大的……你想不到吧，我跟她之间，都有一年半没在一张床上睡觉了。

你们谁有外遇？

外遇不是原因，只可能是后果。我们的关键问题是互相失去了兴趣……周峰的回答像个训练有素的外交家。过了一会儿，他又说，我简直想离婚……你呢，你想过这个问题吗？

哦，还没有，怎么会到那一步呢，苹果只是功利了一点，其他都还不错，我觉得没必要……

不等我回答完，周峰却又自己换了话题。昨天，结婚两周年纪念，我和小典到饭店吃饭，像两个行尸走肉一样的对坐无语。你知道我最恨小典的什么吗？她总是否定我的一切，偶尔对她谈起我生意上的事，她就故意走来走去似听非听，脸上带着高高在上的冷笑，我就恨她这种假清高，我每天累死累活到底为什么……

这是周峰第一次在我面前明确地对小典表示不满，我安静地听着，不发表任何意见，以免阻碍周峰的情绪。

哦，不，最关键的不是她瞧不起我的金钱，我可以把那理解为她的清心寡欲，最可恨的一点是她那该死的疑心病，她几乎怀疑我生活中的每一个方面：我对她的感情，我挣钱的目的，我花钱的去向，我与女人的关系，等等。比如说吧，一个很平常的晚上，如果我想跟她做爱，她会说：你内疚了？如果我不跟她做爱，她又说：你在外面玩饱了？她的疑心病折磨的不仅仅是我，更多的是她自己。她的情绪时好时坏，好起来的时候也会向我道歉，更多时候，她很低落，深更半夜地还在听电台的节目……她经常会这样，前一秒钟，她还在好好洗着碗或者看着电视呢，后一秒钟，她却突然会浑身颤抖着哭泣起来，并发出神经质的抱怨：为什么总是上班、吃饭、洗碗、睡觉、然后再醒了，挣钱、然后再花掉，活着、然后死掉，难道这就是我的一辈子……她的语气是那么绝望、悲痛，好像是一个突然被揭去眼上红布的受骗者，被一瞬间映入眼帘的真相完全击倒……最近的情况最恶劣了，小典自以为发现了准确的目标，一口咬定我有了外遇，她表面上对我不闻不问，哪怕我一个月不回家，她也无动于衷，实际上，我知道，她在日夜思量着对付我报复我的办法……可笑吧，她的怀疑永远只有理论上的推理，却没有真实的证据……

显然，周峰并不善于分析解剖婚姻中的矛盾，他的话听上去有点支离破碎，丝毫不能帮助我对他的家庭生活做出完整清晰的判断。

……看来，你们缺少沟通，不像我与苹果那样，三天一小吵，五天一大吵。我泛泛地说了一句，同时自嘲地想道：原来吵架也是一种沟通，至少这让我和苹果之间没有任何悬念、神秘可言，我与她的关系，是一杯白开水与另一杯白开水的关系：透明却没有一点滋味。

不理会我的劝阻，周峰又要了一扎生啤。我看着周峰，他好像有许多话要对我说，但最终他又决定把那些话自斟自饮了。那样子像是要永远在这里坐下去似的。可怜的兄弟，你让我怎么帮你？生活的死结往往都是我们一手打成的，或者命中注定，或者出于无意。

我们有好一阵没有说话，我的手机在腰间振动了一下，又一下，不用说，一定是苹果。我心中不知为何升起一股陌生的柔情：与周峰相比，至少我还有人惦记着。——人就是这样，哪怕是面对最好朋友的不幸，也能从中发现一点可怜的安慰。我想着，也许我得把周峰与小典的情况如实告诉苹果，或许那也会让她对我们的婚姻多一点感恩和慈悲。如果有机会，我应该找小典谈谈，我不能对周峰的痛苦袖手旁观。

我在省第二中医院住院部的长廊里找到朱小典。中午时间，药房有半小时的休息。因为事先早就约好，因而我不用怀疑，眼前这个浑身散发着浓重中草药味儿的女人就是小典。但当她从树荫中抬起头微微向我点头招呼，我还是不禁心中一怔：小典为什么看上去那样陌生，从容貌到眼神，就像是个我从未谋面的女人？

异样的感觉部分地扰乱了我的计划。我不自然地伸出手去，小典却短促地笑了一声：还要握吗？多少年了……阳光在她泛动起的睫毛下留下淡淡的阴影，像是蝴蝶的翅膀轻轻拂过透明的水面。

对了，我知道是怎么回事了，最大的疑点就在于小典身上的某种的变化，与四年前相比，她的脸色更加苍白了，眼睛显得很大，这使得看上去单薄了一点，但同时，另一种细微却又致命的东西破坏了她的娴静。我失控地仔细地看着她，她的眼睛难以觉察地快速眨动起来，一只手在兜里不安地绞动起白色的衣角……很快，神经质的兴奋过去了，她在一瞬间重新恢复了洞察若明却又安之若素的明朗。

一切还好吧。小典寒暄着，像一个得体的女主人。

还是老样子。还在干编辑，身边几乎每个人都在求变求新，只有我还是老样子，简直觉得自己都落伍了……小典此刻的神态非常温厚、充满了老朋友间真切的关怀，我不由自主地多说了几句。

小典点点头，没有说话。她引着我往前面走了几步。长廊拐了个弯，我们进入了一个大草坪，许多穿着条纹服的病人在步履蹒跚地散步，不大的一块草地，病人们毫不厌倦地重复着走了圈又一圈。

我们在草坪上随意坐下来，此情此景，在一瞬间几乎让我产生了某种错觉。我与小典，就像刚刚才认识，一对有着无限可能性的男女……

你瞧，我这里，每天都可以看到那么多的人失去了他们的健康他们的某个器官直至失去呼吸……你要是在这样的环境里工作久了，就会对名利追逐彻底失去兴趣，跟别人比什么呢，所谓的变与不变只是生活的形式，最终，每个人都一样，殊途同归而已……小典的理论并无新意，但她说话的神态和语调非常安详，富有宗教般的感染力。这与她刚才流露出来的神经质简直大相径庭。

你的境界很高呀，一般人很难做到的。

也是一个过程，从前，我曾经对金钱有着很强的占有欲，但很快，这种欲望淡了，我现在面对金钱就像一个老人面对美女……嗳，说实话，今天怎么突然想到找我呢？怎么了？是不是有什么事要跟我说？适才的紧张似乎又回到了她的身上，她紧紧地盯着我的嘴，这让我感到一阵莫名的惶恐。

哦，是这样，昨天我跟周峰在一起，他对你们之间的关系似乎很痛苦……

一阵毫不掩饰的嘲讽掠过小典的脸，同时，她变得冷漠和激烈起来，转过脸去生硬地打断我的话：天气这么好，别谈这种扫兴的话题了。你知道，我中午只休息一个小时，我要充分享受这一个小时的放松和自由……

我下意识地看看表，的确，时间过得很快……对不起，小典，正因为时间有限，所以我们必须抓紧时间谈谈……你知道，我跟周峰认识很多年了，我最清楚他对你的感情，你可能不知道，他对你是多么迷恋吗？以前在宿舍里，连我说到"字典"两个字他都会条件反射地想到你并且一个人痴痴地傻笑起来……你们基础那么好，而且现在的条件也比我跟苹果强多了，怎么会……我像一个糟糕的演员那样一口气地往下直说，唯恐因为忘记台词而损坏效果。在那个瞬间，我甚至清晰地记起了周峰曾经对我说过的他与小典约会时的许多细节。我想如果必要，我会一字不漏地复述给小典听，以重新唤起她对周峰的满腔热情。——有一种奇怪的本能在暗示和引导着我：周峰与小典的和好与否对我的生活至关重要。

别说了，你的心肠不错，就是不够聪明，甚至够傻的，你总是被周峰的表面功夫所迷惑，就跟我以前一样……我与周峰之间从一开始就是个误会，是个误会你懂吗？他这个人非常低级趣味，满头满脸只有赚钱二字……

小典，你不要这样蔑视金钱，你对金钱的否定让周峰感到很失败，对一个男人来讲，这就是他的劳动成果，你最起码应该表示尊重……那个奇妙的本能在继续推动着我义不容辞地替周峰辩解起来。

好了，不要再说了！你凭什么对我指手画脚！是不是周峰叫你来的？小典失态地转过身去，不再理我。

不是，周峰不知道……我一时也觉得有点不妥，于是住了口。

过了一会儿，小典似乎恢复过来了。她抱歉似的对我笑了一下：不谈那些了……你可能知道，我比较敏感，容易激动……

为什么会这样，小典，我记得你以前非常沉着……

是啊，结婚以后，好的东西离我远去了，坏的脾气却如藤萝上身……我想，这可能是由于自卑，而周峰又是个太自信的人，他让我缺乏安全感，他对生活的欲望太强了，从来没有安静过。也许，我更适合一个平淡的男人……不说不说了，时间很短，你找我真的没有别的事？

没别的，我就是想替周峰……

那我来跟你说点有趣的吧。小典故意停下来，神秘地看着我。我感觉到，她的情绪又激动起来了。

什么是有趣的？我只得说。

还记得那次相亲吧？你家苹果有没有告诉过你，在你们迟到的那段时间，张阿姨已经分别向我们介绍了你俩的情况，你知道张阿姨当时的搭配吗：我对你，而苹果对的是周峰……怎么样？很好玩吧，但你们两个傻瓜搞反了，说说看，那天相亲回去你们俩是怎么分配人选的，抽签还是划拳？

小典，我和周峰都是很严肃很负责的人……

不要解释了，已经没有意义了；有意义的是我和苹果对你们的邀请全部照单全收了，世道就是那样，女人只能是被动的，其实我知道，苹果当时是中意周峰的，但周峰约了我，为此她一开始就对我耿耿于怀……不过我一直在想，当时你又是为什么约苹果呢？是觉得你配不上我，还是觉得我不够好看？嗯？

不，不，没那回事，别开玩笑了……

就当是开玩笑吧，你听我说完，到目前为止，对于当初的选择，我们当中有人后悔了吗？你有没有兴趣？去打听打听怎么样？最起码苹果算一个！你知道吗？有一次我碰到介绍人张阿姨了，她说苹果到现在还怪她那天没有把话挑明了呢……

别说了，小典，你为什么要把这个告诉我？

为什么不告诉你呢？我看你感觉太好了，竟然还跑过来跟我谈周峰！真是让我肚皮都要笑痛了，你头上戴绿帽子都不知道闷吗……

你在胡说什么，小典，你说话要负责！

难道你真的一点没有感觉？我还以为你来找我是为了商量对策呢？不过，的确，你是不可能知道的，他们一贯做得天衣无缝。他们总是把我们当成傻瓜，以为没有人知道他们的秘密……

嗳，小典，你有什么证据吗？我想起周峰的话，的确，小典可能一直在把想象当成现实。

这种事还要证据吗？我是凭我的直觉，你应该知道，女人的直觉简直比巫师还灵……

你怎么这样，什么直觉，别害人了……

你不相信？甚至从来没有怀疑过？怪不得苹果能那么轻易地瞒住你，你真是太可怜了。好吧，就当我什么也没说，你自己去论证或者推翻吧。有好消息跟我联系吧……小典的眼睛像窗户，里面的嘲弄和暗示简直令我不能呼吸。

我飞快地转过身，离开了小典，她太让我生气了，竟然把她无缘无故的疑心像毒药那样地喂给了我。我像一只受了惊吓的鸵鸟那样步履踉跄起来，我觉得我的头很大很重，想找个沙堆一头插进去……

苹果坐在沙发上看电视。我在洗碗。碗很油腻，水面上漂浮着一层肮脏的菜叶，我克制着自己想要砸烂所有东西的冲动。你爱苹果吗？周峰这样问我。你想到过离婚吗？周峰在几秒钟后又问我。到底是什么意思，难道真像小典所疑心的那样，他其实是在提醒我什么？该死的小典，你完全打乱了我的思维方式。

洗完并抹干了所有的碗，我像一个尽责的钟点工那样在厨房磨蹭到最后一秒钟才走进客厅。

我小心翼翼地在苹果身边坐下，同时心中感到一阵遗憾：就要结束了，这假面舞般富有节奏和规律性的生活，从现在开始，我所要说的所要做的将没有经验可以参考。不过记住，不管小典说了什么，我要根据自己的头脑眼睛嘴巴去推翻或证实她的奇谈怪论。

苹果，我昨天见到小典了。

哼！苹果趾高气扬地从鼻子里出了口气，但她把音量调小一点，表示愿意听我说下去。

原来，她和周峰的关系一直很不好……

她向你一吐苦水了？真是梨花带雨吧？有车有房有钱，我倒想听听，到底是怎么个苦法？苹果依旧进行着她的冷嘲热讽，好像面对着的还是以前的那个无知而愚蠢的丈夫。

她说，周峰有外遇了……

是吗？不大可能吧。苹果连头都没有动一动，她的视线像被绳子拴住了似的停在电视机上。

你猜，小典说周峰的情人是谁？

怎么，我认识？是谁？说来听听！苹果的声音听上去简直有点挑衅般的兴奋，似乎她一直都在等待着我戳穿面纱的这一刻。

小典说，你跟这个女的很熟很熟，简直不能再熟了……我慢条斯理地说着，同时目不转睛地研究苹果的神色。

就在这个瞬间，当苹果终于准备转过脸来看着我，我忽然感到一阵窒息般的绝望。算了，我根本就不应该跟苹果谈，我选错对象了。如果她就这样当着我的面承认了我该怎么办，马上给她一个耳光，还是故作轻松地拿出一张离婚协议书？万一是小典那该死的直觉搞错了，那我的这种暗示又会产生什么样毁灭性的后果，也许是对苹果的一个提醒，为她指引的一条出路？哦，算了算了。我应该找那个男人来论证这个问题。

我像个掩耳盗铃的人那样猛地闭紧双眼，同时没头没脸地一把抱住苹果：逗你玩呢，那个情人我们谁都不认识……苹果趴在我的肩上，一动不动，也不再说一句话。但我感觉到她的鼻翼在飞快地翕动着，像一只正在奔跑着的小鹿。根据经验，我知道，这是苹果性欲突降的征兆。苹果为什么突然需要做爱，她恐惧了吗。她感恩了吗。她后悔了吗。

二十分钟后，我进入卫生间洗澡。我打开冷水龙头，像一个冬泳者那样让冷水从头淋到脚。冷静和狂热同时回到了大脑。我像个梦游者那样赤裸着身体大步穿过客厅，用湿淋淋的双手抓起电话，拨通了周峰的电话：有事找你，一刻钟后，"落日茶馆"见面。

时间可能已经很迟了，但我不想把任何不确定的情绪留到明天。这么多年了，我一直老老实实，对谁都那么和蔼可亲，我的最大理想就是与这个世界相安无事，我想平静从容地度过这一生。即使有那么一天，生活中突然出现了你死我活的杀戮场景，那我也会选择去做一只白兔，是猎物，而非捕获者。现在，场景果然发生变化了，我得在今天把问题搞清楚：在接下来的日子里，我应该用什么表情来怎么面对身边的每一个人，我的同事们我的邻居们我的亲友们我的熟人们以及那些陌生的人们。

走到楼下，我的手机响了，我看了看，是周峰家的号码。

是我，小典。……怎么，你约了周峰一同去决斗？不要太土气了好不好，闹翻了撕破脸有什么意思？大家可以心照不宣嘛。游戏是有好多种玩法的，比如，以毒攻毒呀……我可以配合你共同报复的，怎么样……人生苦短，最重要的就是过程和经历，我们应该大胆假设、小心求证，鼓励自己的人生有更多的可能性……晚间电台的腔调，小典神经质的逻辑背后到底是什么样的真相？或者，她只是在利用我去寻求证据？

我轻声道了谢然后挂了电话。小典所谓"以毒攻毒"的意思我懂，但那让我感到恶心。不过，她的电话给了我一个灵感，我想我可以用一种戏剧般的方式与周峰谈话。

周峰到得比我早。这在我们之间是罕见的行为。他依旧穿得衣冠楚楚。我看看自己，深色的 T 恤衫像裹尸布那样不祥地缠在身上。从小到大，我就一直喜欢穿深色的衣服，这让我有一种自给自足般的安全感。

瞧你，说过多少回了，穿深色的显得你更瘦更黑了，你为什么不尝试换换风格呢？周峰边为我倒水边大大咧咧地评价我的穿着。

他的话让我条件反射一般地想到四年半前的那个睡眼惺忪的早晨，两个光棍汉的最后的早晨。一阵不合时宜的伤感袭上心头。也许就在几分钟之后，我将与我唯一的兄弟为了女人而翻脸成仇，这对男人的友谊来说，是多么没有格调的下场。事实上，扪心自问，对于苹果与周峰对我可能存在的背叛，在我的心中并没有造成太大的伤害，这其中的原因有点复杂，但我倾向于把这原因理解为我的迟钝，而不是宽容或者胆怯。——苹果伤害不了我，因为我还不够爱她；周峰也伤害不了我，因为我实在太信任他。他所做的一切，一定都有他的道理。——那么我今天应该对周峰说什么？我为什么要像一个世俗的绿帽子丈夫那样大发雷霆、与多年的兄弟分道扬镳？

我的头脑一片混乱，我机械地顺着周峰的话随口应付着。是啊，应该换换风格，生活中的每一个方面都是如此。变是唯一的不变。这是现在最流行的道理。

怎么了你？是不是苹果又逼你辞职了？唉，你们真是一对冤家……

周峰，你看过李安的《冰风暴》吗？那里面有些事情挺好玩的……短暂的混乱和虚弱过去之后，我说起了我原先想好的话题。

《冰风暴》？记不太清了，讲什么呢？说说看。周峰把凳子往后挪挪，跷起脚。我熟悉他这个动作，每次当我向他讲起一本畅销书或者一张新碟子，他总是尽可能让自己坐得舒服，做出洗耳恭听的样子。

那里面，有两个家庭，常来常往，其中，有一个丈夫与另一家人的妻子长期偷情，被欺骗的两个人发现真相后，竟然错上加错，试图以越轨来报复……

的确有意思，继续继续……周峰用手抚摸起下巴，像在思考这简单情节后的深层意味。他为什么没有被慌乱或者羞愧所淹没？难道这世上只剩下我一个人还有羞耻感？或者一切都是小典强加给我的错觉？

没有了。就这么多。

不对，你还没说，他们到底有没有越轨成功呢？

怎么，你反倒关心后来的两个人，你觉得前面的两个人怎么样？

事实上，前面后面并不重要，重要的是每个人的感受，那种颠覆性的快感，灵感似的激情，乱伦般的绝望……跟以往那样，生意场上的角逐并没有损坏周峰的鉴赏力，即使我只向他介绍了片鳞凤爪，他还是一针见血地把握到情节背后的人性真谛。

你说得真好，简直像身临其境、发自肺腑……我由衷地对周峰举起杯子。

就在同时，我的眼前突然升起了一片火热的血红，如同斗牛士挥舞起的披肩。一股神奇力量忽然超出了我理智的控制，满满一大杯啤酒像舞蹈着的精灵似的忽然飞出了酒杯，它们欢呼着扑向周峰，在他梳得油光锃亮的头发上，它们惬意地流淌着，因为空气的介入，几个啤酒泡泡在瞬间变得很大，接着突然破裂，汇集成更为欢快的小支流。

茶馆在我的视线中忽然像海水那样摇晃起来，耳鸣如蛙，漆黑一片……我依稀看见周峰的脸急速俯向我的瞳孔，有人在拼命掐我的人中，周峰贴着手机，嘴唇焦急地一张一合，可是我听不见他的任何音节，他对着围上来的茶客不停地挥着手，人群似乎散了一点，空气慢慢重新变得厚重起来，我觉得我很轻……大概过了很久，在人群嘈杂的脚步声中，我看见苹果像断了翅膀的小鸟那样跌落到我的胸前，几乎同时，小典来了，她像姐妹那样拍着苹果的肩膀表示安慰……

女人的和谐让我愉快，也给了我重新说话的勇气。我伸出手结结巴巴地向周峰解释。

"什么啤酒？没有的事啊，你摸摸我的头，好好地干着呢……"周峰把我的手拉向他的脑袋，同时，他转过脸去严肃地对刚刚赶到医生使使眼色：昏倒之前，他出现幻觉了。

小典忽然在一边轻声笑起来：苹果，你别急，我看他没什么大病，只是个胆小鬼，经不起事儿……

我艰难地把头扭向苹果，同时一语双关地问她：她说的是真的吗？我是个胆小鬼吗？

苹果目不转睛地看看我，像在看一个说正在胡话的孩子，同时，她的嘴角泛起高深莫测、若有所思的微笑。

是真的吗？是真的吗？我声嘶力竭地大喊起来。

摇篮里的谎言

1

一下车站，刚搭上一辆拖拉机，就听说了光华托人向水草说亲的消息——东坝的新闻总是沿着大路小路以最科学最简单的方式流传。第一个告诉我这消息的人是年轻的拖拉机手、郭家庄上的郭三，郭三跟小时候一样，不太喜欢说话，他勉强回过头，干巴巴地说：光芒，你哥向水草说亲了……

真的？我张开嘴巴，好像一时没有听清楚他的意思。就在一秒钟前，我还像以往一样，一踏上东坝的土地，就会像个饥饿的孩子那样无忧无虑地张开鼻翼，贪婪地品味东坝的味道。泥土、庄稼、挂在枝头的汗衫、散落于小径的牛屎、在风中飘荡的草籽……每一样东西都恰如其分地散发出迷人的气息，经过干燥空气的搅拌，它们糅合在一起，成了东坝的标签，成了我回乡的路标，每当熟悉的气味如梦境般降临，我就觉得，我空落落的魂魄又劫后余生地重回村庄……

不，刚才郭三说什么？我的嗅觉突然令人沮丧地失灵了，情绪瞬间一落千丈，像一个正在吸奶的孩子被拔掉了奶嘴。为了得到更多的情况，我只得故作好奇地呼应着：他在发颠吧，水草怎么可能嫁给他呢……但郭三不再多说一句话，神色专心致志，像在开一辆新奔驰。我明白，他这是在妒忌：在东坝，任何一个年轻的男人都是水草的爱慕者，因而任何一个求亲者无疑都会成为公共的敌人。光华他的确是在发颠。

快要进村子的时候，又搭上来一个人，是陈麻子。我清清嗓子正准备跟陈麻子打招呼，陈麻子却抢先拍拍我的背，一边痉挛般地剧烈咳嗽，一边涨红着脸说：光芒啊，你赶回来当替补？不，替补可能还轮不到你，还不如给光华助阵；不，可能也不需要你助阵，现在的水草不是从前的水草啦，没准她就真同意了呢……

水草……怎么就不是从前的……了？我迟疑着问，同时心尖上一阵晃悠，像有个黑色的魔鬼突然在上面跳起了陌生的舞蹈。不过几个月没回家，怎么像个外乡人一样的孤陋寡闻。

你不知道？因为激动，陈麻子又是一阵令人担忧的咳嗽。水草到县城去学理发，才去没两个月，不知怎的，竟然把腿给摔断啦，换了多少医院都看不好，现在的水草，变成个瘸子美人啦……

陈麻子的嘴还在开合着，我看着他，大脑像受到了致命的一击似的，在瞬间一片空白，只剩下鼻子，进入了苟延残喘般的搜索……一股母乳般的清香从遥远的角落里浮现出来……是啊，一想到水草，我就闻到了母乳……二十年前，因为乡下接产术的拙劣，水草一生下来就失去了她可怜的母亲，然后，女人们把嗷嗷待哺的她抱到了我母亲的怀里，躺在我的身边，躺在母亲的两颗乳头下面，我叼着左边，她叼着右边；我们在一个盆里洗澡，把尿液和泪水涂抹在对方的身上……水草的父亲旺根是个软弱懒散的男人，借着妻子的意外死亡，他理直气壮地一蹶不振，除了侍弄那六亩果园，整日衣衫不整地在村子里东游西荡，走到哪家吃到哪家，水草是没有办法指望他的。水草就像一颗草籽一样落在了我们家，落在我和哥哥光华中间，我们就像结在一根藤上的三个菜瓜似的如影随形，同生共长……水草在我们家一直长到12岁，按照东坝的眼光，水草算是成人了，已经不便寄养在别人家了。水草这才回到她那个失意潦草的鳏父的家里，然后，水草好像真的在一夜之间就成了个能干的姑娘了，待人接物客气多礼，果园和家中都收拾得很有样子，她的父亲旺根每天都可以吃到像样的饭菜，连衣服都是水草帮他拾掇好……水草怎么可能变成瘸子？多么恶毒的咒语呀，她那么文雅，那么亲切，那么好看，好看得都成了东坝的一块心病，人人都关注并惦记着她的命运，就是那些老狗、小牛犊、认生的老鹅们，也都喜欢围着水草打转……因而，就在一分钟之前，我还一直在怀疑郭三所说消息的真实性，以为大家又把光华的信口开河当成了事实。不过，如果水草的情况真像陈麻子所说的那样糟糕，光华的举动就不完全是心血来潮了，也许，水草成了瘸子之后，东坝每一个未婚的小伙子都萌发过向水草求婚的念头，光华只是碰巧冲在了第一个而已——光华有他得天独厚的优势：我家与水草家毗邻而居；而且，就像人们通常所说的那样，看在那几年奶水的份上，要论报恩，第一个也该嫁到胡家……

回到家中，屋里转了一圈，没见着人，母亲一定在地里没有回来。就到后院去找父亲。父亲在院子里打瞌睡，涎水流出来一点，看上去有点老相。我轻轻敲敲桌子，父亲一下子跳起来，身手伶俐，他不理会我对他身体的问候，却一个劲儿地催促我把刚带回来的 VCD 机装上试试碟子。父亲总是这样，对没见过的东西兴趣盎然，像个孩子似的非要弄个究竟。从东坝小学退休之后，这种兴致越发高涨了，坚持着让我给他买回一台 VCD，东坝的第一台 VCD。父亲的性格里有着虚荣、夸张、幼稚的一面，喜欢出风头，这些都分毫不爽地遗传给了光华，而我，恰恰相反，羞怯、寡言、随时会因为某个细节或一句低语而陷入不合时宜的沉思……

爸，光华那事儿怎么说的？一路上人家尽是聊这个……

哦，那事儿……父亲心不在焉地笑起来，一边举起一张试机碟对着窗户起劲地研究上面的色泽变化……怎么，大家都在谈？也难怪，水草太招人注意了，光华这孩子，像我，喜欢尝个鲜，开个头……

爸，你怎么这样说的，这是很严肃的……

你放心，不可能成的。水草那孩子能娶回家做老婆么？首先我这一关就过不了……嗳，你说，这碟子怎么会这么亮的呢，简直比你妈的镜子还好使……

天很快就黑了，村庄却突然热闹起来，归来的鸡群吵闹着争抢一天中最后的谷食，警觉的家狗此起彼伏地为偶尔进入视线的可疑阴影竖耳狂吠，疲惫的母亲悠长地呼唤在草丛中游荡的孩子……坐在没有灯的堂屋里，仔细地听着这些声音，心中一阵阵酸甜。故乡即童年，童年即伤感，伤感即珍宝。这是我一个人独享的珍宝。父亲母亲光华，包括上午与我在南京车站吻别的女友黄小波，没有人可以感知到我对村庄的迷恋和沉湎。

天完全黑了之后，光华终于回来了。摩托车吐着粗气停在院子里，庞大的阴影似乎蕴藏了无数的秘密。光华伸出满是油污的手拍拍我的后背，一面大声叫着让母亲打热水。

光华在通往县城的公路岔路口摆了个摩托车修理铺子，几乎每天都要干到漆漆黑。两盆热水洗下来，光华的手几乎还是黑的。光华的手是他的骄傲所在，他常常伸出手让我看他指甲缝、掌心线及指纹里头顽固刺眼的黑油污：你到公路上看看，那几个铺子里，哪个人的手有我黑？生意好不好，手艺硬不硬，一看手就知道……

母亲多烧了几个菜，都是我最爱吃的，在桌上袅袅地冒着热气，每个人的脸似乎都晃动起来，令人产生甜蜜的困倦感……小的时候，水草一看见这热气，就会直喊：香味跑掉啦，快吃吧快吃吧……想到水草，我的困意忽然消失了：光华，你当真准备娶水草做我的嫂子？这是我第二次在家里问到这个话题了，我发现母亲的脸忽然低下去一点，埋到碗里，不让我看到她的表情。

是啊，我托了王婆婆帮我去说媒，怎么，你不希望水草重新坐回咱家的饭桌上来？光华含了满口的饭，口气听上去很轻松，但我注意到，光华的眼睛飞快地瞟了父亲一眼。

父亲严肃地从饭碗中抬起头：不要含着饭说话……说媒只是说媒，离结婚还远着呢。光华，我再说一遍，这事儿我不同意，王婆婆也真是擅作主张，虽是专业媒婆，也不该如此轻举妄动……父亲说话还是那样，书面语与口头语混乱使用，随时印证着他小学语文老师与农民的双重身份。

光华满不在乎地摇摇头，出于习惯和尊重，他没有再说什么。我看看母亲，母亲看上去很冷淡。过了一会儿，光华跟我聊起了别的，母亲却突然说：说实在的，水草那孩子我倒挺中意，到底是从小带大的，脾气性格都有数的。瘸了也没什么，要不瘸，光华哪配得上呢……光华，你真能攀上水草，也是咱胡家的福分了。当然，旺根那老头子有点叫人不舒服，整天挂着个脸，像是谁都欠了他似的……他爸，你是因为旺根？

那倒不是，主要……我觉得水草不是做媳妇的人，她太……而且……不过，你们不要多想了，多想了也是做白日梦，水草不可能答应光华的，大家看着好了：水草的命不在我们家。父亲的语气带着奇怪的神秘感和高高在上的宿命色彩。

母亲却冷笑起来，她很有分量地放下碗筷：水草她听你的安排？你算什么？你倒说说看……

我搞不明白，好好地谈着一桩亲事，为什么会让母亲对父亲如此冷嘲热讽。

手机突然在腰间抖起来，是黄小波的。小波是特意打电话来向全家问好的。父亲母亲因此高兴了一点，父亲甚至说：光芒，你也可以在光华前面先结婚的，你看小波，一个城里姑娘，能这样贤惠，真不容易。多少人羡慕我们胡家娶了个省城的媳妇呢，不如，下次你带回来给大家瞧瞧……

我不置可否地笑了笑。是啊，没准，我就会在光华前面结婚。反正我未来的岳母早就暗示过我的：她建议我与小波早点结婚。小波长得不算漂亮，家中父母也是本本分分的小市民，做事说话都小心翼翼的样子，从来不嫌弃我的东坝口音和中专文凭，我觉得这样的人家很适合我。——反正是要在南京找个女孩结婚安家的，小波这样的，决不会劝我读文凭谋高位赚大钱，从某种意义上来说，也是打着灯笼难找第二个的。爱不爱在其次，合不合适才最重要。

晚饭因此变得稍微活泼了一点，母亲也有说有笑起来，但她还是回避着父亲求和的目光。

夜里，起来小便的时候，我推醒了光华。光华于是也起来，我们一起在月光下对着院子里的一地太阳花撒尿。

嗳，你真的喜欢水草？我睡意沉沉，但有根神经一直清醒地悬着让我围着水草的事打转。

谁不喜欢她呀？别说她瘸了，就是少了一条腿，我也会这么干的。

你有把握水草会答应你？

这倒不是……你不知道，水草腿坏了之后，整天不见人的，全村的人几乎都拍过她家门了，一个不见，除了那只老黑狗……老实说，我也是试试，我怪惦记她的，怕她一个人闷坏，逗她开开心也好；再说，我觉得，我还是有希望的……说真的，我要是她，我就答应。你想，咱老头子是教师，也算是书香门第了，我也有手艺在身，那个摩托铺子，每年轻轻松松就赚个一两万，最主要的是，咱家对她多好呀，咱妈，整天夸她，水草对咱们也是知根知底的，嫁到咱家，她不仅脸上有光，而且实惠、舒服……

爸爸好像对水草有成见？

谁知道，他对水草一直怪怪的，有时很亲热，有时不理不睬，我小时候就注意到了……没关系，这事儿妈会帮我的，她最看中水草了……

清亮的尿无声地撒到花丛里，一簇太阳花像在黑夜中发笑似的，美美地伸了伸细细的根茎，准备好天亮了第一个开花。

　　天还没亮，我的那根神经就把我催醒了。我翻身起来套了衣服就往水草家走过去。一分钟不到，就进了水草家的院子了。院门没关，东坝的人家一般都不关院门。黑狗正在墙角蹭痒，它对我摇摇尾巴，然后接着蹭。

　　水草的窗帘是东坝最美的窗帘。水草手巧，做衣服剩下的那些零布头，她顺着花纹颜色拼拼缝缝，就成了一块窗帘。经过旺根家，人们都会扭过头去看看西房间的那块窗帘，碎布头子拼成的，既朴素又风流，说不出的韵味，说不出的情调。

　　站着看了一会儿窗帘。好几年没仔细看水草的窗帘了，现在看来，却是有点旧了，在晨光中显得暗淡而湿润，让人看了心中有点难受。对了，下次，记着买个窗帘着给水草，不管她会不会成为我嫂子。

　　我伸出手，轻轻地敲水草的房门。水草耳朵特别灵，她一定会听见。从前，我们躲猫猫的时候，水草往房子中间一站，仔细听一会儿，就能凭着呼吸声把我逮个正着，她准确地走近我，伸出冰凉而柔软的手从角落里揪住我，一边胜利地大喊：出来，出来，我看见你啦……因为光线的昏暗和躲藏时歪曲的姿势，水草的手会盲目地揪住我身体的任何部位，比如背、胳膊，有时是胸脯，或者是耳朵，有一次，水草的手甚至伸到我的大腿根……水草的手冰凉而柔软，却又像小鹿那样灵敏有劲……

　　水草。水草。是我，是我回来了。又喊了两三声，房间里像是没人似的一点动静没有。

　　我踌躇着，却又不甘心回去，于是呆立在门外，一时无所事事。

　　过了一会儿，黑狗懒懒地走了过来。我忽然有了主意，摸出口袋里的笔，写了张条子缠在黑狗脖子里的项圈上。

"大家都想你。开门吧。难道你准备一辈子不见人。难道这世上你就想着那一条腿……我后天就要走啦，不要让我放心不下。"

黑狗用它湿漉漉的眼睛看看我，然后伸出爪子轻轻挠着水草的门。门边上狗洞里的三块砖头很快被抽掉，黑狗脖子一伸、腰一缩，进去了。

我索性坐下来，一边百无聊赖地数头顶上的黑瓦。

过了一会儿，黑狗悄没声息地出来了。我伸出手去，黑狗的脖子里却是空的。又傻等了好一会儿，还是没有任何结果。只得慢慢地又出了院子回去了。不过到底写了张条子，心里好像稍微安慰了一点。

因为回家少，母亲总不要我下地，因此接下来的白天显得有点拖拖拉拉漫无边际。想起以前，每次回家，白天最起码有一半时间是在水草家度过的。水草家除了果园，没有田，她总是干干净净地待在家里，喂鸡、挑水、做饭、磨刀、剥花生、编草绳。我很有耐心，跟黑狗一样，水草走到哪儿，我跟到哪儿，水草总是微微地笑着，注意地听我说话，时不时地，她会挑起眉毛来，追问一两个细节……

反正没有去处，不如到地里去，让母亲高兴一下。我笨拙地扛了一杆锄头，有点不自然地向地里走去。拐上田埂，远远地先看到水草家的果园。旺根不爱动脑筋，好几年了，一直只种桃子和梨子两种果树，正是春浓之时，桃花、梨花开得发了疯，粉红乳白，娇艳欲滴，像发了情的醉眼。

我有点后悔起来，也许，刚才不应该夹那种酸溜溜的纸条，只要让黑狗衔两根带花的桃枝给她就行了……以前，桃花一开，光华、我、水草就跑到果园子里找"种子桃"，各人选中一根花大而少的桃枝，做下记号，等到桃子熟了之后，要比赛的，看谁选的桃子个儿最大形状最周正圆满……

走到自家的田头，在小半人高黄灿灿的油菜籽后面，忽然听到父母的声音，忽高忽低的，像在吵架，间或听到水草的名字，步子不由自主慢下来。

那么，外面传的都是真的了，水草不是旺根的，而是你的……

看你，喊那么高干嘛……真是奇了怪了，你为什么相信别人而不相信我呢？我反对亲事的原因是因为水草本身，她太漂亮了，婆老婆不能太漂亮的，丑妻是个宝，这个道理光华现在不懂，但我们懂，应该拦住他一时的头脑发热……

对，老婆丑点好，要不你为啥要娶我呢，那样男人就可以尽着性儿在外面拈花惹草了……我丑是丑，但不呆，吴二家的小寡妇，陈大谷的弟媳，还有旺根家可怜的玉秀，哪一个我都知道……

都快要做公公婆婆了，还扯那些陈年烂谷子干吗，我什么时候说你丑过呀，你联想不要太丰富了……就算我以前偶尔对不起你过，但这回你得听我的，真不能同意光华跟水草的这事儿，要不然，将来要出事儿的……

你跟我把话说实了，你跟玉秀有没有那个过？

人家都死了二十多年了……

那水草是不是你的……

怎么可能呢，旺根是干什么的……

那就好，那这件事你就不要拦，水草那么好的孩子，能娶到她是我们光华的福气，再说，她腿不方便，万一嫁到别处，我还怕人家欺负她呢……你这样一拦，不仅光华要伤心，水草要受苦，还让人家看了笑话，人家还真的以为水草是你生的呢……

一时听得心中针刺、脸上难堪，于是又背着锄头悄悄地折回去了。父亲年轻时的风流在东坝是众所周知的事实。东坝的风气很怪，对待字的黄花闺女，相应的道德约束一直保持着极其严格的清规戒律，但另一方面，对已婚男人的多情和花心则似乎是默许甚至怂恿的。父亲在东坝小学做老师，这份差事为他提供了很多的便利，方圆数里略有些风韵的少妇们几乎都先后进入过父亲的视线，有可能，他的所谓风流，只是暧昧风气笼罩下的惯性行为，而非出乎他的本性和需要……

心中忐忑，无处可去。又转到水草家。在门口，碰到正要出门的旺根，旺根的头发很长，眼睛里带着血丝，邋里邋遢的。旺根朝我点点头：谢谢你了，说不定你能说动水草呢，她小时候跟你玩得最要好了……嗳，我说，你知道王婆婆替光华……

知道。

听说，胡老师不同意？

哦，不会吧……我妈可喜欢水草了……

你知道你爸为什么不同意？旺根注意地观察我的表情，试图从中发现一点暗示。

不知道，可能他是觉得光华不配……不配……我简直结巴起来，不知道如何寻找合理的借口。

就在这时候，我看见水草的房门动了一下。然后，一双熟悉的手伸出来扶住门框。

2

光芒以为是他最终说服我走出房门，他由衷地笑起来，像个孩子似的迎上来，无所顾忌地摇摇我的手，高兴得不知如何是好的样子。

算起来，我待在房内不过半个月。这半个月内，除了黑狗，我没有见过别的活物，没有人知道我到底在想些什么，正如永远没有人知道我在县城里到底怎么会摔坏左脚，这是我的秘密，如果可能，我会把它一直带到坟墓。这些天，我想到过死，去与我从未谋面的母亲相聚，可是，真要那样，父亲旺根怎么办，还有那些果树，上面刚刚长出的果子，我的黑狗，我家的大鹅，院子里的龙爪花，这些东西就全都没有人管了，再说，真要是死了，我这条腿不是白坏了，还不如当时就抱着那个畜生一同跳下窗户……

其实，按照我原先的计划，我还是想再待几天的，好让自己完全适应瘸子这一身份——即使全世界所有的人都来敲我的门我都不会开的。不过，光华派来的王婆婆打乱了我的计划，光华的求亲不能不引起我的注意，光华选择这个时候来添乱是太过分了，他的潜台词我懂：因为我与他之间有过一次小小的求婚演习。

那是去年秋天，光华到我家果园帮忙收梨子的时候，他故意扯起话头说他母亲如何如何喜欢我，然后，像是无意地接着说：你不知道，水草，我妈很想让你做咱家的人呢，我们全家都是，希望你一辈子待在胡家不要走才好……这是明显的求婚之辞，这几年，类似的话我是听过不少了，果园里，水塘边，集市上，总会有一两个自我感觉良好的小伙子转弯抹角地对我说出婚嫁之意，不可能的，他们谁都不可能的，包括光芒，我怎么可能待在东坝过一辈子？！

在东坝，从我一懂事时起，各种各样的窃窃私语就如影随形般相伴左右，人们的窃窃私语大概分为几种，一种是评论我的外貌的，所有的人都会这么说：哎呀，简直跟当年的秀兰是一个模子里出来的。是啊，我长得像妈妈，因为早逝而永远年轻的妈妈，在人们的口中，我们简直像一对姐妹，一样的轻盈，一样的沉着，一样的不幸；紧接着，人们又会脱口而出地说出第二句话：不过，你长得可一点儿也不像旺根啊，真的，一丁点儿都不像……随后，人们往往会意味深长地闭紧嘴巴，同时不动声色、费尽心机地试图从我的外貌中看出另外一个男人的影子——他们竟然那么确定，我一定另外有一个父亲！除此之外，关于我的流言还有第二个重要内容：我是胡家的童养媳。虽然我从12岁起就回了自己的家，但随着胡家两个儿子的长大成人，这个流言又像从北方归来的燕子似的重新在东坝安家落户，人们带着巫婆般的口气预言起我与胡家儿子的婚事，在他们看来，我的婚姻只剩下一个悬念：嫁给光华还是光芒。事实上，用不着任何人的提醒，我时刻都知道我欠着胡家的，但这种情分不可能用婚姻来偿还的——这情分还没有那么重，我也还没有那么贱……啊，离我远点儿吧，这些缺乏想象力的飞短流长，我会尽我最大的努力以最快的速度离开东坝，离开这让人透不过气来的陈词滥调……不过我怎么跟光华说清楚我对东坝的厌恶之感呢……

我假装开玩笑，把话说得很坚决：不就一墙之隔嘛，赶明儿你和光芒都成家了，成了凶媳妇的受气包儿，我就把两家子并起来，我一个人伺候三个老人，保证你妈满意……

难道你一辈子做老姑娘？你要一辈子做老姑娘，我就一辈子打光棍……光华的口气有点赌气起来，光华总是这样，心里有什么，脸上便是什么，远不如光芒有气度，

事情过去半年多了，本想光华应该听明白我的意思，没想到他竟然在我这么痛苦的时候，正儿八经地请了媒婆来旧话重提，他大概以为这会让我得到欣慰和感动，从绝望的深渊里解脱出来……我知道，光华是对我是真好的，上小学的时候，胡老师骑着自行车带我们上学，他总是坚持跑步，而让光芒和我一前一后坐在车上，他跑得气喘吁吁、兴高采烈，车子骑出几百米后，光华就落在后面了，我回过头去看，光华跑成了一个小小的黑点，早晨的太阳在他后面，他就像是从太阳里跑出来似的……这么好的光华，我该怎么再次拒绝，用一种不伤害任何人的方法？老实说，自从王婆婆故意站在我的门外对爸爸说起光华的意思，这个问题就成了我的最大苦恼了，相比之下，腿都算不上什么了，那毕竟只是一个人的事……还好，光芒的突然出现给了我灵感，我想，也许光芒可以帮我迂回地解决这个问题……不如就出来吧，正好也让光芒高兴高兴。

光芒仔细地端详着我，口中故意责怪地说：怎么就出来了，有本事你在房间里面待一年试试看……

光芒其实不太会开玩笑，他的玩笑说得有点紧张，一边说一边观察我的情绪，随时准备停下来安慰我似的。我看他紧张，于是接着他的玩笑说下去：你还好意思说，你怎么才回来看我，你要一年不回来，我就真的在里面待一年了……

一边说着我一边向厨房走去。我走得很慢，这样的步子我在里面练了很长时间——无法改变残缺，总可以让残缺看上去不那么刺眼吧。但光芒大概还是被我的姿势给吓住了，他犹犹豫豫地伸出

手，试图搀扶我，我推开他，同时用欢快的声音说：你看看我走路，虽然慢了点，但如果不仔细看，是不是不明显？

光芒停下来，看着我，表情好像有点呆滞，难道一条腿瘸了就那么可怕……黑狗最好了，寸步不离地跟着，尾巴摇得像扇子似的，只有黑狗还像从前那样待我……

我们一起在院子时坐下来，爸爸割了一茬韭菜放在墙角，捧过来理理，今天中午可以吃香喷喷的韭菜炒鸡蛋了……槐角树的花儿开始飘落，一股甜丝丝的香气痒痒地在鼻翼周围若有若无地盘亘，树叶间洒下稀淡的春日阳光，人变得有些迷糊而乐观起来。

3

光华他娘的话是对的，她一贯最了解我，像了解她养的那一群芦花鸡。我的确曾经与水草的妈妈秀兰有过一次，但这并不表示水草就是我的。总的说来，对类似的事情，光华他娘不应该感到吃惊或分外的屈辱。其实早在结婚之前，我就对她暗示过我这方面的爱好，对，可以说成是爱好。我爱好女人，就像她爱好养鸡那样。每个人都可能选择并培养他的喜好，只要他有这个能力，有这方面的专长。

不过，我对女人的爱好不是人们通常所想象的那样，是以上床为目的的。不是，在这类事情上，我一向不十分注重结果，在我的理解中，上床这事儿有点像一张卷子里的附加题，如果时间来得及、碰巧又会做的话，我会很高兴很投入地去做；但如果相反，时机不好，这附加题不做，也是满分。我与女人交往的最大乐趣在于搜集和积累不同的经验，失败的成功的，冒险的平淡的，俗气的超脱的。女人与女人，其实是不相同的，她们的外貌、体态、性格、口头禅、害怕或者高兴时的反映，真是千姿百态，无穷无尽。比如说，在见过四五次面之后，在一些口气暧昧含义复杂的对话和交往之后，同样是问这么一句话：明天六组放电影，我在大晒场的草垛边等你，你去不去？女人们的反应就很丰富，她们会说：你找死！我会告诉我家男人！或者，电影开场之前还是之后？或者，不如到我家吧，我会把他灌醉。或者，你给多少……等等，很好玩，真是太好玩了。实际上，她们不知道，我只是逗着她们玩，我就是想看看她们的反应，看到她们鼻尖上突然沁出的汗珠、眼神里更加流转的神态……只对个别的，机缘实在巧合的，我才会真正付诸行动，光华她娘对此也非常清楚，吴二家的寡妇、陈大谷的弟媳，我与她们的关系在东坝并不是什么秘密。不过，秀兰跟这两个不一样，与她的交往像是个意外收获，准确地说，我与她的那一次，没有任何过渡和铺垫，就直接做到了附加题。甚至直到现在，我都不了解她的为人、性格以及头脑中的真正想法。

该是 21 年前了吧，因为水草都 20 岁了，我记得很清楚，那时秀兰还没生过孩子呢。那一年夏季，东坝搞农业科普教育月，每家每户都要派一个代表选择听两门以上的农普课：沼气的应用、暖棚知识、稻虫防治等等。东坝小学的老师全体出动，一人担任一门课的教学，道理很简单，纯粹是照本宣科。我记得，我教的是果树种植，一共两个晚上。

东坝有果园的人家并不很多，上课时，教室里总共才来了十二个人。旺根家来的就是秀兰，她有点惹眼，因为另外十一家里来的都是男劳力，同时她长得也太漂亮了，穿得很鲜亮。但看上去有点拘束，坐在那里一动不动，像尊艳丽的泥塑。

下了课，村民们相互开着黄色玩笑一边三五成群地往家里走。因为教具、模型、电风扇什么的都是村上的东西，学校规定老师必须留宿在教室里。教室里很快就空了，挂着的几盏汽灯周围飞满了虫子，我很快昏昏欲睡，于是拼了几张课桌，拧熄了汽灯，躺下来就迷糊过去了。

好像只睡了一会儿，忽然听到轻轻的敲击声，我以为是在做梦，不理会，继续睡。但那声音很顽固，一直不紧不慢地敲着。翻身起来，看看表，已经一点了，这个时候，整个东坝村都该沉睡得像个婴儿，是谁在外面？

外面月色很好，我站到窗边，看到门外边那人的一角衣服，是件颜色鲜艳的衬衫——旺根的老婆秀兰！她要干什么呀？我不愿意她像啄木鸟似的继续敲下去，于是开了门。

突然打开的门让秀兰有点吃惊，她的手停在半空，保持着敲击的姿势，她的表情很紧张，好像她本来并不指望我真的打开门。这让我对她有了一丝好感。我让她进了教室，同时打开了汽灯。我想，明亮的光线有助于让她了解我的立场。

别！她低声叫着，迅速扑上去关了灯。同时嗫嚅着低下头去：胡老师，我……

你怎么啦？尽管她算得上是东坝数一数二的漂亮女人，但因为是邻居，在老婆的眼皮底下，我与这个女人接触得非常少。不过根据我的经验，从她的动作神态看，她属于那种羞怯、拙言的女人。乡下很多女人都是这样，但这样的女人怎么会半夜里出来敲我的门呢？

好奇心占了上风，我默许了她关灯的举动，同时和蔼地让她坐下，再次问道：秀兰，你怎么啦？你找我有什么急事？

秀兰却哭起来，头弯得更低了，抽抽泣泣地说不出完整的话。

我有点不耐烦，故意说：要不，我送你回家……

秀兰这下更紧张了，她用手抓住桌子，好像怕我要拉她似的，同时，她急急忙忙地说：我一直怀不上孩子……然后，她就像是吐出了一根卡在脖子里的长刺似的完全安静下来。

在她说出这句话的同时，我忽然记起秀兰的一个绰号：无籽西瓜，这个绰号的来源很有意思，那时，我们谁都没有见过真正的无籽西瓜，甚至，大家都觉得电视上所说的无籽西瓜是一个神话：没有籽儿，那这个西瓜不就绝后了吗？说话的人联想很丰富，马上加了一句，那不简直跟秀兰似的，空长个肚子！虽然这比喻不太厚道，但大家还是因为意外而笑成一团。的确，秀兰就是那样，都结婚三年了，愣是没见她肚子有一丁点儿动静，那不是"无籽西瓜"是什么……

不过，这与我又有什么关系呢，难道让我去给她种子，我有点哑然失笑，同时感到一点男人的虚荣。我看看秀兰的样子，显然，她正是这个意思。我一时觉得口干舌燥起来，这种情形显然是超出我经验范围的，我应该顺水推舟还是假装糊涂？对于不育症，我还是有起码的常识的，到底是种子无胚还是土壤不良，这是很关键的，如果是前者，她为什么选我？我如果真的做了，事情就大了，那岂不是会玩出个私生子？如果是后者，秀兰这样子就没有任何意义，这样屈辱地求一个男人来睡她……

我的踌躇反映到我的表情上，秀兰显然觉察到了这一点，她犹犹豫豫地站起来，盯着我看了一会儿，然后低着头慢慢地跪下去。

我也未必行的呀……我胡乱说着，一边伸出手去拉她，秀兰却就势抓住我的手，整个人吊在我的胳膊上，我立刻感觉到，她里面根本就没有穿内衣……

窗外的月亮暗下去，她哀求、配合、低下的姿态让我的欲望迅速膨胀起来，我背叛了初衷，把跪倒着的还在抽泣着的女人放倒在地上，同时像个真正的花心男人那样粗暴、享乐地进入了她。

4

水草瘸腿走路的样子真令人痛苦，我觉得我的小腿也隐隐作痛起来，可怜的爱美的姑娘，为什么还能那么安静地坐在槐树下微笑……难道她真的因为哥哥的求婚而获得了某种自暴自弃后的宁静吗？

水草，你真的准备做我的嫂子？

你觉得怎么样？

水草，你跟我说实话，你一定早就考虑过这个问题了，你准备对光华说行还是不行？

我很……我想先听听你的意见……水草有点欲言又止的样子。

我没有意见……你决定了什么我都支持你……

那好，光芒，你先别管我怎么想，你先帮我做一件事……你帮我想想看，我与光华之间，如果我不表态，有没有别的因素可以成为天然的障碍？

水草的眼睛像小鹿那样湿漉漉毛茸茸地看着我，这让我的心中又是一阵疼痛。我能猜到水草的意思，她不想答应光华，可是，我跟我妈妈的想法一样，我不敢确认，嫁到胡家之外，她一定会幸福？她是只小鹿，而这个未知的世界就是一个猎人。我到底应该怎么帮她？让她嫁给光华还是不？

　　水草的眼神让我没时间再去考虑，我嗫嚅着试图岔开话题：也许吧，也许有一个障碍……但是，水草，到现在你都没有跟我好好地谈过，你这条腿到底是怎么搞成这样的？

　　水草的脸立刻沉起来，我以为她要哭，但我很快发现，她是生气了：光芒，我把你当作我最可信赖的人，我现在处于困境，我在向你求救，你却来跟我谈条件！你说你知道了我瘸腿的原因有什么用处，看我的笑话？聊以解闷？还是作为酒后谈资？光芒，你不要像别人那样……

　　我觉得水草有点太夸张了太激动了，但我被她说得有点惭愧，我支吾起来：好吧，算我说错话了……我所知道的障碍还没有得到确定，我想你应该猜得到……有人说，你妈妈与我父亲可能……

　　我说得很缓慢，我担心水草会接受不了这么混乱的身世，但我错了，相反，当我吞吞吐吐地复述了父母在地头的对话之后，水草的脸色明显地明朗起来，她甚至像小时候那样，伸出两只手来与毫无准备的我双击了一下：好！

　　我很吃惊，我发现我其实并不是很了解水草。为了摆脱光华，她宁可自己有一个暧昧的身世。

　　手机不合时宜地响起来，一接，是小波。我坐着不动，当着水草的面接起电话，我知道，小波并没有什么事，她像很多城里的女孩子那样，只是喜欢给男朋友打打电话，说什么一点不重要，重要的是这个动作和过程。

　　前后讲了不过三四分钟，但我觉得今天小波特别啰唆。我注意到，水草拣韭菜的动作明显慢下来，生怕打扰了我们似的，这让我有点不安。我几乎是心不在焉的与她道了别，并像以往那样，形式主义地在电话里来了个飞吻。

是我女朋友……叫黄小波，比你小一岁。我急急忙忙地向水草介绍了一下，语气不太自然，有点难为情，好像又有点委屈。

挺好呀……你们是不是定下来了，在电话里那么亲热……水草的音调很中庸，听不出悲喜。

差不多吧，你知道，我不像光华，一向是不挑剔的，对生活要求不高，再说，像我这样的，在城里找一个也不容易……我进一步解释到，水草的冷淡一点没让我生气，相反，我感到一点遥远的安慰，我苦涩却又高兴地想，她在掩饰她的情绪。她其实并不希望我有了女朋友。

噢。水草轻轻地应了一声，不再说什么。

那一个上午，我们后来都没有说什么。小波的电话像一场来得非常突兀的雨，把我与水草长谈的欲望一下子浇得湿漉漉的。我想我再也不会告诉水草，我像东坝的每一个小伙子那样喜欢着她，只是就我的性格而言，我不喜欢参与到一件众人瞩目的事情中去，我宁愿从容不迫地进行一桩低调的恋爱，即使这恋爱缺乏激情，远离初衷。

5

午饭后，一天中最昏昏欲睡的时分，光华找到我，开门见山地说：爸爸，我想跟你谈水草……他的表情很坚决，带着被激情点燃的愚蠢。

我拒绝了他，同时简单地说：旺根约好了晚上要来找我，你的事很快会有分晓的。

光华盯着我看了一会儿，像是思考怎么开口，过了一会儿，他说：其实，你们都搞错了，不管是你、旺根，还是妈妈，你们永远都不可能左右我的意见。只有水草，如果水草亲口对我说"不"，我才会真的死心。你们最好省省心。

别这么武断，儿子，没准我和旺根也能决定一点事情。

很迟了，旺根才来，他怯生生地敲门，然后像影子一样地溜进来。

孩子们和嫂子都睡了吧……旺根仔细地左右打量，同时压低声音。旺根就是这样，不管什么样的事情到了他这里，好像立刻就显得拖泥带水、见不得人。

他们都困了。我一直在这里等你。你有话跟我说？我尽量磊落地说。

长话短说长话短说。您知道，光华请王婆婆到我家说亲了，怎么说呢，水草现在这样儿了，你们如果不嫌弃，我是中意这门亲事的，真的，一百个中意，我都可以替水草应下这门亲事，不过……胡老师，您是老师，我想您一定不会骗我，我只问你一句：20年前，你有没有跟我家秀兰……

是的，有一次，上课的那天晚上。我不假思索地说，我早料到旺根此行的来意。他的疑问也恰好是我的兴趣。

那么，水草是……

这个我不知道。旺根，说句不应当说的话，你应该最了解秀兰怀孕的来龙去脉，水草是怎么回事，你自己难道……

静了好一会儿，我觉得我都等得快要睡着了，旺根才艰难地像牙疼那样地合着嘴哼起来……咳，我是不中用的，结婚好几年了，那件事，我一直是不中用的……旺根好像忽然矮下去一截似的，他脸上出了很多汗，头发贴在脑门上，像一个落水的人。

一次也没有成功过？

偶尔吧，所以，我没法确认，水草到底是不是我的……其实，我一直不想把这件事给兜出来，我丢不起这个人……所以，秀兰死后，我也一直没有续弦，我不能让第二个女人知道我的事，再说，谁还会像秀兰那样听我的话，肯到外面去找男人……

怎么，是你叫秀兰出来的？

秀兰那性格你应该知道，是最本分最贤惠的，她在外面从来不跟男人多啰唆一句，可是我急，我看秀兰肚子老是不大我是病急乱投医，东坝的那些长舌妇，老是拿我开玩笑，说我连女人都不会睡……我丢人吧胡老师，我就怕人家说我不中用，我想，我宁可戴绿帽子，反正这在东坝也算不上什么大不了的丑事……我经常夜里揍秀兰，我骂她，你怎么不去找个野男人呢，东坝的男人多着呢，你为什么不找个人睡睡你，你这不长瓜的荒地，你丢我的脸，你欠操，你就该出去找人操……我骂得很难听，下手也重，秀兰一声不吭，听凭我怎么骂，怎么打，她一直没什么动静……直到那时村里开什么农普课，我又赶她出去上课，并且拿起把菜刀恐吓她，我说今晚你别回来了，你要回来我们家就死人，要么你死，要么我死，或者一起死……

旺根，你是个畜生……

胡老师，秀兰她死了，这世上，我最对不起的人就是她，她一死，我当时真想跟着一起走……可是水草可怜呀，你看看她，长得跟秀兰简直一模一样……旺根像女人那样抹起眼泪来。

好了，别扯远了，都过去了。现在的问题是，水草跟光华的事怎么办？

我就是来听听你的主意……你如果说行就行，说不行就是不行，反正我没主意，我把水草的命放在你手上……反正，她八成就是你的孩子……

"吱呀"一声，一个人推了门进来。站在暗地里不清楚，走到灯光前，原来是光芒。可怜的孩子激动得满脸通红，嘴唇哆嗦着半天才憋出一句话：你们不要草菅人命……

旺根吓得缩起来，同时脸色变得煞白：他侄子，你都听见些什么了？

我什么都没听见，因为你们说的压根就不是人话……真看不出，光芒这孩子，生起气来还是有点血性的。我被他骂了，可是并不生气。

那好呀，光芒，你最能干，你说句人话给我们听听？我几乎是微笑地对他说。

爸，旺根叔，你们别怪我偷听，你们可能是当局者迷，其实这事很简单，只要水草以及你们当中的一位跟我走一趟，到省城去做个鉴定，她到底是谁的孩子，那跟明镜儿似的，用不着这么瞎猜的，你们说，这事儿能这么关起门来瞎猜吗……

那，如果，万一，水草是胡老师的，那整个东坝不就都知道我的事儿了吗？旺根结结巴巴地说，他的头发开始干了，脸颊上带着点红，像个刚刚从床上爬起来的病人。

说到底，你还是想让水草跟光华把婚给结了，这样，哪怕他们兄妹乱伦，但能换来你的好名声？光芒脖子里的筋又爆起来。

没有，没有的事，我只是怕……旺根的声音低下去。

我摇摇头，把灯给吹了，我实在不想看见旺根的那个窝囊样儿，水草也真是白疼他了，水草可从来没有那么疼过我，从小，她总是用一种警觉的、沉思的目光看着我……她真的可能是我的孩子？算了，过去吧，先过了今天……

好吧，旺根今天的话就当没说。光芒，就听你的，你明天先带水草到省城转转，带她散散心，我和旺根，下一步再说吧……

月光从窗外洒进来，每个人的脸都黄黄的，像是浸泡在一种奇怪的药水里。旺根好像又在悄悄地流泪。这个男人的泪水使得整个夜晚都显得可疑和荒诞起来。

6

天还没亮，我和水草就动身了，只有光华一个人送行。大部分东坝人都还待在疲惫的睡梦里。

关于此行的目的和意义，光华已是心知肚明，因为紧张，或者因为清晨乡间过分新鲜清冷的空气，他显得饶舌而兴奋，不时地伸出他满是油污的手在我们面前上下翻舞；与此相反，水草显得很镇定，简直镇定得过了头，她穿得非常庄重，脚边放着一个大箱子，我好奇地拎了拎，比想象中的要重得多。她站在晨风中，脖子里的薄纱巾一飘一飘，整个东坝好像都随之晃动起来。

我克制着尽量不在脸上显得忧心忡忡，一边故意地打着哈欠放松着心情。我好脾气地看着他俩，同时想道：一个哥哥，一个妹妹，多幸福呀，真是再好没有了。我们站在那里的模样让我想到小时候，12岁以前，水草都是这样站在我与光华中间的。

一会儿，三岔路口的过路车来了，车子带来的尘土让光华打了一个很大的喷嚏。水草捂着嘴微微一笑，光华很高兴，这还是今天水草第一次露出笑容。但我很快意识到，水草的那个笑不是因为光华的喷嚏，她明亮的眼睛紧盯着车子，两只脚难以觉察地向前挪动了几步，像是一只张开翅膀准备飞离旧巢的燕子。

我的预感是正确的。车子离开东坝不过十分钟，水草就碰碰我的胳膊。同时严肃地朝我点点头：光芒，我跟你说件事儿。

你说你说。老式客车颤抖着发出不绝于耳的轰鸣，我只得凑过头去尽量靠近水草的嘴巴，她的气息飘过来，让我浑身一紧。认识这么多年了，还是今天靠水草最近。我们并排坐在一张双人椅上，被行李挤得不能动弹。

我一直不喜欢胡老师。

可是，你现在也知道，我爸他……极有可能也是你爸……

不，我只有一个爸爸，我可怜的爸爸现在还在睡梦中大声叹着气呢。胡老师的一些事情我很小就听人说了，我厌恶这样的男人，一想到他曾经与我妈有过那事儿……我就恶心得想吐！

水草，我可以理解，但现在……

你听我说完，我的意思是我们不要做那个什么亲子鉴定了！我害怕看到那个结果，我宁可这样糊涂着，我就只有旺根一个爸！

可是，水草，这关系到你跟光华的事啊，光华还在那里等着消息呢！

很简单，下次把你爸带过来，你就说我的结果和你爸的是一样的不就行了，这样光华就死心了……实际上，咱们什么也不知道，你说那多好啊！

可是，如果万一你的结果跟我爸不一样，你实际上真是旺根生的，那我们这样胡编乱造对旺根来说不是太不公平了吗？你明明知道，我们这次的结果，对你爸来说，要么是天堂，要么是地狱！

没关系，我爸反正只有我一个女儿，随便是什么结果，我对他都一样，我将来在省城挣到钱了，第一个就把他接出来，离东坝远远的……

水草，还有我，我怎么办，你应该知道，这次的结果可以让我的感情得到解脱，如果你真的是我的妹妹，我就可以安安心心地与黄小波恋爱结婚……你为什么不能给大家一个明白的日子？

如果我不是你妹妹，你就不与她结婚了吗？你不要自己开自己的玩笑了……光芒，我不想告诉你我对你的真实感觉，因为说出来已没有意义。而且在事实上，我们已经像兄妹一样的生活了 12 年，我们熟知对方就像熟知自己，我与光华之间也是这样，你难道不觉得与这样亲近的一个人恋爱结婚很可惜吗？你以为爱情是男女间最圆满最亲密的关系？世界上，那么多的男人女人离婚，可是你见过多少兄弟姐妹绝交的？就让我们像从前那样还是做兄弟姐妹吧……你放心，光华不会伤心很久，也许他觉得把我当作妹妹会更加轻松，我与他会相处得会更加和谐；同样，你最终也会发现，与另一个女人，比如黄小波恋爱更适合你的性格和命运……总的来说，我了解我自己，也了解你，我们在一起生活，双方都不会真正获得幸福……

那么，水草，你这次来是干什么？就是为了劝说我跟你一起欺骗那个还在摇篮里沉睡的东坝？

当然不是。水草放慢了语调，我又看见了她的那种微笑。她缓缓地把头转向窗外，外面的风景像无声电影那样无限地向后边拉去，路牌上的公里数排着稀松的长队一晃而过，离东坝已经越来越远了……你们决定带我到省城来，对我来说，真是一个太好的机会，我怎么会放过？你放心，不会麻烦你的，我准备找家裁缝店做学徒……你看到我的箱子了吗？必要的东西我都带着呢，我会在省城里重新开始的，县城还是小了，都放不下我的往事，有时我都想，要是我当初直接就到了省城，说不定我的腿还不会这样……

水草！不知为何，我控制不住地伸出手去握住水草。那双手冰冰凉的，就像很小的时候，到了冬天，水草怕冷，总是叫我和光华握在手心里慢慢捂热。

穿过黑暗的玻璃

1

母亲总是忧心忡忡地皱着眉头缄默不语，关于我的耳朵与鼻子，她认为它们是发了疯。

我跟她说过，一切都可以感知。比如，当我们来到一间空置多时的房间，在被灰尘呛得咳嗽起来的瞬间，我们可以通过鼻翼的张开感知这个房间主人曾有过的生活：他爱吃青苹果，他用过雕牌香皂，他的游泳裤没有洗干净——漂白粉的味道还小心地躲藏在壁橱的后面。

听觉和嗅觉，它们在黑暗中飞翔，像划过流水的刀锋，穿过光线的玻璃。我用鼻子和耳朵，向你接近，来到你身边，站在你和他们纠缠交错的身影之后……

——母亲因此哭了。她的泪像小河那样缠绵地流动，咸腥的气息宛若遥远的海风……我无法劝慰她，正如我无法阻止我固执的耳朵和鼻子。

母亲开始带我去看一个医生，白医生。

……你是说，你的耳朵和鼻子，可以到处飞来飞去？那么，说说吧，你都听到些什么？闻到些什么？

白医生拿出一支笔，像速记员那样，我一边说着，他一边做着古怪的记号。他身边有一个年轻的护士，她看着我，眼神温和却空洞。

2

不用看表，我很少看表。空气里各种各样的音响和味道就是我精确的报时器。

比如，隔壁的女人，我从来没有见到一个像她那么热爱电视的人。《天气预报》《绝对挑战》《现代军事》《法制现场》《超级变变变》……她一回家就会打开电视，一边择菜、吃饭、梳头、打饱嗝、打电话，打哈欠……一切活动她都面对着电视。因为长时间的运转，她电视的显像管开始散发出一种类似烧饼的焦香的热气，热气膨胀着，像她的寂寞一样，把屋子撑得满满的。

从她的电视里，我可以知道，一般是十点左右，八频道"海外剧场"开始的前后，我的另一个邻居——楼上的小 A 和小 B 就会开始他们的性爱运动。他们似乎很喜欢在每天的同一时间做同样的事情，而且在同一地点：沙发。这样，他们有了一张会唱歌的沙发。

小 A 是男的，小 B 是女的，其实我知道他们的名字，不过我认为他们真的很像这两个字母。特别是小 B，从她的表达方式里我知道她有一对毫无节制的乳房，这姑娘从不掩饰她在床上的任何情绪，并直接地用语言和各种口鼻声表达她的舒服或不适。

也许我得感谢我们这幢建于 20 世纪 90 年代初期的单位宿舍楼，90 年代初——如果用转型期来定义这最近的漫长十年的话，你们都知道的，开头那几年最胆大包天的，所有邪恶的风气都可以在那里找到蛛丝马迹的发端，比如，豆腐渣工程，我们所在的这幢住宅楼就是一个典型的个案：建筑中所必要的水泥和钢筋被偷工减料了，取而代之的也许是一些劣质木材或别的什么玩意儿，总之，我可以用我的听觉和嗅觉来担保，我们这楼的墙壁与楼板几乎就是空心的，它们不但隔不了音、绝不了缘，相反，更像是导音线和路由器，任何来自别处的声源和味道都像是经过了放大和搅拌，接着浓妆艳抹地盛装出行。

小 B 的声浪持续相当之长，特别对一个旁听者而言，加上沙发的和声……好在，最终，开始加入小 A 的男低音：嗯、嗯、嗯，如同一只闷闷的铜锣。终于，在一声宛转、喜悦的双声重唱之后，他们结束了。

我松了一口气，调整了一下睡姿，以便于耳朵能够更加清晰地接受下面的长章短句。我之所以能够如此富有耐心，正是为了等待接下来的语言。

人类的语言——只要是偷听来的——即便是最琐屑的话题，对我都有着奇异的吸引力。公交车上，电话亭里，等待的队伍中，陌生人的对话像雨丝那样飘来，总令我沉湎其中，面露谨慎微笑。

"咔嚓"，显然是小 A，他点燃了一根烟，是三五，厚重的味道从门缝钻出来，下了楼梯，进了我的门缝，弥漫在我的床头……"哗哗"，这是小 B，她进入了没有窗户的卫生间，开始用花洒冲洗……回床时，她走掉了一只拖鞋，但她急于回到被窝，回到小 A 握有香烟的手臂之中，她没有再管那只拖鞋，听凭它留在屋子中间，留在我的头顶上……几乎有些焦灼地，我为那只离开了伙伴的拖鞋感到寒冷。

像从一个极端到另一个极端，没有任何过渡的，小 B 完全从肉体的高潮中撤离了，现在，她变成了一个条理清晰、头脑冷静的交谈者。很有意思，有的人在茶馆里才有交谈的欲望，有些人喜欢在吃饭喝酒时说，或者在旅途中，或者在电话里，但小 B 与他们不太一样。做爱就像是刚刚喝了一杯水，现在，她的嗓子湿润了，她要开始说话了，她进入了最为推心置腹的阶段。

"真的，你其实可以跟你们头儿谈谈。"这是小 B 缺乏创意的开场白。一边说着，她把毛茸茸的脑袋往小 A 的腋下钻。我听见她深呼吸了一口，像人们闻一束带露的玫瑰花似的。我也动动了鼻翼，是的，我也闻到了一点儿，那带着雄性荷尔蒙的汗味……

"谈什么呢？"小 A 用昏昏欲睡的鼻音问道。现在，他又恢复了他的腼腆了，他很熟悉小 B 的话题，他在试图消极地回避。

"谈你的发展问题呀！"她几乎是激动地从小 A 的腋下钻出，撑起胳膊半抬起身子。"你自己想想，都这么些年了，你连个党员都不是，连个中层都不是……"

"什么？"小 A 像从梦中被灯光刺醒似的，我听见他的声音带着被克制的颤抖。可怜的男人，这是他每夜都必须面对的话题。晋升，杀人于无形的传统命题。

"什么什么呀！你想想，你一个博士，怎么能老待在研究室里呢，我都等了这些些年了，你也该让我看到点儿希望呀……"

唉，唉，有着开放性意识的小 B，在骨子里，倒跟宝钗姑娘有些根深蒂固的渊源。看来这个夜晚跟从前不会有什么两样，接下来她会进行一个冗长的长篇大论，话题涉及社会生活、人生理想、价值追求等诸多方面，但终极指向就一条：小 A 必须在最短的时间内通过最露骨、最世俗的捷径向领导献媚，以加速通往那条漫长的仕途之道。

我的耳朵还停在他们枕边做什么呢？在这间屋子里，我想我等不到那温情而天真的一幕：A 和 B 终于开始吐出梦中的呼吸，年轻的身体跌入另一个深不可测的世界，睡眠像水波荡漾，他们在水中无辜地昏迷……

不如飞去，飞到隔壁，飞到阳台上，站在布满灰尘和些许露珠的晾衣架上，停在图案陈旧的窗帘边……

枝形吊灯加深了客厅里的阴影。隔壁的电视女人正进入了一天中最漫长的时段。

十一点钟了，她赖以生存的连续剧结束了，她换了几个频道，最终停在一个戏曲台，这个她同样不喜欢。

每天的这个时候，对她而言，就像天亮前最黑的那一段儿。她试着走来走去，在沙发和床之间来回逡巡，一边神经质地绞动双手，日渐疏松的指关节发出闷闷的格斗声。男人还没回来，一旦他晚上有应酬，这女人便会在等待中加倍地飞速衰老。

隔壁的男人长得很像字母 D，他的头通常都保持着后仰的姿势，即使走路也是这样，当然，像很多中小官员一样，他很少走路，这样，他的双腿有些萎缩了，唯一发达的是他的腹部，其与时俱进之势不可抵挡——我没有机会用双臂测量他的腹围，但他日渐沉重的蹒跚足音足以证明一切。

D 的腋下通常会夹着一个包，这个包他常年都带在身上，走到哪儿都不离不弃，像一个外置的器官，事实上他很少用这个包，作为一个官员，他基本上没有现金、香烟、手机电池、身份证、银行卡、月票这些零零碎碎的玩意儿，更不用说笔、纸张以及面巾纸之类，所有的户外备用品他都不必携带，到哪儿都有人替他准备好。我真纳闷他为什么要随身带包？有时一大清早匆忙之中忘了，一会儿，他的司机就会噔噔地重新跑上来："包！聂总忘了带包了……"

除了包，这位 D 通常还会带些别的东西——D 的应酬不仅仅是吃饭喝酒，夜宴归来，他总像非洲部落的猎杀强人一样必有斩获，从不空手而返。大概为了避人耳目，或者是体恤司机，总之他晚上从来不带司机，这样，有些东西他就不得不亲力为之了。有时，在院子外面，我会听到有人压低声音跟他耳语："聂总，我帮你送上去……""唔，不用……"一番小声的礼让与推辞，汽车后备厢的开关声，单元的总防盗门"咔嚓"一响，D 自己进来了，他吃力地蹒跚着，夹着他的包，夹着他当晚的战利品。

D 是我们单位的二把手，正当红的二把手。人们对二把手往往有些不以为然，以为他终究脱不开一把手的阴影，其实这种想法有些形而上了，最起码在我们单位，D 这个二把手就很有市场，某种程度上，我看比一把手还要吃香。一把手呢，因为地位实在瞩目，总有些高高在上、不怒自威的意思，叫人望而生畏。倒是 D，特别地平易近人，特别地嘘寒问暖，怎由人不急步趋迎。这一来，D 的应酬就更加频繁了，晚上的这楼就爬得更加吃力了。

　　D 的女人一定跟我一样在等待她丈夫的脚步，等待那漫长时光后的收获瞬间——女人像仆人一样打开门迎上来，接过战利品，接过包，接过丈夫那具装满酒菜的沉重肉身。

　　是什么？就像 D 经常骂的，这女人是个不开眼的，总是急不可耐地要看货。

　　嘘——D 有些愠怒，又回过头往黑暗的楼道看看，然后小心而迅速地把大门关好。

　　D 其实也蛮好奇的——做领导呢，总很压抑的，碰到坏事了，得谈笑自若，灰飞烟灭；碰到好事了，又得若无其事，视而不见。

　　其实他方才一路上都在想呢，到底，人家今天送的是个什么呐？这么着，就一直憋着，直到大门一关上，他才彻底释放了，脸上也是掩不住的自得，顾不上解开该死的领带，跟女人一起蹲在门厅里就看起礼品来。

　　他们两个的脑袋凑在一块儿，一起往东西靠过去。其实真是的，干吗那么费劲？我早就闻出来啦，是一件男式羊绒衫，还带着高原羔羊们的体温，淡淡的骚味，没有来得及消化的青草和奶水……这是冬季最缺乏创意的礼品。D 叹口气，几乎是失望地站起来。女人也大胆地皱着眉抱怨道："为什么他们总是送男式的？你都有七八件羊绒衫了，我才只有一件，而且已经过时了……"

　　D 也皱起眉："看你，说什么呢！男式可比女式的贵多啦！再说，你们女人的衣服，那么多样式，谁知道你喜欢什么……不过，唉，确实，他们为什么不换换花样呢？一到冬天，就总是这些……"

　　是啊，我几乎跟他们一样失望了，这些该死的送礼者，为什么不能像时装界那样推陈出新呢，每半个季节都会推出令人眼花缭乱、应接不暇的秋冬款、春夏款什么的？唉，多么古板的礼品界！总是那几样老三篇——春季，万物生长、蠢蠢欲动，那些江湖气很重的商人们会送来澳洲进口的袋鼠精胶囊，潜台词非常明显的壮阳药，好像在怀疑 D 的性能力……夏季呢，赶在端午前后脚儿，他们会送名贵洋酒，死贵死贵死沉死沉的，喝嘛不舍得，出手嘛没价码，放在床下很占地方的……每晚，在 XO 那接近洋人腋味的复杂气味中，D 对他的女人愈加感到厌倦……或者，就是衬衫、T 恤衫、水牛皮、真丝麻的床上用品，其实，床上用品再高级有什么用，女人不高级呀……D 是真的感到烦扰了……到了秋季，所有的送礼人突然都粗俗起来、实用起来，他们个个儿的都用蒲包扎上几十只阳澄湖大蟹，那些蟹子，手脚被红丝线缚住，青壳金毛白肚皮不说，足上又另外挂了防伪的戒指，初看时倒也稀奇，见多了就烦了，而且这玩意，不像别个，能放能存的，必须得趁着新鲜吃呀，可是螃蟹又哪里能多吃呢，弄不好要闹肚子的。哼，家里这女人就是太拙了，光是会水蒸，不能做蟹黄包么？不能做香辣蟹么？真是的，到最后，倒有一小半是要扔掉的……

　　我时常能感到 D 对他女人的不满，的确，作为一个官太太，D 的女人确实笨拙了些。她不太懂得收拾自己，我从来没有从她身上闻出过香水或任何化妆品的味道，也从来没有听到过玉佩首饰迎风撞击的声响。她几乎没有节食的意识，并且像乡下妇人那样保持着对肉制品和面食的热爱，一日三餐，我都能听到她唇齿间清晰坚硬的咬合咀嚼声，早上，她尤其喜欢吃乡下的一种脆萝卜干，其在口腔中的共鸣与回旋之声几可穿墙而过——我在隔壁吃稀饭都不再需要小菜了。这样，她迅速地定型成一个健壮的中年妇人，中规中矩

269

地听凭衰老和落伍这两把利器在她身上四处宰割。

这就真有些可惜了，在 D 这个位置，多需要一个明眸善睐、典雅大方的太太四处撑撑场面呀！难得带她出去应酬一下，女人就像抓瞎了似的临时跑到商店买衣服，最后总是挑些又难看又昂贵的套裙，像绑在她身上似的，脖子里还应景般地挂些珠链——要么太粗要么太细，根本谈不上应景，而是煞风景，反倒凸显出她颈子上的道道沟壑。她生硬地跟在 D 后面，谁也不敢看，眼光像风中的塑料袋，在半空中飘来飘去，脸上半笑不笑地比哭还不如。D 用余光看看自己的女人，又看看别人的女人，真是饮恨如药，无处发泄。

但这女人有一样好，老实贤惠，D 就是她的天，D 说什么都是对的。比如，关于方才那件令人失望的男式羊绒衫，D 训斥过之后，她马上就不作声了，熟练地收起羊绒衫包装袋，接着找来一张餐厅椅，自力更生地把羊绒衫塞到卧室衣橱的顶上——那里面已经拥挤不堪了，她又不懂得纳物技巧，只一味用着死劲往里直推。D 在下面无动于衷地看着女人因为用力而变形的身体，小声责怪着："慢点儿，别把盒子挤坏了，以后送人就不好看了……"

没啥热闹好看了，我的耳朵和鼻子也准备飞走了。由于太过急迫，我不小心碰到了餐桌的一角，接着又绊到了她的围裙。D 的女人惊讶地抬起头，接着她自言自语地咕哝了一句："起风了？"

这个迟钝的女人，她不知道她压根就没有开窗户吗？在她张开嘴巴的瞬间，我闻到一股浓郁的口臭，可怜的，她一定很久没有得到过男人的亲吻了。没有爱情的嘴唇容易发酵。所有的口臭患者都需要一场热烈绝望的艳遇，那胜过一切廉价的口香糖和昂贵的药物。

3

我的早晨从楼下史老头儿的咳嗽开始。如果他不介意，我愿意把他比作一只城市的公鸡，人们在他的打鸣声中醒来。不过，他一定会介意，我从来没见过像他那么会生气的老头，他对一切的事情都很介意。他是个典型的愤怒老年，正如他年轻时是个典型的革命者。

这样，从听觉上而言，愤怒老年总是带给我两种声音：要么是咳嗽，暴发地，带着浓痰和混浊的腥气；要么就是在呼呼地往外吐气——他在生气呢。我住在他的楼上，真像住在一个突突冒气的蒸锅上。

史老头昨天又没睡好，他的咳嗽里明显带着积蓄一夜的胡思乱想，我动了动鼻翼，闻出来了，是80年代中期的气息，唉，可怜的老头子，他一定又在夜里回到他的峥嵘时期了。

史老头离休多年，在任时位至党委书记，一身清贫，高风亮节，赢得好评如潮，不过，越是好日子过得越是快，史老头想都想不到，那么快他就居于二线，回家歇着了，后面那些人像等不及了似的全都蹿上来，坐到他的办公室，坐到他的小车里，用起他的秘书来！包括D那个小子，瞧瞧那种暴发官员的嘴脸！江河世下、一代不如一代呀！

对于当今世道包括D之流，史老头关注不止一天了，他的注意力像蜘蛛网一样地张开着，把周围的一举一动都围得严严实实——对于这一点，我是有发言权的，我的耳朵和鼻子经常在空中碰到老头子的耳朵和鼻子，我们的两对器官像是两个方向的雷达，各自发射和接受着源自黑暗的信号。所不同的是，我不对信号进行反馈和处理，而老头子呢，简直像太阳能反光板似的，他很快就会起物理反应了！

比如，早上，在咳嗽之后，他老人家就出去晨练了。晨练之地就是他物理反应后的实验场。这实验场呀，真是广阔天地、大有作为。

有许多人都忽略了晨练的这个群体，当他们一身短打地聚齐了伸胳膊踢腿的时候，这个城市的主流，那些中年人那些年轻人那些孩子们都还在一晌贪欢、与被窝作最后的温存呢。早晨最清冷的空气被那些衰老的肺们提前享用了，这样，在接下来的晨练时段，他们可以有更多的精力大声发表各种议论。

这个集体里，有市政府的前副处长、八一医院的前主刀医生、重点小学的前高级教师、国有老企业的前副工程师，当然啦，还有不计其数的下岗的、居委会的、病退的、练摊儿的、一辈子没工作的家庭老妇女们等等，他们的面貌、来源和气质差异性很大，但有一条是共通的：喜欢回忆！忆往昔，什么都好，看今朝，什么都看不惯！当今社会上随便一件什么事拿出来说说，他们都能气得拍着大腿直咳嗽！

而所有这些人中，又以我楼下的史老头最为突出、最为典型。在晨练的这个小小舞台上，凭着他宛若当权的举手投足、以假乱真的种种内部消息加之长篇大论的愤世之辞，他很快成了晨练老人群体里的主角，最有渲染力的演讲高手，他拥有一批固定的拥趸者。

史老头的早餐——这是我较为愉悦的一趟感官之旅。闻闻吧，当天的报纸在他的餐桌上散发出新鲜的油墨香，当然，还夹杂着些许街尘和体味，那是邮递员劳动过后的微弱印记。史老头闻不出，他像一只鸵鸟一样埋进了报纸。从窸窸窣窣的翻阅声中，我可以听出，他在要闻版和国内新闻版上停留了相当长的时间，有些版面甚至反复流连、盘桓不已……与此同时，他开始享用他的早餐，根据空气颗粒的变化和分布，我可以知道，他喝了些豆腐脑儿，吃了两个烧卖，这两样搭配着实不赖，史老头一直注重养生之道，以保存更好的体力来监管世道人心。接着，是起伏不定的财经版和杀人放火的社会新闻版，他只是进行了一些蜻蜓点水的关照，一边加快了进食的速度，当然，对于一些负面新闻，他还是给予了足够的重视，接着，到了娱乐版和体育版，他很大幅地翻过去，像翻过整版整版的广告，下面，是健康版和服务版，作为老年人的最爱，他打算留到午睡后再仔细阅读。最后，在国际新闻版，他又慢下来，并对早餐进行最后的拾遗补阙。

"唉——唉——"报纸看完了，史老头儿开始大声地叹气，接着又咳嗽。他站起来在屋子里走来走去，偶尔停下，拿起报纸重新看看，接着又大步走来走去。是啊，我能猜到，一定又是什么消息让史老头儿生气了，他肯定还背着手呢，像电影上那些生气的干部似的……

史老头的胃部开始进行了初步的搅拌与蠕动，我听见胃酸在缓慢地分解他的豆腐脑儿和烧卖，但很快，这愉快的发自本能的消化过程受到了打扰：史老头儿实在太激动了，他的胃部突然胀满了一股气体，接着，这些气体聚集起来，簇拥着向喉部靠拢，最后，在瞬间释放，形成一个响亮的气嗝，像开了头的做爱就很难停止似的，这些气嗝开始源源不断了，像顽皮的泡泡似的不断浮出水面，上升到爆然的空气中，上升到单薄的天花板上，一直顶到我的床脚。我感到我的床在摇晃，像一只哺乳时期的摇篮。

——史老头儿的胃病又犯了，我听见他伸出带有老人斑的手去拿起马丁啉。哗啦哗啦，他摇摇药瓶。史老头儿的胃病应当怪罪于这个时代、这个时代的人们、这些人们的所作所为以及无所不能的传媒耳目。史老头儿真的是给活活气坏的，那么多年啊他吃过那么多苦！吃枪子儿、饿肚皮儿、整过别人也挨过别人整，什么事他没见过？但有一条，从前的官那是怎么当的？现在的官又是怎么当的？光这一条，就把史老头儿给气坏了，最关键的是，就在眼皮子底下，就有这么个 D，他就是万恶之群中的那一个！

史老头儿放下马丁啉，他想：吃药有什么用？治标不治本，只要有 D 在眼皮下待着，他的胃病就好不了了。因此，关键的关键，是揪出身边的蛀虫，为己除病，为民除害。

想到这里，史老头激动了，他猛地大声咳嗽起来，突然惊起的气流如惊涛拍岸。我迅速捂起耳朵，感到山雨欲来般地慌张与兴奋。

4

最近，你的耳朵，还是能听到什么声音吗？白医生温和地问我，一边似笑非笑地盯着我。他的旁边，母亲也在似笑非笑地盯着我。

他们两人的眼光明显不同，但同样带有一些重量。许多人的眼光都带有重量，这是白天给我的压力之一。相比之下，黑夜多么平静平等平和。那些眼睛们都消失在黑夜里了。

白医生的嘴里隐约地散发出一种海洋的气息，淡淡的腥气，经过了太阳的暴晒，盐分的积累与失散。那是海带。

白医生，您昨晚吃了凉拌海带丝，对不对？我决定猜一猜。我对挖掘嗅觉的潜力总是不遗余力。

白医生侧过头与母亲对视了一眼，毫不掩饰地摇摇头。

母亲连忙紧张地站起来：没有关系，我们继续保守治疗……您再开上次那药……她一直很安静的，对我们的生活都没什么影响……

白医生听任母亲激动了一会儿，最终大度地点点头：……您还是坚持不让她住院？其实，她的这种臆想已经很严重了……

母亲像往常一样拿了一大包药，然后扶着我慢慢往家里走。从这个医院出来的人都互相搀扶——其实不是她扶着我，而是我扶着她。

每次与白医生告别后，她都特别虚弱，四肢冰凉，肌肉无力，关节们软绵绵地相互摩擦，心脏都跳得更加慢了。这一切，我都听得清清楚楚，可是我不能跟她说。每次只要提到我的听觉和嗅觉，她就会不加判断地哭起来，嘴角像个孩子那样往下撇。我闻到她泪水的咸味，现在不像海了，而是一条遥远的内陆河。

可是真的，我真的听到那些、闻到了那些，她为什么要因此而那么伤心。

5

我比所有的人都知道即将发生的事。我知道小 A 即将阳痿。我知道 D 即将搬家。我知道史老头儿即将做出一件荒唐的事。我的证据来自黑暗。黑暗中张开的耳朵和鼻孔，它们不是向日葵，是向黑葵。

就在昨天，我听到了小 A 对 D 的拜访。显然，这是小 B 无数次性爱谈话录的必然结果。小 A 终于决定跟 D 谈谈他的个人发展问题了。

这天 D 难得的没有出门应酬。从 D 的女人那缺乏重心的脚步声中，可以知道，女人感到意外，而不是惊喜。

她慌里慌张地张罗了一些菜，在厨房里折腾出种种煎爆炖炒之声。她其实不善此道，但她尽力表现出投入的样子，这是一种姿态，表示她对 D 的完全臣服与依顺。自从 D 当了副总之后，她就不断地通过各种方式和细节强调这一点。以她这个岁数，以她这种容貌，她知道自己在 D 心目中的位置，为了保全她目前所有的一切，她愿意做出一切的努力。这样听来，她在厨房发出的一切声音，忽然就显得那么荒凉了。

而有一段时间，我曾经非常着迷于来自厨房的声响。特别是苍穹四垂、黄昏将近之时，城市的每一条道路上都有人在扇动着沉重的翅膀，明知道前方凶吉未卜，他们仍然急急地扑向小巢里温暖的火苗，在那些油腻腻散发热气的厨房里，蔬菜叶子们在铁锅的炙烤下飞快地失去水分，生姜在水中打着小圈儿旋转，碗和碟子因为等待得太久而叮当作响窃窃私语……是啊，我曾经多么热爱这一时刻所诏示的温情之意，我幻想着人们在即将到来的夜晚感到平静、得到满足，他们吃完热乎乎的晚餐，肚子充实，四肢微胀，牙缝里残留着几颗米粒，眼神里流露出无限的善意。在夜晚，人人都将成为天使，他们安详、谦让，和谐得像一排洗得干干净净的茶杯。

不过很快，我对于黄昏时分的迷恋开始分崩离析：情况与我所期待的几乎恰恰相反，人们从未对黑夜存在敬畏或感恩，他们更多地把夜色当作一种掩护和纵容，在黑暗中，他们变本加厉、无所顾忌——意识到这一事实后，我对黄昏时分厨房里的烟火气和翻炒声感到了排斥和厌恶。我不喜欢这种欲盖弥彰的假象。我知道，在温情脉脉的晚餐过后，将是加倍的肮脏和混乱。

然而，大多数人都不明了这一点，包括 D 的女人。此刻，她正勤勉地炖着一小锅人参老母鸡汤，由于过分的热心，她几次三番地掀开盖子，噘着嘴巴向沸腾着的旋涡张望，似乎那里面就是她通往幸福的暗道。

我侧过身离开了这悲剧性的女人，来到了 D 所在的客厅。客厅里显得很嘈杂，简直人声鼎沸。我侧过头听了听，是电视。电视，是那样一种东西，当人们看着它，它很乖，发出各种有趣的声音；但当人们专注于别的，突然之间，它就吵死了，能让人发疯。D 的耳膜显然比我坚强，他大开着电视，心有旁骛，却端坐如磐石。除了一只手，在断断续续地敲击着沙发木扶手。笃。笃笃。笃。

看上去，在家里他感到有些无聊。就像有些女人天生是"party 动物"一样，像 D 这样的男人天生就喜欢在外面"应酬"，他喜欢饭店里那些清清爽爽的服务员，喜欢她们侧在耳边轻声细语地听他点菜，喜欢每道菜都分成固定的一小份摆在每个人面前，喜欢每上一道菜就换一个新碟子，喜欢每喝了一点饮料小姐们就张罗着重新斟满，觉得自己像在喝一眼永不枯竭的泉水……夜幕下的晚宴，温度不冷不热，菜的口味不深不浅，人人笑眼生花，坐享其成，总归有一两个能说会道的人物，从头到尾的负责插科打诨、提供各种内幕消息以及最时新的政治笑话……

而在家里，多闷！晚上好几个小时，都怎么过呢？ D 简直犯愁了

D 的情绪像水波那样荡漾开来，他身边的一切都受到了催眠，屋子里的空气像蜡油般地凝固了，各种声音在传递之中也变得滞重、缓慢……D 的女人拉开餐桌，凳子脚在地上慢吞吞地摩擦……我想我的耳朵也快要睡着了。

突然，我听到小 B 在小 A 脸上猛然发出的一声亲吻声！这真令人精神一振。我磕磕绊绊地离开了隔壁，向楼上飞去。这是晚饭时分，可是他们不在餐厅。

我绕了几圈，最终在卧室里发现了小 B 和小 A。哎呀，这里的味道太浓了，一种古怪的情欲之气，浓烈而不怀好意。我听见小 B 的衣服一件一件往下掉，与此同时，她还在亲吻小 A，她的红唇在小 A 的胸脯上留下淡淡的一圈口水印，口水随即在空中蒸发，像被热浪烘烤的蛋糕。

在亲吻的间歇，小 B 并没有忘记阐明行为动机：哦，亲爱的，我要让你快活一下，然后，你就下楼好不好？他今天在家，你就像串门一样，自然一点，去敲门，去跟他谈……好不好，哦，我这样你觉得可以吗……

小 B 吞着口水，像在舔一根快要溶化的冰棒。小 A 则像睡着了似的一声不吭，我感到他在变小，越来越小，最终，像冰棒一样消失在小 B 的嘴里。

多么黯淡的夜晚，建筑物里的一切令人心烦意乱。下面即将发生的一切毫无新意。我知道，半小时之后，身体僵硬的小 A 会被披

头散发的小 B 从门里推出，他不得不迈着虚弱的步子下楼来敲门，正在剔牙的 D 会平易近人地招呼他"进来坐进来坐"……他们开始艰难地寒暄，小 A 的背上像蒸气一样出现了层层汗珠。D 的女人进来倒茶，借机猜测这个邻居的来意，一边暗忖他是否带来什么。这几年的经验告诉她，不会有人无缘无故、空手空脚到家里来作客的，那多不懂事呀。

没错，小 A 随身带了一张卡，可以在国外使用的长城卡，这是小 B 的主意，D 的儿子在新加坡读高中，这张卡就给他儿子用好了……接下来，我知道，当小 A 把卡放在茶杯下面，D 一定会当作没看见；而当小 A 最终告辞而去，D 的女人会飞快地扑上去，恨不得马上到银行查一下余额……而 D，会若有所思地喝下一口水，不易觉察地露出胸有成竹的微笑——对他来说，小 A 的这点事还能算个事么。

不，我不想浪费精力在那些无聊的毫无创意的场景上……我应当到户外去，跟那些三三两两的陌生人们在一起，从他们穿着的家常服里呼吸日子的味道，从他们前言不搭后语的对话中感知琐屑的烦忧……

我的耳朵和鼻子果断地离开了 D 家，它们下了楼，出了单元，向左拐，再向右拐，都快要飞出这幢宿舍楼了……突然，在拐弯处的垃圾筒边，我听到一阵熟悉的"呼呼"声——没错，是史老头儿的喘气声，他在干吗呢？我略微停下，像踩了一下刹车似的，高高地歇到路灯的枝杈上。

垃圾筒，垃圾筒的味道立刻把我包围起来！

小区的垃圾筒其实就是日子的一个背影、一种缩写、一点破绽，所有失去价值、所有不可见人的玩意儿都被集中在这里。过期的药丸、馊掉的饭菜、撕碎的便笺、纠缠成结的头发，卷着排泄物的手纸。

我被狠狠地呛住了，几乎晕头转向，同时我对史老头的鼻子肃然起敬！不过，疑惑更大于敬意，我真不明白，他那么体面的一个老同志，为什么要如此亲近一个垃圾筒？

史老头儿跷起指头翻弄了一阵，又伸过头凑近了看看，带着钻研的劲头，还偶尔地点点头，像是试图发现或印证什么……也许是五分钟，或者更长，总之，在我快要被垃圾的味道们淹没之前，他终于停止了猎狗般的搜寻，转身回家了。

垃圾似乎带给了史老头无穷的快意，他的脚步出奇的轻捷，散发出自信而神秘的魅力，我被吸引住了，忘记了到外面转转的初衷。我决定跟史老头儿回家。

开了门，史老头打开水龙头洗手，水流的声音非常流利，史老头儿忍不住自言自语地嘀咕了一声：好，前列腺发达。这话有些幽默，说明史老头心情不错。是啊，我记起来，他有好几天都没有打嗝了，我的床很久没有被气流摇过啦……他最近在干什么？胃病神奇地好了？

史老头像年轻人那样大幅度甩净手上的水滴，他坐到一张陈旧的写字台前，桌子咿呀地呻吟了一声。史老头儿从抽屉里摸出一个笔记本，他舔了口唾沫，翻了翻，举起笔来，开始记东西——

要是白医生知道，我连别人写什么我都能听得出，他一定认为我是真的发了疯，他会不顾我母亲的请求，一下子把我抓进去的……所以，嘘，你们千万不要告诉他，其实，我听见史老头儿都写些什么啦，他运笔有些旧式私塾的毛笔底子，因为眼睛老花远视，字体间构粗大，他今天写了三行：

> 澳大利亚深海鱼油包装盒一只
> 资生堂去斑美白面膜袋一只
> 吃了一小半的海南木瓜

在三行大字下面，史老头又加了些注释，似乎是时间、发现点及相关背景什么的。

——原来史老头是在研究 D 家的垃圾！

多么神奇的创意！这源自狗仔队的科研精神！史老头儿把 D 当作大明星了，当作低调作家张爱玲、当作性感名模林志玲！

我躲到史老头儿的旧藤椅下面，拼命忍住没有笑出声来。我知道史老头儿一直想抓 D 的把柄，想寻找他腐败的证据，不过，他这办法真有些笨拙了，那垃圾箱里的一切我昨晚就听得一清二楚，也闻得明明白白了，昨晚，D 开启了一瓶深海鱼油胶囊，据说这是大补的，补什么我不太清楚，总之，我听见 D 很愉快地把瓶子摇得哗哗作响，对女人说：真正的原装进口，全是外文字儿，别看这一小下子，一百多美元呢！

那时候，D 的女人脸上正敷着一张面膜，这是她所有面膜中最昂贵的一种，她一直舍不得用，D 很不高兴的斥道：用！旧的不去新的不来！我会让他们再搞一些送来。你看看你的那张脸，再不弄弄还能看吗！

敷了面膜的女人现在看上去简直像个美人了，美人照照镜子，她想象着，等会儿揭开面膜后会看到自己变成了张柏芝……为了使这个目标更加可行，她又打开一箱什么东西在里面东挑西拣，我闻了闻，毫无疑问，这是两天前有人从南方给他们捎过来的水果，其香味之浓郁实属罕见，我贪婪地深吸了几口，D的女人却表现出掩鼻难继的样子，边歪着头看标签边小声嘟囔着：波罗蜜、火龙果、榴梿、红毛丹、杧果……就木瓜吧。她灵光一现地记起了电视剧里的那些细节，木瓜可是美容上品，特别对女人来说，比如冰糖炖木瓜、木瓜粥什么的……很可惜，当她折腾着把滑溜溜的木瓜去了籽削了皮之后，仅仅咬了一口，就再也无法消受了，这个喜爱面食与萝卜干的中年女人厌恶得几乎要吐出来……她恼怒地揪下脸上的面膜，连同咬了一口的木瓜一起把它们扔进了垃圾筒……

6

怎么样，最近好吗？有什么变化吗？白医生总是这种大同小异的开头，一边用干净整齐的手指整理衣领。是否他认为这就是一个脑科医生的经典开场白。

我决定不回答他。我盯着他，同时，轻轻地吸了一口气，真可怕，他昨天吃的还是凉拌海带丝，难道他每个星期二晚上都吃凉拌海带丝？他的生活一定是富于计划性的，比如，星期一修指甲，星期二吃海带，星期三做爱，星期四剪鼻毛，星期五给宠物洗澡……幸好他不是我的邻居，我想他的夜晚一定枯燥极了，我可能什么也听不到。我决定了，以后不再回答他的问题。

他对我的无礼视而不见，也许是因为母亲代替了我：还好还好，反正吃了药，白天就是呼呼大睡，一到晚上，精神就倍儿好……

其实……我倒有一个建议，你不妨试试看……白医生沉吟着，一边用手指按着太阳穴，一个标准的思考动作。我是说，这样啊……你们可以考虑把药放到晚上给她吃，对不对？这样可以改变她的生物钟，晚上让她睡眠，白天自然醒来，这样，她胡思乱想的概率一定会低很多，你想，白天的光线、温度、气氛，跟晚上是完全不一样的……他说得有些兴奋，还配合了一些手势，他一定以为他提出了个富有创造性的新治疗方案。

呃，我们已经变过吃药时间了……母亲期期艾艾的，好像有些惭愧。

那么，再多变几次看看呢。白医生不再看我们，埋下头来开药。

出了大门，母亲好像累得走不动了，我扶着她找个台阶坐下。

母亲一声不响。我听了一会儿，这会儿，白医生正跟他的护士低声细语，不知为了一句什么话，后者轻佻地笑起来，牙齿间分泌出情欲的味道。

显然，他们丝毫不为我的病情操心，母亲是白送钱给他们。我对这一切负有责任。我想也许我真的不必那么固执，非等着看白医生什么笑话，要是可以，下次我就告诉他，我什么也听不见，我差不多就是个半聋子半傻子了，如果可以，请我的邻居们全都变成白医生那样，安静、刻板、富有计划，那样，我会放心地把眼睛闭上，呼吸放慢，腿脚摆出随意的姿势，像他们所有的人一样，放弃对黑夜的监视和瞭望……

但是我知道我的邻居们绝不甘于那种平庸的生活，他们不会放过我的耳朵和鼻子，正如它们不会放过他们。

7

黑夜已经很黑了的时候，楼道里出现了一串陌生的脚步声，她在 D 的门口停了下来，却又徘徊着不愿敲门。

我想那一定是个女人、年轻的。显然她对这个宿舍楼不那么熟悉，但这不影响她脚尖的弹性，或许她幼年时曾经练过舞蹈，我忍不住想象她的少年，曾经的轻盈、修长与甜美。但是那一切现在都消失了，我感到这个姑娘现在正被巨大的悲伤和屈辱所笼罩，她的身体有着特别的沉重，像是负累了另一个无法承受的生命……我的想象力像沼气那样开始冒泡泡了……她为什么要来找 D？她跟 D 之间发生过什么？承诺。欺骗。怀孕。抛弃。一个年轻姑娘与一个中年官员，还有什么别的可能性吗？不过很可惜，D 今天不在家，他还沉浸在那无穷无尽的应酬里呢。

年轻姑娘终于敲门了，也许她要找的只是 D 的女人。

D 的女人在晚上比白天还要迟钝，这时的智力与反应正适合看电视。敲门声显然让她受到了惊吓，她疑惑地用遥控器把音量调低，以再次确认声音的来源。这样，年轻姑娘不得不又敲了几声，并且轻声说了句：是我，刘春（儿）。

听出来，这姑娘不是本地人，她的儿化音在我们这里很少见。这下子，不仅 D 的女人听到了，史老头也听到了。小 B 和小 A 也听到了。我感觉到他们一下子把耳朵都竖了起来，是啊，一个带北方口音的陌生姑娘在夜里来找 D 的女人，这并不是天天都会发生的热闹。

我听见史老头一骨碌从他的床上坐起来，然后像狗一样把耳朵转向 D 家的方向，与此同时，他的手伸向他的小本子，似乎随时准备记下什么。

楼上的小 B 则兴奋地推推小 A：哟，你们那头儿，看样子也怪风流呀！瞧都找上门来了。

小 A 无动于衷：他风流关咱们什么事儿？早点睡吧，我都累死了。

最近小 A 瘦得厉害，因为他顺利晋级为主任助理——这位置跟他的气质完全南辕北辙，似乎反倒是一种作弄与嘲讽。在办公室，他时常感到来自同事们的审视与捉摸，他们一致觉得：呆板木讷的博士生小 A 当助理，是件绝顶荒诞的事。这让他感到了前所未有的疲惫与厌倦。但是又能怎么样呢？有谁能对所谓的仕途说不吗？特别当这仕途源自一张长城卡……唯一的出路也许是继续消瘦……

小 B 嗨了一声：你这傻子。我们呀，要充分利用好作为 D 的邻居这一资源，他的什么事咱得听着点想着点，好的话呢帮他一把，有什么事替他遮住捂住，让他领我们一个人情……不好的话呢，就当抓他一个小把柄，到了他这种地位，是最怕有短处捏在别人手里的……嘘，不说了，快仔细听听。

D 的女人窸窸簌簌地走到门口打开门，连腿上搭的毛毯都没有拿下。年轻女人一闪身进去了，并很快关上大门。

史老头儿和小 B 都非常失望，他们的身子同时矮下去，几乎有些恼怒地摇摇头：D 的女人为什么这么木讷，她就不会盘问盘问、寒暄寒暄？

黑夜的高潮提前到来了。我的耳朵和鼻子一齐飞起来，挤在刘春（儿）的围巾里跟她一起进了 D 家。刘春（儿）的围巾里有一股子好闻的香味，这是只有漂亮姑娘才会有的味儿。D的女人显然也被她的容颜所惊呆了，她几乎是喃喃自语地说了一声：你，长得像雅莉英……雅莉英是她最近一直在看的韩剧里的女主角。

突然，我感到我所栖身的围巾湿了，那是泪，刘春（儿）哭了，哭起来大概更像雅莉英了。D的女人张开了嘴巴，她以为自己走进了电视剧，她现在说话有些像说电视剧台词了：姑娘，是谁欺负了你？说出来，我替你做主……

……

事情跟我预计的没有太大的出入。刘春（儿）是D在外面的笼中鸟，肚子玩大了，D也有些腻了，加之突然想起自己的身份地位，就给刘春（儿）来了个完美消失。这个刘春（儿）是辗转了不知多少人的指点才找到D这儿的。这姑娘到底是北方人，很老实，不会闹，她今天找来了其实也没别的，因为在本地举目无亲呀，这事又够丢人的，一个人去医院怪那个的，就想找个人陪着她把肚子给重新弄小了。

D的女人把嘴唇上下抖起来，像电视里那些气得要昏厥的女人似的，不过她没有那种潜质，最终没有昏厥下去，连晃也没晃。事实上，在潜意识里，D的女人一直在等着这天，她知道D一定有这一手，他要没有这一手倒就怪了……通过电视剧的反复熏陶，她甚至已经在头脑里进行过下意识的演练，不过没想到，对方这么……这么……D的女人想不到什么准确的词儿了，怎么说呢，这姑娘就仅仅是要人陪到医院去一下？谁去陪呢？D还是自己？

她拿不出主意，也说不出什么。于是就那么坐着，光给刘春（儿）的杯子里续水。水流在狭小的杯子里进行着微型的翻滚对流，但很快归于平静。

刘春（儿）呢，说明来意，也就那么坐着了，同样不说话，隔会儿喝口水。茶水在她的牙齿间、口腔中、喉管里四处流溢，最终"咕咚"一声消失在身体无数的管道里。

这是何等枯燥乏味的场景！她们对坐着，像在瞬间风化成了两块雕像。

连我也无法再待下去了。不用脑袋我也能猜出，D 的女人决不会因为这事跟 D 摊牌大闹，在某些事情上，她永远只是敢想而不敢为；而刘春（儿），我可以看出，她绝不俗气，或者说绝不世故，她没有要等 D 回来讨要说法的意思，她们会在静默中达成一个水到渠成的协议：由 D 的女人陪刘春（儿）到医院手术。

再见了，女人们，你们不会有更新鲜的命运，千百年来都相似，被侮辱与被损害的。我的耳朵和鼻子离开了刘春（儿）的围巾，离开了这间女人的屋子。

它们从窗户出来，飞进了沉沉的夜——院子里残存的一些树木正在悄悄地吐故纳新，露水像乳汁一样悄悄地降临，我的耳朵踮起脚尖，鼻子微微收缩，完全沉浸在这夜间的静谧与朴素里了。

刘春（儿）终于出来了，从电视内容来看，她其实也没待多长时间——广告才插播了两次。

我听见她的脚步出现在露水与树木之间，像仙女正在云端漫步，奇怪，尽管她有着肉体上的沉重负累，我却会对她的脚步产生这种类似童话般的错觉。不过，美妙的幻想很快结束了，在童话之外，突然出现了史老头粗重的呼气声。这早睡早起的老头儿，他竟然又起来了，并且出来了，他也出现在露水与树木之间，他急急地走着，看样子，是想追上刘春（儿）说点什么。

这不能不让我精神一振。啊！感谢我的耳鼻，它们的确是我获得愉悦的唯一宝藏。

最绝的是——我听到小 B 和小 A 也出门来了。这对喜欢在沙发上做爱的年轻人，要知道，他们其实是很懒的，能让他们坐下去、再站起来，真是很不容易。

现在，从脚步声可以听出：史老头基本上与刘春（儿）并肩而行了；而小 B 与小 A（后者像木偶一样完全被前者所挟控）则亦步亦趋地以最大的可能性接近前面两位。显然，小 B 是想听听热闹。

咳。咳。咳。史老头发出他典型的开场白。呼。呼。呼。接着他又开始呼出一贯的愤怒之气。

哎呀我说这位姑娘……我都替您鸣不平呀……您怎么就能那么轻易放过他呢……我都被气得睡不着了……我气得都没法咳嗽了……

刘春（儿）停下来，路灯下我能感觉到她脸上尚未干透的泪痕，这姑娘还沉浸在她自己的深渊里呢——就在刚才，D 的女人一方面答应了出面陪她，甚至还会去给她送一锅鸡汤，但是，好像只是无意间，D 的女人提到了孩子，用了一种非常柔和非常怜爱的腔调，这是刘春（儿）从来没有想到过的。是啊，肚子里，那是个孩子呢——她一边想着，不由自主也带了柔和怜爱的成分。

可是，这么突然的，她被一个莫名其妙的老头儿给打扰了。她抬起头，看看这衣衫不整的史老头，看看他气得直喘的表情，

刘春（儿）显然给吓了一跳，她赶紧加快了脚步，像在水波上飘行起来似的。史老头不依不饶，也咚咚咚地加快了步子：别怕呀，我是来帮你的，那家伙都对你做了些什么，你尽管跟我说呀，我会帮你治他的……看出来了，你怀孕了是不是？你要去医院是

吗？我陪你去行不行？我现在最需要的就是证据……人证、物证，我一样都不能少……

这话听上去更不对劲了，刘春（儿）干脆就跑起来，像鸽子那样飞起来，扑闪着翅膀离开了我们这个虚无的小区。在她洁白的羽翼下面，小 B 和小 A 因为没有及时止住脚步，不小心踩到了突然停止快跑的史老头的脚上。他们三个同时惊惶地叫起来，害得重新看起电视剧的 D 的女人都皱了皱眉头：这个晚上，她真的不能再受到打扰了，这电视看得真不痛快。

重新回到房间，小 B 忽然春情荡漾，也许是户外新鲜的空气刺激了她的性欲。她几乎是急不可待地扑到沙发上，弹簧在我头顶上发出悠长的低吟。小 A——她轻声喊道，有些口齿不清。

显然，今晚的运动提前了……我知道，完事之后，小 B 会跟小 A 谈一些权术问题。小 B 的做爱可以不要前戏，不要高潮，但后戏这一场，绝对少不了。

果然，从卫生间出来的小 B，甚至都没有顾得上穿拖鞋，甚至都没等小 A 点他的那根烟，她就迫不及待地开始了：嗳，我说，刚才你听出什么来没有？

刚才……什么？小 A 对小 B 的"后戏"其实已经开始怕了，有种一脚踏空的感觉。他不舒服极了，却又说不出个什么具体的原因和理由。

那个年轻姑娘呀，这可是你们领导的软肋呀……小 B 兴奋得几乎拍起巴掌。能让我们可听见了，可真是个无价之宝！如果，你什么时候能够就此事巧妙地暗示一下你们领导，你说，他以后能不对你另眼相看吗？那你的什么事儿不都不成为事儿了吗？

我还有什么事儿呀……小 A 不胜惶恐之至，如果再让他发展下去，他想他会瘦成一竿竹子的。小 B 难道看不出吗？

事情多着呢！你以为主任助理就到头啦，我告诉你，这仅仅是两万五千里长征的一小步，后面呀，就要去掉助理，变成副主任，然后是正主任，副处，正处，一步步的，风景多着呢！嗳，我说你，别那么无精打采的，升官发财对你们男人来说是天经地义的目标，你怎么总要我替你操心呢……

应该已经快到凌晨了吧，楼梯上终于响起 D 拖沓粗重的脚步，他才是今晚的主角呀，却如此平静地处在风暴中心，为了他，一个女人流了些眼泪，另一个女人的电视时光受到了打扰，一个男人睡下了又起来了，另一个男人做爱了可是他感到被强暴了。

听得出，除了公文包，D 今天又拿了一箱什么极为沉重的东西。唉，有些人就是不那么体恤领导。

相似的场景再次重现。D 的女人轻轻地打开门，她很快被 D 手中东西所吸引，短促地低呼一声，忙不迭地接过来，随即沉浸在手中沉甸甸的喜悦里，甚至，她都没想起来要跟男人谈谈那刘春（儿）的来访以及她的感触——一方面，物质的诱惑永远大于现实中的尴尬，另一方面，她有着趋利避害的本能，她知道，跟 D 谈来访的女人，不是个好主意。

不知为何，我的耳朵感到有些累了，鼻子也停止了活动，它们今天都没有兴趣去跟 D 两口子分享他们今晚刚刚拿到的礼物……

我似乎是第一次在深夜感到困倦，眼皮像沉重的翅膀，无力地交合在一起……在最后那一刹那间的迷糊中，凭着谛听的惯性，我听到楼下传出纸与笔急速发出的摩擦声——这是史老头儿，他正在挑灯夜战奋笔疾书呢，他到底想要做些什么呀，我现在感到他比我更加令人费解了……也许，他更加需要与白医生聊聊天儿。我说的是真的。

8

没等白医生开口，我先提起了史老头儿。白医生保持着招贴画般的呆板微笑，一边轻轻敲着笔杆，显出若有所思的表情。

最终，在我叙述的末尾，他应景般地问了几个问题，像有奖收视的那些问题——表明他方才没有走神，他一直在听我说话。

你是说，你认为你楼下的一位离休老干部精神有些问题，比如说，妄想症？强迫症？白医生似乎有些想笑。我不明白这里面有何可笑之处。

他又转向我的母亲。很有意思，每次跟我谈话，他都只说一半，另一半会转向母亲：您怎么看楼下的那位老同志？

史书记呀……母亲保留着史老头在职时的最高称呼。人家好着呢。天天儿早锻炼，回来吃早饭读报，晚上散散步什么的，挺好的……白医生，好好的她怎么又说起别人来了？母亲一急起来就显得有些迷信了，像看着神灵似的看着白医生，她为什么看不出，这位姓白的其实对我根本就是束手无策呢。

果然，在一番常规的检查及一些弱智的心理问答之后，白医生对母亲笑笑，像是一个什么胜利者似的。他抽出一张便笺，写下一个电话号码：这是我一个朋友的门诊号，对一些疑难杂症，我们会进行一些交流，你知道，就像人体总服用一种抗生素会产生抗体，对你女儿来说，如果换一个治疗点，也许会有意想不到的效果。

好呀，白医生终于举起白旗了。我发自内心地感到幸灾乐祸——他今天怎么就没问我最近睡得怎么样呢——事实上，就在昨天，我有了夜间睡眠的前兆，当然这跟他毫无关系。也许是第一次，我对他露出一个完整的笑容。他闪开目光，不易觉察地皱皱眉头，最终站起来跟母亲虚情假意地握手道别。

9

从早晨就可以听出，今天，对史老头儿来说，不比寻常。

一大早，在时断时续的咳嗽声中，就听见他在翻箱倒柜地折腾什么，他像女人那样在床上摊着一大堆衣服。50 年代的中山装。60 年代的军装。70 年代的猎装。80 年代的枪驳领西装。九十年代的夹克。离休时新做的改良中式对襟。

不知为何，这些衣服突然让史老头儿老泪纵横。苍老的泪珠儿像发黄的珍珠在他面颊上沉滞地滚动，最终，消失在一排起伏的皱纹之中：都是败家子呀……老子们舍了命打下的江山，他们就这样去胡作非为、贪污腐化……史老头又开始呼哧呼哧喘气了，气流如青烟袅袅，我的床又开始变成了摇篮……

在一番思来量去之后，我听见所有的衣服最终又被放回了原处。史老头儿坐在床上沉吟了半晌，突然，他一跃而起，从床上扯下床单，又再跃而起，拿起毛笔蘸上墨汁在床单上写下一行粗大的字：打倒腐化分子 ×××！

他写的是 D 的名字。接着史老头儿把床单裹到身上，像时装模特儿那样在肩上扎了一个结。满意地照了一番镜子之后，史老头儿拿起他那本写得密密麻麻的小本子，出门了。

史老头仍旧沿着他平常早锻炼的路线直奔街心广场而去。一路上，床单在他身上发出猎猎风声，如同旗帜飘扬，非常有气势，我听到人们发出压抑着的咕咕笑声。有些不急着上班的人甚至一直跟在史老头儿后面。而在街心广场，更多闻风而至的老头老太们正围成一个圆圈等着史老头儿。史老头儿走近之后，圆圈开了个小口子将他拥到中间，接着又恢复成一个圆圈。现在，史老头儿成了圆心了。

一切早在意料之中，史老头颇有风度地向四周点点头，接着，他掏出小本子，开始了他所做的关于 D 各类腐败（证据主要来源于每晚垃圾内容的整理和推理）和腐化（那个带着身孕找上家门来的年轻姑娘）活动调研的汇报演讲。

好消息和坏消息比赛，肯定是后者跑得快，但和好玩的消息比，它们俩又全都得输。单位里许久没有这么激动人心的好玩事儿了，史老头儿此举对大家来说真是久旱甘霖哪，一番奔走相告、口耳相传之后，几乎还不到中午，主人公 D 得知了关于他私生活的精彩剧情。

尽管捎话的人尽量说得含糊、婉转。D 还是感到了扑面而来的刺骨。垃圾推理说太荒诞了，几乎可以付之一笑，这年头，吃点拿点小礼小品的还算个什么？但关于玩女人的说法就有麻烦了……有什么办法可以推翻史老头儿呢？除非还有另外的目击证人——说那个偶然来访的姑娘只是一个老乡或者外地亲戚、孩子的老师等等，或者，根本就没这么个姑娘，在那个晚上，压根就没有这么个人的出现！

第一个，他想到的就是小 B、小 A 那对小夫妻。通过小 A 的一些只言片语，D 基本上能够了解小 B 的为人及做事风格：绝对功利。其实碰上这样的人反倒简单了，大家友好交换、各取所需，像奴隶社会以物易物的集市一样……关键是要公平，谁的胃口都不能太大。

这样拿定了主意。D 的心情终于慢慢好起来。但晚上的应酬还是推掉了——攘外必先安内，少不得的。

小 B 简直太兴奋了，一切都跟她曾经设想的一模一样。她有一肚子话想对小 A 说，我听见她肚子里的话像开水一样沸腾着，顶得她都要叫唤出来了。为了叫唤出来，她必须先运动一下。

还只是中午，她就把小 A 拉回了家。接着，她把自己扔到沙发上，又示意小 A 也同样把自己扔过来。

小 A 可怜巴巴地站着，有些期期艾艾的，这使得他看上去都不太像个男的了：要不，咱们就只是睡个午觉……他把说话的重音放在"只"上。

小 B 不理他，自顾闭着眼。浑身的姿势却分明是在等他。

你是想说什么吧……要不，你先说说？小 A 现在终于跟我一样聪明了，他的意思是叫小 B 直接进入"后戏"。

不，我喜欢等会儿说，你就快点吧。小 B 很不高兴，她满肚子的话现在都快要爆炸了，她真的已经等不及啦。

可是……我……我总在想，你今天想说些什么……是不是又是关于我的个人发展……小 A 不舒服极了，他的声音像绳子那样在喉咙里绞成一团。我知道，这绳子同样绞住了他下面那儿，他现在根本没任何欲望，一想到接下来将要谈到的前途问题，他就恨不得离开小 B、离开这间卧室、离开这个中午……

行了，别说那么多啦……小 B 顾不上含蓄之美了，她不得不爬起来，伸手把小 A 往沙发上拉，又替他解开衣服。反正是一家人，不要掩饰那么多了……

接着是一阵扭打之声。推与就的过程混合在一起，自救与互救的工作混合在一起。我想小 A 其实已经做了相当大的努力。但显然，他的身体在某个点上还是让他们一起失望了……

嗳！你到底是怎么啦？这是怎么回事？我还有很重要的事情要跟你谈呐！小 B 感到自己就要憋坏了，她肚子都快要闷出味道来了。

也许是……中午，光线太充足了……小 A 光着身子缩在一边喃喃自语。你是想跟我谈 D 是吧……我估计现在单位里人人都在谈他，但是，不见得每个谈他的人都要上床对不对……

哼，光是谈谈他有什么意思。我才不会像别人那样光傻看热闹。你就不动动脑筋想一想，在 D 的这个事件中，我们会有什么样的利益得失，而这利益得失又决定着我们接下来应该采取什么样的立场！嗯？你难道一点都没想过？如果我们能很好地抓住这次事件，你很快就会从助理变成副主任了……甚至，如果明年 D 还在位的话，你转成正职也是指日可待……

史老头儿的闹剧、D 的丑闻，到了小 B 这里，却成了一次机遇。真是美妙之极呀。尽管今天做爱未遂，但这并没有太多的影响小 B 的演讲，关于接下来他们所面临的形势和任务，她足足讲了一个中午之久，其阴谋之深、其用心之苦、其眼光之远，绝非常人可比。我向她的智力表示敬意。

这一时段，同样躺在床上的还有 D 和他的女人，他们没有做什么，甚至都没说上几句话。主要是 D，他不说话，因此女人也没说话。女人很不自在，她在想她每天中午必看的那两集电视剧，今天看不成了，只能从电视报上看些情节了。不，不对，这会儿不应该想电视，应该想"那件事"，那该死的史老头子。

她规规矩矩地躺着，尽量不动，可是浑身却到处不舒服，我听到席梦思的弹簧在她身下缓慢地伸缩着，像肌肉一样紧张。

D突然把手从脑袋下面抽出，像是思考了很久似的吸一口气：我说，你想不想换套大点的房子？

女人愣住了，因为她刚才走神了，她觉得自己只听到了半句话。房子？

我觉得这地方不能再住下去了……很不安全，很不方便，很不好。D接连说了一串"很"，构成了一个像样的排比句，领导做久了，确实出口成章。

女人这下听清楚了，噢，要搬家。想了想，为了表示自己的智力正在参与谈话，她急急忙忙地回应了一句：现在的房价太高了……同时，她脸上显出担忧的神情。是啊，房价，所有人都可以谈论的话题。

别担心，不有我嘛。D动了动身子，以便进行他早已备好的表白。你应当是最了解我的对不对，不管外面那些人怎么瞎说，那种倒贴钱养二奶的傻事我是再怎么也不会做的，我早就想好了，要把钱省下来用到房子上。你呢，暂时不要声张，买房的事我来慢慢操作，最好买个精装修的，到时一下就搬走，再也不要跟这些小人为邻，我一天都不想多待了……

那当然最好了……听到丈夫竟然用这种知心贴肺的口气跟自己说话，女人也慢慢放松了，忽然想起个话题，那是耽搁了很久的事了，也一直想要说的：……不过，不过，我差点忘了告诉你，有个叫刘春（儿）的姑娘来过我家，她说……

行了，你怎么这么不开窍的？还随着史老头子的话说呢！刚才你没听到我说话吗？记好了，不管什么人来调查，没有的事就是没有！你不要乱讲，弄不好这位子都危险的懂不懂！Ｄ终于恼怒了，这个女人，怎么一点都吃不透形势呢！白当这么多年官太太了，真是的！

Ｄ的女人又开始不自在了……她身下的弹簧又像肌肉那样开始紧张而缓慢地伸缩起来。其实Ｄ说的那个道理她是懂的呀，对外人当然不能说了，但现在不就两人么，为什么不能说一说呢，她又不会要他怎么样的，她还是会陪刘春（儿）去医院的嘛……

10

昏睡期开始得毫无先兆。与此同时，我发现我的鼻子与耳朵们似乎不像从前那样灵敏发达了——先是清晨，我不再能够听见史老头儿的咳嗽、市民广场上充满愤怒的演说、翻阅报纸以及随后的大声叹气了。他的整间屋子似乎忽然开始寂静无声起来，是他消失了还是我失聪了？

接着是中午，Ｄ的女人现在不看电视了……她好像突然忙碌起来，总是要出门……我听到吱的一声打开又砰的一声关上，她像小蜜蜂一样地进进出出，带着不太明确的喜悦……有时，我依稀觉得我闻到了医院的味道……不，或者是别的，比如乳房的味道、肚皮的味道，这很怪，我有点不自信了，这是些我所没有经验的气味。

当然，还有晚上，十点或者是十点半，我再也听不到小Ｂ畅快的呻吟了，她似乎成了一个清心寡欲的女人……取而代之的，是

"咕咚"——"咕咚"是小 A 在喝酒或者喝别的，总之，他总是在喝着什么……他们的沙发、他们的床现在都不唱歌了，我许久没有闻到精液与烟味混合飘散的气息了，不知道是哪里出了问题……是小 A 出了问题，还是我的耳朵我的鼻子？

　　但奇怪的是，我还能听见一些别的东西。比如，空中的信号们——那是世界上的人们正在相互联络。他们打电话，打手机，发短信，QQ 聊天，MSN 在线，博客链接。空中的信号就像地上的交通，几年前还是蛮顺畅的，像水那样，是流来流去的。慢慢地，它们就像高峰时期的城市内三环一样，开始便秘了。真的，可能很少有人会想到，我们的空气其实是那么拥挤，那些来来往往、长长短短的信号们像它们的主人一样，孤独、盲目、急急忙忙，像蜘蛛网那样把我们的空间绕得严严实实，我感到我都要透不过气了，我感到我都要缺氧了，我感到我要昏迷了……

　　为什么别的人都感觉不到呢，瞧我的母亲，她还在若无其事地给我熬药喝……

　　我想我一定睡了很长时间，三个星期或者一个月，或者更久。等我醒来。母亲正端着药站在床前。

　　你睡着了。母亲一动不动，像怕惊飞一只蝴蝶。

　　多久？我也像蝴蝶那样一动不动。

　　很长很长。

　　我一点都不知道……什么都听不到了，也闻不到了……

　　你的病好了。

　　那……发生过什么？

　　小 B 出来作证啦，根本没有什么怀孕的姑娘夜里上门……史老头儿被送到白医生那儿去啦，你说得不错，他脑子真的有问题呢……噢，小 A 升成副主任了，不过，不知为何，小 B 跟他闹离婚呢……还有，D 一家搬走了，听说，那个史老头看到了、而小 B 小 A 都没有看见的、并不存在的姑娘，还生了个娃娃呢，D 的女人真傻，还经常去抱孩子……

　　这些我都知道，很久以前就知道了，这了无生趣的世界，这毫无创意的结局……母亲端着中药向我靠近，那生命一样苦、时间一样浓的汁水……我的蝴蝶飞走了。

喧嚣的旅程

1

　　他们是第一批到达滑雪场的客人，毕竟是春节，人并没有想象中的那么多。汽车亲吻着干硬的地面，留下伤痕一般的弧线；清冽的空气里，人们的呼吸在各自的鼻翼前形成了一小股雾气。真冷。真冷。大家寒暄着，一边强打精神相互微笑。两个孩子则欢天喜地地在人造雪地上开始撒欢。

　　这是三家人，从表面上看，像是一个小型的家庭旅行团，是到达小康水平后的假日出游。团长是胖胖的张经理，此刻，他正灵活地从车子上跳下来，飞快地窜到大门口售票处，像怕有人抢了先似的把一行六个大人两个小孩的票一起买好。有人跟他抢这种付钱的事吗？忆宁回头看看丈夫，他不易觉察地皱起眉头，也看了看忆宁。显然，张经理又抢他一步了。

此行之前，丈夫特地到银行取了一大笔现金带在身上，像个从没出过门的暴发户似的。他甚至有些忧心忡忡：唉，这次出去，不知这些钱够不够花？旅游点，刷卡恐怕不大方便……

怎么？这次不是张经理牵的头么，哪里轮到你买单？买了单也未必算你的人情。长期的耳闻目睹，忆宁现在对于他们之间的规则也略知一二了。

那张经理，是一家电线厂的小老板，生意做得不大不小，但做事懂得抓住要害，拿下了市电力公司工程处的陈生处长，电线的销量便扶摇直上，因而愈加把陈生供得跟菩萨似的，只要陈生一个眼色，这张经理就是去杀人越货都没有问题。忆宁丈夫呢，是电力系统三产的一个部门小头目，在陈生的力荐下，但凡要用到高压线的，全都是张经理的产品——从理论上说，也算是张经理的大客户了，因此，他这次请陈生一家春节出行，顺便拉上了忆宁一家，是合情合理的。忆宁因此觉得不解：丈夫要准备这么多现钱做什么？能有他什么事儿？

唉，你不知道。陈生早先跟我打过招呼：不能让张经理太吃力，人家是私人小老板，也不容易的……这话还听不明白？陈生是让我想办法也分摊一点费用。总之，钱是要多带点的，省得到时难堪，张经理吃力了事小，得罪了陈生事大，人家在我上头的上头坐着，随便说一句话，我要么上天堂要么下地狱，这次出游呢，也算是个机会，跟他好好亲近亲近，明年，我能不能升到副处级，有他一票，至关重要……丈夫说话的神态里流露出相当的卑贱之态，让忆宁看了分外不舒服，至于嘛！这么没骨气的，但想到自己也是要蹭在后面去玩的，也就咽下了什么也没说，只忙着帮儿子准备各色行头，那傻小子早就兴奋坏了，在地上乱跳：噢，出去玩啰，坐飞机啰，滑雪啰……

正因为陈生的这句交代，一路上，每到付账买单之事，张经理跟忆宁丈夫之间便会出现一阵争抢，好在男人总不像妇女那样会争得面红耳赤，他们只稍微客气两句，也就定下分晓了。而陈生呢，每到这时，则像完全失明或失聪了似的，非常安然地与女处长在一边袖着手东张西望，完全事不关己的样子。这会儿，轮到要买滑雪场门票了，他们又像幼儿园等待开饭的乖孩子似的，排排坐着安静地等待。

这让忆宁想起昨天在机场的情景。出这种远门，忆宁总是心思缜密地想好了要带这个带那个，从小零食到感冒药到雨伞到游泳圈什么的，到最后收拾得整整三大包东西，到机场一碰头，张经理一家也是大包小包，倒是陈生两人，只拿了个小而轻便的手提包，像只是要到超市买东西似的。忆宁觉得有些纳闷，心想这家人真是洒脱，等到旅程真正开始，她才明白，原来他们要用什么都是现买呀，只要他们稍稍皱个眉、咂个嘴，那张经理或忆宁丈夫便立刻如得天命般地分头而去……看来他们对此是早有预料的，怪不得洒脱地拎着两只胳膊就出来了。

有趣的是，张经理和忆宁丈夫开始慢慢地达成一种默契，付账上基本是一回隔一回；并且大头搭小头。比如，飞机票是张经理出了，酒店房费便是丈夫来，晚餐是张经理请客了，次日便是忆宁丈夫订餐点菜，中间穿插的一些门票费、包车费、饮料费、导游费什么的大家再各有穿插，总之，大体上是两人合理分摊了，一心一意要让这次的旅程和谐圆满，实现加深情感的初衷。

陈生的太太忆宁是第一次见，想不到竟也是省级机关里一个什么处长，真是比翼双飞鸟了。男处长么，忆宁平常还认得几个，女处长倒见得不多。这女处长行动之中果然略有些懒洋洋的意思，明显是见过大世面的样子，每到一处都会皱起眉头来，挑剔飞机餐或者酒店冷柜。但在忆宁面前，她还是尽量显得平易近人，加上她身形微胖，不事修饰，让忆宁感到一种亲切——因为她自己一贯不善打扮，但凡看到素面的女人，马上便有了天然的好感。

倒是张经理的夫人，让忆宁感到一些压力。没错，张夫人是那种典型的商人太太模子，年轻、漂亮、能说会道，说她是花瓶吧，或许她并不那么笨，说她是贤内助吧，却又看不出贤在何处。她是张经理的第二任太太，岁数相差悬殊，生下来就是专门花男人钱的样子，全身上下没有一处不使劲力气地装点着，老远就声色夺目。忆宁注意到，连一贯严肃的陈生看到她都明显地精神一振，也难怪，整天看着女处长的干部风范，早已腻味得不行了吧。那么自己家这位呢，忆宁倒也想趁此机会好好考验一下丈夫了。

不过，当这位美人儿注意到忆宁和女处长清教徒般的装扮风格之后，马上转低了调子，第二天就把做得特别精致的发型给打散了像女学生一样披在头上，丝巾呀别针呀项链呀香水呀什么的也都一律从简或从无，变化得太大，几乎所有的人都能感到她的良苦用心。忆宁想想倒也有些佩服她，能这样花心思来迎合丈夫的客户，真是个聪明的女人。这张太太叫什么名字？忆宁一下子没听清，只在心里替她取得个代号：美人张。

这会儿，这聪明的美人张正配合着张经理殷勤地给大家分发门票，一边笑哈哈地跟大家讨论即将开始的滑雪。票刚发完，一个卖糖葫芦的凑上来想做生意，美人张于是又招呼两个孩子，给他们一人一串红通通的糖葫芦，这糖葫芦像小火苗一样地忽然间让煞白的天地多了几分颜色，带着童年的回忆似的，连女处长脸上都露出孩童般的笑容，宽容地看着女儿田田高声尖叫。有时候，钱就是这样奇妙，一桌大餐要花上数千之巨，几个小时耗进去，却极有可能吃得气氛沉闷，最终怏怏地作鸟兽散，而几块钱的小玩意儿，却能在瞬间让大家活跃起来，心照不宣相视一笑——比如，这两串冰糖葫芦，就有此功效。

忆宁在一边看着，脸上虽是也同样在笑，心中却在埋怨自己眼拙手慢，这种讨巧卖乖的事情，自己怎么就想不到做呢？就算不特别要讨好谁，平常做人也该有这样的机灵才可爱呀，木愣愣的算什么，又没有这个资本……正兀自呆想着，却突然听到那里小孩子哭闹起来。

短暂的和谐一下子飞遁了。大人们纷纷上前，原来是田田刚才跟忆宁儿子比起各自糖葫芦的大小，这一比，田田发现，她的葫芦串儿小了，要跟忆宁儿子换，忆宁儿子本来就小上一岁，在家里也是被宠惯了的，哪里肯换？两个孩子便翻了脸撕打起来……美人张一看，想要再买一串弥补，那小贩却早已走得不见影子了，这可怎么办？忆宁感到这田田实在是太过小心眼了，但出于礼貌，当然还是让自己儿子放手，料想大人们一定会劝住田田，没想到，陈生两口子却只在一边笑嘻嘻地看着，几乎有些隔岸观火的样子，张经理夫妇围拢过来，也是一条声地做忆宁儿子的思想工作，什么小弟弟最懂事啦，等会儿阿姨带你去滑雪啦之类，完全一边倒的样子……

忆宁这下子倒真有些生气了，明明田田是姐姐，怎么不晓得让一让呢？再说，各人都是随机拿在手上吃的，凭什么就一定给她换个大些的，一点都不公平，难不成官大一级连小孩都高人一等么……大概她脸上的神情有些流露了，忆宁感到丈夫在暗中扯她的衣角，她猛地一惊，突然想起自己一家的角色，是啊，都想些什么呢？这次的出游，绝对是陪客身份，伺候好陈生一家是不容置疑的使命，可谓现代版的一主二仆，既然是仆，她还在这里瞎琢磨什么公平呢……想到这里，头脑清醒过来，幸好还算有些表面功夫，马上脸色一转，拿出家里常用的撒手锏向儿子施加起压力，于是，小男孩终于泪汪汪地向大人们投降了，众人这才皆大欢喜地重新向滑雪场更衣大厅走去……

2

根据付账潜规则，滑雪的各种装备租金等等就轮到丈夫来付账了，忆宁也终于灵活起来，跑前跑后的询问各人的脚码，替他们分配手套、脚杖和鞋袜等等。这种照应别人的角色忆宁有些不大习惯，但想想事关丈夫前程，还是咬咬牙装了小脸。陈生一家照例是衣来伸手、饭来张口的样子，好像面对的是酒店服务员，连句谢谢都懒得说，包括那小姑娘田田，指东道西的一派小主人架势，把忆宁看得暗暗发笑，简直担忧起这孩子将来的人生来。

因为都是南方人，这种运动鲜有机会接触，一到雪场上，每个人都显得笨拙极了。说起来，人在身体上总是平等的，说不定小人物反倒多些优势，比如张经理，别看他人胖，平衡力却不错，竟然无师自通地溜出去老远，相形之下，陈生就不行了，像木桩一样抓着两个手杖站着动也不敢动，女处长更惨，一上去就跌了个大跤，美人张殷勤地想要上去搀扶，人还没迈出一步，自己也先趴到地上，忆宁感到一阵痛快，一不留神，自己也被另一个新手撂倒在地。

　　看看这里人仰马翻的样子，几个被寒风吹得皮肤黝黑发亮的滑雪教练立刻像看到猎物般地围上来：教练要吧，一对一三百，一对二两百，一对三一百，两小时全程陪练，包教包会……

　　那张经理人是滑出去了，却没法再滑回来了，只在老远处眼巴巴地看着这里，美人张一迭声地说：当然要教练，要不然，把咱们陈处长摔坏了可赔不起……她一摸口袋：唉哟，我的皮夹没带在身上呢！你看我们这种小女人，总是忘了放钱在身上……她撒娇般地对陈生解释，一张俏脸红红的分外惹人怜爱。

　　这会儿，忆宁丈夫要是再不站出来就太不像话了，虽然他方才刚刚付过一笔账，可这事都顶到脸上来了，总不能把张经理喊过来跟他说：这账该轮到你付啦！

　　忆宁丈夫连忙把教练们招到跟前，一边掏出票夹，数出八百块：这样，我们连大人带小孩一共是八个人，你们一共来四个教练好吧？

　　忆宁默不作声地听着，心里直生气，这家伙，为什么不讨价还价呢？再说，用得着全是一对二吗，一对三就可以，三百块钱就可搞定的事情为什么非得花八百……看了教练们拿了钱各自离去，忆宁忽然发现，咦，怎么没发票呀？这回去他跟部门领导怎么报账呢，空口说白话谁会信呀，难道这八百块钱他要自己掏？八百块，可以做不少事情呢！她一急，忍不住脱口而出大声抱怨起丈夫来：瞧你，慌里慌张个什么，在这里被人活宰，刚才在大厅里面不也有教练的，还可以一起开发票呢！

　　话才一出口，她看见丈夫的脸色就变得难看起来，恨不得拿手上来堵住她嘴的样子，一边压着怒气低声骂她：多什么嘴？不要乱说。什么报销不报销的。他这模样真让忆宁愣住了，觉得有些委屈，丈夫这样凶巴巴的，都好几年没看到啦，这话难道有什么不对吗？想要理论，看看大家都在盯着她呢，而那教练，已经开始看时间了，再不练更加对不起那八百块钱了，于是勉强提出兴致来往雪场中间走去。

这会儿，游客也慢慢多起来，那原先白茫茫的雪场，很快被人们糟蹋成浑浊可疑的灰色了。

直到晚上回到饭店房间，等儿子睡着了，她才有机会责问起丈夫白天的事，本以为一定是自己占了上风，谁知丈夫也憋着一肚子话呢，上来就责怪忆宁太没有眼力：老婆，平常看你还蛮聪明的，怎么出来就傻了呢！当众嚷嚷什么发票不发票的！这一路上，你应当看到，好多事情都是开不了发票的，就在昨天，我给陈生一家到超市买了几套内衣，还有，那小田田突然想吃安利的什么维生素片，好几百呢，我不都捏着鼻子买了，这些零零碎碎的东西，就是开了发票回去，财务上能报得了么？

忆宁一听，想起来路上那些大大小小的用度，更急了：那么，全都要我们自己掏？早这样说，还不如不要来呢！

嗳，笨女人，你说，这许多花费，那张经理，他会私人掏？或者我，会私人掏？大家自然各有各的途径去融资、去找出处。公家买单、私人请客这种事情多了，天天都在发生，大小各有不同，但却是不能言说的，心知肚明即可，做了也就做了，一说破就难看，别人就不承情。像你那样在那里当着众人大叫大嚷的，大家都站在那里，叫陈生听了做何感想？

那么，发票呢？你回去到底怎么报？忆宁还是不放心。

你放心，我肯定会想办法的，外面卖发票的地方多了去，要什么就开什么，生意都好得很呢！或者，我给财务部主任下点药，让他编个名目，陈生是省里的头头，谁不想巴结，肯定会做个顺水人情的，总之，我不会委屈咱自己呢，委屈了也没人相信……现在呢，这事跟你说清楚了，接下来还有好几天呢，均照此办理，你就不要瞎操心了，跟张家的那位太太学着点，说得漂亮点、做得漂亮点……

听丈夫提起美人张，忆宁没话说了，相形之下，她的确感到自己是很上不了台面了，唉，这么多年书，真不知读到哪里去了……算了，明天，明天一定好好学习、天天向上。

3

按照计划中的行程，第二天，他们三家是要到南郊一家特别有名的温泉享用水文化，忆宁想想，不就是洗洗澡嘛，最多加个游泳，有什么意思？住的这家饭店，热水就很好，何苦兴师动众跑到那么远的地方，太夸张了，还不如在老城里找些小街小巷转转、尝尝当地的小吃什么的，多好！

忆宁知道自己又犯了小情小调的毛病了，这方面，丈夫老早就跟她打过预防针，跟小集体出来一定要随和，千万别搞个别行动，显得多有个性似的，其实，在旁人看来最讨嫌不过了，叫张经理和陈生一家看笑话呢……这么一想，忆宁也就收起心思，早早拾掇好东西，一边庆幸自己替全家都准备了一套游泳行头，不管今天是张经理还是丈夫买单，总归可以省下一些。

果然，到了这家名叫天龙泉的温泉休闲中心，忆宁才感到自己太过孤陋寡闻，何止是洗澡加游泳，这休闲中心花样繁多，吃喝玩乐唱样样俱全，男人可以射击打牌唱歌玩游戏，女人可以美容瑜伽跳舞看碟片，小孩子可以坐旋转木马玩海盗船参加嘉年华幸运小游戏，总之，似乎人们所能想到的各种娱乐形式都集中在这里。站在观光电梯里，透过硕大的落地玻璃窗，看到各层楼里的人们穿着一模一样的单薄浴衣来来往往，跟外面的那片冰天雪地似乎完全是两个空间，忆宁真感到有些恍惚了：到底哪里才是更真实的世界？

　　一边瞎想着，不知不觉跟在美人张和女处长后面一起进了女宾楼层。一进大厅，热浪扑面而来，温度最码在25度以上，她们几个马上热得脸通红，忙不迭地脱了外套，各人领了大浴巾到冲淋房洗澡。那冲淋房也真是惊人的大，一排排全是半截式的透明单间，一眼望不到头呢。

　　接着就是重点项目：泡温泉了。因为温泉区是男女共用的，要穿泳衣进去才好，女处长照例是不带这些的，美人张便带着女处长到服务中心去挑，小田田也跟在后面一蹦一跳地去了，只有忆宁有些傻气地拿出自带的泳衣换上。

　　她这里刚刚换好，她们几个也都回来了，一人一身新行头，让忆宁眼前一亮。到底是高档休闲中心，连游泳衣都着实有些意思，特别是美人张，哪里穿的是泳衣，简直就是风情内衣嘛——上衣造型是复古的绣花红肚兜，露出大块的香肩来，更显得一对乳房特别的欲说还羞，下身呢，却又是现代路子的裙装，刚刚好遮住臀部，走起路来一摇一摆，让人搞不懂里面到底还有没内裤。相形之下，女处长的那套泳衣就平常了些，加上她没什么腰身，站在那里，完全就是美人张的陪衬了，美人张当然意识到这一点，转着话儿想法子逗女处长开心：忆宁，您看我这身泳衣还行吧，是咱大姐帮我一眼挑中的，其实她穿肯定更有味道，可她偏偏让给我穿……不过，大姐给自己挑也不含糊，她身上这套，可是意大利进口面料哟，这款式这颜色保管全中国不会再有第二件，这样也对，才符合大姐的身份嘛，像我，穿穿国产货已经很满足啰！

女处长并不吃这一套，不管美人张如何炫她，也只是淡着一张脸而已，自顾忙着给小田田换衣裳。这小田田，从泳衣到泳镜到泳帽泳圈，一样不拉地全都备齐了，显得特别神气，忆宁不免有些艳羡，不知丈夫在男宾楼那里有没有替儿子再买些东西，早知这样，当初还不如不要从家里带了，也在这里漂漂亮亮地挑上一套多好，反正，又不要私人掏钱……不过，今天到底是谁买单呢？忆宁在心中暗自盘算，从昨天来看，丈夫在滑雪场是出的大头，今天这里，应当是张经理吧……不过，既然已经带了泳衣，再去挑就明显有揩油的意思了，太难看了……可是这样节省了，谁会领她这个情呢……

忆宁在心里忽上忽下的思量着，没注意到女处长已带着田田先走了。美人张却还在那里仔细地对着镜子整理她的泳衣，又别出心裁地把几缕头发从帽檐里挑出来贴到腮上……看见忆宁在一边有些闷闷的样子，美人张亲热地推推她：想什么呢？还不快出去泡泡，那温泉，对皮肤可特别好呢……话说到一半，她忽然低下声来，向四周看看，又神秘地往忆宁这里靠靠：其实呀，你别听我刚才说的……我发现，田田妈妈这人真好玩，她本来早挑好一件国产泳衣，两百多块，看到我选中了这件，大概是太好看了吧，她一下子气不过似的，立刻到进口柜台去另外选了那套意大利的，价格立马上去三倍，你看看，她这人够狠的吧，其实，哼，不是我说，就那身材，再好的衣服穿到她身上，不还是一块料子吗，跟人一点关系没有……还有那个田田，更是了不得，连游泳都不会呢，非要什么防雾镜，这种地方本来价格就离谱，你看那个破眼镜，倒要四百多呢！唉！

美人张说的这一切忆宁都很理解，也同样感到义愤，但她真的不习惯这样在背后说长道短，于是瞅个空连忙拿了钥匙站起来：我先出去了啊，我那呆儿子，可能早就出去了，我得去照应照应……

4

到了温泉区，戏水池、深水池、母婴池、贵宾池什么的像牡丹花似的开得左一瓣右一瓣，直看得忆宁分不清东西南北，总之一眼看去，满坑满谷都是白花花的男人女人小孩，忆宁平常记人本来就没本事，大多倒是靠了衣服来认人的，这下就傻眼了，不管是张经理还是女处长，以及自己的丈夫儿子，根本就找不到了，无奈之下，只得自己找个温度适宜的小池子进去泡下了。这池子里，各个侧面以及脚底下都分布着几十个强力出水孔，像温柔的小手那样在忆宁周身抚摸揉捏着，想想平常整日腰酸背痛，说不定这温泉真的会像传说的那样包治百病呢！忆宁放松了泡着，不过，不过这水流也太暧昧了些，让人感觉都有些异样了，竟然让忆宁突然想起了她以前曾看过的日本色情片……

一边享受着，忆宁一边随意地四处张望，突然她在远处的一个池子里看到一件熟悉的衣服：大红绣花中式肚兜，可不，不就是美人张嘛！忆宁一阵高兴，以为自己找到了小集体，可是往她身边仔细看看，除了陈生，别的一个都不认识嘛！

美人张跟陈生共同趴在一块漂浮板上，像一对情侣似的挨得挺近，窃窃私语的不知在说些什么，虽然隔得远，忆宁还是能看到陈生脸上不断浮现出的惬意笑容，而美人张呢，小嘴动个不停，不知在说些什么，小动作也特别多，边说边扭来扭去，浑身上下都可爱煞了，性感得令人心痒痒的，不要说男的，连忆宁看了都有些发呆，想必这小妮子也被水底下的暗流搅得有些春情荡漾了吧……咦，那张经理呢，怎么舍得在这个时候离开这么迷人的太太呢？

忆宁再放眼往别处看看，终于，在隔壁的一个大池子里看见一个人挺像张经理的，他正在玩潜泳，一闷下去很久才窜到远处冒出个小脑袋，并且故意的不往太太这边看……忆宁觉得这有些反常，再看看陈生跟美人张的热络劲儿，她忽然有些哑然失笑了，难道，这张经理是故意躲开去的？任由着自己的太太去跟陈生套近乎？忆宁真搞不懂了，一时又觉得自己过分保守，不就是趴在一块儿说说话嘛，人家丈夫都视而不见甚至避而远之，自己在这里大惊小怪什么……但不知倘若女处长看见了会做何感想？但愿她不要像自己这样落伍守旧……

泡了一个多小时，大家似乎都有些饥肠辘辘了，温泉区的旁边就是美食轩，这也是精心设计好的，知道客人们在"泉水包皮"之后便要"皮包酒水"，大家于是约定回去冲把澡再一起到包间吃饭。

这里的浴衣也都是统一的，正是忆宁一开始进来时透过玻璃窗看到的那种单薄浴衣，样式有些接近西式睡衣，大斜襟加一根腰带，似乎在怂恿男人露出胸毛，女人秀出乳沟。忆宁觉得有些难为情，便在里面加了件衬衫，虽说有些不伦不类，但总归是寸土不露；女处长呢就更严谨了，干脆把高领的内衣套上了，却是太热了些。三个女人里面，不用说，只有美人张是准备了吊带衫来的，忆宁这下明白了，敢情她出门带的那个大旅行箱，里面全放着各式的衣服哪，唉，同样是女人，其实差别还真是挺大的……美人张很洒脱地把浴衣微敞着，露出里面的纯白紧身吊衫，头发湿漉漉地还在滴水，又纯情又风情，把忆宁和女处长两个马上比得失了颜色。

大家都夸美人张身材好看、衣服漂亮，唯独陈生一声不吭，又恢复了正经与严肃，只大概扫了一眼美人张，便一心一意拿着菜谱精挑细选。女处长虽说热得有些不适，神色倒还是一如既往地高高在上，她皱皱眉，大概是感到陈生对菜谱的反应太过迟钝，便一把拿过菜谱，亲自点起来菜来。

其实，一般来说，应当是谁请客谁点菜的，看他们夫妇这架势，莫非这次他们家终于要作一次东了？忆宁感到有些奇怪，张经理和丈夫也有些面面相觑，却又不便多说什么，只好掩饰着相互聊天。

到底是省里的机关要员，女处长显然深谙点菜之道，先要了澳洲龙虾、鲍鱼翅羹作为主菜，并要服务生马上拿来给她过目察看是否新鲜。然后，她才开始按照餐前茶、冷盘、汤盅、热炒、煲仔、甜汤、点心一路顺序点下去，最后要的酒水是水井坊和鲜木瓜汁，十足正餐的布局。

细想起来，这两天因为一直在各个旅游点吃饭，还真没有人这样正经八百地点过菜呢，也许女处长正是为了照顾大家的胃才这样浓墨重彩吧。不过照忆宁看来，平日里一个个都是满肚肥油的，难得出来泡了半天温泉清清肠胃，现在喝点精致些的膳粥应当是最舒服的，何苦一个个又吃得仰胸凸肚的呢，而且还要等那么长时间……

无奈和无聊之中，忆宁只得又透过落地玻璃窗往外看了，外面天色现在有些阴了，搞不清到底是上午还是下午了，似乎要下雪的样子，远处的马路上可以看到裹着棉衣的行人，正在慢吞吞地走路，一个卖烤山芋的老头子守在街角，许久都没有一笔生意，大概实在是太冷了吧，老头子开始焖炉子了，收拾收拾要回家的样子……忆宁竟看得十分入迷，现在她跟方才刚进门一样，仍有着恍若隔世的感觉，不知道这窗里窗外，一边热得背上出汗，一边冷得缩手缩脚，到底哪里更加真实可信呀，她为什么会坐在这里，跟一群完全没有共同语言的人一起洗澡吃饭……

5

服务生开始给大家送来餐后冰激凌的时候，还没有人结账。当然，谁也没有指望陈生一家真的结账，他们真要结账了不是活活骂人吗，真正应当结账的这两位之间现在有一点微妙的博弈之态：今天晚上的费用，看来是这趟春节之旅的大头了，无疑，泳浴那里是一块，这顿晚餐又是一块，此或者彼，你或者我，如何分派呢？

忆宁也帮着丈夫盘算起来，这顿饭，能算得出来的，应当是四千打得住的，洗浴那一块，就有些悬了，搞不懂这里的水有多深，不如就在这桌漂漂亮亮地把账给结了多好，而且，餐费发票么，往招待费里一打就可以报销的吧……想到这里，忆宁忽然就头脑一热，想向美人张学习一下，人家为了愉悦大家连吊带衫都穿上了，自己跑趟腿算什么，于是，她故作轻巧地站起来，轻描淡写地朝丈夫一伸手：你坐着陪大家，我去吧……

这手一伸，也就定下格局了，空气明显松动了一下似的，丈夫在眼里看看忆宁，眼里掠过一丝丝惊异，当然他手上是配合得很好的，也是毫不在意的样子摸出一张卡：看能不能刷卡，省得把现金用掉……

一刷卡，四千三。两瓶水井坊就占了将近三分之一，贵是贵，不过应当还是应当比浴资便宜吧。忆宁十分好奇，急着想知道另一笔账的数目，付完账回来总有些心神不定的样子，好在，PK 的结果很快就出来了——晚饭后各人又去玩了些游戏，男人们甚至还混到一帮小孩子里打了几盘电玩，看看时间流连得差不多了，张经理便招呼大家准备回饭店，他去结账了。

一瞅得合适的空儿，忆宁便悄悄问丈夫：你估计那里要多少？

丈夫虽然不喜欢忆宁这种小家气的样子，但到底还是有些掩不住的庆幸：我刚才悄悄去问过总台了，至少六千块。你不知道，我们三个男的都做了修甲、采耳和足底按摩，张经理因为胖，又被服务员劝了做了个什么泰式推油，两个孩子玩嘉年华游戏，光代币券就买了六百，另外，你们女宾的账单上呢是泳衣费特别高，还有人泡了天山牛奶浴和保加利亚玫瑰浴，你有没有泡？

忆宁小声喊起来：啊，我怎么不知道的？她们也没人招呼我去呀，还没泡过这种高级澡呢！真可惜了……

丈夫看她发急，也故意逗她：算了，你基本条件在这里，再泡也就是这个样子吧，不如替人家张经理省点钱……

忆宁却又另外想起来一个事情来：嗳，我问你，刚才你怎么不陪着陈生泡澡呢，我远远地看过去，只有人家美人张一个在陪着，你躲到哪里去了？真不会照顾领导！

丈夫朝她心照不宣地笑笑：哎呀，我这点眼风还是有的，男人跟男人在一起玩水有什么意思呀，还不如带儿子到戏水区去玩呢……

你瞧瞧，人家张经理肚量多大？要是我跟陈生在池子里这样亲密接触，恐怕你都要把我给杀了吧……

才不会！夸你还来不及呢！现在，大家都是明白人，哪里还会那么保守，漂亮的太太跟客户说些黄色笑话，喝几口交杯酒，让人家吃吃豆腐，难道还会少块肉？这也算是一种太太路线，做丈夫的哪里会介意，反倒会觉得老婆能干、实用呢！外面比这过分的还多着呢，把老婆当迷魂药使、当礼物送上门的都有，我就不说给你听了，以免你开放了过了头，哈哈。总之，刚才的事你可别瞎说什么美人张跟陈生在池子里如何如何，以免陈生太太多心……你记好了，真正的事实是，张经理夫妻两个，是两个人在陪着陈生处长，只不过张经理游到远处去罢了……

不一会，张经理结完账回来，表面上虽然依旧谈话风生，但忆宁看得出，他脚步都有些乱了，像刚从女人身上下来似的，恐怕是给刚才的账单给唬了一下。唉，确实也不容易，在这种地方，高暖空调费、温泉开采费、海鲜空运费、服务生的春节加班费、美食轩那外国小妞的小提琴现场演奏，不都要你张经理买单么，加上又是旅游旺季，价格本来就是翻番了，这钱就好比那池子里的水吧，您只能让它尽管去哗哗地流了……

6

从原理上讲，这一天，这么多票子砸下去，地上都能有一个大坑了，也应当主客皆欢、功德圆满了，谁知道，在最后的环节，又冒出个天大的插曲来，让忆宁丈夫一下子又损失掉四千块，并且还闹得众人都十分的郁闷——

结完账，男宾女宾各人回去更衣，然后在大厅会合回饭店。因为生怕男人们等得不耐烦，忆宁以最快的速度换好衣服，然后又帮着女处长给田田穿外套鞋子什么的，可那美人张倒好，在盥洗间呆了大半天老也出不来，不知道是内急了还是在化妆。忆宁和女处长只好留在这里等她，女处长有些不耐烦地打个哈欠：唉，还化什么妆，搞给谁看？搞给丈夫看？还是丈夫以外的男人看？女人，如果就靠一张脸活着，多可怜哪！张经理到底是暴发户，好好的结发夫妻不要，非要讨这个花钱的主子，看看那样子，骨子里就不正经，不是看在钱的分上，她能跟了张经理？

忆宁听得有些坐立不安，老是张望着盥洗间的出口，生怕给美人张出来听到，同时不免又想：刚才，是美人张背地里跟我说女处长的不是，这会儿，又是女处长跟我说美人张的不是，总之，女人之间的交往规则是：只要是两人独处，总是要嚼嚼第三者的长短，否则便显得不够体己，连女处长这样有身份的人都不能免俗……那么，她们两个刚才一起泡那牛奶浴、玫瑰浴时，那么长的时间，更加不知道把我忆宁编排成什么样儿了呢？唉，女人者，长舌专利也……

看忆宁脸上讪讪地，女处长倒也英明，马上另外转了话题。你看，今天我点的菜还有些样子吧，前两天，你看我们都吃的些什么呀，大过年的出来玩，最不能亏待自己的胃了，你说对不对？我也知道这里价钱不低，可是你知道我们家陈生一年给那张经理多少生意做？全省的高压线路有五分之一都是买他家的，那个小破厂，忙得成年累月加班，张经理的私人小车都换了三次了！其实我家陈生真的是算是很老实的，你不知他们电力公司别的那些处长，把手上的厂家简直都当奶牛使着，一家人日常的吃喝拉撒全指着奶牛往下挤奶……有个处长，女儿在北京上学，一出门就打车，光出租车发票每月就两千块，全都拿到厂家给报销了事；还有个农村出身的小处长，想请乡下的父母到大城市里开开眼界，一招手，又是厂家全权安排，往返的飞机票、住宿费食费及景点的导游费等全都不用花一个子儿……忆宁，跟那些人相比，你说说，我们让张经理放这点血还不是小意思？

那是，您点的菜确实很有品位，许多我以前都没吃过呢！忆宁只得应着她的话说，不过心里的确踏实多了下来，照这样说，那张经理应是财力雄厚的，万儿八千对他来说也不算什么吧……

终于等到美人张光彩照人地出来，她们几个才磨磨蹭蹭地往大厅去了，忆宁想，那几个男的一定等得头发都白了吧。谁知，奇怪，那三个男人竟连个影子都看不见，只看到宝贝儿子坐在等待室里，宽大的沙发显得他孤零零的怪可怜的。忆宁连忙冲上去：儿子，爸爸和张经理他们呢？

儿子有些瞌睡的样子，揉揉眼睛，话倒也说得清楚：在跟人家吵架呢！田田爸爸的钱包丢了，里面有好多钱呢……

啊？三个女人一听全都傻了，怎么会有这种事情呢？这里又不是居民巷子里的大池子澡堂，难道也会丢钱包？忆宁忍不住脱口而出。美人张也是满脸狐疑：是啊，真是奇怪，这里出入的人么，应当档次都是比较高的？就连女处长自己，也有些半信半疑的样子。

正迷惑着，陈生几个和洗浴部的一个什么负责人一路争辩着出来了。

那负责人是满脸冤枉死了的表情，却还彬彬有礼的，不敢过分得罪：先生，您说的这种被情况我们天龙泉从开业至今，三年从未发生过一起……我们这里的安全绝对没有问题……先生，劳驾您是否再回忆回忆，是否您出门时没有把票夹随身携带……

他再彬彬有礼，这话听上去还是很难听的，好像人家陈生是在瞎说似的，张经理和忆宁丈夫忙不迭地反击起来：怎么可能呢？男人出门怎么可能不带钱呢？你这话到底是什么意思？请你们总经理出来……

女处长更加激动：带没带钱我们自己知道，你凭什么下这种结论？简直血口喷人，陈生，你好好回忆回忆，票夹里带了多少钱？

嗯，既然是出门，我总归要带三四千吧……唉，真是倒霉，大过年的，弄出这种事情……陈生挠挠头，一幅尴尬人偏逢尴尬事的样子。

听到这数目，那位什么负责人的口风更加紧了：我们服务台本来就有贵重物品寄存处，除此之外，物品遗失我们概不负责……

事情现在进入了胶着的状态。张经理和忆宁丈夫说得有些口干舌燥，翻来覆去不过还是那几句话，听上去都缺乏底气了……女处长么，气得脸色通红，又要顾及风度，只一直在嘀咕：太污辱人！这太污辱人了！陈生，你到底怎么搞的，这么不小心，又碰到这些小人……

像是为了助威似的，天龙泉方面又从值班室、监控台各叫来一个负责人，自然又是一番争辩，并在那里赌咒发誓，有一个还主动掏出手机给他们打110说要报警。

情况发展这里，就有些不着调了，真把警察招过来多难堪呀。而且周围早已涌上来一些看客，都是些衣冠楚楚的体面人物，并根据各自的判断开始发现见解，竟有一大半是不相信"竟有此事"的。满头大汗的陈生终于撑不住了，最先放弃，他勉强做出洒脱的样子：算了，你们赔不起就算了，不就三四千嘛，全当资助山区失学儿童了……我们走吧，耽误了咱们大家的事情他们更赔不起……

凭什么这么轻饶他们？我回去就要找媒体曝光，我们吃点亏就当是买个教训，坚决不能让他们再去损害其他消费者的利益……这种娱乐场所，最乱不过了，亟待停业整顿……女处长拿出机关干部的架势，边走边掏电话的样子，也算是有尊严地退出场子，美人张在一边小声抚慰着，劝她消气……

其他几人也借机收了气势，随便说些狠话悻悻地鱼贯出门了，忆宁落在最后，尴尬地拉着两个昏昏欲睡的孩子，在一大片幸灾乐祸的注目礼中狼狈而行。

这意外事件的不良余波却一直带到车上，那个装有四千块钱的票夹像一团冷空气一样胀在每个人的胸口，大半天的奢华消费所买来的快意荡然无存，除了两个孩子在疲惫中满足地睡去，六个大人全都面目严峻，各怀心思。

车子在冷冰冰的暮色中穿行，硬邦邦的路面与轮胎发出生涩的摩擦声，远处偶尔传来几声零星的鞭炮声像在提醒这仍是农历新年的伊始。昏暗的光线中，忆宁突然发现丈夫掏出手机，她侧过身去，读到一条短信：

"这件事，我们得把它解决。不能让陈有损失。否则，咱们前面的功课全白做。"

这是张经理的短信。车子里的空调现在开始暖和起来，忆宁却感觉到丈夫的身体变得有些生硬，他扭了扭身子，手指按到"回复"健上，然后艰难地、像是第一次写短信的老年人一样一个一个字敲了起来：

"这次我来吧。我一回饭店就补给他四千。"

"哥们儿，十分感谢。有情后补。"

现在连忆宁也感到寒冷了。前排就坐着陈生一家。她不可能说什么。她也无法责怪丈夫的决定。这趟春节之旅，她看得清清楚楚，陈生一家从头到尾是没掏过一分钱，这简直让她怀疑，陈生一家真的带钱了吗？每次出门，陈生真的在口袋里装了个票夹吗？这都是无法取证的细节，为什么偏偏是他掉了钱包而不是其他两个，他的钱包是否真的有那么多钱……唉，丈夫这四千块花得不声不响、不明不白，能不能买到陈生一家的好心情还很难说……

忆宁回头看看天龙泉温泉休闲中心，车子恰好拐了弯，繁华变幻的彩灯渐渐消逝在越来越重的黑暗中，忆宁沮丧地想：就算有人倒贴，她这辈子也都不想再到这个天龙泉来啦。这里的泉水，只会把人泡得更加浑浊。

7

睡眠会让人们淡忘一切，或者，作为成年人，大家都会劝说自己淡忘一切不该记住的事情。第二天，大家的脸色就像天上的太阳一样突然好了起来。今天的行程非常的以人为本，上午是带孩子们去看玩博物馆、动物园，下午是陪太太们购物，晚上回饭店凑桌打牌——小孩、女人、男人，基本都照顾到了各个人群的爱好。

张经理今天显得特别的卖力，语气温柔，手脚伶俐，什么付账、出力的事都冲在前面，对人人都照顾得十分周到，包括忆宁一家，也都像老佛爷一样地被侍候着。因为忆宁儿子喊脚疼，张经理不顾自己已经开始发福的身子、不顾肩下那个老式的摄影包，竟然还把孩子背在肩上在偌大的动物园走了半圈，谁也劝不下来，一边走，还一边讲笑话给孩子解闷，那田田见状，也闹着喊累，于是张经理又放下忆宁儿子，背起更重的田田……每到一处稍微像点样子的景点，又张罗着给两家人拍全家福，像个被雇佣的专职摄影师那样勤勉，大声喊：靠近一点，一齐喊，田七——

忆宁偷闲冲丈夫看看，两人交换交换眼色，对张经理此举感到一种慨慨然的悲哀：这便是昨天那四千块的滞后作用力了，张经理也许想通过此举来获得某种平衡吧……如果那钱是张经理付了，估计今天在这里上蹿下跳的就是丈夫了……

到了下午，为了便于自由选购，说好了是各家分头逛街。车子于是停到当地最大的购物中心前，三家人便作鸟兽散了。

忆宁向来不喜欢在外地购物，丈夫更是害怕商店里的人潮与令人不适的暖气，买张报纸就直接回车子里等她们了。忆宁只得拖着儿子到玩具区一带随便溜达，在一个大型手动玩具现场演示摊前，儿子停下不走了，忆宁乐得找到一处休息椅坐下来歇歇。

这休息椅围着大柱子摆了一圈，忆宁坐下不久，急然听到柱子后面的休息椅上传来熟悉的男女对话，真是巧了，是张经理夫妻。忆宁想要转过去打招呼，但听到他们说话，她马上放弃了念头。

你今天这是干什么？四十多岁的人了，还搞像个孙子似的，连那两个小祖宗都要去巴结，还赶着帮忆宁拿水、拿包、拍相片，多恶心人呀！看得我都烦死了！这是美人张的声音。

有孙子装也不错呀！我今天装孙子，就是为了明天能够做老子，今天不肯俯首做孙子，哪能有朝一日仰头做老子？这叫此时孙子彼时老子。再说，别看他们老三老四、鼻孔冲天，在我面前摆足老子的架子，可到了别处，到了更大的人物面前，肯定也得装孙子，说不定比我还贱，因为，他不在那里装孙子，讨点权力下来，又怎么能在我面前做老子呢？这叫此处老子彼处孙子……这样，也才算众生平衡吧……

哎呀，你说些什么呀，像绕口令似的……美人张被张经理的唾沫星子给绕昏了，脑袋有些跟不上似的。

其实，说到底，他们都是些谁呀，我根本不认识，一个个的我根本瞧不上，我认得的只是他们的位子，是他们手中的一点权力而已，真要到了大街上，不定我还理不理他们呢！所以呀，你白着急什么？我怎么作践、怎么恶心你都不该往心里去，做什么我心里有数得很。我这孙子不是白装的，他们做老子也是有代价的！你瞧着好了，今年一开春我的订单准会再上个三成，如果时机成熟，我打算把另一个厂子给并过来，到时，咱们的利润可就要直线上升啦⋯⋯

哼，净做好梦，能有这么好的事？

那当然，这是陈生亲口答应我说的，要说这家伙，其实胃口并不深⋯⋯而且，这次出来，还有一个冤大头在帮着撑场子，你知道吧，昨天陈生丢的那钱，后来是他出的，所以看我今天，能不对忆宁一家好点吗？人家四千块买半天老子当当也是应该的嘛⋯⋯

哼，我看那陈生根本就没丢钱，你没看见今天陈太太那表情，心里压着什么喜事儿似的⋯⋯这家人，真没治了，要钱哪能这样要法⋯⋯

嘘，话可不能这么说，传开来丑死了⋯⋯算了，别说这些事⋯⋯嗳，宝贝，今年夏天，咱们到澳大利亚度假去怎么样？让洋人来伺候我们，在国内当孙子，咱到国外做老子⋯⋯

忆宁悄悄站起来转开去。听墙角这种事其实真是很痛苦的。往往就会听到令人不快的话。这张经理，看平常那么客气，以为他天生是个和气生财的人儿，原来都是装出来，心里头其实骄傲着呢⋯⋯可是他说的又何尝没有道理，大家本是功利之交，哪能奢望别人真拿你当亲人朋友，不看着一个"钱"字，谁认识谁呢⋯⋯

忆宁摇摇晃晃地往五颜六色的玩具区去了，心里却还想着张经理的名言：此时孙子彼时老子。此处老子彼处孙子。孙子。老子。老子。孙子。真是一个有趣的绕口令儿呀。

为了避免迎面碰上张氏夫妇，一找到儿子，忆宁就赶紧离开了这一带，径直往女装部去了。

才到女装部，老远却又看到女处长正举着两件大衣对着镜子左右为难，忆宁正想悄悄闪过，女处长却如遇救星，连连对她招手：嗳，过来，过来! 帮我看看，哪件更好一些?

忆宁只得装出兴致盎然的样子凑过去。其实女处长手里拿着的两件大衣是同一个品牌同一个系列的两种样子而已，除了袖口和腰带上有细微的差别，颜色、质地、风格完全一模一样，女处长却显得特别为难的样子，套套这件又试试那样，前面照照后面看看，百般地举棋不定，忆宁虽是好脾气，也感到有些不耐烦，只好胡乱指了一件建议她买下，谁知女处长却突然厌倦起来，把两件一起放下：算了，不想买了，其实回到南方，穿这种大衣可能也不太合适……

忆宁也感到一阵轻松，于是两人又一起逛了几处，但女处长明显没有了刚才的兴致，忆宁只当她是跟自己一样累了。快要出大门了，碰到拎着购物袋的陈生和张经理、美人张。看上去，他们三个倒买了不少东西，陈生脸上笑眯眯的，看上去有些不同，忆宁仔细一看，他原来的一件旧羽绒衣已经换成了一件藏青色的中长羊绒大衣，脖子里还挂着一条很洋派的新围巾，打扮得像个老新郎似的。美人张不住地表功：怎么样，我的眼光不错吧，陈处长，你看，忆宁看见你都不认识了!

上了车，忆宁丈夫还在呆头呆脑地睡觉，美人张推醒他，再次跟他隆重推出陈生的新行头，丈夫自然不住地点头夸奖，又看看坐在一起的忆宁和女处长，忽然想起什么似的，脸色暗了下来，有些悔之晚矣的样子。

果然，晚上回到房间，丈夫就怪起忆宁：真是的，你不是陪着人家陈生夫人嘛，怎么一样东西没替她买的？这点眼力见儿都没有吗？她看中什么，你尽管买就是了，就是她什么都没看中，你也该主动挑件什么给她才好，女人，哪能不爱衣服……其实，今天下午的安排就是借机给他们送东西呀，唉，都怪我糊涂，一时放松，回来睡什么觉呢，我要跟着大家逛，肯定会有机会给他们买点什么，看看，现在倒让张经理做足好人了，我昨天那四千块，没声没息、不尴不尬的，哪有他今天这笔钱花得有声有色……唉，真是大意了……

忆宁吓得也没敢跟丈夫讲女处长挑大衣的事，现在她终于明白过来，人家女处长哪里是问她意见，其实是在等她掏钱呢，哎呀自己真是愚笨得可以，一点敏感性都没有……

丈夫见她发呆，又劝慰道：没关系，明天不是还有一天吗，我再找机会弥补吧，陈生其实很怕老婆的，只要把太太弄好了，他也会间接的满意的……你不要怪我软骨头，要知道，陈生跟我们单位的一把手是铁兄弟，他替我多说一句好话，抵得上我一年的辛苦，包括我下半年的副处，也在此一举……所以，这关键的人物，你一定要配合我侍奉好……丈夫脸上又流露出那种吃力讨好的表情，人都矮了几分，忆宁转过头去，她真不想看到这样的丈夫。她本来还想把张经理的"老子、孙子"说转述给丈夫听呢，现在看看，不说也罢，说了，他只怕还以为自己的猥琐是有道理的呢。

夫妻俩正说着话，那里喊他们几个去玩。一家三口只得重新穿上大衣到陈生房里集合。能玩什么呢，其实就是打牌。忆宁无动于衷，丈夫倒是眼前一亮，他本来牌瘾就大，这会更加感到手痒，迫不及待地几乎连蹦带跳地直往陈生房里赶。

进得门去，那两对夫妻早已摆上牌打上了，哪里有忆宁丈夫什么份儿，最多只是缺个倒茶递水的茶童而已。人一上牌桌就六亲不认，看到忆宁一家，只略微点个头，仍是全神贯注地围了桌子打，好像忘了刚才是他们喊忆宁一家过来似的。忆宁看看无聊，想要回去，女处长却忙里偷闲地叫了一句：忆宁，帮我把田田带回去洗澡睡觉，今晚我们要打个通宵……

忆宁诧怪极了，这女处长，差使起人来竟如此顺流，她凭什么差遣自己呀！本来晚上还想好好休息一下的，有这两个孩子在一块，是别想睡个安身觉了，忆宁一时气得僵在那里。田田到底是小孩子，注意不到大人的脸色，早高高兴兴拉了忆宁儿子的手在前面跑了出去。

丈夫连忙冲她使眼色，并以身作则地拿起饭店里的简易电水壶，像店小二般找块毛巾往肩上一搭，用特别欢快的语气打趣道：好，我去烧水，今天我跟忆宁全权做好各位的后勤工作，你们尽管放心畅快地玩！忆宁负责解决孩子问题，我专门烧水泡茶，外加供应香烟和夜宵……

忆宁还在僵立着，丈夫早把她一把推出门外，言简意赅地压低声音点拨她：衣服没买成，后勤来弥补，这多好的机会呀……要有耐心，一分耕耘一分收获，相信我，我能不能升成副处级，就全看你今晚的表现……

当晚，忆宁被两个孩子一直闹腾到快十二点，才勉强睡下；迷糊之中，感到有人进屋，知道是丈夫，只当他们那里也收工了，谁知却是回来拿钱的，蒙蒙眬眬之中，忆宁也没有力气去追问，问了又如何，徒增恶心而已——这种牌桌上的让钱把戏她早就知道，看来，这晚上，丈夫并没有一直当店小二的权力，他得跟张经理轮流上去输钱呢，他不是要过牌瘾么，这下应当过足了吧……

8

终于，疲惫的人们踏上了归程。候机大厅里人声鼎沸，东一群西一伙的，忆宁放眼看去，像他们这样的家庭旅游团还真是不少呢。女处长在一边不住地抱怨：什么玩意儿，闹哄得跟火车站似的。也难怪，这是春节假期的最后一天了，人们都得结束这短暂的狂欢与放纵，像鸟儿那样回到原来的地方，重新开始雨打风吹的生活。

张经理因有事要滞留一天，只把另外两家送到机场便要走了。在候机厅，美人张又到精品中心替女处长和忆宁各选了一条披肩，好看谈不上，但价格很好看，美人张嘴巴甜甜的：这次跟两位姐姐出来，照顾多有不周，下次，我一定要让我家老张再创造机会好好改进。这条披肩呢，算是个纪念……

女处长很高兴，直夸美人张有情有义有眼光，又发愁没地方放，只得把披肩直接绕在脖子上带回去了。的确，她家的行李跟来时截然不同，光是景点纪念品和当地特产就有不少，再加上陈生新买的衣服，把一个新添的旅行箱塞得满满当当……害得忆宁的丈夫得像跟班似的替他们照料行李，而忆宁，只好手忙脚乱地自顾自了，儿子又到处乱跑，真恨不得生出三只手来才够用。

飞机起飞之前，忆宁接到母亲的电话，说知道他们这两天在外面吃喝不定，已经在家里精心熬了一锅香米粥，弄了两碟他们最爱吃的小菜，下了飞机就直接到过去喝粥吧……忆宁一听高兴极了，可不是么，下了飞机正好是晚饭时分，终于可以跟家里人熟悉的面孔一起吃顿没有功利效用的稀饭加萝卜干了，然后洗个简单而舒服的热水澡，最后在自家的小床上睡个囫囵觉，这一切多好呀！她高兴极了，悄悄跟丈夫说了，后者也露出极其向往的样子，连飞机餐都懒得吃了，说要留个饿肚子好好喝两碗稀饭。

谁知道呢，就是这锅香喷喷的稀饭又坏了事。其实也许还不能完全怪罪这锅稀饭，归根结底还是得怪忆宁的迟钝。

下了飞机，因为人多，分两辆车坐了，前面是男人们带着行李，后面是女人们带着孩子。忆宁忙着跟母亲通电话，问问家里其他人过节的情况，放下电话，却听到后座上田田跟女处长一直在嘀咕着什么东西，模模糊糊像是听到什么"哈罗哈自助餐"之类，纠缠了一会儿，女处长终于开始叱喝了：你这孩子，真不懂事，闹什么？回家，咱回家吃饭！

忆宁这会儿早已归心似箭，这几天来一直担待着的小心与谨慎终于可以像盔甲一样地卸下了，因此，她又重蹈覆辙，犯了这些天一犯再犯的错误了，对于女处长与田田的言外之意置若罔闻，自顾伸着脖子看着窗外华灯初上的夜景，怡然自得地等着回家喝热气腾腾的稀饭……

十分钟后，忆宁终于捧上了母亲的稀饭，连喝两小碗之后，忆宁满足地长叹一声：哎呀，那田田还闹着要吃什么自助餐，哪有这个舒服！

一听这话，丈夫立刻像受了惊的刺猬似的，刚刚软下去的身子又直立起来，尖声地追问道：什么，你刚才说什么？

听明白原委，丈夫忽然失去了全部的胃口，把喝了一半的稀饭推到一边，连声叹息，用最难听的话骂起自己：太不像话了，我现在怎么跟你一样了，一点都不懂事，你说，这晚饭时分，又是大过年的，他们家里又没有老人，回家哪有现成的吃？让人家陈生三口子饿着肚子回家，简直就是缺心眼嘛！

忆宁怕母亲听了不高兴，同时也觉得丈夫太敏感了，也放下碗筷跟他顶起来：至于嘛！他们就不能自己烧顿饭？你别把人家看得太小心眼了！一堆人整天扎在一块儿，海吃胡塞的，都腻味死了，人家说不定还想一家三口吃顿家常饭呢！

不是钱的问题，也不是腻味的问题，而是礼数和态度的问题。你想想，刚才人家张经理为什么要买披肩送你们，他这就是礼数，有是始有终，也是个暗中的交代，晚饭他要失陪了，那明摆着就是我们应当请客的呀……你说，这一路上几万块钱都花了，九九八十一个难，最终功亏一篑，折腾了这么长时间，还取了个无字经……

怎么会是无字经，当真人家陈生会因为这件小事不记你一点好、全部功劳一笔抹杀？

你不信？那等着瞧好了……唉，忆宁，你真不知道，陈生这些人，一向都是被各路厂家服侍惯了、娇宠惯了，你对他好，那是应当的，他一点感觉不到；你哪里不到位了，哪怕只有一点点的怠慢，嗳，他就像豌豆公主似的，就会觉得硌得慌，刺骨得慌，回过头去，会越想越生气，越想越没有面子，哪怕我前面做了一百件好事，这最后一件事没做好，就好比是一粒屎星子掉进千年的酱汤里，一切全都白费……其实都不止一粒屎星子啦，咱们前面也有不少疏忽，你在滑雪场大声嚷嚷什么发票的事，昨天在商场又没帮陈生太太买衣服，叫你帮忙看小孩你还耍脸色等等，唉，这些天，都算个什么事儿！我钱花得不少，力气去得不少，却完全成了张经理的陪衬了……

见丈夫怪罪到自己身上，忆宁更加生气了：行了，看你那样子！咱们就是陪衬了又怎么样？钱白花了又怎么样？大不了你当不成那狗屁副处！忆宁的旧脾气又出来了，一副视功利如粪土的样子。

副处这狗屁好哇，有了这狗屁，我就不会再这样低声下气了！我的收入也会上一个大台阶了！办个事找个人更加方便，咱们的小家庭会过得更加滋润些，儿子可以轻松选个名校，你可以过上更好的生活，我可以实现我在事业上的一些想法，这难道还不值吗……老婆，求求你理解我一点，你以为男人天生都是贱种一个吗？那是没有办法的事，他们都有家，有责任，身上背负的东西太多啦……

好好的一顿热乎乎的稀饭就这样被吃得七零八落。在厨房里忙碌的母亲不明所以，看着剩的一大锅稀饭直喊可惜。忆宁觉得抱歉，却也无法，这所谓的旅程最终只得以这顿无辜的香米粥作了一个极为潦草的结尾。

据忆宁所知，春节过后，借着元宵节的名义，丈夫又悄悄地给陈生送了一份神秘的大礼，算是以此向对方表示歉意，寻求谅解，并委婉地请求陈生能否在领导面前替自己美言一二——这种热脸贴冷屁股、踮起脚来亲嘴的肉麻话是通过电话说的，听着丈夫更加诚惶诚恐的语气，忆宁已经不再有从前的愤然与鄙薄了。现在，她觉得一切都是可慈悲的了——

上苍保佑所有贱如草芥的孙子，上苍保佑所有横行于世的老子。

上苍保佑所有饥肠辘辘的人们，上苍保佑所有酒足饭饱的人们。

第十一年

1

没有人跟小甜儿说清楚，要去的到底是什么"远房亲戚"，大人们只含糊地提到"彭家"，他们在仓促地确定每月的伙食费，商量路上的交通与行李，根本不在意她四处探询的眼光。

是啊，哪里顾得上这个，出大事情了，在银行的父亲，从一个挺高的位置上栽了，除了经济之事，还扯出来一个外面的年轻女人；随后，做贸易的姑父也被连根拔起来，接着是大伯伯家的儿子，当初正是父亲安排他进的信贷科……家里现在完全没了秩序，大伯母天天坐在客厅，以各种手法闹自杀；爷爷在绝食；妈妈请来律师谈离婚与财产分割——所有的人物、东西与关系都正蒙受大难，小孩子得赶紧送得远远的，这种时候，还要追问细节，是可耻的。

故而，直到在东坝住下一个多月，小甜儿才慢慢搞清楚，这彭家，其实根本连"远房亲戚"也谈不上，只是因为东坝这小镇够远够偏，又正好曾与家里有过一段很小但较好的瓜葛。就这么的，小甜儿被送来寄住到彭家了。

第一次踏上东坝的大地，看着屋顶上斜斜的烟，路面散落的草屑，以及迎面而来的黄狗与不认识的人们，刚满十岁的小甜儿不由自主挣了挣身子：她想使自己看起来更大一点。

彭家有五口人：儿子总在县里做活，逢上节才回。一个比小甜儿大两岁的孙子，老不长个儿，绰号叫作地陀螺。实际上，主要就是三个女人：彭大娘老皱如核桃，儿媳妇萎黄似腌瓜，只有做姑娘的，肤白，细眉毛长眼，单字一个青，小甜儿喊她作青小姨。

喊人的时候，小甜儿会配以笑容；所有吃与用的东西，不挑，有什么便是什么；早上再不赖床；还有，哪怕只有她和地陀螺两个人在桌上，也决不第一个伸筷子——类似的许多小讲究，不用教，小甜儿一到彭家，就全懂了；或者说，稍早一点，从家里乱起来的那一刻开始，所有的好恶就都一齐舍了，变成个什么都随便、都可以的孩子。

彭家人从来不问小甜儿家里的事，当然，这是很好的体贴，可有时想想，也挺别扭挺委屈的，她们明明知道，为什么偏不问一问！就这样迟钝的、平淡的，她们把小甜儿纳入日常，不特别供着，也不简慢。青小姨买油球回来，一人一个。彭大娘烧玉米棒子，一个掰作两半。反正不论什么，都与地陀螺一样。

可世上怎么可能有真的一模一样呢。

　　比如，她们从不对她凶，但对地陀螺就会。搛菜的姿势，脸上拖鼻涕，衣服勾了洞，她们就讲，有时还打。小甜儿在一边看着——心中一阵空落，一个没人凶、没人骂的孩子，真没意思、真不像个孩子啊。

　　还有，她们不支派她活儿，只使唤地陀螺。晒鞋子！收痰盂！摆碗筷！偏是不喊她，哪怕她倚着门框子在望呆。只有地陀螺，他气哼哼地嚷嚷：那她呢！她做什么！于是她便顺势去跟地陀螺一起做。女人们也不拦，但下次仍是不直接支派。

　　这地陀螺，正是最看不起女孩的年纪，总爱弄出一股冷淡劲儿，可是，又喜欢做主人的派头，看到小甜儿这里那里都不懂，便要给她讲规矩，带点夸张的语气，好像都是些了不得的传统与禁忌。

2

　　家里的事，在这样的东坝，自然是看不见、听不到了，好像是远了。可小甜儿清楚，不可能远的，而是变成了顶看不见的帽子，一直压在她的头顶上。别人跟她说话、别人看她；或者，反过来，别人不跟她说话、不看她——她都认为：这是因为自己头顶上的帽子。

　　小甜儿其实很想找个机会，跟谁好好地说一说，说出来了，就好把这顶帽子给彻底拿下来。可是，不容易呢，她在这里，很少有说话的机会与对象，有时一整天下来，她数数，不过才讲了七八句。

　　是啊，彭大娘是爱说话的，但她大多是跟畜生说。撒鸡食时与鸡说，扫猪圈时与猪说；睡觉时，跟脚被窝头的猫说——她的口音很重，小甜儿几乎听不懂。

那媳妇儿年纪虽不大，却灰扑扑的，跟田地的颜色十分接近，她的分工主要在田里，晨起踏露，晚归披月，吃过晚饭还要在灯下用功，拣种子、拌料肥，或是缝补——绝没有闲空跟小甜儿说话。就算下雨天，众人一同坐在家里，她也一边搓绳一边用她黄黄的眼珠怔怔地盯着窗外，沉入她那空洞的沉默。

相比较而言，甜儿跟青小姨稍微亲近些，因她们每晚都在同一个屋里、脚对脚睡同一张床上。但这亲近，仍是十分的有限——

青小姨可正在好年纪上，浑身上下有股说不清楚的姑娘气和神秘劲儿，她白天在镇上地毯厂上班，晚上回来洗洗弄弄，浑身搽得香喷喷的，然后便坐在床侧专注地照镜子，表情带着某种迷幻，又有些超凡脱俗般的，照那么一会儿，就睡下，并不跟小甜儿多话。甜儿不免惴惴，她想，青小姨一定不喜欢有人待在她的房间，并且还要把床分出一半……

甜儿于是一躺下就不再动了，尽量缩小自己，不轻易翻身，也不去想小便、咳嗽或是哪里痒。这样一直拘束着，很久才能睡去。

梦里，她总是在一条长长的路上独自走，四周一片白茫茫的浓雾，好不容易碰上一个什么人，刚准备好好说上一大段话儿，一开口，却醒了。

黑暗中，听到屋顶上有家鼠一阵阵欢快地爬过。睡不着，小甜儿便回想一些以前的生活片断，那些花花绿绿的细节，一家人在新街口的馆子里吃西餐，母亲让她把胳膊收紧，父亲教她用英语点菜。她发现自己忘了好些单词，竭力地想，慢慢重新睡去了。

3

时间与环境，这是一对多么好的元素——到第二个月，小甜儿已大致习惯了彭家这种慢吞吞的、没有惊喜也没有惊险、甚至也没有多少对话的日子，永远是这样，大片大片没有尽头的静默中，彭大娘在家里做事，媳妇在地里做事，青小姨在地毯厂做事，地陀螺在外面滚铁环儿。

所以呢，也可以理解，当有人上门给青小姨提亲时，甜儿何以会那么的惊喜。可不就是平地起高楼嘛！小甜儿一直盼着这样的事情呢，这样，她就再顾不上想头上的那顶帽子了，不是吗。

小甜儿集中起全部的注意力，暗中盯着媒人，想象着某个陌生的男人将要迎娶青小姨，这很有传奇色彩不是吗！她甚至以一种崭新的目光重新打量青小姨，对她非常的佩服，瞧啊，她那么不声不响的，可是，有人将要喜欢她！

彭家人都忙起来，甚至用上了小甜儿，让她到河对过老万家去换百叶与豆腐。彭大娘称了一斤半黄豆，让小甜儿千万别撒了。

怎么会撒呢。小甜儿胳膊绷得紧紧的，一心一意地往老万家走，她喜欢自己突然被彭家需要起来。

路上要经过一小片河坡，彭家媳妇舍不得任一小块地白空着，就是这狭窄的小河坡，也被她种上了几排向日葵，刚刚长出脸盘子的向日葵正像粉嘟嘟的婴儿拳头一样，整齐地朝着小甜儿打过来，小甜儿同样对它们挥挥拳头。啦啦啦，她差点要跑起来。可是，一斤半黄豆可不能撒喽，她仍旧硬胳膊硬腿地往前走。

　　万家只老两口，都是弯腰驼背，不过驼得很有道理：就着磨台，正好推磨、正好压浆；就着灶台，正好刀豆腐、正好剥百叶。老万家的豆腐，东坝第一——要是不驼，那哪儿成。

　　万家老人认识小甜儿，但也不跟她多话，直到小甜儿提了东西要走，老头儿突然喊住她，递给她一张热乎乎的豆腐皮卷，刚蘸的酱油还在往下滴呢。

　　小甜儿便接过，站住，一口一口吃。万家两个老人仍在忙他们的。可小甜儿觉得，她与他们，已经建立了某种社交关系一般。

　　这天的饭菜，小甜儿觉得很不错：百叶炒韭菜，豆腐烧虾米，有她的一份功劳。她和地陀螺，一人一碗肉汤泡饭，没上正经的八仙桌与客人一起，就在厨房里。吃着吃着，地陀螺突然撇着嘴，用一种打破什么的得意口吻告诉小甜儿：哼，你觉得今天有人来提亲——很稀奇是吧。其实，在你来之前就定下的，我们全家都知道。那个人，连我都见过，就是崔木匠呗，个子很矮的。

　　甜儿正挖起一大勺油饭送到嘴里，突然发现，味道没刚才那样喷喷香了……是啊，她只是偶然在此落脚而已，这里，她是进入不了的，就像彭家人也不能进入她——每个人都戴着自己的帽子。

　　而地陀螺也推开碗，带点怨恨地叹口气：……姑姑最疼我了，经常喊我替她捂脚。然后，你来了。再下面，是崔木匠，唉，姑姑以后再没空喜欢我了。

4

　　崔木匠果真个子矮小，其貌不扬，可他很懂事。每次上门，一身的木头味，两手的吃与喝，给彭大娘送油馓子和治骨头痛的秘方药水，若逢上彭家的儿子回家，必定另外提着肉、酒，"跟大哥喝两盅儿"。此外，他帮嫂子担水、做地里的活儿，还给地陀螺带各式各样的香烟纸壳——后者不太领情，故意看都不看，直到等他走了，才拿出来一张张玩。

崔木匠这样，不知为什么，反倒让小甜儿有些可怜他。这感觉，甚至从崔木匠的初次登门就开始了——大约因为崔木匠实在没什么特别之处，彭家女人们略有些摆架子，尤其是青小姨，过分庄重了，显得冷淡，崔木匠因此十分拘谨，说得最多的就是：哦。哦。好的。好的。介绍到小甜儿时，大约是曾听闻过背后的来龙去脉，他眼里飞快地闪过一点什么，然后伸出木头般干燥的手拉拉她，有点巴结的：哦，哦……

就是打这一刻起，小甜儿忽然感到：这个崔木匠，比自己还不如呢，她要对他好！这想法让小甜儿十分欢喜。

故而，那天中午，当地陀螺恶作剧地、往他的饭里悄悄撒了一撮盐……小甜儿当即以一种从来没有过的、完全不像是寄居者的姿态，很自然地倒了一大碗开水送过去。她不瞧地陀螺，也不瞧崔木匠，她确切地感到自己的强大，崔木匠的保护人一般。

临走前告别众人，趁没人注意，崔木匠突然对小甜儿悄声说：下次，我带我的家伙箱子过来给你玩儿。

崔木匠的家伙箱子外表很丑，一半是封住的，另一半则支支楞楞地戳着各种木柄，完全不成样子，崔木匠却用一种温柔而宝贝的手势，一一取出来，灵巧地展示给小甜儿看：喏，这是刨子。这是手摇钻。这是凿子。这是鱼头锯。这是角尺。这是木锉。这是刻刀。

他一样样讲解其用途，一边往彭家四处看看，变得骄傲了起来，指着堂屋里的长条案、八仙桌，圆杌子与高背椅，甚至穿过墙壁指着看不到的雕花架子床、梳妆台与五斗柜，这些，我全会做，我的活儿，你不知道有多好！

他翻倒一个木凳子，从邋里邋遢的墨斗里摇出长长的黑线，勾住一只凳子脚，然后拉得无限长，眯起一只眼，"叮"地在空中一弹，非常了不起似的。他甚至把小甜儿的手指放到锯子那闪着微光的刃口处，轻轻地来回地锉，让她感觉一种奇异的疼痛……他盯着小甜儿，眼里闪着突如其来、近乎野蛮的喜悦。

小甜儿发现自己挺中意这套难看的木匠家伙，更中意这个时候的崔木匠。但这崔木匠啊，不争气，只在她面前才是如此这般，一到彭家女人面前，尤其是青小姨面前，便是如此那般了。

可能也是青小姨的原因，对于崔木匠，她的态度，怎么说呢，热络肯定是谈不上的，反是拽着绷着，有点拿劲儿。彭大娘认为这就对了。媳妇却有不同的观感：不对，咱家小姑肯定没感觉。

感觉。媳妇儿冷不丁地竟用了这个词。彭大娘一听笑起来：感觉！长的还是方的？

小甜儿也不特别清楚那"感觉"到底是什么，可她知道，崔木匠与青小姨间，的确缺了些什么。她于是全力以赴地动脑筋，走在路上踢石子想，躺在床上听老鼠爬想——一个人，可以有样事不关己的事情想想，并且由此去帮了比自己不如的人，多么好啊。

小甜儿最终认定，崔木匠的家伙箱子，是能够带来"感觉"的好东西。等着崔木匠再次上门，她便装着初见且好奇的样子，抱着家伙箱子把崔木匠往青小姨所在的方位带，暗示崔木匠再展示一遍那些工具。

院子里，青小姨正坐着梳头呢，头发散下来，遮住了半边脸，有陌生而特别的妩媚。

崔木匠却僵硬得很，同样是往外拿家伙，却出奇的自卑了，讲解的声音也细，非常的不漂亮。青小姨淡淡扫了两眼，明显没有兴趣。小甜儿急了，东指西指，说了一长串家具，挑战般地向崔木匠发问：会做这个吗？会做那个吗？

不等崔木匠回答，青小姨倒走过来，用梳子往小甜儿头上轻轻敲了一记：你不信啊？不信赶明儿人家做一样给你瞧瞧。

崔木匠一听，受到启发一般，动作定格了，他羞怯而感激地冲青小姨走过的虚空处笑了一下。

这天晚上，青小姨一边照镜子，突然说起话来：小丫头，你好像蛮喜欢那些木器家伙！

甜儿心中一动，啊，青小姨终于跟自己聊上啦，这不是正好可以探听到青小姨的"感觉"么，面上却仍装着粗枝大叶：是啊，挺好玩的，你不喜欢？

好玩——是好玩，但——青小姨沉吟着，表情滞重了，不愿再谈下去。她另起个头。嗳，你们在上面，一般晚上都做些什么？

当地人都喜欢把城里客气地叫作"上面"或"外面"，然后，相应的，把自己的东坝，称作"下面"。他们会这样说：某人前几天到上面去了一趟。又或者，这个比不得外面，咱们下面，只能是如何如何。

看得出，青小姨对于"上面"是有很大的兴趣，但她较为克制，从小甜儿"下来"东坝，她还是头一次谈起。

小甜儿头脑飞快地转，为了使谈话更为丰富，使青小姨满意，她调动所有的听闻与见识，使劲说：嗯，有人逛街，有人在茶馆说话，在饭馆喝酒，在网吧打游戏，在包间唱歌，在健身房打球，有人开着车子四处跑，有人赶最后一班地铁，还有，小孩子在上奥数课钢琴课，下课了跟妈妈到必胜客吃披萨……小甜儿边说边想，恨不得把"上面"夜晚所有的事情都概括全了。

青小姨却猝然打断，甚至像是带着某种怨恨：算了，不要说了。所以啊，你才会喜欢那些木器家伙！

难得一次的谈话就这么中断了。这个晚上的下半段，比之以往，甚至更加寂寞。

大约是由于谈了一些"上面"的事吧，在入睡前的那一小段时间里，小甜儿竟然想到了妈妈的化妆品，那些色泽鲜艳、散发芬芳的小瓶小罐，构成了一个极其庞大复杂的队伍，排着队在她面前转圈；还有妈妈的围巾，小甜儿曾经数过，从冬到夏，总共三十一条，它们拖着长长的阴影缠成一团……这让小甜儿涌起很久不至的难过，然后又瞧不起地在内心责骂自己：又没出息了吧！他们离不离婚、他们是否惦记自己，想了做什么！就这样在彭家待着不挺好嘛！

崔木匠果然真开始打东西。彭大娘、媳妇儿一人一个沉沉的樟木箱；地陀螺是个很神气的弹弓；小甜儿则是四方方的一个小木盒儿，用来放零碎——小甜儿在彭家没有零碎，她的零碎全在"上面"的家里呢：动物纽扣、巧克力纸、心形别针。可她中意这个小木盒儿，就是空着也好哇，这可是她在彭家添的第一样东西，属于自个儿的。

这么几下子一来，崔木匠在彭家的地位上来了，彭大娘与媳妇已完全把他看着是自己人了，说话的语气都带上了亲热劲儿，崔木匠的生涩于是慢慢散了，做事吃饭都不用再招呼——嗳，奇怪吧，这倒让小甜儿失落起来，虽然她是一心希望崔木匠好的。这挺难解释的。

5

这天，不知哪里来的兴致，青小姨忽然决定，要带地陀螺和小甜儿到她的厂里玩。

正是东坝的春天，最为浓烈的四月，一切的作物都疯癫般地日长夜长、繁花似锦，就连道路当中，若有一小块狭长的空儿未曾被人畜踩到，就会被野草们欢畅地占有，更不要说路边与河坡，桥边与栅栏，一切皆不成规矩，以植物们自由自在的发芽、抽茎、开花为至高无上的天理。

青小姨一言不发地领着他们，完全无视四周沸腾的万物，竟似是心事重重。地陀螺呢，也只顾变着花样玩他的铁环儿……哎呀，这么好、这么好的风光啊，他们为什么完全没有感觉？

"感觉"，这个词从脑中一闪，小甜儿想起了什么，青小姨的闷闷不乐，也许正是与那个有关的。

不多远也就到了地毯厂，织机前面坐的全是跟青小姨差不多大的年轻姑娘，加之织机上五颜六色、互相映衬的丝线，整个空间都有种黏稠的脂粉气，偶尔走过几个男人，竟是特别的引人注目。

尤其是其中的一个年轻男人，穿着身休闲装，举止上略有点与众不同的做派，小甜儿一眼看出：这人是从"上面"下来的，她能捕捉出一股城里味儿。他走到哪里，都有姑娘要喊住他，喊到跟前，就着图纸问：这里到底是两股靛青色还是两股藏青色？嗳，这半边图纸说要织二十行，可另半边，怎么又成了三十行……问题的确是问题，但也算不上要紧问题，可她们全都迫切地喊住他，执着地追问。

年轻男人脾气很好，一路上走走停停，对任何人都十分亲切，他半低下身，把头微微的那么侧过去，一直侧到姑娘们的鬓发处，半普通话半东坝话、半是严谨半是稀松地一一解答，特别地诲人不倦，如送春风——可能也是带点表演性的，他知道自己是百花当中的一点绿，索性就绿得感人一点、漂亮一点。

有姑娘往小甜儿手里塞了几簇彩丝线，可她顾不上玩，只留意用余光观察那个年轻男人，因他现在走到了青小姨处，青小姨倒是没有喊他，但他主动停下来，不知在说些什么，青小姨往小甜儿和地陀螺这里指了指，他冲这里点点头，但并不过来，仍然站在原处，与青小姨交谈。

他与青小姨说话时的眼神，语气，以及站姿——全都是有内容的。某些事情，看到中间就等于看到了前面，甚至也看到了后面。

小甜儿用手慢慢地捋顺手中的丝线，可她的心，却跟这线相反，很是起伏，甚至可以说是沉痛的、不平的、准备去操心的——

唉，崔木匠啊，哪里真正取得什么地位，他还是可怜的！需要帮助的！

重新走上回家的路，青小姨倒稍微活泛了一些，就手扯了几根长长的柳条，给他们一人编了一顶柳叶帽，一边有口无心地问：今天见了那么多人，最喜欢谁呀？

地陀螺马上说：马春花，她比姑姑还好看，我喜欢她。

青小姨把头转向小甜儿。小甜儿依稀有些明白，青小姨为什么要带他们到厂里了。

哦，我……我没仔细看，我光顾上看毯子了。小甜儿撒了个谎，她不愿意指出那个引人注目的年轻人。

青小姨却看出什么似的，不信地一笑：你呀，不说我也知道。好吧，既是看了毯子，要是让你俩花钱买，挑哪块？

地陀螺侧着头想了半天，却吐出一口口水：花里胡哨的，你们女人才喜欢，我一幅也挑不中呢。买回来有什么鬼用。

小甜儿这次也讲了老实话：我也一块不买——看你们织得那么细致那么好看，买回去给铺在地上踩在脚下，多糟蹋呀！不行，我舍不得买。

青小姨气得笑起来：唉，真是小孩子。你不知道，我天天儿地在那儿织着毯子，就总想，自己要能变作个毯子多好，被钉到墙上也好，被铺在地上也好，只要能离了这"下面"到了"外面"，就总是好的……你呀，白心疼个什么！……

小甜儿认真地听了——她几乎是欣然地想：她这下是真的有事情烦了。听听！青小姨的心思！她可要替崔木匠好好琢磨琢磨。

6

春季的播种结束之后，崔木匠就要到外面做工了，他与其他几个瓦工、漆工搭成了一个班子，到省城去了，替上面的人装修，运气好的话还能接到很大的公家活。总之，他将要有很长的时间不会再往彭家跑了。

走之前，崔木匠连赶着好几个日夜，给彭家做了个大活儿：睡柜。

这种睡柜，小甜儿从未见过，当是东坝特有，它比一般的床要高得多，下部做成大肚的柜子，可供装粮食，上面的盖子设计成合缝的暗把手，铺上被褥，便可以当床来睡人。因是介于柜与床之间，有些四不像，睡柜往往显得笨重粗糙，可崔木匠做的这睡柜，比正常的规格要稍矮一些、再稍瘦一些，四脚及两头都雕了花，崔木匠还亲手给它上了桐油，里外都收拾得油光可鉴，很讲究，让人见了，忍不住要伸出手去抚摸两下。

"这个可真好，再蛀不了虫打不了眼儿！还不走潮气！"彭大娘满心欢喜，思量着要把新玉米啊、新米啊、面粉啊一起装进去。

可这睡柜，这么秀气，放哪儿都不对呀，看来看去，只有青小姨房里最合适——摆放停当，大家都冲青小姨笑。青小姨却冲小甜儿一努嘴：我们房里两个人哪，早该着有两张床了。

话虽这样说，每天晚上，小甜儿都等着，却一直没有人让她睡上去，那睡柜就一直那样崭新着，害得小甜儿进进出出的，都要多看它几眼——其实，她也并不是真的有多想睡，只是心里有种晃悠悠的惦记罢了。

崔木匠走的前一天，彭家儿子从县里回来了，"哥两个喝几杯"到很晚，没留神外面倒下起来雨来。两个人都喝得手脚热乎乎、脖子红通通的，再让崔木匠走到黑地里走到冷雨里就不好了。儿子媳妇自作主张要留他住下，"又不是没地方！""那睡柜不是正好空着！""还没人睡过呢！""你马上都要上去了，以后都难得来！"

彭大娘有些不乐意，照老规矩，没结婚的男女，是不好住在同一屋檐下的。可说不出呀，那柜子还是人家给添的呢。

这么的，简直就是水到渠成的，崔木匠也就住下了，住在他亲手打的新睡柜上。

小甜儿大松了一口气，没错，这睡柜，该着就是崔木匠睡才对。她这下彻底安心了。

她是安心了，可旁人未必就安心——三个人的呼吸，说起来，比之两个人的呼吸，不就只多了一个么。可是，这个夜晚，大不一样！到底哪里异样，小甜儿也说不好。只一条，她知道，这一夜，可不光她一个人在听屋顶上的老鼠在快活地爬来爬去。

最有意思的是下半夜，或是天色将明未明之际，甜儿约莫还在做梦，可她分明就听见崔木匠起身了，他半蹲半站地倚在青小姨的床头，对青小姨细碎地说话，燕子般呢喃不休，温柔、迫切；隔一会儿，又不说了，什么声音都没有，屋子里安静得像满满一大缸清水——让小甜儿怀疑他是否已经睡去，可她睁不了眼也动不了身，只知道崔木匠那身淡淡的木头味儿，就在床脚呢，很美很仔细地停在那儿，让人非常感动似的。

甜儿在梦里欣慰地一笑，就又接着睡了，她甚至梦到了爸爸妈妈年轻时候的样子，他们竟都不认识小甜儿，只他们两个人，可要好了，亲亲热热走在一处，头挨在起，甜丝丝的，多好啊，小甜儿在后面拼命地追着他们、喊着他们，可他们就是毫不理会……等她在无声的叫喊中重新醒来，发现崔木匠已经出去帮媳妇忙活了，结结实实的脚步在院子敲打地面。

一贯早起的青小姨没有起，两只脚一动不动侧卧着并在一处——今天，她到地毯厂上班恐怕要迟到了。

7

现在，到彭家换豆腐换百叶，成了甜儿专属的差使。每一趟去，她都正好可以看看斜坡上的那片向日葵，它们小小的粉脸儿正一点点大起来，从拳头大到巴掌大，随风摇摆着，齐刷刷地、天真地盯着她一路走过……每回，万家老头儿也都给她蘸了酱油的豆腐皮吃——其实甜儿不是很爱吃，只是觉得应该接过来吃下去。

万家两口总看着她吃，他们盯着自己的样子让甜儿觉得这老两口也像是两株老向日葵。她喜欢他们的眼神，浑浊，没有内容。

老向日葵家算是个小小的交际场所，在那里，甜儿能碰得到许多邻里及他们的狗或猫，次数多了，偶尔也开始搭些话儿。他们喊她一声名字，然后想半天，避开某些最想问的问题，只挑一些无碍的。"几岁啦？""听得懂东坝话？""怕不怕狗？"

隔上一段时间，再说话，差不多还是这几样，最多把狗换成猫……唉，其实，就算他们真的问到甜儿家里那些事，甜儿也不会当真生气或难为情的，她只是怕自己说不清楚而已。

家那边，现在可以说是杳无音信，只每两个月寄一次钱，有时捎些衣物过来。甜儿甚至想，他们不会真的忘了自己吧——每收到一次衣物，她却更为不踏实，当天夜里的鼠声，听上去分外的响，呼啦啦，呼沙沙，如贴耳边。

但她不讨厌那些老鼠，反之，它们倒能算是另一个世界的朋友，它们最清楚她在半夜醒来的那种难过与孤独，它们是在陪伴她，呼应她……直到"猫呜"一声，彭家的老猫进来。

逝者的恩泽

这老猫本来最喜欢睡彭大娘的床，但这里的老鼠动静太大了，青小姨便把那猫抓来，可她自己不喜欢猫，这样，她便让小甜儿先睡，自己要在外间坐一坐——有时，这很像是个借口，她想在外面待一会儿。

然后，他们一家人便都在外面，聚在堂屋的灯下，一边剁山芋藤，或是剥棉花果，一边用土话亲热地聊，越讲越快，有时还笑，有时争执，有时相互骂几句，她们自是无意的，可小甜儿却感到一种彻底的被抛弃感。她静静地躺在里面的房间里，脚头卧着那只老猫，被窝一角压得热乎乎的，顶上的老鼠很识相地，躲在某个角落一声不吭……小甜儿眼窝里忽然就湿了，她想念老鼠们快速爬过的声音！除了这个，她还有什么！

啊对了，当然，还有崔木匠给她的小木盒，可是，某种程度上，她又怨恨那个小木盒——它一直空空的，小甜儿没有东西可以放进去！在彭家，一切都是对她开放的，可是一切又跟她全无关系：堂屋、灶台、青小姨的房间、崔木匠的睡柜、媳妇儿的樟木箱子、彭大娘的猪圈与羊圈……看看吧，随便走到什么地方，哪里有她一个小角落？她怎么好收藏什么东西？包括这个木盒子本身，也就随随便便地搁在堂屋条桌的下面第二个抽屉里，在它的边上，放着别的杂物：两包扑克牌，一套旧茶具，以及一些别的。小木盒算个什么！

小甜儿用被角掖掖眼窝，她突然发现自己这个动作很像彭大娘，这一想，小甜儿倒又要发笑了。她抽抽鼻子，知道自己其实在惦记什么，唉，那个谁，那个比自己还不如的崔木匠呢，什么时候才会回来？

　　崔木匠人虽不回来，可他托人捎过好几次东西给青小姨——粉色丝巾，镀金手链，半跟皮鞋。这些礼物，青小姨从来不用，只在晚上，她才拿出来，在房里一样一样试，举着小镜子前后左右的照。她的神情很是奇怪，并非是多么甜蜜，反之，是严肃的。

　　小甜儿默不作声地看，真希望青小姨跟她说点什么。可是不，青小姨故意一般地，自顾对着镜子试了、瞧了、再收起，打个平淡的哈欠，然后贴上枕头，就睡了。

　　这有点奇怪不是吗？

　　最奇怪的是，青小姨有天忽然摸出一本书来，端坐在床头，一本正经地看。

　　小甜儿要看书名，青小姨一躲，几乎是骄傲地笑：就不许我学习啦？万一我将来也要到你们上面去呢！

　　可书毕竟是书，看久了很容易走神的。青小姨一走神，就要走到"上面"去，带着点憧憬，又装着若无其事，东一榔头西一棒地向小甜儿打听：你们上面的姑娘，最时兴弄什么发式？你们在外面闲聊时一般说些什么？如果我好好弄一弄，不开口说话，那么我看上去，几乎像个上面的人吧？

　　——这些问题让小甜儿深感忧虑，包括青小姨这时的表情，有点像个荡秋千的人，一下子把自己甩得很高了，风声呼呼的，她就以为自己真的在空中飞了。小甜儿一下子想到了地毯厂那个穿休闲服的年轻男人……不好的，事情这样是不好的。可是，谁又能阻止一个人去荡秋千呢，谁不喜欢那种飞翔的滋味啊，谁不希望自己这辈子可以飞一次啊。

　　看着青小姨手中雪白的书页，小甜儿此际忽然深深爱上了青小姨，爱她的梦想以及这梦想的脆弱性。是的，她仍然还是崔木匠的保护人，可她也想做青小姨的祝福者——虽然她是个连自己的命运都不知道往哪里飘的"小倒霉蛋""小可怜虫"。是啊，倒霉蛋，可怜虫，她听人这样说过她。可是，也不见得完全是吧！

8

天热了，小甜儿想起她曾经有过的那些裙子，一条没有带下来，当初一定没有人想到，她会在东坝一直待到夏天吧，也好，只要看不到裙子，她就可以完全忘掉以前的那些夏天，妈妈替她抹上防晒霜去玩水上乐园，她们在电影院一边吃冰激凌一边抱怨冷气太足……所有还不曾忘掉的，统统赶紧忘掉吧，她不再是一个孩子了不是吗，应当像大人那样硬邦邦的不是吗。

还是接着去关注青小姨好了，用别人的大事情，取代自己的小事情……瞧瞧，夏天里的青小姨，她多甜美啊，看她只穿薄衬衫的样子，只穿小衣服的样子，侧卧与趴下的样子……还有她沉甸甸的头发，她额角的一点汗，以及那亮滑滑的皮肤。不过，越是仔细看，小甜儿倒越是有些不放心了——青小姨中午要在地毯厂午睡呢，她这瓷器般的好模样，倒给旁人看了去，而崔木匠，还一眼都没看过呢。

青小姨却把中午那一觉看得比什么都重似的，今天夹一床凉席去，明天带把折扇去，甚至把风油精与小毛巾都一齐带走了。为了个中午的午休，连晚上的正经觉都睡得不安分了，夜里很迟，小甜儿都能听到她在脚头眨眼睛，是的，青小姨的眨眼睛是可以听到的，她似在苦苦地想着什么，想午睡的事情？

甜儿于是也同样苦苦琢磨起地毯厂中午时分的情形：所有的

姑娘都可以休息还是青小姨有特别的待遇，她有单独的休息处还是几个人共用……也许，她不应该那么好奇的，但她是个守护者不是吗——得替崔工匠看着，也替青小姨她本人看着。

这中间，最热的几天，崔木匠倒也是回来过一小趟。

外面小半年的生活，他变得更瘦小了，衣服显得拖沓空荡，看了有些不大入眼，但他却带着一种小满足似的，跟同样回来歇夏的大哥喝酒时，一一排出他前段时间做过的活儿，其实无非是柜子，阁楼，床与书桌，旁人听来未免显得重复而枯燥，他却毫不自知，记不得处偏还要花很长的时间去竭力回忆……直听得大家都要瞌睡了。好不容易讲完一长段，喝下一大口酒，突又喜不自禁地宣布，他有个重要的好消息，本以为是什么呢，他嘻笑了半天，献宝一样地说出来，嗨，却还是木匠活——歇过这个周末，他接下来要出省做活！他们的"队伍"找到一个度假村的大活，恐怕一直要干到腊月呢。

"嗳，到时可就攒上一小笔钱了！"他用浅醉者红红的脸朝青小姨笑了一下，又扫了大哥嫂子一眼，带着诚恳的羡慕，大胆地吐露心声："我其实，没别的，就想像哥哥嫂子一样，一个外一个内，这样热乎乎地过日子。"

不知为何，这句发自衷肠地话却让青小姨的脸色暗了下来，她顺着崔木匠的眼，也从大哥大嫂的身上扫过，尤其扫过后者那长年操劳的黄褐色面庞与干枯的身体，眼里竟是闪过一种近乎绝望的神情。她很快站起来，随意支吾了个借口便回房间去了。沉湎于对平淡生活无限向往的崔木匠，却抬起他微肿的双眼幸福地目送心上人。

——坐于桌子一角的小甜儿则看着崔木匠，她真想把他的目光拽回来，拽到桌子上歇一歇、想一想，仔细动动脑筋啊。

接下来便是这个中午的午觉了。

不光是青小姨要午觉，大家都是要午觉的。夏季的漫长中午，不歇歇干什么呢。那睡柜不还是在吗，它的主人不就是崔木匠么，再去睡就是，又不是没睡过。彭大娘去收拾睡柜了，小甜儿主动地帮忙——她很怀念曾听到的燕子呢喃，再说，她正希望崔木匠可以欣赏到青小姨的睡模样呢。

可青小姨这次却无论如何不答应了，当然，她什么都没说，半个"不"字都没说，只东一样西一样动作挺大地收拾着，要出门的样子。

彭大娘觉得怪：咦，你们厂今天不是休息么。

是，是休息。但我中午在厂里睡惯了，我要到那边去睡中觉。青小姨用一种很冒犯的口气，决意我行我素了。

大哥大嫂都被她那铁板一块的样子给逗笑了，认为她真是莫名其妙。崔木匠连忙上来打岔：天儿这么热，我看……也不方便，要不，我先回吧。

没事，你在这里歇着，我反正要去的。青小姨忽然换了一种几乎是温柔的口气劝下崔木匠，在后者迷惑的感动中，她已经戴上遮阳帽、提上她的小包，迈着一种笔直的像是孤注一掷的步子走了。她随身的包里，有新买的一瓶芳香宜人的桂花香水，小甜儿瞅见青小姨刚刚塞进去了。

说话间，她也就走了，不知为何，在她留下的灼热与空虚的空气里，小甜儿嗅到一股危险的气息——今天厂里完全没有人的呀，

351

也许，除了那个穿休闲装的男人……

　　直到崔木匠走了好几天，关于午睡的小疙瘩还留在小甜儿心中，让她重重地上了心，却又无处下口，直到看到地陀螺——最近这家伙越发不爱理自己了，眼睛都不愿往她身上靠，小甜儿有主意了，他不是一直喜欢扮演得无所不知嘛，不如从怂恿他……

　　见小甜儿要正经跟自己谈事，地陀螺急忙给自己的光膀子套件黄巴巴的汗衫，然后爱理不理地用脚尖敲打门槛，眯起眼：这么说，你是叫我去打探姑姑在地毯厂的午睡？这太怪了吧，你到底想知道什么？

　　小甜儿给一下子说破，倒哑口无言、忽而语塞了。

　　地陀螺仍是用那种老气横秋的语气：别看我不注意你，哼，其实我知道你想什么。不过呢，你怎么想没都有用……那个画图员……

　　听到这个称谓，小甜儿心中一荡，猛然呆住，地陀螺马上警觉地不作声了，隔了好久，才带点推心置腹的，用一种当家人的神态：……嗯，其实，告诉你也无妨，但只能你知我知，可不要走漏到奶奶和妈妈那里。关于画图员，怎么说呢，你想想，总归要比崔木匠强的，姑姑的心意我最理解，她一向就是眼界很高的，若真能成了，不是天大的好事情……总之你就别操心也别多手脚啦，这又不是你家里的事……

　　中午的太阳很辣了，小甜儿却丢下地陀螺，独自跑到向日葵的坡子上。

　　那些向日葵的脸现在长得多大啊，并从原先的翠绿慢慢变得深了，有点老了似的，也不再随风摆动了，正午的烈日下，它们黑着脸，严肃地盯着小甜儿。小甜儿也严肃地盯着它们，一直把眼睛都看得花了。

9

青小姨的书，通共也就看了一个夏天吧，到秋天将至，她忽又不看了，另换了个新毛病：发呆。

她这个发呆，不一般，一是朝向很固定，必然是背着睡柜，哪怕无意中转了个身，也即刻又转回去，眼睛绝对不往睡柜上停；二是时间漫长，上来就是一整个晚上，从刚吃过晚饭进房，到小甜儿做完作业躺下要睡，青小姨还保持着最初的姿势与表情，整个人都像给念了咒语或是罩了铁布衫，灵魂出窍，并且刀枪不入——她既是不开口，小甜儿也决不愿贸然发问，她想：青小姨一定碰到个大问题，前无古人后无来者的大问题，就让她好好发呆吧。

到底还是青小姨自己没憋住——着实并无旁人可说，或是觉得小甜儿反正是个外人，又是孩子，说了无妨。不过，嗨，也不是正经的说话，只是问了几句而已。久不交谈，她的声音十分生涩。

你，看看我，有什么不一样吗？

像有人在暗中捏自己的手，甜儿感到一种巨大的责任。她没敢乱动头，只用眼珠把青小姨上下左右看了好几遍，然后才谨慎地说：有。

哪里？青小姨也不动头，眼睛朝她照了一下，特别亮，泛着寒光似的。说说呢。

变好看了。甜儿说的是真话。

还有呢？青小姨对这个答案不满意，她在等下文。

呃……甜儿又仔细看了一圈，看到青小姨脖子里锁骨处的阴影、微微凹下的眼眶，几乎着急了，终于想出一个。你瘦了。

瘦了？青小姨抓着这个词，拿起小镜子前后照，竟是信了。她笑了一下，像是心情好了些。她耐心地等小甜儿脱完躺下，然后关了灯，两人一起睡了。

甜儿也挺高兴。瞧青小姨多待见她啊，她一定没对其他人讨论过这些问题。

这样想着，甜儿忽然冲动起来，大起胆子，想说一句她一直就想说的话。没有开灯，也没有坐起来，甜儿只在黑暗中对着被窝大声说：青小姨，崔木匠人很好，很好的。

青小姨却在被窝那边抽泣起来，声音不大，但一直不停，直到甜儿睡去，脚头还在哭。

到第二天晚上，哭的人又多了一位：彭大娘。并且，她偏偏要冲到房里来倚着睡柜来哭，像是跟睡柜有千丝万缕的瓜葛似的。她涕泪涟涟地瘫在睡柜边，用力捶打着，边哭边含糊地骂：丢死人啊，丢死人啊，怎么能出这种事情，你叫我怎么跟人家交代？你倒说，是谁的啊？是哪个畜生？有本事他来提亲娶你啊！她又拍起睡柜。

儿媳妇直盯着青小姨的嘴，青小姨则白着脸，抵死不开口，甜儿站在家具的黑影中，疑惑地望呆，忽被地陀螺一扯，拖到外面。

出什么事儿了？

不关你的事儿。地陀螺站在窗户外墙根下的灯影里，学着大人那样，把他能想到的都骂了一遍：他妈的。他奶奶的。龟儿子的。祖宗八代的。看上去人模人样。

骂谁呀？

你不懂的！总之是你们"上面"人干的好事。地陀螺激愤而瞧不起地看看小甜儿，一双小男孩的眼里，满是羞恼而疼痛的泪。

此后，青小姨的嘴上像挂了把锁，更加不说话了，每日很早就上床去睡，好像只有梦，才是她最舒适的去处。这样睡下去，使得她从短暂的瘦又变回到平常，甚至微微胖了起来。甜儿很想告诉青小姨，她却不再关心任何有关胖瘦的问题了。

彭大娘两只眼睛肿肿的，在睡柜上铺开新弹的棉花胎，找出泛有光泽的牡丹花缎面，缝起被子——那是嫁妆被。她的动作远不如平常漂亮，拉线的手扯得一点不高，显得一点不自信。若有人来串门，她就放下来不缝，以免别人攀谈询问。

有一天，家里无人。彭大娘突然把甜儿喊过去，有些结结巴巴，老脸都有些涨红：你……你可知道……

甜儿不十分清楚彭大娘要问的是什么，或是隐约知道但又不敢轻易作答——不等她反应，彭大娘却先摇上头了：唉，算了算了，你不会知道的。你去吧，什么都不知道最好。

一边说着，大娘把她粗粗的手指从眼角掠过，止住一串浑浊的泪。

10

东坝的各样景物中，诸如晨雾、小河坡、收割过的地面、生有青苔的井台、新堆的麦秆……小甜儿最中意一样：星空。只要是晴朗的晚上，把头一抬，就在那儿呢。

在"上面"的前十年，她从没看这样的星空，饱满而沉甸甸地覆盖着，那陌生的黑蓝里，幽暗而庞大的心事，从天上一直垂到地面……当她想一个人待一会儿，或者想起了家里的从前、眼下与以后，便总是假装要到后屋有点什么事情，然后，她便穿过彭家的小院子，走到黑乎乎的后门外，一直磨蹭在那里，站在星空的眼皮下，站在星空的怀里，站那么一会儿……慢慢地，便会升腾起一种奇异的感受——她觉得自己不再是自己了，她不是爸妈的孩子，也不是彭家的寄居者，她不是在这么一个具体的人世间，而是在一个抽象的看不到的地球上，在空气里，在宇宙间……

这天，小甜儿仍是站在后门外，正被那些无边无际的玄妙弄得晕乎乎、空茫茫的，忽然听到有人悄悄地站在自己一边。听那气息，是青小姨。

青小姨吸了一口清冷的夜气，似乎抖了一下：知道吗，小丫头，我最羡慕你了。

小甜儿仰着头：我？我有什么好羡慕的，什么都没有，连家里人都快忘掉我了。我羡慕星星。

青小姨这才注意到她在看星空，于是也仰起来，看了好一会儿：……星星？那离我太远了！我还是羡慕你，我要是你该多好——你将来什么都会有的。看看我，再过十年，我就是我嫂子，再过二十年，我就是我娘。我才是真的什么都没有。

星空使小甜儿获得了不同的视角，她像是代表一个天使在交谈，完全没有禁忌：你不是……有画图员吗？

对，你是知道那个人的。星空让青小姨也超脱起来，她同样是代表一个陌生的自己在交谈，没有伤感与憾恨。是啊，是曾经有过，我以为我是有过。可是不行，我想错了，人家要走便走了……

356

总之，上面的人就是上面的人，下面的人就是下面的人，再怎样也是翻不了天的！你呀，是不是以为你家里出点事情、顶可怜不过？那你跟我比比吧，想想看，你的命多好，一生下来就是上面的人……

小甜儿把视线从星空中移开，把头放低放平，感到一阵奇特的眩晕——是的，青小姨说得有些道理，如此说来，她小甜儿倒是一个幸福的、值得羡慕的人……

黑暗中，小甜儿伸出手去，摸索到青小姨带着潮湿雾气的手。她很感谢青小姨，也可怜青小姨，可不知道该说什么才合适。

青小姨握一握她，一边发出不太自然的低笑：哦，对了，跟你说一下，过几天，我会生一次病，在床上躺几天……到时你就单独睡在睡柜上吧，别担心，小病，不要让别人知道的小病。

黑暗中，她又"哧"了一声，这次是真笑：唉，小甜儿，我呀，本来是想赌一把的，把整个人都压上了去赌……

11

彭家少了两只鸡，两只母鸡，天天都生蛋的母鸡。

彭大娘在院子里大声骂小偷：……哎呀，从拳头大的鸡苗起盘弄啊，担心被一脚踩死，被野猫吃掉，掉进石灰塘淹死，得病"瘟死"，好不容易养大能下蛋了啊……哪个没良心的偷了去！

小甜儿眼睁睁盯着彭大娘。她可也真是怪，这两只鸡，明明是她亲手捉的、杀的，并煨了两罐汤。但她把鸡毛埋了，又一本正经地当着两个孩子的面儿骂，一长段的话骂完了，她轮流瞧着两个孩子。

地陀螺像个战士那样，紧闭着嘴唇，最终，他搡一下小甜儿：那是我亲手养大的鸡，我才不要吃呢。除非她馋。

小甜儿心里一阵憋屈，搞了半天，难道就是怕她馋着要吃那鸡？不禁屈得小脸涨红。

彭大娘这下倒不好意思了。她拍拍甜儿的肚皮：嗯，我知道你们都不馋……我是说，你们要记着，我家的两只母鸡，是给偷了。

青小姨不上班了，回家来专门地躺着，连吃饭也不下床——甜儿，则如她所吩咐的，睡在那睡柜上。终于算是睡上这新睡柜啦，可甜儿却睡不着了，总觉得心里什么地方不痛快，翻过来翻过去，哪里都是硬邦邦的。

青小姨突然坐起来，啪地打开灯，屋子里一下子通亮，甜儿不敢动了，彭大娘跟她说过：青小姨要养身子，不要多扰她。

可青小姨知道她醒着。嗳！她喊。

小甜儿于是坐了起来，她正想要坐呢！青小姨散着头发，脸色灰白，身上胡乱披件衣服，不看人，只眯着眼盯着电灯，艰难地思考一般地说：有一次，你说过——崔木匠，人——很——好？

嗯——嗯。小甜儿点了好几下头，她感到这个表态很重要。

那么——不管怎么样，他都会对——我好？

小甜儿再一次想起崔木匠临走的前夜，她于梦中听到的燕子呢喃与装满水的缸，那黑暗里的饱满，着实让她难忘。她再次点点头。

青小姨的眼光却仍然停在电灯上，可能并没有在意到小甜儿在点头，她只自顾往下说。那——么——

青小姨没有说完，只把眼睛从睡柜上掠过去——在睡柜的顶头，小甜儿身子睡不到的空地方，鼓鼓囊囊地盖着条旧被单，下面是彭大娘缝好的三床嫁妆被。

两个星期后，青小姨下了床，彭大娘伴着她，在院子里舒舒服服地坐着，一群母鸡在周围啄食。彭大娘刚要说什么，看到甜儿正站着呢，于是改了口：你睡了几天，怕是不知道，我们家，丢了两只鸡。

小甜儿一听，扭头便跑了，她心里好难受啊！

跑啊跑，一直跑到那小河坡上。但曾经那样信赖地看着她的向日葵们不在了，是深秋了，它们都熟了，已经被彭家媳妇割下去了，刨成葵花籽儿，被晒干了收起，等着过年时炒了，大家一边打牌一边嗑。

小甜儿在河坡上坐下来，屁股下很冷，可是她愿意冻冻自己，她甚至希望现在是晚上，可以看看星空。

也不知坐了多久，直到肚子开始饿了，两条腿也麻的站不起。可她仍然不想回彭家，想了想，决定到老万家走走——唉，这也算是她头一次独自串门儿去。

老万家有几个老人正在闲扯，相互让着水烟袋，吸得咕噜噜的。小甜儿刚一进去，老万看了看她，像看出什么似的，以最快的速度卷给她一张百叶卷儿。有点凉，但是这次甜儿吃得可真香。

有个老奶奶，可能跟彭大娘差不多大吧，突然跟甜儿搭话了，说得有些没头没脑的：你家，最近是不是有事儿？

小甜儿还没想好怎么说呢，另一个老人赶了一句：那算什么事！现在的年轻人呀，可不是从前！再说，青姑娘，我知道的，别看不言不语，从小就是心高，这次呢，也算是愿赌服输——

　　不知为何，小甜儿忽然感到一种紧张，又有一种赌气般的激动：瞧吧，人家要从她这里打听事情！可是不能说！青小姨是她的青小姨！崔木匠是她的崔木匠啊！

　　小甜儿憋着，带着屈辱般地，莫名其妙的蹦出两句：彭家又不是我家。我家……我那个家，你们不都知道，当然有事！有大事！要没事我怎么会在这里！

　　老万听到这回答，停下手中的豆腐活儿，笑起来：可不是嘛，那又不是甜儿家的。发问的老奶奶有些不好意思了，摆摆手：这小丫头，让人疼的。

　　没注意到地陀螺什么时候来了，倚着门框好一会儿，一直等到小甜儿吃完百叶卷儿，他吸吸鼻子走进来，拉起甜儿带她回家了。

　　地陀螺的手热乎乎的，出了一小层汗。走了一会儿，他想起什么，使劲甩开小甜儿的手，然后虎着脸嘟囔：你刚才跑哪里去了，我们都急死了。下次出去，跟家里说一声！

　　家？里？跟家！里！说一声。

　　小甜儿不相信般地侧头看看地陀螺，他却突然跑到前面老远去了。

12

　　天气冷起来，进腊月了，要过节了。城里托人捎过来一件呢外套，还有口罩与手套。可穿在身上，总还是冷。

　　"哪有棉货抵寒！"彭大娘让媳妇给甜儿做了件乡下花棉袄，不太好看，可真神奇，一穿就浑身热乎啦。甜儿还跟在地陀螺后面滚铁环，口袋里塞满山芋干，边滚边啃，跑得浑身冒汗，一脱衣服就挂鼻涕，明明口袋里有手绢，她偏学着地陀螺用袖口一擦——嗨，远远地粗枝大叶的一瞧，她现在都不像是甜儿啦。

就是要不像，越不像越好！她现在什么都不在乎啦，什么过年不过年的、回家不回家的，没这回事儿。连地陀螺都说过，这里就是"家里"啦——也许，只要拥有了共同的秘密，人们就会成为一家人啦。

再说，崔木匠就要回来了，小甜儿可放心不下他呢。

腊月里回来的崔木匠，浑身带着一股粗粝的气息。这次他送来半片猪，猪头上喜气洋洋地抹着红墨水，一看便是刚杀下的。他一进门便开始忙，把肉割成一条条的，串上绳子往檐下挂，准备由着那腊月的太阳晒、腊月的风吹。

彭家一老一中两个女人殷勤地站在檐下，一个扶凳子，一个递绳子，嘴里还周到地夸赞这片猪肉：半肥半瘦还带皮，再好不过。

崔木匠仍跟从前一样貌不惊人，可他不论做什么，好像都特别引人注意似的。他碗里空了，两双手伸过去替他添；他说天气冷，一个人应和，还有一个去给他倒热茶。

青小姨则待在自己房间里，一心要照看那个睡柜似的。睡柜一角的旧床单，不知被谁掀了去，三床缎面的新被子，光光地堆着，膨松松的很是馋人。崔木匠果真就被馋住了，等把肉挂完，等把午饭吃完，他就像被那缎面被子给吸去一般，到青小姨房里去了，待在里面，再不出来，大家一瞧，便都远远地绕开那小房间，由着他们好好说话去。

事情分明是有了一种圆满的迹象。几乎一整个下午，他们都待在里面没出来。

可小甜儿却总觉得心里不舒服，欠了崔木匠似的。想了想，跟地陀螺悄悄打了个招呼，仍旧往万家走。

万家老两口正是最忙的时候，年底，换豆腐百叶的可真多。豆浆的热气、灶台的烟气，搅成一团，还有一屋子的人，都在说话，简直听不清在说什么。

正好，这样嘈杂最好。

小甜儿悄悄找个地方站下，吸那满鼻子的热豆子香，看能不能把心里的疙瘩给化了。乱中，万老太递了一个大碗给她，甜儿一喝，好热乎的豆浆！便把头埋到大碗里，在那大碗里头，她发现，莫名其妙的，自己哭了，也许是替自己哭吧，也许是替崔木匠吧。谁知道。

——这整个大半天，她就一直暗中瞧着崔木匠，捉摸他的表情。看上去，他像是什么都清楚，又像是什么都糊涂，唉，可怜的崔木匠啊！

一口一口把热豆浆喝完，甜儿最终打定主意：还是要说！她是崔木匠的保护人不是吗；然后，她还要提醒崔木匠，她说过他是很好的人，而青小姨，信这个话。

直到天快黑了，崔木匠到院子里收腌菜，小甜儿才找着机会，犹犹豫豫地抱着她的小木盒儿凑到崔木匠跟前。

崔木匠的手，是双木匠的苦手，上面有许多茧，也有许多疤，还有许多的裂口。小甜儿一看那手，就觉得自己的手也疼起来，疼得都忘了她到底想说什么了。也许她什么都不该说？

崔木匠停下来手里的事，接过小木盒儿来细心打量：怎么？坏了？

没坏。我只是，只是……小甜儿结结巴巴，想了半天，想出来了。我……我想给它加把锁，我要……锁东西。

崔木匠弯下来看看甜儿，眼睛和她的眼睛一样高。看了好一会儿，最后点点头：好的，你放心，我，知道了。

13

婚礼定在正月初六。

甜儿却等不到正月，连腊月都没有过完，连崔木匠切好晒好的腊肉都没吃到，连小坡子上的新葵花籽儿都没有嗑到，很突兀的，很像妈妈心血来潮的性格——城里突然来了个熟人来要接她走了，熟人风尘仆仆的，时间很急，他粗略对彭家、也对甜儿交代了后面的生活：离婚手续已经办妥当了，她归爸爸；但要先跟着妈，等爸爸从"那边"出来再交接。

彭家的女人听了，点点头，也不看小甜儿，没有悲喜与同情般的，跟当初甜儿刚进门时一样。小甜儿现在习惯了，她们就是这样对待所有的事情的，连她现在差不多也学会了。

算一算，从春节后到春节前，甜儿在彭家，差不多整过了一年。

跟送来时一样的仓促随意，行李零零落落，告别匆匆忙忙。脱掉棉袄，穿上不抵寒的呢子衣，小甜儿单薄地踏上去程。她让自己用一种不认识般的眼光反复打量眼前的房子，地面的衰草，跑动的狗与猫，炊烟，以及搭有天线的房顶。

彭家人站在那里，寒风中搓着手，平静中似有种奇怪的轻松——没有人喜欢漫长铺垫的告别。地陀螺仍在满头大汗地滚铁环，绕着小汽车滚，玩得不亦乐乎。

　　只可惜青小姨这天不在，崔木匠也不在，他们到镇上买东西了，他们最近一直在买东西。老万驼着背追着递上来一摞热乎乎的百叶卷，却在上车时不小心落在地上，沾满泥灰，不能吃了——就是这样，甜儿也没有让自己哭。

　　直到开出东坝很远，甜儿摸到口袋里一把钥匙，她才想起来：她把小木盒儿给拉下了。

　　那天，就在青小姨的房间里，崔木匠连夜给她加了一对铁扣子，当面儿的仔细锁好，一把钥匙给了她，另一把，崔木匠收了，握在他宽大的布满裂口的手里，他摸摸甜儿的头：万一你将来丢了，我这把就是备用的，什么时候需要了就来拿——他神情很认真，虽然他明知道那木盒里是什么都没放，明知道小甜儿一旦走了恐怕便再也不会回来。

　　捏着这把简陋的铝质钥匙，小甜儿哭了——她的童年，于第十一年，结束了。